三国英雄的情感世界

成都武侯祠博物馆
四川省诸葛亮研究会
全国三国文化研究中心 编

谭良啸 著

西南交通大学出版社
·成都·

图书在版编目（CIP）数据

三国英雄的情感世界 / 全国三国文化研究中心，四川省诸葛亮研究会，成都武侯祠博物馆编；谭良啸著. —成都：西南交通大学出版社，2021.1

ISBN 978-7-5643-7928-5

Ⅰ. ①三… Ⅱ. ①全… ②四… ③成… ④谭… Ⅲ. ①《三国演义》研究 Ⅳ. ①I207.413

中国版本图书馆 CIP 数据核字（2020）第 270954 号

San Guo Yingxiong de Qinggan Shijie

三国英雄的情感世界

谭良啸 著

全国三国文化研究中心
四川省诸葛亮研究会 编
成都武侯祠博物馆

责 任 编 辑	居碧娟
助 理 编 辑	吴启威
封 面 设 计	原创动力
出 版 发 行	西南交通大学出版社
	（四川省成都市金牛区二环路北一段 111 号
	西南交通大学创新大厦 21 楼）
发行部电话	028-87600564　028-87600533
邮 政 编 码	610031
网　　　址	http://www.xnjdcbs.com
印　　　刷	成都市金雅迪彩色印刷有限公司
成 品 尺 寸	170 mm×230 mm
印　　　张	19.75
字　　　数	331 千
版　　　次	2021 年 1 月第 1 版
印　　　次	2021 年 1 月第 1 次
书　　　号	ISBN 978-7-5643-7928-5
定　　　价	78.00 元

这是一本关于曹操、曹丕、刘备、诸葛亮、孙权、司马懿等6位三国人物情感的文章专辑。

我国的史书不长于人物的情感、心理描写，往往用"大喜""大悲""大怒""哀伤""忧深""痛恨"等十分简洁的词语来表达喜怒哀愁，把人复杂的个性和丰富的情感简化，乃至湮没，使后人难以了解他们的内心活动。史学界对历史人物的评价也常常忽略揭示他们的情感和内心世界，这不能不说是一个遗憾。每一个人都有自己的性格、情感，只是性情、德行各异，亲情、友情的丰简程度不同而已。

汉末三国，征战频仍，金戈铁马，斗智斗勇，波诡云谲，英雄辈出。这些英雄豪杰，个个都具有鲜明的性格、各异的人品、复杂的情感。但史书缺少关于他们情感的记述，即使有也零散，且时有时无。

人都有情感，而一个人情感的集中流露莫过于他的哭泣，临死前的心态、言行，以及与妻儿的关系等这几个截面。本书文章立足于此，梳理史籍，搜罗三国英雄的哭泣、临死前的言行，以及夫妻之间、父子之间、兄弟之间、朋友之间的关系等方面的资料来加以解读，揭露他们的内心世界和种种情感。只是受史料的局限，本书仅能以曹操、曹丕、刘备、诸葛亮、孙权、司马懿等6人作为三国英雄的代表，从情感的视角来解析他们的人生、人品。其余的人物因为史料缺失，我只好忍痛割爱。由于书中的文章都围绕他们这几个方面的情感来展开，因此，本书名为《三国英雄的情感世界》。

哭泣，是一个人内心情感的流露和宣泄。男儿有泪不轻弹，因为受身份和外界诸多因素的限制，他们的情感难以自由表达，而哭泣一定是受到强烈的冲击，使情绪失控，或者压抑的情感被触发而不得不宣泄。每个人成年后都哭过，这6位英雄各哭过多少次，是什么冲击了他们心灵的壁垒，使其情感决堤而痛哭流涕？这些哭泣，又传递出他们怎样的人品和情感呢？

"鸟之将死，其鸣也哀；人之将死，其言也善。"一个人在生命的最后时段，常常流露出心中最真实的想法，并以各种形式表达出来。因此，面临死亡的言行举止，临终前呈现出的心理状态，最能彰显出一个人的品格、德行。这6位英雄辞世前往往留下遗诏、遗言，这是他们真实思想的流露，传递出丰富的信息。解读这些遗诏、遗言，以及他们当时的所思所想，可以看到他们的人生态度，看到他们回归常人的状态，因此可以更全面、深刻地认识这些英雄多变的品德、多面的人生。

亲情，是一个人最重要的情感。我国古代将"父子有亲，君臣有义，夫妇有别，长幼有序，朋友有信"称为"五伦"，传统道德视此为人伦关系行为的准则。其中父子间、夫妻间、兄弟间的亲情，历来被人所看重。然而，在"五伦"之上又有"三纲"，即"君为臣纲，父为子纲，夫为妻纲"的道德规范。这就使得

历代英雄豪杰在政治斗争的风云中，在权力之争的激流中，为了维护"纲常"道义，为了获取更大的利益，自觉或不自觉地将人伦情感作为一个选项，采取的手段可以杀身成仁，舍生取义；也可以抛却骨肉，不讲亲情，以达到自己的目的。

我国古代，男性是社会的主体，女性以及与女性有关的事常被忽视。我国史书也是一部男人的奋斗史，女性除后妃有传外其余的不会被述及；儿女情长非英雄气概，也难以得到赞许。因此，人伦中的夫妻关系常常被扭曲。历代英雄豪杰或出于公义，或为牟取私利，或系一己之欲念，往往将夫妻情感弃之不顾，甚至践踏。

从人伦关系的角度看历代的英雄豪杰，他们的情感具有不完备性，有的方面甚至是畸形的。在戎马生涯中为创建霸业而崛起的三国英雄也是如此。出于政治斗争之需，他们有的赐死儿子；在维护既得权力时，有的迫害兄弟；在战败逃命中，有的抛妻弃子……在这6位英雄的家庭生活中，关于他们母亲、女

儿的情况常常不被史籍提及，夫妻关系也较为奇怪，他们的结发妻子有的被冷落，有的遭辱骂，有的被废黜，有的甚至被赐死；而众多的嫔妃则被视为生儿育女的工具，往往遭到遗弃。在权力的明争暗斗中、在战火的刀光剑影中，他们与家人的情感被扭曲、被掩盖。

历代英雄豪杰的情感复杂多变，时有时无，反反复复，这是常态。作为情感可以因时势改变而变化，但是无论在什么情况下都是不会磨灭的，总会以各种形式存在。英雄豪杰在大义面前、在利益驱动之下，一方面不受人伦亲情的束缚，另一方面又在追求孝悌，强调情感。史书没有专章、缺少篇幅来述说这几位三国英雄的情感，然而我们在字里行间、引注补录中，依然可以看到他们对父母、对子女、对妻妾怀有的爱意；依然可以寻觅到他们在叱咤风云中不时流露出的亲情，对家人表达的关爱甚至歉意，看到他们在人伦情感中的背离与回归，甚至可以看到他们留下的与家人的感人故事。

现代的评判讲求同类量化比较，来区分人物的优劣、档次。本书从情感的视角切入，收录这6位英雄哭泣的次数，去世前的言行举止，妻妾的多少和前后对待她们的态度，与子女的关系，与兄弟、友人的相处情况，等等。然后就这几个具有典型意义的方面进行分析对比，折射出他们在性格、人品、德行上的差异、优劣。如哭泣，曹操有14次，刘备6次，孙权13次，说明刘备并不好哭。又如曹操活了66岁，刘备活了63岁，孙权活了71岁；面临死亡时孙权怕死而祈求仙人赐福延寿，表现得猥琐和毫无英雄气概，曹操则从容，刘备最淡定而泰然。再如对儿子，孙权将宠爱的两个儿子一个废黜、流放，一个赐死；曹操只是疏远厌恶的儿子；刘备虽将养子赐死却心有不忍而流泪。再如对妻妾，曹操临死都无法释怀对丁夫人的歉意，刘备兵败白帝城还诏令迁葬甘夫人并进行追封，而曹丕称帝后却赐死发妻甄氏，司马懿得势后则当面辱骂发妻张春华。通过同类量化的这种情感对比认识，

6位英雄德行的差异、人品的高下，昭然若揭。而诸葛亮被誉为"万古云霄一羽毛"，其人品、道德之高洁，受到后世尊崇，则实至名归。

这种从情感切入选取几个具有典型意义的方面来进行解析论述，来进行同类量化的对比认识，不仅揭示出人物复杂多变的性格和丰富的情感世界，弥补了史书较少描写人物心理、情感的遗憾，同时也把一个个鲜活、丰满的人物展现出来，让人们看到与才能、事功分析评价下完全不同的三国英雄。这种从情感角度切入的解析看到的三国英雄形象，甚至会颠覆传统的看法，使人们对他们产生崭新的认知。

在十几年间，我围绕几个资料丰富的三国人物的情感这一主题，陆续撰写二十多篇文章（有的已经发表），现在汇辑成书，其意便在于此，祈望能如愿以偿。

我今年已是七十有七，写作中常感心有余而力不足。尽管有严谨的习惯，在不少问题上也几经推敲，字斟句酌，竭力想表述得恰当、稳妥。但是，有的论述仍存在不尽人意之感。因此，书中难免有失当、失误甚至错讹之处，敬请读者诸君不吝指正。

谭良啸　谨识

2020年8月

目　录

曹
丕

刘

备

諸葛亮

孙权

曹操

子治世之能臣，乱世之奸雄。

——〔东汉〕许劭曰。（《三国志·魏书·武帝纪》注）

曹操（155—220）

一名吉利，字孟德，小名阿瞒，沛国谯（今安徽亳州）人，生于东汉永寿元年（155），死于建安二十五年（220），享年66岁。葬高陵（今河南安阳）。

曹操20岁举孝廉，进入政治舞台。史籍记载，他因人因事哭泣14次，和刘备、孙权相比，是流泪最多的一个；他死前留下遗令、遗言，主张薄葬，平静对待死亡；他为报父仇两次攻伐徐州，疯狂屠杀；他喜欢孩子，包括养子，不过在25个儿子中只喜爱几个，并尽心培养；他妻妾成群，史书立传的仅1人，可考姓氏者16人；对原配丁夫人的愧疚、立倡家卞氏为王后，反映出他的夫妻情。

曹操的眼泪，面临死亡的心态，与父亲、妻妾、儿子的关系，传递出他的亲情、哀伤、感激、感动、真诚，把一个性格多面、情感丰富而复杂的曹操呈现在世人面前。这是一个与历史上叱咤风云、凶残狡诈的他不同的曹操，可能会颠覆世人头脑中对他的印象。

曹操14次哭泣的情感透视

一、哭泣的事件及缘由

史籍文献载录的曹操哭泣如下。

（一）鲍信之死

《三国志·魏书·武帝纪》载：

遂进兵击黄巾于寿张东。（鲍）信力战斗死，仅而破之。购求信丧不得，众乃刻木如信形状，祭而哭焉。（事在初平三年，192年，曹操38岁）

为什么曹操对鲍信之死"祭而哭焉"呢？

1. 鲍信倾心资助、支持名微兵寡的曹操

鲍信"收徒众二万，骑七百，辎重五千余乘。是岁，太祖始起兵于已吾，信与弟韬以兵应太祖"①。后又积极配合陈宫迎曹操领兖州牧。《武帝纪》载："信乃与州吏万潜等至东郡，迎太祖领兖州牧。"

2. 鲍信认同、推崇曹操

《魏书》记载："时（袁）绍众最盛，豪杰多向之。（鲍）信独谓太祖曰：'夫略不世出，能总英雄以拨乱反正者，君也。苟非其人，虽强必毙。君殆天之所启！'遂深自接纳，太祖亦亲异之。"后

史籍记载，曹操一生中因人因事而哭泣14次。亲人之安危，亲密臣下之辞世，功勋卓著谋士的逝去，舍命救己将士的捐躯，这些都叩击着他的心扉，撞击着他的情感闸门，他悲伤、感激，禁不住热泪横流。这些哭泣出于骨肉之情、故旧之情、感激之情、悲悯之情、感佩忠孝气节之情怀等；这些哭泣出于真诚良善，让人们窥见他人品、性格的另一面，感悟到他的人格魅力；这些哭泣是他丰富多彩的情感世界、驳杂思想和复杂人性的生动体现。

——题记

每个人都因悲因喜而哭泣过，曹操一生哭过多少次，现已无从知晓。检索《三国志》（含裴松之注引）及相关文献，得知曹操登上政治舞台之后，因14件事而哭泣流泪。是什么冲击了他心灵的壁垒，使其情感决堤，哭泣泪流？这些泪水，传递出他怎样的品行、情感，有着什么样的故事呢？

---

① 〔晋〕陈寿撰，〔南朝·宋〕裴松之注：《三国志·魏书·鲍勋传》卷十二注引《魏书》，中华书局，1959年，第384页。

又建策曹操，"'可规大河之南，以待其变。'太祖善之"。鲍信慧眼识英雄，曹操视之为知己。

3. 鲍信为救曹操力战而死

史称："太祖以贼恃胜而骄，欲设奇兵挑击之于寿张。先与信出行战地，后步军未至，而卒与贼遇，遂接战。信殊死战，以救太祖，太祖仅得溃围出，信遂没，时年四十一。"[1]

从以上三点得知，在曹操起兵初期，鲍信即鼎力支持，并倾心拥戴，这让曹操视其为知己，心怀感激；继而鲍信为解救曹操战死。这舍命相救的情义直击曹操的心灵，让他感动并悲伤不已。所以在鲍信死后，曹操悬赏寻找他的遗体，未寻得就用木头刻一个，然后痛哭着举行了祭奠。他心中感激、悲伤之情方得以纾解。

这眼泪传递出曹操深深的哀伤，传递出曹操对在力寡势弱时真心支持者的铭记，表达了他感恩怀德的情怀。

（二）报父仇征陶谦归来时

《三国志·魏书·吕布传附张邈传》载：

太祖之征陶谦，敕家曰："我若不还，往依孟卓。"后还，见邈，垂泣相对。（事在初平四年，193年，曹操39岁）

为什么曹操征讨陶谦归来会与张邈"垂泣相对"？

1. 曹操与张邈性情投合，成为亲密朋友

张邈，字孟卓，年少即以豪侠闻名，"太祖、袁绍皆与邈友"。他在京城不愿接受董卓的举荐而逃离，至陈留为太守，后与曹操均举兵参加讨伐董卓的同盟。"袁绍既为盟主，有骄矜色，邈正议责绍。绍使太祖杀邈，太祖不听，责绍曰：'孟卓，亲友也，是非当容之。今天下未定，不宜自相危也。'邈知之，益德太祖。"[2]正是这种相知相依的生死情义，曹操出征前将家人托付给张邈，事后才"垂泣相对"。

2. 为报杀父仇攻打陶谦，胜负未知

曹操之父在徐州被害，曹操誓死报仇，而徐州实力不弱，征战前途未卜，曹操在出发前把自己的家人托付给至诚好友，交代他们若自己战死未归，就去投靠张邈。不料攻打徐州之战势如破竹，陶谦败走。曹操泄愤发狂，"多杀人民""死

① 〔晋〕陈寿撰，〔南朝·宋〕裴松之注：《三国志·魏书·鲍勋传》卷十二注引《魏书》，中华书局，1959年，第384页。

② 〔晋〕陈寿撰，〔南朝·宋〕裴松之注：《三国志·魏书·吕布传附张邈传》卷七，中华书局，1959年，第221页。

者万数，泗水为之不流"。

曹操为报父仇，抱着必死之心而去；而杀人屠城后凯旋，他百感交集。面对亲人、友人，心中郁积的情感一下子迸发，他情不自禁而泪流满面。这眼泪，是因为杀父之仇得报，长久压抑在心中的丧父悲情的纾解；这眼泪，是战后生还、大开杀戒后的抑郁情绪的宣泄。曹操重亲情、重友情，他内心深处的脆弱通过满面的泪水在好友面前表现了出来。

（三）典韦之死

《三国志·魏书·典韦传》载：

（曹操）闻韦死，为流涕，募间取其丧，亲自临，哭之，遣归葬襄邑，拜子满为郎中。（事在建安二年，197年，曹操43岁）

典韦之死为什么让曹操一而再再而三地哭泣？

1. 曹操十分信任和赏识典韦

史称典韦"形貌魁梧，旅力过人；有志节任侠"；在濮阳之战中，他率敢死队冲击吕布军，冒死掩护曹操撤退。此后成为曹操的近身侍卫长，他"性忠至谨重，常昼立侍终日，夜宿帐左右，稀归私寝"[1]。其尽职尽责、英勇豪壮之性格

深受曹操喜爱和赞赏。

2. 感动于典韦为保护自己英勇战死

张绣反叛，曹操轻骑逃走，典韦力战，阻止叛军追击。部下死伤殆尽，他也受伤数十处，仍拼死杀敌，甚至"双挟两贼击杀"；最后，"创重发，瞋目大骂而死。贼乃敢前，取其头，传观之"[2]。事后得知典韦英勇战死的细节，曹操心中震撼，热泪夺眶而出。他感动、感激，于是招募间谍去找回典韦的遗体，并亲自举行祭奠。面对典韦无头而遍体伤痕的遗体，他又禁不住痛哭泪流。然后，派人送典韦遗体回故里隆重安葬，安排他的儿子任职。

典韦的死让曹操悲伤流泪，典韦的相救之恩让曹操铭记难忘。痛哭典韦的泪水表现了曹操重情重义、怀义感恩的情怀。

（四）祠祭战殁将士

《三国志·魏书·武帝纪》注引《魏书》曰：

（曹操）临淯水，祠亡将士，歔欷流涕，众皆感恸。（事在建安二年，197年，曹操43岁）

为什么祠祭"淯水之难"阵亡将士，

[1]〔晋〕陈寿撰，〔南朝·宋〕裴松之注：《三国志·魏书·典韦传》卷十八，中华书局，1959年，第544页。

[2]〔晋〕陈寿撰，〔南朝·宋〕裴松之注：《三国志·魏书·典韦传》卷十八，中华书局，1959年，第545页。

曹操会"歔欷流涕"？

1. "淯水之难"中捐躯的将士让曹操难以忘怀

张绣反叛曹操之战发生在宛县淯水之滨，称"淯水之难"。此战中，曹操"为流矢所中，长子昂和弟子安民遇害"，典韦和他的部下无不以一当十，不顾自己生死，舍命保护曹操脱逃，厮杀惨烈，最后纷纷战死。之前哭祭典韦是为一个人，而这次是面向"淯水之难"中所有阵亡将士。因为"淯水之难"中捐躯将士的惨烈厮杀情景让曹操惊魂，难以忘怀。

2. 为自己的过失深为自责，深感愧疚

这场战事的起因是：曹操征张绣，张绣降后他进入宛城，一时忘乎所以；因为好色，"纳张济之妻，绣恨之；又以金与绣骁将胡车儿，绣闻而疑惧，袭击操军"①。也就是说，曹操将张济妻（张绣的婶娘）收入帷帐中享用，让张绣蒙羞受辱；又去收买张绣的骁将胡车儿，结果导致张绣降而后叛。曹操深知造成"淯水之难"的原因，但他避谈具体的原因，只对诸将说："吾知所以败。诸卿观之，自今已后不复败矣。"②他要举行一场隆重的祭奠，以表达他的感激之情、愧疚之意。所以在这年十一月，曹操再次南征张绣至宛时，特地来到淯水——他曾经遭受张绣攻击的地方。身临其境，面对死去将士的英灵，面对往日袭击激战留下的斑斑痕迹，儿子、侄子、典韦和将士们勇武杀敌战死的情景浮现在眼前。曹操心酸哽咽，不禁泪流满面。于是在淯水边修祠立灵牌，举行了祭奠阵亡将士的隆重仪式。肃穆的祭礼，曹操的抽泣呜咽，让在场的将士陷入悲伤之中，有的竟失声大哭。将士们同仇敌忾之斗志在这一感人的哭祭中得到激发。

而曹操的感激、愧疚，通过这一感人的哭祭场面得到表达；他内心长久压抑的哀伤、悲悯，也在这一感人的哭祭场面中得以纾解。他的泪水，表达了对阵亡将士的敬重；也减轻了他的过失，并使他得到了解脱。

（五）嘉赞毕谌

《三国志·魏书·武帝纪》载：

张邈之叛也，邈劫（毕）谌母弟妻子；公谢遣之，曰："卿老母在彼，可

① 〔宋〕司马光编著，〔元〕胡三省音注：《资治通鉴·汉纪·献帝建安二年》卷六十二，中华书局，1956年，第1994页。

② 〔晋〕陈寿撰，〔南朝·宋〕裴松之注：《三国志·魏书·武帝纪》卷一，中华书局，1959年，第15页。

去。"谌顿首无二心，公嘉之，为之流涕。既出，遂亡归。及（吕）布破，谌生得，众为谌惧，公曰："夫人孝于其亲者，岂不亦忠于君乎！吾所求也。"以为鲁相。（事在建安三年，198年，曹操44岁）

为什么毕谌的忠心让曹操流泪？

毕谌时任曹操的别驾从事史。张邈反叛，劫持了他的母亲、弟弟、妻室儿女。曹操向他表示歉意后让他去寻找亲人，说："你母亲在那边，可以离开。"毕谌立即伏地磕头，表示绝无二心，不会离去。曹操大为赞许他的弃孝守忠，为此感动得流下眼泪。没想到毕谌一转身就逃跑到他母亲那里去了。后来毕谌又被活捉，曹操却没有杀他，说："一个能孝顺父母的人难道会不忠于君王吗？我正寻求这样的人。"然后加以重用。

曹操从小接受儒家思想的教育，在他复杂人品中有以儒家忠孝仁义衡量人的一面。所以他自己重孝道，也敬重尽孝、忠心之士，认为能尽孝者必能尽忠。当忠孝不能两全之时，毕谌能舍亲人追随他，其忠心让他感动；事后毕谌不舍亲人而离开他，弃忠去尽孝，他仍然赞赏，并十分理解，不予追究。这眼泪、这赞许，都源于植根在曹操内心深处的孝道观念和忠义情结。

（六）陈宫赴死时

《三国志·魏书·吕布传》注引《典略》曰：

下邳败，军士执布及宫，太祖皆见之，与语平生，故布有求活之言。太祖谓宫曰："公台，卿平常自谓智计有余，今竟何如？"宫顾指布曰："但坐此人不从宫言，以至于此。若其见从，亦未必为禽也。"太祖笑曰："今日之事当云何？"宫曰："为臣不忠，为子不孝，死自分也。"太祖曰："卿如是，奈卿老母何？"宫曰："宫闻将以孝治天下者不害人之亲，老母之存否，在明公也。"太祖曰："若卿妻子何？"宫曰："宫闻将施仁政于天下者不绝人之祀，妻子之存否，亦在明公也。"太祖未复言。宫曰："请出就戮，以明军法。"遂趋出，不可止。太祖泣而送之，宫不还顾。（事在建安三年，198年，曹操44岁）

为什么曹操对陈宫从嘲笑转向敬重，并哭泣送他赴死？

1. 与陈宫有故友之情

陈宫，字公台，"刚直烈壮，少与海内知名之士皆相连结"。他是兖州豪杰，在地方上很有声望。曹操起兵之时，力寡势弱，陈宫凭借自己的影响和关系支持曹操，筹划拥戴曹操为兖州牧。史载：

"（刘）岱既死，陈宫谓太祖曰：'州今无主，而王命断绝，宫请说州中，明府寻往牧之，资之以收天下，此霸王之业也。'宫说别驾、治中曰：'今天下分裂而州无主，曹东郡（曹操），命世之才也，若迎以牧州，必宁生民。'"①于是曹操一跃而成为州牧，地位提高，实力渐强。这让曹操感念于怀。

2. 为陈宫的凛然正气所感

陈宫因曹操在徐州屠城和诛杀名士边让一族而叛离，投奔吕布并与之作对，这令曹操怀恨在心。如今陈宫被俘获，曹操心中十分惬意，因此调侃、刺激陈宫，以解心中被他背弃、算计之怨恨。陈宫正气凛然以死作答，曹操则以他老母、妻子发难，不料陈宫以孝义仁德的原则将老母、妻子、儿女交付给曹操处理，令曹操无言以对，十分尴尬。然后陈宫大步往外赴刑，军士都无法阻止。这种士大夫的凛然正气让曹操震撼。

3. 感佩陈宫就刑时表现出的名士气节

在陈宫就刑前这短暂的时间里，曹操思绪万千，情感跌宕起伏。他从对陈宫的嘲弄，到以其老母妻儿的死活相威逼；

① 〔晋〕陈寿撰，〔南朝·宋〕裴松之注：《三国志·魏书·武帝纪》卷一注引《世语》，中华书局，1959年，第10页。

从无言以对陈宫的诘难，转而对陈宫曾在困难时迎他为兖州牧旧情的顾念，再到感佩陈宫慷慨赴义的气节，心中的怨恨、尴尬、旧情、敬重、惋惜都一一在脑海中浮现，让曹操百感交集；也让曹操纠结，产生不忍，难以下达斩首之令；当陈宫大步赴刑之时，其凛然气概给予曹操以强烈的冲击，让曹操热泪盈眶，不自主地起身为他送行。而陈宫对曹操的悲泣和起身致意，竟然没有回头一顾。

这眼泪，说明曹操内心深处始终存在着的忠孝仁义观念，存在着对名士气节的敬重、向往；始终心存怀德感恩之情，对在起兵势弱时得到的支持、拥戴难以忘怀。

（七）悼祭袁绍

《三国志·魏书·武帝纪》载：

邺定。公临祀（袁）绍墓，哭之流涕；慰劳绍妻，还其家人宝物，赐杂缯絮，廪食之。（事在建安九年，204年，曹操50岁）

为什么曹操要哭祭袁绍，并善待其家人？

曹操从建安九年（204）元月渡河攻打袁军，至八月攻入邺城，除袁尚率万余人逃走外，袁军几乎全军覆没。袁绍兵败气死，儿子奔逃，曹操占据了袁绍的老巢邺城，他没有喜形于色，得意洋洋，而是亲自到袁绍墓前进行祭奠，"哭之流涕"；然后"慰劳绍妻，还其家人宝物，赐杂缯絮"，并让官府担负袁氏家人的食粮。他以一个旧时好友的情分承担起应尽的责任。对此，晋人孙盛对于曹操哭祭袁绍并善待其家人很不理解，曾加以指责说曹操"尽哀于逆臣之冢，加恩于饕餮之室，为政之道，于斯颇矣"[1]。非为政之良策。

其实，曹操在战胜袁绍之后至其墓祭而哭之，有两方面的原因。

1. 怀旧重情性格的流露

曹操的性情中有重情重义的一面，但又牢牢铭记举兵奋战的目标。他与袁绍少小为友，共同嬉戏、恶作剧，留下不少美好、纯真的回忆。其后步入政坛，投入厮杀，二人分分合合，恩恩怨怨，终因道不同而成为势不两立的敌人。

作为敌人，曹操对袁绍家族有斩尽杀绝之势；作为曾经的友人，对于他的死，曹操心中残存的情谊又使他流露出怀念、哀伤。朋友变敌人，不得不兵戎相见，直至你死我活。这样的结局，让曹操深感无奈，进而悲伤流泪。所以他对袁绍的家人

---

① 〔晋〕陈寿撰，〔南朝·宋〕裴松之注：《三国志·魏书·武帝纪》卷一注引孙盛语，中华书局，1959年，第25页。

努力尽一点旧时朋友的义务。

2. 收买人心

袁绍在冀州经营多年，根基很深；又以"为人政宽"的表象，颇得一些士人的拥戴。曹操做出哭祭袁绍并善待其家人的举动，既表示自己是一个有情有义的人，又是为了感化他人，收买人心，特别是针对冀州一批谋士的作秀之举。

曹操祭袁绍墓，哭之涕流，既是对年少时纯真友情的顾念，是对年少友人情感的流露，也是政治斗争策略需要的一种表演。

（八）任峻之死

《三国志·魏书·任峻传》载：

（任）峻宽厚有度而见事理，每有所陈，太祖多善之。于饥荒之际，收恤朋友孤遗，中外贫宗，周急继乏，信义见称。建安九年薨，太祖流涕者久之。（事在建安九年，204年，曹操50岁）

为什么曹操对任峻之死"流涕者久之"？

1. 任峻追随曹操功绩卓著

史载，任峻在曹操起兵之初，"众不知所从"之时，"独与同郡张奋议，举郡以归"；"又别收宗族及宾客家兵数百人，愿从太祖。太祖大悦，表峻为骑都尉；妻以从妹，甚见亲信"。曹操因此以

联姻的形式表示对任峻的亲近、信任。后任峻为典农中郎将，实施屯田，"数年中所在积粟，仓廪皆满"。陈寿评论说："任峻始兴义兵，以归太祖；辟土殖谷，仓庾盈溢，庸绩致矣。"

这样一个最初就全力支持曹操并建有大功的人；这样一个明理而有度量，总是有好建言的人；一个有信义、讲义气，对亲朋好友亲善的人，曹操非常赏识、敬重，念其功绩，重其人品。

2. 曹操赞赏尊重忠直、信义、重情的文士武人

曹操性格复杂，不过，他始终赞赏尊重忠直、信义之士，希望自己的手下都是那样的人。任峻就是这样的人，身上有着曹操赏识的种种美德，他的死触动了曹操心中压抑的情感，所以他痛哭流泪良久。

哭任峻的眼泪，向世人表达了曹操对人品、人性的好恶态度，是他内心深处始终存在的以儒家忠孝节义作为衡量一个人的标准的又一体现。

（九）爱子曹冲夭亡

《三国志·魏书·曹冲传》载：

（曹冲）年十三，建安十三年疾病，太祖亲为请命。及亡，哀甚。文帝宽喻太祖，太祖曰："此我之不幸，而汝曹之幸也。"言则流涕。（事在建安十三年，208年，曹操54岁）

为什么曹操对曹冲的死极度哀伤，言则流泪？

曹操对儿子关爱，从现存的资料如《诸儿令》中，可以看到曹操对他们成长的关爱和文治武功的培养[1]。他特别喜欢聪明伶俐的孩子，在众多儿子中，有六七个受到青睐，而曹冲是曹操的最爱。曹冲字仓舒，"少聪察岐嶷，生五六岁，智意所及，有若成人之智"，留下"曹冲称象"的著名故事。曹操深爱之，常在群臣面前称赞他的才智、仁爱，"有欲传后意"，有把曹冲作为继承人培养的意思。奈何天妒英才，聪慧善良、心地仁爱、识见通达的曹冲在十三岁时患病死去。重病之时，曹操遍求名医，甚至后悔杀了华佗，还亲自祭拜上苍以求保全曹冲的性命。但是，曹冲还是走了。爱子夭亡，曹操极为哀痛，悲伤不已。当曹丕来劝慰他时，他说："这是我的不幸，却是你们的幸运啊！"一说起曹冲，就情不自禁地泪流满面。

被寄予厚望的曹冲的早逝，对年过半百的曹操的打击非常大，他的眼泪里饱含

[1]〔三国〕曹操著，中华书局编辑部编：《曹操集·文集》卷二，中华书局，2012年，第47页。

着一个慈父深深的哀痛，饱含着对聪慧仁德儿子浓厚的怜爱之情。

（十）感佩先贤

《三国志·魏书·武帝纪》注引《魏武故事》曰：

昔乐毅走赵，赵王欲与之图燕，乐毅伏而垂泣，对曰："臣事昭王，犹事大王；臣若获戾，放在他国，没世然后已，不忍谋赵之徒隶，况燕后嗣乎！"胡亥之杀蒙恬也，恬曰："自吾先人及至子孙，积信于秦三世矣；今臣将兵三十余万，其势足以背叛，然自知必死而守义者，不敢辱先人之教以忘先王也。"孤每读此二人书，未尝不怆然流涕也。（事在建安十五年，210年，曹操56岁）

这是曹操在《让县自明本志令》中表白的一段话。为什么他强调自己读到乐毅、蒙恬的自我表白时会"怆然流涕"？

1. 被误解、攻击后深感委屈的情感被触发

曹操"挟天子以令诸侯"、专擅朝政后，受到诸多攻击、责难。他一统北方，权势增大，朝廷内外的政敌就不断攻击他有"不逊之志"，欲废汉自立。此时，赤壁兵败，形势对他不利。为了回击政敌的攻击，安定朝内拥汉派，他公开发布了此令。令文叙述了自己的从政经历和思想变

化，反复申明自己忠于汉室，强调有些做法是从大局出发不得已而为之，并无"不逊之志"。因之此文又名《述志令》。

曹操在令文中举出乐毅、蒙恬面临违背自己做人原则时的告白，对他们至死不渝的忠贞感佩不已，对于他们为守义而宁愿被误解深表同情和理解。想到自己受到的攻击、责难，曹操也甚为憋屈，一种感同身受的处境让他怆然泪下。曹操想用自己有感而流出的泪水告诉天下，他是忠于汉室的。

2. 事实证明，曹操的哭是一种政治手腕

曹操的流泪，一方面是为乐毅、蒙恬的忠贞所感动，是真情；另一方面也是对他视皇帝为傀儡的专横霸道行径做掩护，是权术的运用。

（十一）荀攸之死

《三国志·魏书·荀攸传》载：

（荀）攸从征孙权，道薨。太祖言则流涕。（事在建安十九年，214年，曹操60岁）

为什么曹操对荀攸之死"言则流涕"？

1. 对功勋卓著谋臣的哀念

荀攸字公达，是曹操的重要谋士，功勋卓著。史称："太祖素闻攸名，与语大悦，谓荀彧、钟繇曰：'公达，非常人也，吾得与之计事，天下当何忧哉！'以

为军师。"作为谋臣，荀攸在曹操身边建言献策颇多。在上表为荀攸请求封爵时，曹操说："军师荀攸，自初佐臣，无征不从；前后克敌，皆攸之谋也。"于是荀攸被封为陵树亭侯。荀攸"深密有智防"，为人深沉低调，思虑周密，有预防祸患的智谋。自从随曹操四处征伐，常常运筹帷幄，但是外人和自家子弟都不知他的计谋是什么。曹操十分赞赏他"不伐善，无施劳"，从不夸耀表现自己。陈寿评曰："庶乎算无遗策，经达权变，其良、平之亚欤！"说他没有失算的计谋，通晓和运用权变仅次于西汉的谋臣张良、陈平。

2. 对智谋贤德大才的珍惜

荀攸的才识品德，曹操赏识有加。荀攸被时人称为"大贤君子"。曹操曾说："孤与荀公达周游二十余年，无毫毛可非者。"又说："荀公达真贤人也，所谓'温良恭俭让以得之'。孔子称'晏平仲善与人交，久而敬之'，公达即其人也。"[①]所以曹操对曹丕说："荀公达，人之师表也。汝当尽礼敬之。"一次，荀攸生病，曹丕前去慰问，单独跪拜于

---

① 〔晋〕陈寿撰，〔南朝·宋〕裴松之注：《三国志·魏书·荀攸传》卷十注引《魏书》，中华书局，1959年，第325页。

床前。荀攸因才德受到曹氏父子的特别尊重。

对于这样德才兼备的谋臣的中途去世，曹操悲痛不已，一说到荀攸就伤心流泪。而这时时流淌的泪水，说明他与忠心耿耿、才华横溢的谋臣相处相知，相互了解赏识，由君臣到朋友，产生了感情。他的哭是至真至情的流露，表达了对智谋贤德大才的珍惜。

（十二）袁涣之死

《三国志·魏书·袁涣传》载：

（袁涣）居官数年卒，太祖为之流涕；赐谷二千斛，一教"以太仓谷千斛赐郎中令之家"，一教"以垣下谷千斛与曜卿家"，外不解其意。教曰："以太仓谷者，官法也；以垣下谷者，亲旧也。"

（事在建安二十一至二十四年，216—219年，曹操62～65岁）

为什么曹操因袁涣的死"为之流涕"？

1. 袁涣是一位刚直勇敢、循礼守义的士人

袁涣字曜卿，父亲曾任司徒，位列三公，"诸公子多越法度，而涣清静，举动必以礼"。刘备任豫州牧时，举荐他为茂才。后来在吕布麾下时，"布欲使涣作书詈辱（刘）备，涣不可，再三强之，不许。布大怒，以兵胁涣曰：'为之则生，

不为则死。'涣颜色不变"，笑而对答了一番话，说得"布惭而止"。他尊崇做人道义，在原则面前，表现得刚直勇敢，受到尊重。"时有传刘备死者，群臣皆贺；涣以尝为备举吏，独不贺。"陈寿评价袁涣："躬履清蹈，进退有道。"说他行为清高，进退遵循道义。

2. 袁涣以仁义建言献策，都被曹操采纳

袁涣归附曹操后，曾任梁国相，谏议大夫，丞相军祭酒，最后为郎中令，行御史大夫事，官至九卿。他的建言献策，立足仁义，颇有见地。如他对曹操说："夫兵者，凶器也，不得已而用之。鼓之以道德，征之以仁义，兼抚其民而除其害。"现在乱世，需要"齐之以义"；希望曹操奉行仁义道德一统天下。对此谏言，"太祖深纳焉"。又如他对曹操说："今天下大难已除，文武并用，长久之道也。"希望曹操文武并用，弘扬圣人教诲，从而使万众归心。"太祖善其言"。史称，他"为政崇教训，恕思而后行，外温柔而内能断"，行为清高，遵循道义，受到曹操赏识。

3. 袁涣廉洁自律，备受赞誉

袁涣"前后得赐甚多，皆散尽之，家无所储，终不问产业，乏则取之于人"。

当时的人都佩服他的清廉。

4. 曹操对奉行儒家仁义道德的士人赏识、尊重

曹操性格复杂，在"能臣"与"奸臣"之间游走。虽然残酷的政治斗争迫使他不能去奉行仁义道德，不过在他内心深处总是对那些奉行儒家仁义道德的士人十分赏识、尊重，有的还被他视为知己、朋友。袁涣就是这样的一个士人，身上有着曹操赏识的多种美德，他的死触动了曹操心中压抑的情感，所以曹操为之流泪哭泣。

对袁涣之死的哭泣，是曹操以仁义道德为标准衡量一个人的又一体现，是他敬重循礼守义、刚直忠心、清正廉洁士人的又一事例；表达了他内心深处存在着的赞赏、尊重忠直礼义之士的情怀。

（十三）庞德之死

《三国志·魏书·庞德传》曰：

（在樊城与关羽交锋）短兵接战。（庞）德谓督将成何曰："吾闻良将不怯死以苟免，烈士不毁节以求生，今日，我死日也。"战益怒，气愈壮，而水浸盛……水盛船覆，失弓矢，独抱船覆水中，为羽所得，立而不跪。羽谓曰："卿兄在汉中，我欲以卿为将，不早降何为？"德骂羽曰："竖子，何谓降也！魏王带甲百万，威振天下。汝刘备庸才耳，岂能敌邪！我宁为国家鬼，不为贼将也。"遂为羽所杀。太祖闻而悲之，为之流涕，封其二子为列侯。（事在建安二十四年，219年，曹操65岁）

为什么庞德被杀曹操闻而悲伤哭泣？

1. 庞德的慷慨赴死令人感动

庞德本是马超的部属，随马超到汉中投在张鲁帐下，曹操得汉中后降曹。曹操"素闻其骁勇，拜立义将军，封关门亭侯，邑三百户"。当他与于禁屯樊城讨伐关羽时，因其兄庞柔在蜀汉为官，又是降将身份，受到诸将怀疑。他常常表白："我受国恩，义在效死。我欲身自击羽，今年我不杀羽，羽当杀我！"由于大雨连绵，汉水泛滥，关羽趁机攻城，曹军力战不支。庞德鼓励将士说："吾闻良将不怯死以苟免，烈士不毁节以求生，今日，我死日也。"越战越怒，越战越勇，终因水大船翻，落水被俘。面对关羽，庞德立而不跪。关羽说："卿兄在汉中，我欲以卿为将，不早降何为？"庞德大骂说："竖子，何谓降也！魏王带甲百万，威振天下。汝刘备庸才耳，岂能敌邪！我宁为国家鬼，不为贼将也。"于是慨然就死。

2. 屈节投降和至死不渝强烈对比产生的冲击

樊城之战，于禁投降，"惟庞德不屈节而死。太祖闻之，哀叹者久之，曰：'吾知禁三十年，何意临危处难，反不如庞德邪！'"[1]于禁的屈节投降，更彰显出庞德至死不渝的忠贞，形成强烈冲击，触动了曹操的心扉，让曹操感佩、悲伤、泪流。

曹操哭庞德的眼泪，出自他心中对忠勇将士的至尊至爱情结。

（十四）临终托付年幼子女

西晋人陆机在《吊魏武帝文·并序》中曰：

（曹操）持姬女而指季豹，以示四子，曰："以累汝。"因泣下。[2]（事在建安二十五年，220年，曹操66岁）

为什么曹操在临死托付年幼子女时要哭泣？

1. 曹操在临死前忧虑年幼子女的成长

临死前曹操抱着幼小的女儿，指着最小的儿子，对守护在身旁已成年的几个儿子说："这就托付给你们，拖累了。"他把年幼的弟妹托付给年长的哥哥，话说得十分客气委婉，说完不禁泪下。《文选》

① 〔晋〕陈寿撰，〔南朝·宋〕裴松之注：《三国志·魏书·于禁传》卷十七，中华书局，1959年，第524页。
② 〔南朝·梁〕萧统编，〔唐〕李善注：《文选·吊魏武帝文并序》卷第六十，上海古籍出版社，1986年，第2596页。

李善注引《魏略》说，此幼女、幼子是"杜夫人生沛王豹及高城公主"，四子是当时守在曹操身边的曹丕、曹彰、曹植、曹彪。

2. 托付年幼子女的哭泣体现父爱

一位曾经号令千军万马的英雄，在临终之际，老泪横流，竟以"拖累"二字来托付幼小的子女，要求成年的哥哥们一定要好好照顾弟妹。因此，陆机感叹，这位曾经以平定天下为己任的霸气英雄，如今连自己疼爱的子女也只能托付于他人了。

这托付年幼子女的哭泣，让人看到的是曹操临死前作为一个慈祥父亲的回归，表现出的是常人的情感、常人的脆弱；同时也让人看到他对儿女们平安成长、兄弟和睦相处的深深期许。

二、泪水传递出的情感

通过分析，曹操因14件事的哭泣，都是有感而发，都是他心灵受到触动，被激起波澜，因而潸然泪下。这泪水，让人们窥见他人品、性格中良善的一面，看到他情感世界的丰富多彩。

（一）哭泣传递出的丰富情感

作为一个在血肉横飞的疆场上跃马驰骋的英雄，曹操心中仍有脆弱的一面，仍有常人的亲情、悲悯、哀伤、感动、报恩等情感。

一个人哭泣的原因各式各样，有悲伤落泪、感激涕零、喜极而泣、感动流涕、委屈哭泣等。从38岁到66岁的20多年的时间里，曹操哭泣14次，原因具体可分为：

（1）因骨肉亲情而哭，如报父仇后见张邈的哭，爱子曹冲之死的痛哭，临死前托付年幼子女的哀伤。

（2）因哀痛舍身救己力战至死的将士而哭，如哭鲍信，哭典书，哭祭淯水战死将士。

（3）因感佩忠直仁孝之士而哭，如对毕谌忠孝之心的感动，哭陈宫守节赴死，哭袁涣之死，哭任峻之死，哭庞德的宁死不屈。

（4）因功绩卓著谋士之死而哭，如荀攸之死。

（5）因故友旧情而哭，如祭奠袁绍之哭。

（6）因感触于古代贤臣良将之忠直而哭，如自述读乐毅、蒙恬书而流泪。

由此可以看出，曹操的14次哭泣表达的情感色彩丰富斑斓。原因有孝亲、骨肉之情，故旧之情，感激之情，悲悯之情，感佩忠孝气节之情等。亲人之死，亲密臣下之亡，功勋卓著谋士的逝去，舍命救己将士的战死，这些人的死都叩击着他的心扉，触发了他的情感，他悲伤、感动、感激，抑制不住热泪横流。

（二）哭泣传递出的真实感情

曹操的哭泣是在得知勇将、谋士、忠臣、义士之死时，内心受到冲击，是情感的真诚流露。

1. 14次哭泣的真情成分

对曹操的这14次哭泣，分析其情感的真伪可以看出，其中12次为真情实意。其哭或因哀伤，或被感动，或出于感激，都不是作秀表演，他也没有必要去作秀。一般认为，祭奠袁绍之哭和在《述志令》中称读乐毅、蒙恬书而哭这2次系真假参半，其中既有触景生情，也有因政治斗争需要的成分。

2. 流泪的真情成为行动在延续

曹操哭泣情感的真诚，还表现在他并不是哭哭就完了，而是把他哀伤流泪的真情变成切实的行动延续下去、体现出来。在哭后他认真实施一系列照顾死者家人的事，而且做得持久、周到，甚至完美，让那些人的家室、子孙深切地感受到曹操的真情实意。这从14件哭泣事例后续的记载中得到证实。

曹操曾说："臣闻褒忠宠贤，未必当身；念功惟绩，恩隆后嗣。是以楚宗孙叔，显封厥子；岑彭既没，爵及支庶。诚贤君殷勤于清良，圣祖敦笃于明勋也。"[1]他是这样认为的，也是这样做的。如在痛哭、祭祀、安葬典韦后，曹操让典韦的儿子典满任郎中。史载，他每次经过典韦的墓地，"常祠以中牢。太祖思韦，拜（典）满为司马，引自近"。典韦的死让曹操悲伤流泪，典韦的相救之恩让曹操铭记难忘。这种无法割舍的情愫让曹操常常去祭祀典韦，因感激典韦而任命他的儿子，并留在身边。

又如曹操"泣而送"陈宫赴刑后，默默地遵照陈宫的遗言而行。史称：曹操"召养其母，终其身，嫁其女""待其家皆厚于初"。他将陈宫的老母迎来，供养送终；将其女儿抚养成人并许配了人家。对陈宫家人的照料，比当初陈宫自己在世时还要周全、优厚。

再如，曹操在痛哭袁涣之后的赐谷行为，也令人敬服。由于袁涣为官正直清廉，死后家无积蓄，于是曹操分别以国家和自家的谷物各千斛赏赐给袁涣家人，分别以"郎中令之家"和"曜卿家"的称谓来区别公私关系。还特别下令明确说，之所以用自己家的谷物赏赐袁涣家人，是因

---

[1] 〔三国〕曹操著，中华书局编辑部编：《曹操集·文集》卷一，中华书局，2012年，第19页。

为和袁涣是老朋友的关系，而且称呼袁涣的字，不直呼其名，以示亲切、尊重。解决温饱的谷物和暖人心窝的"亲旧"和"曜卿家"的称呼，做得细心、亲切、周到，其情真意切溢于言表。

3. 对一般战死将士的悲悯情怀

对于一般战死的将士，曹操在哭祭他们之后，曾多次发布教令，抚恤他们的家属，供给战死将士子女口粮，免除他们的徭役，关怀具体且落到实处。如建安七年（202）正月，曹操驻军谯县，发布《军谯令》说："其举义兵以来，将士绝无后者，求其亲戚以后之，授土田，官给耕牛，置学师以教之。为存者立庙，使祀其先人。魂而有知，吾百年之后何恨哉！"[1]教令要求：死亡将士没有后代的，找亲戚的子弟来续香火；要分给田地，由官府配给耕牛；要设立学校，请老师来教课；要修祠立庙，让他们享受祭祀等。又如建安十四年（209），曹操再次颁布《存恤吏士家室令》说："自顷以来，军数征行，或遇疫气，吏士死亡不归，家室怨旷，百姓流离，而仁者岂乐之哉？不得已也。其令死者家无基业不能自存者，县官勿绝廪，

长吏存恤抚循，以称吾意。"[2]他要求对那些将士战死后没有家业、家人无能力养活自己的，县府不能停止口粮供应，还要经常去抚恤、看望他们。如此具体而周到的指令、措施，让人深切感受到曹操的悲悯情怀和对战死将士的真情。

（三）哭泣传递出曹操心中始终存在着的良善

曹操的14次哭泣告诉人们，他有家庭伦理观念，顾及自己的父亲儿子；他为人处世有重情重义一面，对那些为他献出生命、为曹魏集团做出过贡献的将士、谋臣、贤吏都心存感激，难以忘怀；对那些忠直仁德之士，他在内心深处始终怀着敬意、赞赏。他的这些哭泣，是一种情感的宣泄，是他哀伤的纾解，也是他内心良善愿望的表达。这些哭泣传递出的真诚良善，赢得了众多智士良将的拥戴，赢得了他们竭智尽忠的效力。

（四）哭泣的原因和效果不能混为一谈

不少论者因曹操的哭泣起到了收买人心、激励将士的作用，而忽略其表达的情感，这是不妥的。曹操哭泣的初衷和情感的表达与其产生的功利效果不能混为一

① 〔晋〕陈寿撰，〔南朝·宋〕裴松之注：《三国志·魏书·武帝纪》卷一，中华书局，1959年，第22、23页。

② 〔晋〕陈寿撰，〔南朝·宋〕裴松之注：《三国志·魏书·武帝纪》卷一，中华书局，1959年，第32页。

谈，或者颠倒主次。他哭祭死者，厚待阵亡将士遗孤，的确有激励生者的意图，也起到了激励将士的效果，但不能说他是为了激励将士而去哭祭，而去厚待死者遗孤，而不是因为受到感动，在表达自己的情感；进而由此来否定曹操哭泣情感的真实性，否定哭泣是他情感的表达和宣泄。在曹操的14次哭泣中，不少是出于超功利的、无私利的纯粹的情感。他的亲情，他的感激，他的钦佩，他的敬重，这些很纯很美的情感，让人们看到曹操真诚、可爱、可敬的一面。当然，其中有的哭泣也有功利、私利的夹杂，有的哭泣还收到明显的功利效果。如毛宗岗评论说："曹操前哭典韦，而后哭郭嘉，哭虽同而所以哭则异。哭典韦之哭，所以感众将士也；哭郭嘉之哭，所以愧众谋士也。前之哭胜似赏，后之哭胜似打。不谓奸雄眼泪，既可作钱帛用，又可作梃杖用。"①不过，无论收到什么样的功利效果，都不能掩盖曹操哭泣的初衷和他要表达的情感，都不能掩盖他内心始终存在着的良善、真诚，不能掩盖他心中的喜怒哀愁。

把曹操哭泣的初衷、原因和达到的功利效果分开，他内心丰富的世界情感才能得到真实的披露。

三、哭泣是他驳杂思想和复杂人性的生动体现

一个人的喜怒哀愁，一个人的内心情感是受他的世界观、价值取向所支配的，是受他的性格、性情所影响的。曹操的这些哭泣揭示了他什么样的价值取向，什么样的世界观，什么样的性格、性情呢？

曹操的虚伪、奸诈、忌刻、无情无义等德行是著称于世的，而这些哭泣流露出的真诚和良善，则与之形成强烈的反差，为什么会这样呢？

早在1959年，关于评价曹操的大讨论时，何兹全先生就指出："曹操这个人物，是充满矛盾的。他是治世的能臣，又是乱世的奸雄。他最奸诈，却又最大信。他最能杀人，却又最能不杀人。曹操身上的矛盾，我们还能举出很多。"②此后，学者们对曹操的为人处世、施政打仗、人品性格、哲学思想等，纷纷撰文著书进行论述，大家都认为，曹操的思想成分驳

① 〔明〕罗贯中著，〔清〕毛宗岗评改：《三国演义》第五十回，上海古籍出版社，1989年，第644页。

② 何兹全著：《论曹操·曹操的矛盾》，载《读史集》，上海人民出版社，1982年，第193页。

杂，诸家杂糅，他的世界观难以确认；他的价值取向也是变化的、多元的，可以因时因人的不同而互相矛盾。曹操的性格、人品也是复杂的、变化的，可以因时因人的不同而互相矛盾。

张亚新先生在《曹操大传》中指出："曹操作为一个政治家，其政治思想是丰富的，复杂的，有时甚至是互相矛盾的。"他因长期的战争实践而形成了丰富的军事思想；他的哲学思想呈现出多元化的特色，包含"以儒、法、兵家思想居于主导地位"的多家思想。在该书的《曹操的性格作风》中他又指出："曹操的性格作风同他的思想一样，呈现出多元、复杂甚至相互矛盾的特色。"其性格中有坦诚的一面，有阴险狡猾的一面；有宽厚的一面，也有多疑猜忌、刻薄寡恩、阴狠残酷的一面。坦诚与权诈，宽厚与忌刻，在曹操这里形成了对立的统一①。

张作耀先生在《曹操传》中认为："曹操不是哲学家，没有什么系统的哲学思想可谈。"但他又"受着一定的世界观、人生观的制约，亦当含有哲学的内涵"。他指出，曹操的思想"受儒家影响很深，根基属于儒家思想范畴，崇尚仁义

礼让，并试图以仁义、道德、礼让教民。此外，我们也不能不重视曹操思想中的重法尚法的一面。他是一个矛盾统一体"。在该书《多才多艺及其谲诈性格》一章中，他说："曹操'是一个两重性矛盾性格突出的人'。"②

邱复兴先生在《曹操今论》中说："探讨曹操的人生哲学，我们不难发现，曹操对前代诸子百家思想精华，广学博取，为己所用，形成了他那独具特色的、多维的思想理念。"并说曹操的思想成分有儒家、法家、兵家、墨家、道家、方技家、名家、阴阳家思想和朴素的唯物辩证思想。他在该书《曹操的品德特性》一章中指出："曹操的思想品德特性是独特的、复杂的，明显的有两重性，互为抵触矛盾，但在曹操的世界观中又得到了和谐的、有机的统一。"并从"倡仁与峻法""重情与弃义""重才与轻德""坦诚与权诈""宽厚与忌刻""庄重与轻佻""节俭与奢侈""禁淫与好色"等八个方面进行了阐述。③

李傲先生指出，似曹操这样的个性

---

① 张亚新著：《曹操大传》，中国文学出版社，1994年，第539-609页。

② 张作耀著：《曹操传》，人民出版社，2000年，第262-289，403页。

③ 邱复兴著：《曹操今论》，北京大学出版社，2003年，第201-247页。

英雄，天下恐怕很难找出第二人。他说曹操"是一个亦阴亦阳、亦明亦暗、亦是亦非、亦忠亦奸的多维人物"，具有在"阳谋与阴谋中游弋的卓越智慧"[1]。

罗家祥先生以27万字的篇幅写就《"性格之王"曹操》一书，对曹操的性格做了全面的解读。他同样认为，曹操的性格是复杂的、多变的、矛盾的。在该书"结论"中他特别指出："曹操本质上的确是一个以正面的性格为主的英雄……'奸雄'二字对于曹操极其精当。他的'雄'，是他正面性格的总汇；他的'奸'，是他反面性格的总汇。"[2]也就是说，在曹操的性格中正面和反面的东西是并存的。

尽管学术界一致认为曹操的思想成分是驳杂的，但同时，学者们又认为，他接受的主要是儒家思想教育，他的价值取向偏重于敬重儒学之士，奉行忠孝仁义等儒家观念；他的心中始终以儒家的忠孝仁义作为评判一个人的标准，对那些仁义、忠贞、孝亲、有气节之士真心向往。

曹操身上善恶并存，所以说他是"治世之能臣，乱世之奸雄"。但是他身上始终潜存的良善，一遇机会往往会不自主地冒出来，从他的哭泣中可以清楚地看到这些特质根深蒂固的存在和顽强的表现。然而在当时群雄并起的乱世，尔虞我诈，弱肉强食，催发、促进、增大了他心中的邪恶，使他身上的良善受到打压。

曹操身上的善恶各占比例多少，此消彼长的情况如何，这是一个变化发展的过程，也可以说是"时势造奸雄"。

在群雄并起的东汉末年，社会矛盾复杂尖锐，在这个时代产生的杰出人物如曹操、刘备、孙权，他们的思想和作风都会打上这个时代的烙印，体现这个时代的特点。曹操的为人处世和思想作风上的矛盾，就是他身处的这个时代的具体体现。分析曹操的一生即可清楚看到这一点。他20岁时初入仕途，即锐意改革弊政，然而却碰壁；30岁拜骑都尉，仍坚持推行改革而又遇阻挠，只得称病辞官回乡；35岁为典军校尉，因不愿与董卓同流合污而逃归故里；之后随天下英雄起兵，加入讨董联盟，诸侯们又各怀私心，各谋私利，使他的担当和勇猛深深受挫。讨董失败，诸侯间相互攻伐吞并，曹操大失所望。至此他不再单纯和良善，开始凭着自己的性情和想法，在乱世中闯出一条自己的路。

[1] 李傲著：《睁眼看曹操·序》，中国华侨出版社，2006年。
[2] 罗家祥著：《"性格之王"曹操》，西安交通大学出版社，2011年，第238页。

很明显，是严酷的现实让曹操深刻感受到要发展自己的势力，想要由弱变强，战胜对手，而不被吞并消灭，只有抑善扬恶。时势的逼迫，曹操天性中的善恶比重发生着变化，他开始弃善向恶，变成时善时恶、善恶并存的状态。曹操从小接受的教育和家庭影响虽是以良善为主，而社会环境和他身处的地位又不容许他把良善增强放大，将良善进行到底。在《让县自明本志令》中，他从一个侧面叙述了这一思想变化。

曹操是一个不拘小节、性格豁达开朗，甚至可以说是性格张扬的人，很多时候他的喜怒哀愁都坦然表露出来。除了因政治斗争的需要玩弄心机或做戏作秀外，一般情况下，他喜则欢笑，怒则大骂，悲则痛哭，愁则长叹，活得自在潇洒。从曹操的嬉笑怒骂、悲伤愁苦中，人们看到的是一个性情率直可爱的曹操，一个内心情感丰富的曹操。

全面阐释曹操的思想和性格不是本文探讨的范畴。本文旨在解读诱发曹操哭泣的原因，分析这些哭泣表达出的情感，进而从这些传递出的情感中更具体地认识他思想和性格的复杂性。哭泣，只是曹操情感世界的一个侧面，这些泪水是他真真切切、实实在在的情感流露，是他本质、天性中良善一面的客观表达。曹操是一个人格多面、性格复杂的人，然而，不能因此否认他的哭泣表达出的丰富情感及其真诚和良善。

■ 附记

文中关于哭的界定，明确为"流涕""哭涕""垂泪"等，而不含悲、哀、怆然等伤感情绪。如郭嘉之死，曹操哀痛至深，久久不能释怀，他极有可能曾经痛哭过。《三国志》载："（郭嘉）薨，临其丧，（太祖）哀甚。"曹操征荆州败北还，叹息曰："郭奉孝在，不使孤至此。"又云："哀哉奉孝！痛哉奉孝！惜哉奉孝！""太祖与荀彧书，追伤（郭）嘉曰：'……何意卒尔失之，悲痛伤心！今表增其子满千户，然何益亡者，追念之感深。且奉孝乃知孤者也；天下人相知者少，又以此痛惜。奈何奈何！'又与彧书曰：'追惜奉孝，不能去心。……'"（见《三国志·魏书·郭嘉传》卷十四，注引《傅子》）但史书整个关于哀悼郭嘉的文字里，始终未见有"涕泣""痛哭"等表述，只好不列入。又如，曹操是具有悲悯情怀的诗人，在所作诗歌中有大量悲情流露，如《蒿里行》中的"念之断人肠"，《善哉行》中的"守穷者贫贱，惋叹泪如雨"等，也没有列入。如都列入，曹操的哀伤哭泣将不止这14例，谨此说明。

〈原发表于《西华师范大学学报》（哲学社会科学版）2019年第6期，收入时有修改。〉

一代枭雄的人性回归

——曹操遗令、遗言折射出的死前心境

> 曹操的遗令、遗言，反映出他节俭薄葬的品德，让他回归为一个常人。作为父亲，他牵挂幼小的儿女；作为丈夫，他关照妻妾。同时，不信鬼魂的他却不忘自己的爱好享受；在叮嘱要善待伎人的同时，又留她们在铜雀台陪伴自己的亡灵，孤苦终身。枭雄与常人，悲悯与残忍，曹操复杂多面的人生，在生命的最后时刻通过遗令、遗言也得到充分展现。
>
> ——题记

曹操辞世前留下有遗令、遗言，尽管这些遗令、遗言已不完整，但仍传递出丰富的信息。解读这些遗令、遗言，看到他死前流露出的薄葬主张，以及儿女情长，悲悯情怀，对享受的留恋，揭示出他回归常人的心态、他的多面人生，可以使后人更全面、深刻地认识这位一代枭雄。

一、史籍记载的遗令、遗言

曹操因头风病较早留下遗令，临死前又留下遗令、遗言。这些遗令、遗言已不完整，分别载于不同的文献资料中，后人整理的《曹操集》汇集了曹操的遗令；西晋陆机的《吊魏武帝文·并序》也录有他的遗令、遗言。

（一）《曹操集》收录的遗令

中华书局编辑的《曹操集》中，收录有《终令》《题识送终衣奁》《遗令》等三则[①]，现分述于下。

1. 《终令》

作于建安二十三年（218），是曹操死前两年为安排自己墓葬而下达的指令。

古之葬者，必居瘠薄之地。其规西门豹祠西原上为寿陵，因高为基，不封不树。《周礼》，冢人掌公墓之地，凡诸侯居左右以前，卿大夫居后，汉制亦谓之陪陵。其公卿大臣列将有功者，宜陪寿陵，其广为兆域，使足相容。

2. 《题识送终衣奁》

作于建安二十五年（220），是曹操关于送终寿衣的遗言。

---

① 〔三国〕曹操著，中华书局编辑部编：《曹操集》卷三，中华书局，2012年，第50、56、65页。

有不讳，随时以敛。金珥珠玉铜铁之物，一不得送。

《宋书·礼志》载：

魏武以送终制衣四箧，题识其上。春秋冬夏日有不讳，随时以殓。金珥珠玉铜铁之物，一不得送。

3. 《遗令》

作于建安二十五年（220），是曹操临终遗嘱的辑录。内容不完整，散见于多种典籍，虽集成文，实则为条目。

吾夜半觉小不佳，至明日饮粥汗出，服当归汤。

吾在军中执法是也，至于小忿怒，大过失，不当效也。

天下尚未安定，未得遵古也。吾有头病，自先著帻。吾死之后，持大服如存时，勿遗。百官当临殿中者，十五举音，葬毕便除服；其将兵屯戍者，皆不得离屯部；有司各率乃职。

敛以时服，葬于邺之西冈上，与西门豹祠相近，无藏金玉珍宝。

吾婢妾与伎人皆勤苦，使著铜雀台，善待之。于台堂上安六尺床，施繐帐，朝晡上脯糒之属，月旦十五日，自朝至午，辄向帐中作伎乐。汝等时时登铜雀台，望吾西陵墓田。馀香可分与诸夫人，不命祭。诸舍中无所为，可学作组履卖也。吾

历官所得绶，皆著藏中。吾余衣裘，可别为一藏，不能者，兄弟可共分之。

（二）其他有关史籍载录的遗令、遗言

1. 《魏略》中对太子的遗令

曹操的一个小儿子曹幹，一名良，其母陈姜早逝。曹操病重时，遗令告诉曹丕好好照看曹幹，此遗言未见辑录。史籍记载：

良年五岁而太祖疾困，遗令语太子曰："此儿三岁亡母，五岁失父，以累汝也。"太子由是亲待，隆于诸弟。①

2. 西晋陆机收集的遗令、遗言

陆机在他所著《吊魏武帝文·并序》中，披露收集到的曹操的遗令，以及临死时以幼小子女托付曹丕等人的遗言。遗令已收入《曹操集》，遗言则未见辑录。其遗言为：

持姬女而指季豹，以示四子，曰："以累汝。"因泣下。

《文选》李善注引《魏略》说，此幼女、幼子是"杜夫人生沛王豹及高城公主"，四子是当时守在身边的曹丕、曹彰、曹植、曹彪。而此女、此子及其母均无其他史料可考。

---

① 〔晋〕陈寿撰，〔南朝·宋〕裴松之注：《三国志·魏书·曹幹传》卷二十注引《魏略》。中华书局，1959年，第586页。

二、遗令、遗言解读

曹操的遗令，对自己死后的方方面面都做了考虑，提出要求、安排，全面而周详。现分析如下。

（一）关于墓地、安葬的要求

曹操"雅性节俭，不好华丽"[①]，一生尚俭戒奢。在丧事上主张薄葬，葬礼简化。

1. 墓地选在贫瘠之地

对墓地，他在遗令中两次提道："葬于邺之西冈上，与西门豹祠相近。""古之葬者，必居瘠薄之地。其规西门豹祠西门原上为寿陵，因高为基，不封不树。"关于不封不树，即不垒土不植树，《三国志集解·武帝纪》注引《汉律》曰："列侯坟高四丈，关内侯以下至庶人各有差。"而曹操要求墓不封土，即没有坟头。

古代墓葬死者，必定选择贫瘠之地。曹操崇尚节俭，厉行薄葬，所以要求以西门豹祠西边的荒地作为陵园；并利用地形的自然高度为墓基，墓穴覆盖后上面不堆土为坟头，也不种树。

依照汉代的陪陵制度，凡公卿大臣和将领有功劳者，死后应在陵园陪葬；为此曹操要求加大陵园的范围，以容纳以后陪葬的功臣战将。

曹操的陵墓史称"高陵"。由于"因高为基，不封不树"，墓茔没有坟头，不明显；陵上的祭殿不豪华，也不牢固，没有几年就毁坏了；子孙的祭拜也不定期，后来甚至被取消。黄初三年（222），曹丕的《罢墓祭诏》曰："先帝躬履节俭，遗诏省约。子以述父为孝，臣以继事为忠。古不墓祭，皆设于庙。高陵上殿屋皆毁坏，车马还厩，衣服藏府，以崇先帝俭德之志。"[②]于是革除上陵祭祀之礼，"高陵"很快就湮没在漳水边的荒尘乱草中，难以寻觅；后曹操设"疑冢"之说起，陵墓的真伪成为千古之谜。

2. 预制入殓衣服

曹操提前做好送终的四季衣服，放在四个箱子里，分别在箱子上标明春夏秋冬，并写下遗言，以备任何季节死时入殓用；要求"敛以时服"，即入殓时穿当时季节的衣服；"持大服如存时"，即死后穿的礼服以如活着时的一样；不要依古制另办寿衣。

---

① 〔晋〕陈寿撰，〔南朝·宋〕裴松之注：《三国志·魏书·武帝纪》卷一注引《魏书》，中华书局，1959年，第22、23页。

② 〔三国〕曹丕著，易健贤译注：《魏文帝集全译》卷一，贵州人民出版社，2009年，第74页。

3. 不需随葬器物

古代入殓时往往在口、耳、鼻塞放珠玉，以求辟邪，而曹操不信天命，不遵行这些陈规陋习。反复强调入殓时"无藏金玉珍宝"，不得在口、耳、鼻等处放置金玉珠宝之类的随葬品。

4. 简化葬礼，"未得遵古"

关于葬礼，他认为"天下尚未安定，未得遵古"，大刀阔斧进行了简化。他要求："百官当临殿中者，十五举音，葬毕便除服；其将兵屯戍者，皆不得离屯部；有司各率乃职。"规定百官来殿中哭十五声就可以了，安葬完后就恢复正常；各地驻防将士不得离岗，各部门坚守其职。

（二）祭陵仪式个性化

对祭陵仪式，曹操没有按照习俗礼制提出祭祀陵墓的要求，而是根据个人的喜好提出个性化的安排：在铜雀台上设六尺灵床，挂上稀疏的麻布灵幔，早晚摆上干肉、干粮，然后吩咐住在铜雀台的舞乐伎人，每月初一、十五向着灵帐演奏舞乐半天；同时要求儿子们"时时登铜雀台，望吾西陵墓田"，不定期来看望就行了。

（三）对姬妾伎人的安排周到

曹操一生纵情声色，嫔妃伎人较多。他说："吾婢妾与伎人皆勤苦，使著铜雀台，善待之。"我的婢妾与伎人都很勤苦，将她们安置在铜雀台，要好好对待她们。又吩咐："诸舍中无所为，可学作组履卖也。"那些无事的，可适当安排她们做些手工活，以维持生计。

（四）对遗物的处理详细

对死后贵重的衣、物，曹操也一一做了安排。他说：余下的熏香之类，可分与诸夫人，不要用来祭祀；一生为官所得的绶带，妥为保存，收藏于库中；遗留下的衣服、裘衣，可另保存一库，若不便收藏，你们兄弟可以分掉。曹操担心死后这些衣物散失，或被浪费。

（五）临终遗言托付幼小子女

曹操临终前两次留下遗言，要求年长的儿子好好照看年幼的弟妹。一次要曹丕照看5岁的曹幹；另一次是抱着的小女儿，及身旁年幼的季豹，托付给面前年长的四个儿子。

三、遗令、遗言反映出的死前心境

曹操的遗令、遗言对死后的方方面面安排详尽，可以看出他的心态平静，思虑清晰。

（一）从容安排后事，冷静反省自己

曹操喜好养生之法，也曾期望长寿。

不过，他并没有如秦始皇、汉武帝那样去追求长生不老，更没有如孙权那样去求仙以延年益寿。由于长期患头风病，曹操对死亡的临近早有思想准备，由于其豁达的人生态度，他能平静面对死亡，从容安排后事，冷静回望自己的一生。

在病重临死之时，他对自己的过去做了反省，说："吾在军中执法是也，至于小忿怒，大过失，不当效也。"肯定自己在军中的执法是正确的；至于有时也会生些小的忿怒，也会犯些大的过失，希望儿子不要去仿效。虽然对自己过去的反省是有限的，但是仍然可以看到他临死前的通达、平静。

（二）关心婢妾与伎人，表现出悲悯情怀

关于婢妾与伎人，他肯定她们都很勤劳辛苦，没有随意赏赐给下人，而是把她们安置在铜雀台，好好对待。对各房嫔妃没有事可做的，安排她们学着编织丝带和做鞋子变卖。这既使她们免于寂寞，又可增加收入补贴生活。

曹操悉心为失去夫君的婢妾、伎人们安排生活，苦口婆心地嘱咐儿子们要善待她们，让这些人学点手艺，以维持生计。如此交代后事，既是一种生离死别的哀伤，也是他悲悯情怀的体现。

（三）迷恋享乐，不忘嗜好

曹操一生喜声好色，他"好音乐，倡优在侧，常以日达夕"[1]。临死遗命歌舞伎在他死后，每月的初一、十五以歌舞祭奠。这种留恋人生享乐的情感，与他的性情是一脉相承的。对于很会享受人间乐趣的曹操来说，他害怕死后的冷清寂寞，无法忍受形单影只的生活。所以提出以定期歌舞表演来作为一种祭奠形式。

让活着的伎人定时歌舞以陪伴自己的亡灵，这件事被人诟病，成为后世诗人反复吟咏、经久不衰的题材。《三国演义资料汇编》收录的《铜雀伎》一类的诗达数十首[2]，如南朝齐谢朓《铜雀悲》诗曰："落日高城上，余光入繐帷。寂寂深松晚，宁知琴瑟悲。"唐刘商《铜雀妓》诗曰："魏主矜娥眉……仍令身殁后，尚纵平生欲。红粉泪纵横，调弦向空屋。举头君不在，惟见西陵木。玉辇岂再来，娇鬟为谁绿。那堪秋风里，更舞阳春曲。曲罢情不胜，凭栏向西哭。"元吴师道《铜雀台》诗曰："汉家一片当时土，肯为奸雄载歌舞。销尽曹瞒万古魂，落日漳河咽寒

---

[1] 〔晋〕陈寿撰，〔南朝·宋〕裴松之注：《三国志·魏书·武帝纪》卷一注引《曹瞒传》，中华书局，1959年，第54页。
[2] 朱一玄、刘毓忱编：《三国演义资料汇编》，百花文艺出版社，1983年，第39-615页。

雨。"从南北朝到明清，这些吟咏铜雀台歌舞伎的诗歌，其基调大都是同情舞伎、谴责曹操的。对伎人的安排是曹操人性中的自私自利在死前的反映，是他有情中的无情。

（四）骨肉情深，牵挂子女

临死前，曹操两次对年长的儿子说："拖累了。"这位曾经纵横天下的英雄，临终之际，竟然老泪横流，叮嘱成年的哥哥一定要好好照顾幼小弟妹。这让人看到他作为父亲的浓浓柔情，对亲生骨肉的深深眷念。

四、一代枭雄临终前的人性回归

曹操的遗令、遗言没有关于治国理家和教诲儿子的只言片语，除了安葬事宜外全是些家务琐事。从侍妾到歌舞伎，从香料到绶带、衣服，逐一安排。一个驰骋疆场、豪放不羁的英雄，为什么临死前会这样呢？

（一）陆机的困惑与伤感

陆机是历史上第一个对曹操遗令、遗言发表感慨，提出责难的人。他写下著名的《吊魏武帝文》表达了自己的这一情感。

陆机（261—303），字士衡，吴郡（今江苏苏州）人，西晋著名的文学家、书法家。其祖父陆逊为东吴丞相，父亲陆抗官至大司马。元康八年（298），他在密阁"见魏武帝《遗令》，忾然叹息，伤怀者久之"。于是愤懑而作《吊魏武帝文·并序》[①]，表达了自己的凄伤、不解，甚至气愤。

在《吊魏武帝文》的序中，陆机在讲述了曹操托付四子照顾幼小弟妹因此哭泣的情景后，叹道："伤哉！曩以天下自任，今以爱子托人。同乎尽者无馀，而得乎亡者无存。然而婉娈房闼之内，绸缪家人之务，则几乎密与！"可悲啊！从前以拯救天下为己任，现在也不得不把爱子托付给人。和一般人一样，躯体死了，精神也就跟着消失；生命完了，威势也就不再存在。不过，临死的时候，在闺房卧室之内，表现得那么温婉柔顺；在家人的事务上，是那么情意缠绵，可以说是近乎细碎了。接着他谈到曹操的交代、托付，从婕妤妓人的安置，铜雀台的歌舞，到分香卖履等生活琐事一一涉及，令人不禁唏嘘不已。"若乃系情累于外物，留曲念于闺房，其贤俊之所宜废乎？"陆机认为，感情被外物所牵累，心思留恋于闺房之中，

① 〔南朝·梁〕萧统编，〔唐〕李善注：《文选·吊魏武帝文并序》卷六十，上海古籍出版社，1986年，第2596-2601页。

这是贤人俊士所应该废弃的啊！一代豪杰的曹操怎么会是这样的呢？"于是遂愤懑而献吊"，写下这篇《吊魏武帝文》。

陆机在《吊魏武帝文》中讴歌曹操的雄才大略、文治武功，感伤生命的短暂之后，再一次对遗令、遗言围绕身边的琐碎事而感叹说："惜内顾之缠绵，恨末命之微详。纡广念于履组，尘清虑于馀香。结遗情之婉娈，何命促而意长！"可惜他在这些家事上显得如此缠绵多情，遗憾他的遗命对这些细碎的事物详述不歇。把众多的心思萦绕在姬妾织鞋、丝带事上，细致到把剩余香料分给众夫人。那么缠绵而情意深长，然而他的生命却又是那么短促！最后说："既晞古以遗累，信简礼而薄葬。彼裘绂于何有，贻尘谤于后王。嗟大恋之所存，故虽哲而不忘。"既然仰慕古人之风范抛弃牵累，确实省简礼仪做到薄葬。叫儿子们把裘衣绶带藏在另外的地方，又有什么意思呢？这样做只会成为后世帝王讥讽的口实。可叹啊，生命、财产等最可留恋的东西存在，便是圣哲之人也难以忘情舍去。陆机最后只好感叹：哲人伟人也有常人的情感，也有至死都无法舍弃的身外之物。

的确，凡是人死前都会有不舍，都会有难忘，只是有的表现明显、强烈，有的则隐晦、平淡。遗令中曹操的感情受到子女、家眷、遗物等牵累，缠绵悱恻，交代微细详明，总是放心不下。其实，这正是曹操复杂多面的表现，正是他临近死亡时回归一个常人，表现出的常人的情感，常人的脆弱。这和他叱咤风云的英雄形象形成了强烈的反差，让人感到突兀、惊诧，甚至不解。

（二）对遗令不涉及国事的理解

为什么曹操的遗令、遗言完全没有关于治理国家和家庭教诲的只言片语，除了安葬事宜、托付年幼子女外全是些微不足道的家务琐事？对此，后人做了不同的解释。一种解释是，此乃人之常情，是人之将死时表现出的恋家和儿女情长，这是真情流露。另一种解释是，他为保持自己的拥汉心志，不落恶名，这是虚伪，是欺骗。

关于第一种解释，《三国志集解·武帝纪》引叶树藩曰："汉高祖手敕太子云：吾得疾遂困，以如意母子相累，其余诸儿皆自足立，哀此儿犹小也。喁喁儿女之情汉高亦复不免，何论阿瞒？"[①]家庭伦理观念、亲情，是中华民族根深蒂固的传统，刘邦如此，曹操亦然，英雄豪杰也

---

① 卢弼编：《三国志集解·武帝纪》卷一注引，中华书局，1982年，第63、64页。

难以例外。曹操是一个家庭伦理观念很强的人，临终前的种种表现是他回归常人情感的自然流露。

而《三国志集解·武帝纪》又引《剡溪漫谈》载司马温公语刘元城："昨看《三国志》，识破一事。曹操身后事孰有大于禅代，《遗令》谆谆百言，下至分香卖履、家人婢妾，无不处置详尽，而无一语及禅代事；是实以天子遗子孙，而身享汉臣之名。"[1]这一解释认为曹操此举是为了"身享汉臣之名"。

宋明时代曹操被奸臣化，这一看法也被强化了。毛宗岗评《三国演义》说："或见曹操分香卖履之令，以为平生奸伪，死见真性。不知此非曹操之真，仍是曹操之伪也；非至死而见真，乃至死而犹伪也。临终遗命，有大于禅代者乎？乃家人婢妾无不处置详尽，而独无一语及禅代之事，是欲使天下后世信其无篡国之心，于是子孙蒙其恶名，而己则避之，即自比周文之意耳。其欲欺尽天下后世之人，而天下后世之无识者，乃遂为其所欺。操真奸雄之尤哉！"[2]

的确，曹操在群臣劝他称帝时说过："'施于有政，是亦为政'。若天命在吾，吾为周文王矣。"[3]他引用《论语·为政》的话说，只要掌握了实权，何必要那个虚名；即使当皇帝的条件成熟，也不会当，而是做周文王，让儿子去当吧。柳春藩先生认为："曹操以周公自许，是非常明智的。"因为他年老有病，不能久存人世，称帝违背了自己一再表示的绝无代汉之心的宣言，会对自己的声誉、名节造成极坏的影响；同时也给敌对势力提供了攻击的口实，让儿子去当皇帝是最有利的，所以他不代汉称帝[4]。

曹操早已对国事做了安排，心中无所牵挂，临死前回归常人，只谈家事不议国政。如果否定这是真情流露，说他"平生无真，至死尤假"，则有失偏颇。

（三）临死前回归常人，眷恋人生

曹操的一生充满了矛盾，他一直能泰然面对死亡，然而当死亡来临之际，当他回归一个常人时，心中又涌出对人生强烈的眷恋和不舍；作为一个常人，他的心思缜密、

① 卢弼编：《三国志集解·武帝纪》卷一注引赵一清曰，中华书局，1982年，第63页。
② 〔明〕罗贯中著，〔清〕毛宗岗评改：《三国演义》第七十八回，上海古籍出版社，1989年，1008页。
③ 〔晋〕陈寿撰，〔南朝·宋〕裴松之注：《三国志·魏书·武帝纪》卷一注引《魏氏春秋》，中华书局，1959年，第53页。
④ 柳春藩著：《魏武帝曹操传·第十七章 镇压异己 称公称王》，吉林人民出版社，1997年，第322页。

多愁善感的特点也充分暴露了出来。

他的遗令、遗言除了墓葬、葬礼、对于幼小儿女流泪托付外，尽是些家务琐事。从侍妾到歌舞伎，从香料到绶带、衣服，逐一安排、处置；对身边的小人物，对身外之物如此絮絮叨叨，让人觉得既滑稽可笑，又可怜可悲。一些微不足道的琐事，在死前萦绕其心间，让他牵挂、眷恋，说明他和普通人一样，也有着常人的情感、爱好，也有着常人的喜怒哀愁。

能看破红尘，超然物外，在这个世界的芸芸众生中有几人能如此。豪放潇洒、桀骜不驯的曹操给人以能够看破红尘的外表，然而他内心始终存在着良善和真情。英雄曹操把如此多的不足挂齿的事情，作为临终遗令详尽地留下来传给儿孙，原因在于他也是一个普通人，常常在看破红尘和迷恋人生这两极之间游走；原因在于他是一个集忠奸、善恶、真伪、无情与有情于一身的复杂而充满矛盾的人物。

我国台湾学者陈文德先生评论说："从这个遗命中，可以看出曹操私底下并非很有钱，即使贵为魏王，他在平常仍旧相当清廉而节俭，他留下的个人财产似乎不多，死后嫔妃仍需工作以为谋生。他反对厚葬，即使日后祭典也应该从简。他的要求'精神面'多于'物质面'，充满着文学家和诗人的浪漫情操。只要初一及十五，由嫔妃们奏乐以娱其亡灵，一切便很满足了。这位权倾朝野、不可一世的政治及军事领袖，其实具有非常可爱的童真面，这样的人，可能是不可一世的大奸雄吗？"[1]

曹操的遗令、遗言，一方面让他把节俭、薄葬的品质进行到死，另一方面让他回归为一个常人。作为父亲，他牵挂幼小的儿女；作为丈夫，他关照诸多小妾。他本不信鬼魂，却不忘让自己的灵魂得到享受；他嘱咐要善待伎人，却又留她们在铜雀台陪伴自己的亡灵，孤苦终身。枭雄与常人，悲悯与残忍，曹操复杂多面的人生，在生命的最后时刻通过遗令、遗言也得到凸显。

（原发表于《湖北文理学院学报》2015年第6期，与吴娲合作。收入时有修改。）

---

[1] 陈文德著：《三国曹操争霸经营史·一世之雄》，九州出版社，2006年，第485页。

报杀父之仇讨伐陶谦

一、与父亲的关系

曹操的父亲曹嵩，是宦官曹腾的养子，"质性敦慎，所在忠孝"，官至大鸿胪，最后还出钱买了一个太尉之职。曹操的母亲早逝。

对曹操与父亲的关系，史书记载极少，只能从零星的资料中探寻他们的父子情。

（一）年少时与父亲关系和谐

曹操年少时品性顽劣，但受到的管教却很宽松。史籍记载说："太祖少好飞鹰走狗，游荡无度。"叔父一见到他的劣迹就告诉他父亲，要求严加管教。曹操害怕，就假装"中风"让叔父去转告，当父亲惊慌来看时，他说根本没有"中风"，是叔父不喜欢我，才故意乱说的。从此叔父所有的告状，曹嵩都不相信了，"太祖于是益得肆意矣"[1]。他欺骗叔父、父亲，逃避严格的管教。所以《三国志·魏书·武帝纪》称："太祖少机警，有权数，而任侠放荡，不治行业。"[2]他年少时任侠、放荡，不注重品行、学业，得到

关于曹操的亲情，史书记载零星，且往往被忽略。他与家人是有感情的，只是对父亲的感情表现有些畸形。曹操年少时顽劣不服管教，后为报杀父之仇两次领兵讨伐陶谦，疯狂杀人屠城，深受谴责；然而，这是他丧父悲情的宣泄，是他与父亲感情的流露。

——题记

曹操是一个性格复杂的人，也是一个感情丰富的人，在认识分析他的性格、为人处世时，人们多注意他的狡诈、凶残，而往往忽略其原因，史书也只记述事实而不言及他的心理活动。人都是有感情、有心理活动的，特别是对于自己的家人，所以亲情历来被视为人的第一感情而受到重视。曹操为人子，为人父，对父亲、子女是有感情的，而且有自己的表达方式。他两次领兵讨伐陶谦，杀人屠城，则是他父子深情的流露。

---

① 〔晋〕陈寿撰，〔南朝·宋〕裴松之注：《三国志·魏书·武帝纪》卷一注引《曹瞒传》，中华书局，1959年，第2页。
② 〔晋〕陈寿撰，〔南朝·宋〕裴松之注：《三国志·魏书·武帝纪》卷一，中华书局，1959年，第2页。

的管教不甚严格。多年后，曹操曾回忆道："自惜身薄祜，夙贱罹孤苦。既无三徙教，不闻过庭语。其穷如抽裂，自以思所祜。"①"三徙教"，指孟母三迁以教育儿子；"过庭语"，指孔子庭训要儿子学诗知礼。他说自己身世孤苦，年少时没有受到良好的教育，父亲惨死后失去依靠。诗歌的说法显然夸张了。其实，作为"官二代"，曹操的成长条件十分优越，只是他自己不愿规规矩矩地接受管教而已。慈父劣子，忠厚的父亲对付不了顽劣的儿子，从一个侧面反映出曹操的成长环境相对宽松，父子关系比较融洽。

（二）牵挂避难中的父亲

曹操起兵，曹嵩没有支持也不反对，但"不肯相随"，与小儿子曹德去琅邪避乱。曹操对避难中的父亲十分牵挂，当势力发展到有固定的地盘时，就准备将他们接回到自己身边，安享晚年。史载，曹嵩避乱"在泰山华县，太祖令泰山太守应劭送家诣兖州"②。曹操要接回避难的父亲，令泰山太守应劭领兵一路保护。

年少时成长环境的宽松，起兵有成就时就挂念避难的父亲，并令泰山太守护送，这些记载可以佐证曹操与父亲的感情。

二、父亲遭劫遇害

曹操派人去琅邪，告知父亲要将他们接到兖州鄄城，同时令泰山太守应劭领兵护送。启程不久，却传来他们遭劫被杀的噩耗。

关于曹嵩遭劫被害一事，《三国志·魏书·武帝纪》载："初，太祖父嵩，去官后还谯，董卓之乱，避难琅邪，为陶谦所害，故太祖志在复仇东伐。"③对此事，其他文献资料的记载则略有不同。注引《世语》说，曹操令泰山太守应劭去护送，"劭兵未至，陶谦密遣数千骑掩捕。嵩家以为劭迎，不设备。谦兵至，杀太祖弟（曹）德于门中。嵩惧，穿后垣，先出其妾，妾肥，不时得出；嵩逃于厕，与妾俱被害，阖门皆死。劭惧，弃官赴袁绍"。这一史料说，是陶谦秘密派兵所为。注引《吴书》说是陶谦手下自作主

① 〔三国〕曹操著，中华书局编辑部编：《曹操集·善哉行》卷一，中华书局，2012年，第9页。
② 〔晋〕陈寿撰，〔南朝·宋〕裴松之注：《三国志·魏书·武帝纪》卷一注引《世语》《吴书》，中华书局，1959年，第11页。
③ 〔晋〕陈寿撰，〔南朝·宋〕裴松之注：《三国志·魏书·武帝纪》卷一，中华书局，1959年，第11页。

张："太祖迎嵩，辎重百余辆。陶谦遣都尉张闿将骑二百卫送，闿于泰山华、费间杀嵩，取财物，因奔淮南。太祖归咎于陶谦，故伐之。"①如果说是陶谦蓄意杀害曹嵩劫财，这与曹操征讨时他惊慌失措、完全处于被动挨打的状态不符；因此，说是将士见财起意，杀人越货更符合情理。

不管怎么说，父亲与弟弟在陶谦的辖区内被陶谦的手下杀害，陶谦难辞其咎，所以《三国志》采用了曹嵩"为陶谦所害"这一说法。父亲、弟弟全家老小被害，噩耗传来，曹操悲痛欲绝，志在复仇，决意东伐徐州。

三、"志在复仇"折射出的父子情

曹操"志在复仇"，先后两次出兵讨伐徐州，征战中肆意屠杀，疯狂泄愤，折射出他对父亲的感情。

曹嵩与家人为徐州陶谦部将所害，发生在初平四年（193）夏，曹操痛心、愤怒，决心报仇。经过准备，这年秋，他率兵攻打陶谦。而"徐州百姓殷实，谷米丰

赡，流民多归之"②，陶谦实力不弱，征战前途未卜。他怀着誓死复仇的决心，在出发前交代家人，若自己战死未归，就去投靠好友张邈。史载："太祖之征陶谦，敕家曰：'我若不还，往依孟卓。'"③曹操与张邈是亲密好友，临别留下遗言，此仇不报就不活着回来。不料攻打徐州之战却势如破竹，连破十余城，在攻战中曹操疯狂泄愤、肆意屠杀，至次年二月因粮尽退兵。但他仍不善罢甘休，于四月又率兵攻打陶谦，意欲将其逼上绝路。由于后方兖州发生变故，形势危急，曹操不得已而退兵，此事才算罢休。

受强烈的复仇情绪驱使，曹操前后两次攻伐徐州，疯狂杀人屠城。史书记载，他"所过多所残戮""凡杀男女数十万人，鸡犬无余，泗水为之不流，自是五县城堡，无复行迹"④。攻伐徐州的暴行惨无人道，折射出他凶残的品性，历来受到世人谴责。而诱发事情的主要原因，是曹

① 〔晋〕陈寿撰，〔南朝·宋〕裴松之注：《三国志·魏书·武帝纪》卷一注引《世语》，中华书局，1959年，第11页。
② 〔晋〕陈寿撰，〔南朝·宋〕裴松之注：《三国志·魏书·陶谦传》卷八，中华书局，1959年，第248页。
③ 〔晋〕陈寿撰，〔南朝·宋〕裴松之注：《三国志·魏书·吕布传附张邈传》卷七，中华书局，1959年，第221页。
④ 〔南朝·宋〕范晔撰，〔唐〕李贤等注：《后汉书·陶谦传》卷七十，中华书局，1965年，第2284页。

操欲报杀父之仇。这种因亲人被害受到的激怒、产生的疯狂，历史上不乏其例，因此杀人屠城可以理解为是他丧父盛怒的一种发泄，是有情中的无情。他在伐徐州凯旋后，曾面对亲人、友人情不自禁地哭泣泪流。杀人屠城的疯狂，是为报父仇的一种情感宣泄；凯旋后的泪水，是心中郁积的丧父悲情的迸发，折射出的都是他对父亲的感情。

在建安元年（196），曹操写《善哉行》一诗叹道："我愿于天穷，琅邪倾侧左。虽欲竭忠诚，欣公归其楚。"①他以父亲惨死、君王遇难并举，表达自己的忧伤，表达壮志难酬的苦闷。君父并列，可见父亲在曹操心中的地位；多年不忘，可见父亲遇害已成为他心中抹不去的痛。

曹操与父亲是有感情的。年少时善意欺瞒父亲，事业雏成就想让他安享晚年，报杀父之仇出征前的诀别、征战中的疯狂、凯旋后的流泪，都让人看到曹操作为儿子与他父亲的骨肉之情。

---

① 〔三国〕曹操著，中华书局编辑部编：《曹操集·善哉行》卷一，中华书局，2012年，第9页。

曹操与丁夫人、卞王后的夫妻情

卞氏因被立为王后，史书有传，丁夫人为正室亦有记载，还有的因儿子留下姓氏或保存有零星资料，其他均不得而知。从史料记载的丁、卞二人的事迹中，可以看到曹操的夫妻情；曹操对众嫔妃小妾日常衣饰的要求、临终关于她们的安排，也透露出他作为丈夫的些许情分。

> 曹操好色，妻妾成群，史书留下姓氏的仅16人。从他始终不能忘怀对丁夫人的愧疚、大胆立倡卞氏为王后，可以看到曹操所谓的夫妻情。他对妻妾的日常衣饰的要求严格，临终时还能对她们以后的生活做出安排，这透露出他作为丈夫的些许情分。不过，他随意杀害得到宠幸的小妾，则暴露出他对姬妾的残忍无情。
>
> ——题记

一、对丁夫人愧疚终身

丁夫人是曹操的结发夫妻，由于没有生育，她就把早逝的刘夫人之子曹昂视为己出，尽心抚养。曹昂20岁时随曹操征战张绣。史载："太祖南征，军消水，（张）绣等举众降。太祖纳（张）济妻，绣恨之。太祖闻其不悦，密有杀绣之计。计漏，绣掩袭太祖。太祖军败，二子没。"[①]张绣因曹操霸占其婶娘而降后复叛，曹操被袭击，坐骑为流矢射中，他自己也受伤，曹昂为救父亲，"进马于公，公故免，而昂遇害"，侄子曹安民也战死[②]。

曹操好色，他66岁去世时，有的儿女才几岁。他妻妾成群，有多少无从知晓，可考姓氏者仅16人，即丁夫人、卞后、刘夫人、环夫人、杜夫人、秦夫人、尹夫人、王昭仪、孙姬（姬，没有名分的小妾）、李姬、周姬、刘姬、宋姬、赵姬、陈妾和杜夫人等。这些嫔妃小妾的容貌德行、生平事迹、与曹操的关系亲疏，史籍载录甚少。好色的曹操，与成群的妻妾有多少感情？不能说没有，也不能说都有。

---

① 〔晋〕陈寿撰，〔南朝·宋〕裴松之注：《三国志·魏书·张绣传》卷八，中华书局，1959年，第262页。

② 〔晋〕陈寿撰，〔南朝·宋〕裴松之注：《三国志·魏书·武帝纪》卷一注引《魏书》《世语》，中华书局，1959年，第15页。

曹操因好色断送了曹昂性命，丁夫人悲痛欲绝，心生埋怨。史载：

丁常言："将我儿杀之，都不复念！"遂哭泣无节。太祖忿之，遣归家，欲其意折。后太祖就见之，夫人方织，外人传云"公至"，夫人踞机如故。太祖到，抚其背曰："顾我，共载归乎！"夫人不顾，又不应。太祖欲行，立于户外，复云："得无尚可邪！"遂不应，太祖曰："真诀矣。"遂与绝，欲其家嫁之，其家不敢。[1]

丁夫人视曹昂为亲生，辛苦将其抚养成人，没想到因曹操的好色而遇害。她悲伤，怨恨，常常哭泣，指责曹操害死了儿子。曹操对此十分恼怒，久了不能忍受，就把她打发回娘家，想等她消气后再接回来。曹操知道自己有错在先，丁夫人的埋怨是有道理的。一段时间后，曹操去看望她，准备接她回去。丁夫人正在织机上，对曹操的到来完全无视。曹操没有生气，还上前去做出亲密的动作，抚着她的后背，要她回头看一看，请她一同回去。丁夫人不回头，不答应，弄得曹操很无趣，他只好离开；走到门口，他又停下来用商

量的口气说："难道就没有回旋的余地了吗？"丁夫人依然无动于衷，不予理睬。至此，曹操绝望了，伤心地长叹一声："真的就诀别了！"曹操因此断绝了与丁夫人的关系。

虽然丁夫人被废，不过曹操心中一直怀着对她的愧疚，还从人性的角度允许她改嫁，而且到死都觉得是自己有错对不起丁夫人。史书记载，曹操在病重中曾叹息说："我前后行意，于心未曾有所负也。假令死而有灵，子修若问'我母所在'，我将何辞以答！"[2]他病重时还借儿子曹昂之口谴责自己，对丁夫人的愧疚令他至死不忘。

曹操负疚看望、并请丁夫人回宫，临死前自责的表白，这整个故事生动感人，传递出他对结发妻子丁氏挥之不去的情感。

二、立倡家卞氏为王后

卞氏在《三国志》卷五有传。她"本倡家，年二十，太祖于谯纳后为妾。后（卞氏）随太祖至洛"；从此她

---

[1] 〔晋〕陈寿撰，〔南朝·宋〕裴松之注：《三国志·魏书·后妃传》卷五注引《魏略》，中华书局，1959年，第156页。

[2] 〔晋〕陈寿撰，〔南朝·宋〕裴松之注：《三国志·魏书·卞皇后传》卷五注引《魏略》，中华书局，1959年，第157页。

常常随曹操出征远行。"（建安）十六年（211）七月，太祖征关中，武宣皇后从"；"二十一年（216），太祖东征，武宣皇后"亦随从[1]，所以她自称"事武帝四五十年"。建安二十四年（219）七月，拜为王后，诏策曰："夫人卞氏，抚养诸子，有母仪之德。今进位王后，太子诸侯陪位，群卿上寿，减国内死罪一等。"卞氏在文帝时被尊为皇太后，明帝时被尊为太皇太后。死后葬高陵，与曹操同陵墓。

倡家属于低贱下人，舞乐百戏属于末业。卞氏身为歌舞伎人，出身低微，能由小妾升夫人，又立为王后，是因为她的人品、德行深受曹操喜爱、赏识，是她长期随曹操征战，与曹操相处和谐所致。

曹操纳20岁卞氏为妾，到洛阳就带着她。曹操因董卓之乱出逃，不久传来他遇害的消息。"时太祖左右至洛者皆欲归，（卞）后止之曰：'曹君吉凶未可知，今日还家，明日若在，何面目复相见也？正使祸至，共死何苦！'遂从后言。太祖闻而善之。"卞氏的见识和与夫君"共死"

的表态，令曹操心中温暖，爱意绵绵。

丁夫人被废，卞氏由妾升为继室。"诸子无母者，太祖皆令后养之。文帝为太子，左右长御贺后曰：'将军拜太子，天下莫不欢喜，后当倾府藏赏赐。'后曰：'王自以（曹）丕年大，故用为嗣，我但当以免无教导之过为幸耳，亦何为当重赐遗乎！'长御还，具以语太祖。太祖悦曰：'怒不变容，喜不失节，故是最为难。'"[2]对于卞氏宠辱不惊的淡泊心态，曹操认为非常难能可贵。

《魏书》还谈到她的节俭和不贪，说："后性约俭，不尚华丽，无文绣珠玉，器皆黑漆。太祖常得名珰数具，命后自选一具，后取其中者，太祖问其故，对曰：'取其上者为贪，取其下者为伪，故取其中者。'"又说："后以国用不足，减损御食，诸金银器物皆去之。"[3]

曹操"雅性节俭，不尚华丽"，卞氏"性约俭，不尚华丽"，二人有一样的习性；卞氏不贪，识大体，悉心抚养母亲早逝的诸子，完全是一个贤内助，所以受

---

[1] 〔晋〕陈寿撰，〔南朝·宋〕裴松之注：《三国志·魏书·甄皇后传》卷五注引《魏书》，中华书局，1959年，第161页。

[2] 〔晋〕陈寿撰，〔南朝·宋〕裴松之注：《三国志·魏书·卞皇后传》卷五，中华书局，1959年，第156页。

[3] 〔晋〕陈寿撰，〔南朝·宋〕裴松之注：《三国志·魏书·卞皇后传》卷五注引《魏书》，中华书局，1959年，第157页。

到曹操的赏识和倾心，因而长年随曹操南征北战。长年被曹操带在身边照料生活起居，夫妻感情自然深厚（在妻妾中生有四个儿子，最多，也是明证）。所以，好色的曹操没有为妖艳的嫔妃所左右，在讲究门第出身的年代不顾忌卞氏的低微身份，在临死前几个月毅然立她为王后，并专门行文，告示天下。曹操以德行、情感策立王后，让人看到他在夫妻关系中的重德讲情的一面。

三、对众姬妾的要求与牵挂

至于众多的嫔姬小妾，曹操对她们的生活衣着也提出要求，临死前也有考虑，流露出些许情感。

（一）要求姬妾生活衣着简朴

曹操一生简朴，对家人、姬妾的生活、衣饰也如此要求。他在《内戒令》中告诫家人：不得用"鲜饰严具"，即装饰鲜艳的箱子；"禁家内不得香薰"和"以香藏衣著身亦不得"，禁止熏香这种奢华的行为，实在需要就"烧枫胶及蕙草"来代替；穿鞋子"履丝不得过绛金黄丝织履"①。《魏书》说："（曹操）雅性节

俭，不好华丽，后宫衣不锦绣，侍御履不二采，帷帐屏风，坏则补纳，茵蓐取温，无有缘饰。"②这种对后宫姬妾的节俭要求，是曹操对她们的一种关注。

（二）曹操临终前专门交代对姬妾的安置

曹操在《遗令》中说："吾婢妾与伎人皆勤苦，使著铜雀台，善待之。……馀香可分与诸夫人，不命祭。诸舍中无所为，可学作组履卖也。"③他要求在自己死后好好对待这些婢妾、夫人，适当安排她们做些手工活，以维持生计。曹操临终前对姬妾安置的交代，是一种牵挂，也是一种情感表达。

曹操对嫡室丁夫人的愧疚，临死仍不能释怀；策立出身卑贱的倡家卞氏为王后，让人看到他作为夫君的情分。

他与妻妾嫔妃的感情是有限的。在与妻妾嫔妃的关系上，曹操性格中的狡诈残忍也时有暴露。史籍记载两例他无故杀姬妾之事，一例是："又有幸姬常从昼寝，枕之卧，告之曰：'须臾觉我。'姬见太

① 〔三国〕曹操著，中华书局编辑部编：《曹操集·文集》，中华书局，2012年，第52页。

② 〔晋〕陈寿撰，〔南朝·宋〕裴松之注：《三国志·魏书·武帝纪》卷一注引《魏书》，中华书局，1959年，第54页。
③ 〔三国〕曹操著，中华书局编辑部编：《曹操集·文集》卷三，中华书局，2012年，第65页。

祖卧安，未即寤，及自觉，棒杀之。"①
另一例是："魏武常云：'我眠中不可妄
近，近便斫人，亦不自觉，左右宜深慎
此！'后阳眠，所幸一人窃以被覆之，因
便斫杀。自尔每眠，左右莫敢近者。"②
得到宠幸的二女都出于爱意而被冤杀，可
见曹操对嫔妃小妾的残忍无情。

① 〔晋〕陈寿撰，〔南朝·宋〕裴松之注：《三
国志·魏书·武帝纪》卷一注引《曹瞒传》，
中华书局，1959年，第55页。
② 〔南朝·宋〕刘义庆编著，余嘉锡笺疏：《世
说新语笺疏·忿狷》卷二十七，中华书局，
1983年，第853页。

曹操与子女的情感

曹操的儿女，史籍可考者32人，而与之有感情的则只有几个。曹操从小就注重对他们文治武功的培养，常常带他们出征，驰骋疆场；不时发表教令对他们予以鼓励、指导，或进行责罚；一有机会就赐爵封官，选派贤士进行辅导、管理。总之，曹操采取多种措施培养他们成才。他钟爱聪明伶俐的孩子，对养子也待如亲生。爱子早逝，他痛哭；儿女幼小，他流泪托付。对女儿则注重她们的婚姻安排。作为父亲，他能尽职责，有情有义；作为政治家，他无视儿女的感受，也不讲情义。

——题记

曹操为人子，对父亲有感情；为人夫，对主要的妻妾有情义；为人父，对子女也有感情。只是史书记载他与儿女的关系集中在几个人身上，并表现得淋漓尽致。从幼小时他就注重对几个爱子文治武功的培养，常常带他们征战沙场，并利用权力封官赐爵，倾注着浓浓的父爱。对女儿则一一安排她们的婚姻，尽一个父亲的职责。

一、可考子女32人

曹操的妻妾多，子女自然就多，儿子可考者25人，《三国志》卷二、十九、二十，分别以纪传的形式记载了他们的生平。这些儿子及生母是：卞后生曹丕、曹彰、曹植、曹熊，刘夫人生曹昂、曹铄，环夫人生曹冲、曹据、曹宇，杜夫人生曹林、曹衮，秦夫人生曹玹、曹峻，尹夫人生曹矩，陈妾生曹幹、王昭仪代养，孙姬生曹上、曹彪、曹勤，李姬生曹乘、曹整、曹京，周姬生曹均，刘姬生曹棘，宋姬生曹徽，赵姬生曹茂。此外，陆机的《吊魏武帝文》还提到杜夫人生沛王曹豹，但正史未见其名；另有养子秦朗、何晏、曹真。

女儿人数不详，史籍资料中可考者为曹宪、曹节、曹华、清河公主、安阳公主、金乡公主、高城公主等7人。

二、多方面关爱儿子

曹操对子女的教育、培养、管理，

从小就抓得很紧。曹丕曾回忆说："余时年五岁，上以世方扰乱，教余学射，六岁而知射，又教余骑马，八岁而能骑射矣。"①曹植"年十岁余，诵读《诗》《论》"。由于乱世，曹操在曹丕5岁时就开始教他骑射习武了；曹植10岁时便能诵读《诗经》《论语》。

汉末三国，征战为先。曹操着意培养、锻炼儿子的军事才干，出征时常常将他们带在身边，同时要求其习读经典、吟诗作赋，使他们在文治与武功两方面都得到发展。并且时常下达教令鼓励、教导、批评他们；还利用职权为他们封爵，选派优秀的官吏去辅导、管理。这种在生活、学习、成长等多方面的关怀、培养，承载着曹操对儿子的感情。

（一）文治武功的培养

在25个儿子中，受到曹操重视、与之关系亲密的仅有曹昂、曹丕、曹彰、曹植、曹冲等人。从现存关于他们事迹的史料中，可以看到曹操十分重视对他们文治武功的培养。

1. 长子曹昂随军战死

长子曹昂，"弱冠举孝廉"，未成年就崭露头角。他年少时曹操就带在身边出征。在随行征伐张绣中，张绣降而复叛，20岁的曹昂为救曹操脱险献出了年轻的生命，表现了他对父亲的忠孝敬爱。对于他的死，曹操深深自责，伤痛久久难平。

2. 令曹彰读《诗》《书》

曹彰尚武轻文，曹操喜欢带他从征，同时要求他"读书慕圣道"，文治武功二者不能偏废。史称，曹彰"少善射御，膂力过人，手格猛兽，不避艰险。数从征伐，志意慷慨。太祖尝抑之曰：'汝不念读书慕圣道，而好乘汗马击剑，此一夫之用，何足贵也！'课彰读《诗》《书》。"建安二十三年（218），代郡乌丸人反叛，曹彰领兵讨伐，临行前曹操告诫他说："居家为父子，受事为君臣，动以王法从事，尔其戒之！"②出征前对儿子说，奉命后就不是父子关系了，将"动以王法从事"，不可儿戏啊。曹彰英勇奋战，平定了北方，又归功于诸将，儿子的谦虚礼让令曹操十分高兴。

3. 曹丕常常跟随出征

曹丕说："以时之多故，每征，余常

① 〔晋〕陈寿撰，〔南朝·宋〕裴松之注：《三国志·魏书·文帝纪》卷二注引《典论·自叙》，中华书局，1959年，第89页。

② 〔晋〕陈寿撰，〔南朝·宋〕裴松之注：《三国志·魏书·曹彰传》卷十九，中华书局，1959年，第555页。

从。"①史书记载，他11岁时即随父征张绣，在张绣降而复叛的混战中，曹丕凭借从小学会的骑术成功乘马逃出。17岁时，曹操带他随行讨伐袁谭、袁尚兄弟。20岁时，曹操征高干，留曹丕守邺城，让他开始学习理政。22岁时，曹丕随曹操南征刘表；23岁时，曹操带他至谯，治水军；26岁时，随曹操征孙权；30岁时，又随曹操征孙权②。曹丕在长年的随行征战中，得到了很好的锻炼。诚如他自己所说："文武之道，各随时而用。"他具备了文武兼备的才干。

4. 曹植"数承教于武皇帝"

曹植"年十岁余，诵读《诗》《论》及辞赋数十万言，善属文。……时邺铜雀台新成，太祖悉将诸子登台，使各为赋。植援笔立成，可观，太祖甚异之。性简易，不治威仪。舆马服饰，不尚华丽。每进见难问，应声而对，特见宠爱"③。14岁时，曹操带他征讨袁谭；16岁时，曹植随军征讨乌桓；20岁时，曹植抱病随军

讨马超；21岁时，他又随军征讨孙权；22岁时，曹操带他至谯，治水军；23岁时，曹操征孙权，留曹植守邺，以示重用，并告诫他谨守职责，好好表现④。曹植多次随父出征，常常得到教诲。曹植曾回忆说："臣昔从先武皇帝南极赤岸，东临沧海，西望玉门，北出玄塞，伏见所以行军用兵之势，可谓神妙矣。故兵者不可豫言，临难而制变者也。"⑤他常常随父出征，学得了用兵的真谛。

（二）教令中体现的关爱

曹操针对儿子的情况，不时发布教令，关爱他们的成长。《曹操集》中收录有这方面的教令达7篇之多⑥。

曹操在《诸儿令》中说：

今寿春、汉中、长安，先欲使一儿各往督领之，欲择慈孝不违吾令，亦未知用谁也。儿虽小时见爱，而长大能善，必用之。吾非有二言也，不但不私臣吏，儿子亦不欲有所私。

为了让儿子得到锻炼，曹操准备选

① 〔晋〕陈寿撰，〔南朝·宋〕裴松之注：《三国志·魏书·文帝纪》卷二注引《典论》，中华书局，1959年，第89页。
② 张可礼编著：《三曹年谱》，齐鲁书社，1983年，第84-145页。
③ 〔晋〕陈寿撰，〔南朝·宋〕裴松之注：《三国志·魏书·曹植传》卷十九，中华书局，1959年，第557页。
④ 张可礼编著：《三曹年谱》，齐鲁书社，1983年，第89-135页。
⑤ 〔晋〕陈寿撰，〔南朝·宋〕裴松之注：《三国志·魏书·曹植传》卷十九，中华书局，1959年，第567页。
⑥ 〔三国〕曹操著，中华书局编辑部编：《曹操集·文集》卷三，中华书局，2012年，第47-64页。

三个儿子分别去"督领"一个重镇，选择的标准是慈善、孝顺、不违背命令，用谁呢？他说："虽然你们小时我都喜爱，但长大后德才俱佳才会被任用。我说话算话，不会偏爱。我不但对部属不徇私情，对儿子们也不想有任何偏爱。"表示为儿子们提供一个公平竞争的机会，激励他们积极向上。

在建安十九年（214），"太祖征孙权，使（曹）植留守邺，戒之曰：'吾昔为顿邱令，年二十三。思此时所行，无悔于今。今汝年亦二十三矣，可不勉与！'"①曹植23岁时，曹操刻意培养他，令他独当一面，并以自己年轻时的作为告诫儿子，要求他努力尽职尽责。

不料，"（曹）植尝乘车行驰道中，开司马门出。太祖大怒，公车令坐死。由是重诸侯科禁，而植宠日衰。"②为此，曹操颁布了三道指令，表示了对曹植的失望，同时加强了对儿子们的管束。

曹操在《曹植私开司马门下令》中说："始者谓子建，儿中最可定大事。"

又说："自临淄侯植私出，开司马门至金门，令吾异目视此儿矣。"

同时，他在《又下诸侯长史令》中说："诸侯长史及帐下吏，知吾出，辄将诸侯行意否？从子建私开司马门来，吾都不复信诸侯也。恐吾适出，便复私出，故摄将行，不可恒使吾尔以谁为心腹也。"

曹操开始认为，曹植是儿子中最能成就大事的，自从他乘车行驰道、私自开司马门而出，曹操就另眼看待他，渐渐不再宠爱他。现在曹操明确告诉儿子们的属吏，每次出征带儿子同行，是对他们加以管束，不是把谁当作心腹了，不要产生误解。

曹操在《立太子令》中说，"告子文：汝等悉为侯，而子桓独不封，而为五官中郎将，此是太子可知矣。"曹彰字子文，勇武善战，战功卓著。曹丕字子桓，是曹彰的哥哥，将被立为太子。曹操为避免兄弟争权夺位，做出决定时告诫其他儿子各安其分。

从这些教令可以看出，曹操对儿子的培育、管理，对他们言行品德的严格要求，字字句句流露出的都是对儿子的关爱。

（三）为儿子封官赐爵

曹操还利用自己的权势，为儿子封官赐爵，让他们有地位，衣食无忧。建安十六年（211），曹操封曹植、曹据、曹

---

① 〔晋〕陈寿撰，〔南朝·宋〕裴松之注：《三国志·魏书·曹植传》卷十九，中华书局，1959年，第557页。
② 〔晋〕陈寿撰，〔南朝·宋〕裴松之注：《三国志·魏书·曹植传》卷十九，中华书局，1959年，第558页。

宇、曹玹、曹林等人为侯，此后陆续给其他儿子封侯爵，有的年幼即为侯爵，如曹幹一岁就封高平亭侯，沛王曹豹也是年幼得封。

不仅封侯，曹操对几个有作为的儿子还封以官职，着意培养。建安十六年（211），"（曹丕）为五官中郎将、副丞相"；二十三年（218），"以（曹）彰为北中郎将，行骁骑将军"；二十四年（219），"以（曹）植为南中郎将，行征虏将军"。曹操让他们任职管事，领兵出征，建功立业。

（四）选派良师益友

在儿子封侯后，曹操为他们遴选品学兼优的师傅和属官，让他们从小接受良好的教育，并加强对他们的谏劝、管理。史载："是时，太祖诸子高选官属，令曰：'侯家吏，宜得渊深法度如邢颙辈。'遂以为平原侯（曹）植家丞。"他认为：诸侯王的属吏，必须像邢颙这种见识深广而又遵循法度的人才方可。强调要用德才兼备之人来辅佐儿子，以利于他们的成长。

而这些配置的师傅和属官既辅导他们学习，又负有劝谏、监督的责任。如"太祖征并州，留（崔）琰傅文帝于邺。世子仍出田猎"，品格高尚、博学多才的崔琰

及时谏止了曹丕①。曹冲"年十余岁能属文，每读书，文学左右常恐以精力为病，数谏止之"②。文学是博古通今的侍从官，多位博学的文士曾担任过曹丕、曹植的文学一职。

曹操的孙子明帝曹叡曾回忆说：

自太祖受命创业，深睹治乱之源，鉴存亡之机，初封诸侯，训以恭慎之至言，辅以天下之端士，常称马援之遗诫，重诸侯宾客交通之禁，乃使与犯妖恶同。夫岂以此薄骨肉哉？徒欲使子弟无过之愆，士民无伤害之悔耳③。

曹操深刻认识到国家治乱的根源、存亡的关键，所以在分封诸子为侯之后，"以恭慎之至言"来训导，"以天下之端士"去辅佐，严禁他们与宾客交往。这不是削弱兄弟之情，而是保障儿子们能良好成长，少犯过失，不扰乱社会。

曹操对这几个儿子倾注的心血，从常常带他们出征中，从频繁颁发的教令中，

① 〔晋〕陈寿撰，〔南朝·宋〕裴松之注：《三国志·魏书·崔琰传》卷十二，中华书局，1959年，第368页。
② 〔晋〕陈寿撰，〔南朝·宋〕裴松之注：《三国志·魏书·曹冲传》卷二十，中华书局，1959年，第583页。
③ 〔晋〕陈寿撰，〔南朝·宋〕裴松之注：《三国志·魏书·曹幹传》卷二十，中华书局，1959年，第585页。

从对他们谆谆勉励的教诲中，从着意委派他们留守中，从哀伤痛哭曹冲中，处处都有所体现。他在儿子成长中的教导和督促、在管理上采取的多种措施，是对儿子的关爱，体现着父子深情。

三、待养子如亲生

曹操有养子秦朗、何晏、曹真，他在关爱自己的儿子的同时，对养子也一视同仁，史称"见宠如公子"。这很能看出他对孩子的关爱。

秦朗字元明，"父名宜禄，为吕布使诣袁术，术妻以汉宗室女。其前妻杜氏留下邳。布之被围，关羽屡请于太祖，求以杜氏为妻，太祖疑其有色，及城陷，太祖见之，乃自纳之。……朗随母氏畜于公宫，太祖甚爱之，每坐席，谓宾客曰：'世有人爱假子如孤者乎？'"①秦朗因母亲成为曹操之妾而成为其养子，曹操非常喜爱他，常常炫耀自己对他的宠爱。秦朗历曹操、曹丕、曹叡三世，优遇不减，官至骁骑将军，"富均公侯"。

何晏字平叔，成为养子的情况与秦朗相同。何晏为"何进孙也。母尹氏，为太祖夫人。晏长于宫省，又尚公主，少以才秀知名"。《魏略》曰："太祖为司空时，纳晏母并收养晏，其时秦宜禄儿阿苏亦随母在公家，并见宠如公子。"曹操把女儿金乡公主许配给何晏为妻，可见何晏受到的宠爱。何晏后来成为朝中大臣，由于他依附曹爽，被司马懿诛杀②。

关于曹真，史书记载："曹真字子丹，太祖族子也。太祖起兵，真父邵募徒众，为州郡所杀。太祖哀真少孤，收养与诸子同，使与文帝共止。"而注引《魏略》则说："真本姓秦，养曹氏。或曰其父伯南凤与太祖善。兴平末，袁术部党与太祖攻劫，太祖出，为寇所追，走入秦氏，伯南开门受之。寇问太祖所在，答曰'我是也。'遂害之。由此太祖恩其功，故改其姓。"③总之，曹操因曹真父亲遇害而怜悯他年幼丧父，将其收养，并视如己出，让他与曹丕同住。曹真在曹操、曹丕、曹叡三朝都受到重用，曾受遗命辅政，明帝时位至大将军、大司马。

---

① 〔晋〕陈寿撰，〔南朝·宋〕裴松之注：《三国志·魏书·明帝纪》卷三注引《魏氏春秋》，中华书局，1959年，第100页。

② 〔晋〕陈寿撰，〔南朝·宋〕裴松之注：《三国志·魏书·曹爽传》卷九注引《魏略》《魏末传》，中华书局，1959年，第292页。

③ 〔晋〕陈寿撰，〔南朝·宋〕裴松之注：《三国志·魏书·曹真传》卷九注引《魏略》《魏书》，中华书局，1959年，第281页。

三位养子，都"见宠如公子"，受到曹操的宠爱如同亲生儿子，以后的待遇也是高官厚禄。从他们得到曹操宠爱的原因来看，秦朗、何晏是因为母亲受到宠幸，曹真是因"太祖恩其功"，同时也因他们自身有引人喜欢之处，但最主要的还是曹操有着喜爱孩子的情怀。

四、女儿的婚配蒙上政治色彩

对于7个女儿，曹操在保障她们衣食无忧的前提下，因为自己崇尚简朴，所以对她们的穿戴、生活要求严格。他曾在《内戒令》中，对女儿们的日常生活及用品一一提出要求，关于出嫁也有明确规定："太祖愍嫁娶之奢僭，公女适人，皆以皂帐，从婢不过十人。"[①]

女儿的婚配是终身大事，曹操对此颇费心思。他将清河长公主许配给心腹大将夏侯惇的中子夏侯楙，安阳公主被安排给重要谋臣荀彧的长子荀恽为妻，金乡公主则成为他的养子、"才秀知名"的何晏之妻，高城公主在曹操死时尚幼，情况不详。建安十八年（213），曹操被封为魏公时，将曹宪、曹节、曹华三人献予汉献帝"为贵人，少者待年于国"，曹华因年少暂时未入宫。

关于女儿们的婚后生活，据史书仅有的一点记载，清河公主与夏侯楙、金乡公主与何晏，他们夫妻感情都不和睦，生活虽富贵而不幸福[②]。至于送进宫的女儿，曹植曾在《叙愁赋》的序中说："时家二女弟，故汉皇帝聘以为贵人。家母见二弟愁思，故令予作赋。"[③]曹宪、曹节二人被送入宫为贵人也并不愉悦，心中充满忧愁，卞夫人得知后便令曹植作赋安慰。可见她们的婚配没有感情可言。

曹操把三个女儿送给献帝的目的，有学者指出："曹操鉴于宫廷内部发生推翻曹魏统治的阴谋活动，争取对汉王朝进一步的控制，竟将二少女嫁给刘协。但女子并不以身为王妃而感到满足，反而内心充满着绵绵无尽的哀思。"[④]为家族的利益，曹操不惜将女儿作为工具。

---

① 〔晋〕陈寿撰，〔南朝·宋〕裴松之注：《三国志·魏书·武帝纪》卷一注引《傅子》，中华书局，1959年，第54页。

② 〔晋〕陈寿撰，〔南朝·宋〕裴松之注：《三国志·魏书·夏侯惇传》卷九注引《魏略》，第269页；《曹爽传》注引《魏末传》，第292页，中华书局，1959年。

③ 〔三国〕曹植著，赵幼文校注：《曹植集校注·叙愁赋》卷一，人民文学出版社，1984年，第61页。

④ 〔三国〕曹植著，赵幼文校注：《曹植集校注·叙愁赋》校注者案，人民文学出版社，1984年，第63页。

曹操考虑女儿的生活富贵，而没有顾及她们的意愿，更不会考虑她们的情感。女儿的婚姻更多地从曹氏集团的利益出发来进行安排，父女之情蒙上政治色彩。

五、曹冲夭亡和临终托付幼子的悲情

曹操与儿女的情感，在曹冲早逝、临终托付幼小子女时得到充分的体现。

（一）痛哭爱子曹冲早逝

曹冲的聪明仁德，除"曹冲称象"以外，史书还记载有不少故事。曹操的马鞍在库房"为鼠所啮，库吏惧必死"；曹冲得知后，"于是以刀穿单衣，如鼠啮者，谬为失意，貌有愁色"，曹操见到后便安慰他。当库吏报告老鼠咬坏马鞍时，曹操"笑曰：'儿衣在侧，尚啮，况鞍悬柱乎？'一无所问"，不予追责。曹冲仁爱识达，常常为一些犯过错的人申辩，"凡应罪戮，而为冲微所辨理，赖以济宥者，前后数十"。因为他的申辩而得到救助、宽宥的前后有数十人。曹操深爱曹冲，常在群臣面前表示"有欲传后意"，想把他作为继承人。曹冲十三岁时患重病，不信鬼神的曹操竟亲自祭拜神灵以求保全他的性命。曹冲病逝后，曹操极为哀伤，"言则流涕，为聘甄氏亡女与合葬，赠骑都尉

印绶，命宛侯据子琮奉冲后"[1]。在痛哭之余，还特聘甄氏亡女为曹冲举办冥婚，又赠予官位，安排曹据之子曹琮作为他的后代，为其延续子嗣。

爱子曹冲从病到亡，曹操从请求神灵，到流泪、办冥婚、赠官位、续子嗣，这一系列举措，件件都充满着他对儿子的爱。

（二）托付年幼子女时的哭泣

曹操在病重时、临终前，曾两次将年幼的子女托付给年长的儿子，父爱在托付的言语、流泪中表现充分。

曹操要求成年的哥哥好好照顾幼小的弟妹，两次以"累汝"来表达，一次还流下泪水，这是曹操对年幼子女平安成长、对兄弟和睦相处的深深期许；一个慈父对幼子满满的怜爱就从这个"累"字、就从"泣下"充分表达了出来。

"才武绝人"的曹操喜欢才华横溢、聪明贤德、尚武威猛的儿子，自然也把方方面面的关爱更多地倾注在几个才能德行突出的儿子身上，所以史书留下的曹操与儿子的关系也仅仅只有这几个儿子。不过，仅就他与这几个儿子的故事，就可以

---

① 〔晋〕陈寿撰，〔南朝·宋〕裴松之注：《三国志·魏书·曹冲传》卷二十，中华书局，1959年，第580页。

看到曹操浓浓的父爱和深深的舐犊之情。

六、有情中的无情

曹操的儿子出生有先有后，年龄相差悬殊，曹丕30多岁时，有的儿子才几岁，而且有的儿子早死，有的儿子平庸无为。曹操虽然喜爱孩子，但并不是个个儿子都能得到关爱，如"（曹）茂性愎很，少无宠于太祖。及文帝世，又独不王"[1]。曹茂从小骄倨凶狠，不受喜爱，而且到曹丕继位都不予封王。除他之外，在25个儿子中还有很多都没有得到曹操的关爱。

曹操关爱家人，也有对他们残忍的一面。史载："（曹）植妻衣绣，太祖登台见之，以违制命，还家赐死。"[2]曹植是他宠爱的儿子，其妻是大臣崔琰兄长的女儿，穿绣衣竟被赐死，显然十分过分。这就是多面性格的曹操，这就是他有情中的无情。

曹操注重对儿子的教育、管理，采取多种措施悉心培养；宠爱聪慧仁德的曹冲，对其早逝悲痛哭泣；临终前对年幼子女特别托付，并伤心流泪，等等，这些言行、举措在三国英雄中是无人可比的，让人看到曹操作为父亲对儿女的骨肉深情，让人看到一代枭雄曹操内心柔弱的一面。

---

[1] 〔晋〕陈寿撰，〔南朝·宋〕裴松之注：《三国志·魏书·曹茂传》卷二十，中华书局，1959年，第589页。

[2] 〔晋〕陈寿撰，〔南朝·宋〕裴松之注：《三国志·魏书·崔琰传》卷十二注引《世语》，中华书局，1959年，第369页。

曹丕

文帝天资文藻，下笔成章，博闻强识，才艺兼该。

——〔晋〕陈寿评曰。（《三国志·魏书·文帝纪》）

曹丕（187—226）

字子桓，曹操第二子，延康元年（220）十月代汉称帝，在位六年卒，享年40岁。葬首阳陵（河南洛阳北邙山）。

曹丕年少即受到父亲的培养，8岁会骑马射箭，能属文，10岁随父出征。史籍记载，他因人因事哭泣10次；即皇位两年就发布遗嘱《终制》，坦然面对死亡，彻底改革丧葬礼俗。好色胜过其父，且无耻、无情，竟将父亲的嫔妃接管享用，将妻子甄氏赐死。与兄弟的情感因立嗣之争从和睦发展到相争、相残，留下著名的"七步诗"。

曹丕的眼泪，面临死亡的平静，与妻妾、兄弟的关系，传递出他的亲情、感激、真诚；同时也传递出他的逐利、猜忌、缺德、无情；把一个性格复杂、情感丰富的曹丕呈现出来，这是一个与世人印象中风流倜傥的文坛巨子不同的曹丕。

曹丕的眼泪

史籍记载曹丕的流泪有10次，流泪的事由5次是因为大臣，3次因为亲情，1次为文友，1次为表示诚孝。他的流泪，或出于亲情，悲伤父死弟夭折；或出于感激，哀伤为他立嗣有功的臣僚的病逝；或受到感动，惋惜尽职尽责的臣僚的遇难；或出于悲悯情怀，痛惜英年早逝的文坛好友。他的流泪，大都是出于真情实感，偶尔也有虚情假意。从他的眼泪可以看出，曹丕讲孝悌，重骨肉之情；敬忠贞，怀德感恩；有情义，珍视友谊，是一个情感丰富而复杂的人。

——题记

建安二十五年（220）正月，曹操病逝，曹丕继承了魏王位，十月即以禅让之名代汉称帝，改元黄初。六年后，即黄初七年（226）五月，40岁的曹丕病逝。史籍载录他因人因事流泪10次，这些眼泪揭示出他丰富的情感，让人看到他的性格、人品。

一、史籍载录的10次流泪

检索《三国志》（含裴松之注引）及有关资料，曹丕有如下10次流泪。兹列出并逐一解析。

（一）为显示诚孝的哭

《三国志·魏书·吴质传》注引《世语》曰：

魏王尝出征，世子及临淄侯植并送路侧。植称述功德，发言有章，左右属目，王亦悦焉。世子怅然自失，吴质耳曰："王当行，流涕可也。"及辞，世子泣而拜，王及左右咸歔欷，于是皆以植辞多华，而诚心不及也。①

这是曹丕和曹植在立嗣之争中发生的一件事。建安十六年（211），曹操任丞相的第三年，以曹丕"为五官中郎将，置百官，为丞相副"。曹丕虽然被放在副手的位置上，却又一直不被明确为继承人。建安十八年（213）五月，曹操封魏公，也不明确谁为太子；建安二十一年（216）五月，他晋爵魏王后仍然不确立

---

① 〔晋〕陈寿撰，〔南朝·宋〕裴松之注：《三国志·魏书·吴质传》卷二十一注引《世语》，中华书局，1959年，第609页。

太子；直到建安二十二年（217）十月，曹丕才被立为太子。

在未明确曹丕为太子的六年期间，曹操又喜爱才华横溢的曹植。史称："时太子未定，而临淄侯植有宠。"①这就引发了曹丕和曹植间对太子之位的激烈争夺，造成朝臣和二人的属僚、好友分为两派。他们纷纷出谋划策，为自己的主子效力。

吴质，字季重，"以才学通博，为五官将及诸侯所礼爱"，是曹丕的亲密好友②。在立嗣之争中他全力支持曹丕。曹丕看到父亲喜爱才华横溢的曹植，深感不安，曾秘密与吴质商议对策，吴质曾多次为他出谋划策。此次在曹操出征时，吴质便悄悄地告诉曹丕，以流泪的方式来送别父亲，不去与曹植比才华，而是在德行上下工夫，比恭顺，比诚孝。于是曹丕以泪水装出的虔诚和孝顺，赢得了曹操及在场大臣的好感。

曹丕为显示虔诚、孝道而哭泣，这只是他在立嗣之争中运用权术事例中的一件而已。

① 〔晋〕陈寿撰，〔南朝·宋〕裴松之注：《三国志·魏书·毛玠传》卷十二，中华书局，1959年，第375页。
② 〔晋〕陈寿撰，〔南朝·宋〕裴松之注：《三国志·魏书·吴质传》卷二十一注引《魏略》，中华书局，1959年，第607页。

（二）伤文坛好友早逝

《三国志·魏书·吴质传》注引《魏略》载，曹丕又与吴质书曰：

昔年疾疫，亲故多离其灾。徐、陈、应、刘，一时俱逝，痛何可言邪！昔日游处，行则同舆，止则接席，何尝须臾相失！每至觞酌流行，丝竹并奏，酒酣耳热，仰而赋诗。当此之时，忽然不自知乐也。谓百年己分，长共相保，何图数年之间，零落略尽，言之伤心。顷撰其遗文，都为一集。观其姓名，已为鬼录，追思昔游，犹在心目，而此诸子化为粪壤，可复道哉！观古今文人，类不护细行，鲜能以名节自立。而伟长独怀文抱质，恬淡寡欲，有箕山之志，可谓彬彬君子矣。著《中论》二十余篇，成一家之业，辞义典雅，足传于后，此子为不朽矣。德琏常斐然有述作意，才学足以著书，美志不遂，良可痛惜。间历观诸子之文，对之拉泪。既痛逝者，行自念也。……③

他在信中说：去年疫病流行，亲戚故友多遭到灾难。徐干、陈琳、应场、刘桢，一时间都病逝了。悲痛之情难以言表啊！过去交游相处，外出共坐一车，止息

③ 〔晋〕陈寿撰，〔南朝·宋〕裴松之注：《三国志·魏书·吴质传》卷二十一注引《魏略》，中华书局，1959年，第608页。

共卧一床，不曾分开片刻。每当杯觞交错，丝管齐奏，酒酣耳热，仰面赋诗，那时恍惚不知其乐。常说人生百年，相互保重，不想数年之间，零落略尽，言之伤心啊。近来汇集他们的遗作为一集，看到他们的姓名，已记录为死者了。追思昔游，犹在眼前、心中，而诸子已化为粪土，还能说什么呢！看古今文人，多不注重细节言行，能以名节操守立于世者很少。而唯独伟长，文采质朴，恬淡寡欲，有古代许由隐居箕山之志，可谓文质彬彬的君子。他著《中论》二十余篇，成一家之业绩；辞文典雅，足以流传于后世，此子可以永垂不朽了。德琏富于文采，有著书的意愿，才学也足以著书立说，但美好志愿没有实现，实在令人悲痛惋惜。陆续观看他们的文章，不觉潸然泪下。

吴质作为曹丕好友，在立嗣中全力支持曹丕。《三国志·魏书·吴质传》注引《魏略》载有曹丕与他的三封信，此信是第二封，作于建安二十三年（218）。信中提及的徐幹（字伟长）、陈琳（字孔璋）、应玚（字德琏）、刘桢（字公干）等人都是当时文坛名人，同为"建安七子"成员。

建安九年（204）八月，曹操攻克冀州后为牧，便以邺城为大本营，招贤纳士。曹操、曹丕、曹植都极富文才，笃好文学，于是一批有才华的文士来到他们身边，形成"邺下文人集团"[1]。这批人常在一起吟诗作赋，相互唱和，切磋诗文，欢宴、畅游。史称：

始，文帝为五官将，及平原侯植皆好文学。（王）粲与北海徐幹字伟长、广陵陈琳字孔璋、陈留阮瑀字元瑜、汝南应玚字德琏、东平刘桢字公干，并见友善。[2]

曹丕为五官中郎将时，徐幹、应玚、刘桢等人曾先后在其府中任职，曹丕与他们关系亲密，感情深厚。然而在建安十七年（212），阮瑀逝世，在二十二年（217）的一场瘟疫中，徐幹、陈琳、应玚、刘桢等人也病逝，王粲亦在是年病死。同年十月，曹丕被立为太子，次年便开始整理他们的著作。面对他们的遗作，曹丕眼前浮现出他们的音容笑貌，想起曾经在一起的欢乐情景，他便给吴质写信倾诉，回忆往昔的欢聚，评说他们的文才，哀叹他们的早逝，泪水不禁夺眶而出。这泪水，既是曹丕对他们英年早逝的哀伤、不凡才华的痛惜，也是对自己灾后余生的

---

① 徐公持编著：《魏晋文学史》，人民文学出版社，1999年，第98、99页。
② 〔晋〕陈寿撰，〔南朝·宋〕裴松之注：《三国志·魏书·王粲传》卷二十一，中华书局，1959年，第599页。

感慨。

（三）哀愍幼弟曹幹

《三国志·魏书·曹幹传》注引《魏略》曰：

（曹）幹一名良。良本陈妾子，良生而陈氏死，太祖令王夫人养之。良年五岁而太祖疾困，遗令语太子曰："此儿三岁亡母，五岁失父，以累汝也。"太子由是亲待，隆于诸弟。良年小，常呼文帝为"阿翁"，帝谓良曰："我，汝兄耳。"文帝又愍其如是，每为流涕。[1]

曹幹也叫曹良，是曹操与姜陈氏所生之子。他出生后不久母亲就去世，五岁时，曹操病重，遗令吩咐曹丕悉心关照。于是，曹丕就一直把他带在身边，自己亲自抚养。曹幹的母亲在受到曹操宠爱时，大力支持立嗣之争中的曹丕[2]，所以曹丕对曹幹比对其他弟弟都好。年幼的曹幹分不清楚辈分，常常把三十几岁的曹丕叫作"阿翁"（父亲）。每次叫错，曹丕都要纠正说："我是你哥哥啊！"然后感慨一番，并为之悲伤流泪。

长兄如父。曹丕把这个小弟弟当成自己的孩子来关爱、养育。其中虽然有感激他母亲在立嗣中曾给予帮助的原因，不过，这眼泪更多的是对幼弟的手足之情、悲悯之心。

（四）为程昱之死而流泪

《三国志·魏书·程昱传》载：

文帝践阼，（程昱）复为卫尉，进封安乡侯，增邑三百户，并前八百户。分封少子延及孙晓列侯。方欲以为公，会薨，帝为流涕，追赠车骑将军，谥曰肃侯。[3]

程昱字仲德，"才策谋略，世之奇才"；早年追随曹操，多谋善断，有胆有识，其勇"过于贲、育"，比得过古代的勇士孟贲和夏育；他屡建奇功，深受曹操倚重。曹丕曾得到他的帮助、指点，获得父亲赞许，因此心存感激。

建安十六年（211）七月，曹操西征马超，留曹丕守邺城，程昱辅佐。十一月，河间郡田银、苏伯等叛乱，曹丕派贾信讨伐，有千余人投降。群臣在如何处置降卒上产生了争议，议者多以为应按旧法，围而后降者一律杀无赦。而程昱反对，指出形势已变化，"此必降之贼，杀

[1] 〔晋〕陈寿撰，〔南朝·宋〕裴松之注：《三国志·魏书·曹幹传》卷二十注引《魏略》，中华书局，1959年，第586页。
[2] 〔晋〕陈寿撰，〔南朝·宋〕裴松之注：《三国志·魏书·曹幹传》卷二十，中华书局，1959年，第585页。
[3] 〔晋〕陈寿撰，〔南朝·宋〕裴松之注：《三国志·魏书·程昱传》卷十四，中华书局，1959年，第429页。

之无所威惧，非前日诛降之意。臣以为不可诛也；纵诛之，宜先启闻"。众议认为"军事有专，无请"。程昱无言，便退去。曹丕见程昱言犹未尽，特地去请他来。程昱说："凡专命者，谓有临时之急，呼吸之间者耳。今此贼制在贾信之手，无朝夕之变，故老臣不愿将军行之也。"①曹丕听了点头称善。报告曹操后，果然指示不杀。曹丕初为五官中郎将，成功镇压反叛，经程昱指点没有依照旧法、独断专行而杀降卒，得到曹操赞赏，曹丕因此对程昱心存感激。

程昱性格耿直暴躁，与人常发生冲突，被免职。曹丕称帝后器重他的才智，视其为国家重臣，恢复他的官职，进封爵位，增加食邑，还封他的小儿子和孙子为列侯。正要任命程昱为三公时，他却去世了，曹丕深感遗憾、悲伤，止不住热泪长流。这泪水表达了他的感念之情和对功绩卓著的老臣的敬重。

（五）悲惜桓阶之死

《三国志·魏书·桓阶传》载：

文帝践阼，迁尚书令，封高乡亭侯，加侍中。阶疾病，帝自临省，谓曰：

"吾方托六尺之孤，寄天下之命于卿。勉之！"徙封安乐乡侯，邑六百户，又赐阶三子爵关内侯。……后阶疾笃，遣使者即拜太常，薨，帝为之流涕，谥曰贞侯。②

桓阶，字伯绪，正直义气，投奔曹操后受到器重。曹操在太子人选犹豫不决的过程中，曾征求一些大臣的意见，桓阶便是其一。桓阶固守"立长立嫡"的原则，认为曹丕的才德也不错，极力主张立之为太子。史称："时太子未定，而临淄侯植有宠。（桓）阶数陈文帝德优齿长，宜为储副，公规密谏，前后恳至。"③在曹植受到宠爱的形势下，桓阶多次向曹操陈说，曹丕品德优秀，又是长子，宜立为太子；不论是在公开场所还是在秘密谏言时，他都言辞恳切，明确支持立曹丕为储君。

对这样一位有才干、正直而又为自己继位竭诚力谏的大臣，曹丕在称帝后，倍加器重，不吝加官晋爵。当桓阶生病时，曹丕亲自去探望，并说要以幼子、国家相托付的话；即使后来病重，曹丕还任命

---

① 〔晋〕陈寿撰，〔南朝·宋〕裴松之注：《三国志·魏书·程昱传》卷十四注引《魏书》，中华书局，1959年，第429页。

② 〔晋〕陈寿撰，〔南朝·宋〕裴松之注：《三国志·魏书·桓阶传》卷二十二，中华书局，1959年，第632页。

③ 〔晋〕陈寿撰，〔南朝·宋〕裴松之注：《三国志·魏书·桓阶传》卷二十二，中华书局，1959年，第632页。

他为太常。桓阶病逝，曹丕十分伤心，情不自禁地痛哭流泪。

桓阶病逝，曹丕悲伤、流泪，这泪水传递出他对德才兼备、忠贞正直大臣的倚重、爱戴，和对帮助自己得继大位的臣僚的感恩情怀。

（六）哀伤张辽病逝

《三国志·魏书·张辽传》载：

黄初二年，（张）辽朝洛阳宫，文帝引辽会建始殿，亲问破吴意状。帝叹息顾左右曰："此亦古之召虎也。"为起第舍，又特为辽母作殿，以辽所从破吴军应募步卒，皆为虎贲。孙权复称藩。辽还屯雍丘，得疾。帝遣侍中刘晔将太医视疾，虎贲问消息，道路相属。疾未瘳，帝迎辽就行在所，车驾亲临，执其手，赐以御衣，太官日送御食。疾小差，还屯。孙权复叛，帝遣辽乘舟，与曹休至海陵，临江。权甚惮焉，敕诸将："张辽虽病，不可当也，慎之！"是岁，辽与诸将破权将吕范。辽病笃，遂薨于江都。帝为流涕，谥曰刚侯。[1]

张辽，字文远，先后在丁原、董卓、吕布手下为将，曹操破吕布后，张辽率众

归降。此后张辽随曹操南征北战，屡建战功，深受赏识。在合肥逍遥津一战，他率八百敢死队员袭击孙权大营，后以七千兵力打败孙吴十万之众，曹操对他大加赞赏。曹丕继王位后就对他进行封赏：转任前将军，赐帛千匹，谷万斛；分封其兄张汛和一个儿子为列侯。后又晋爵为都乡侯；赐给他母亲舆车，派兵马护送，令仪仗队迎接，下级将吏在道旁列队下拜，"观者荣之"。一路荣耀，风光无比，令人羡慕。曹丕称帝，又"封晋阳侯，增邑千户，并前二千六百户"。

黄初二年（221）时，张辽到洛阳朝拜，曹丕在皇宫建始殿会见他，询问他当时打败吴军的情况，听后感叹："这简直就是古代的召虎啊！"于是下令为他和母亲在洛阳修建住宅和殿堂。张辽病了，曹丕派侍中刘晔带着御医去诊治；后来曹丕还亲自去探视他，赐御衣，送御食，关爱无微不至。

张辽的忠勇和所建赫赫战功，使他位列曹魏"五子良将"之首。曹丕一而再地给予他赏赐和荣誉，最后在他病逝时的哭泣，都表现出曹丕对战功卓著的将领的敬重之情。

（七）痛惜杜畿遇难

《三国志·魏书·杜畿传》载：

---

[1] 〔晋〕陈寿撰，〔南朝·宋〕裴松之注：《三国志·魏书·张辽传》卷十七，中华书局，1959年，第520页。

文帝即王位，赐爵关内侯，征为尚书。及践阼，进封丰乐亭侯，邑百户，守司隶校尉。帝征吴，以畿为尚书仆射，统留事。其后帝幸许昌，畿复居守。受诏作御楼船，于陶河试船，遇风没。帝为之流涕，诏曰："昔冥勤其官而水死，稷勤百谷而山死。故尚书仆射杜畿，于孟津试船，遂至覆没，忠之至也。朕甚愍焉。"追赠太仆，谥曰戴侯。①

杜畿，字伯侯，为河东太守十六年，"宽猛克济，惠以康民"；施行法治、教化，郡中安定民富，治绩卓著，被称为"魏代名守"，是曹魏治绩卓著的郡太守。曹丕十分器重他，即王位、帝位后都给他加官晋爵。所以，对于他的不幸遇难，曹丕在痛哭之余，还专门下诏表彰，并让他的儿子杜恕继承了爵位。

对杜畿尽职殉难表现出的忠诚，曹丕以古代勤劳而死于职务上的冥和后稷来赞誉；对他的遇难，甚为哀痛惋惜。这哭泣流泪，传递出曹丕对良吏忠臣的敬重。

（八）看望病重的夏侯尚而哭

《三国志·魏书·夏侯尚传》载：

（黄初）六年，（夏侯）尚疾笃，还

京都，帝数临幸，执手涕泣。尚薨，谥曰悼侯。②

夏侯尚，字伯仁，是夏侯渊的侄子，与叔父都是曹魏集团的重要成员，战功卓著。他年少时就与曹丕关系友好、亲密。《魏书》曰："尚有筹画智略，文帝器之，与为布衣之交。"曹丕称帝后"封平陵乡侯，迁征南将军，领荆州刺史，假节，都督南方诸军事"。夏侯尚在荆州率军破蜀汉上庸，败孙吴诸葛瑾之军，因战功又升职晋爵。后来夏侯尚病重回到京师，曹丕多次去看望他，拉着他的手悲伤哭泣。死后曹丕特地下诏曰：

尚自少侍从，尽诚竭节，虽云异姓，其犹骨肉，是以入为腹心，出当爪牙。智略深敏，谋谟过人，不幸早殒，命也奈何！赠征南大将军、昌陵侯印绶。③

诏策称赞夏侯尚自年轻时即追随在曹丕左右，竭尽忠诚，情同骨肉，在朝内是心腹大臣，在战场上是骁勇大将，智深才敏，谋略超人。对于他的早逝，曹丕深感无奈。由此可见曹丕对夏侯尚之器重，二

① 〔晋〕陈寿撰，〔南朝·宋〕裴松之注：《三国志·魏书·杜畿传》卷十六，中华书局，1959年，第497页。

② 〔晋〕陈寿撰，〔南朝·宋〕裴松之注：《三国志·魏书·夏侯尚传》卷九，中华书局，1959年，第294页。

③ 〔晋〕陈寿撰，〔南朝·宋〕裴松之注：《三国志·魏书·夏侯尚传》卷九注引《魏略》，中华书局，1959年，第294页。

人的关系之好、感情之深。

夏侯尚病重期间，曹丕数次看望，拉着他的手悲痛哭泣。这泪水传递出他对年轻时挚友的情谊，对心腹臣僚的深情，对德才兼备的忠勇大将的器重。

（九）悲伤父亲之死

曹操病逝，曹丕著《武帝哀策文》表达哀伤，又著《短歌行》，哭泣哀悼。诗曰：

仰瞻帷幕，俯察几筵。其物如故，其人不存。

神灵倐忽，弃我遐迁。靡瞻靡恃，泣涕连连。……①

他说：瞻仰着灵堂，俯看着灵位，物故人去；魂灵瞬间消逝，弃我去向远方；失去照顾和依靠，我泣涕涟涟、内心悲伤。

卞氏所生的几个儿子从小得到曹操的关爱和培养，与父亲感情深厚；曹丕曾深情回忆说：因为世道纷乱，自己5岁时学射，8岁就会骑马射箭，能属文，11岁时即随父出征。父亲的雄才大略从小就在他的心中留下了深刻的印象。

曹操个性强势，才智超群，常常事必躬亲，儿子虽然得到培养，但他们始终生活在父亲的光环下。如曹丕，25岁时任五官中郎将、副丞相，置官属，仍然是父亲的随从，只是将一批文坛精英团结在身边；31岁被立为太子时也没有过多介入政事，主要精力放在编辑好友的文集上。儿子们在内心始终存在着对父亲的崇敬，还有对父亲的敬畏，有一种对父亲的依赖。在哀悼父亲病逝时，兄弟们都哭了，这既是情感所致，也是祭礼的需要，而曹丕的哭则表现出无助、惶惑，因为他要继位为王，主持军国大政。所以，他在《武帝哀策文》中说："痛神曜之幽潜，哀鼎俎之虚置，舒皇德而咏思，遂腷臆以荏事。蚑乃小子，夙遭不造。茕茕在疚，呜呼皇考。"②他悲痛先王的去世，认为王位虚设，自己依仗父亲大德，暂且继承王位。"我是一个小人物，父亲过早离去，我孤独无靠，父亲啊，我悲伤！"

曹操病逝，支撑曹魏的大树倒下了，曹丕痛哭，并一再撰文哀悼，既是父子情感的表达，也是他当时心中无助、惶惑情绪的流露。

（十）伤感夭折的族弟

曹丕哀悼兄弟的文章有悼曹冲的《弟仓舒诔》和族弟的《悼夭赋》。曹冲之死

---

① 〔三国〕曹丕著，易健贤译注：《魏文帝集全译》，贵州人民出版社，2009年，第298、299页。

② 〔三国〕曹丕著，易健贤译注：《魏文帝集全译》卷一，贵州人民出版社，2009年，第282页。

从文中"呜呼哀哉"来看，他应当是哭了，只是没有明确，而《悼夭赋》中有流泪的描述。赋曰：

气纡结以填胸，不知涕之纵横。时徘徊于旧处，睹灵衣之在床。感遗物之如故，痛尔身之独亡。愁端坐而无聊，心戚戚而不宁。步广厦而踟蹰，览萱草于中庭。悲风萧其夜起，秋气惨以厉情。仰瞻天而太息，闻别鸟之哀鸣。①

曹丕的悼文说：我悲哀郁结满胸，不觉涕泪纵横。时时徘徊在旧处，目睹殓葬之衣在床。感叹遗物如故，悲痛你唯独身亡。端坐灵前哀愁无边，心中悲戚心神不宁。在大殿来回漫步，看着庭中的金针草欲以忘忧。悲风萧瑟夜幕降临，秋气惨烈徒增悲情。仰望长天而太息，闻孤鸟之鸣而哀伤。

关于此族弟史籍不载，死于何年也不详。《悼夭赋》序曰："族弟文仲亡时年十一，母氏伤其夭逝，追悼无已。余以宗族之爱，乃作斯赋。"文仲应该是他的字。文仲夭亡后，曹丕在他的居所，面对他悲伤不已的母亲，深感物是人非，一时悲情不能自已，便挥笔作赋，不觉涕泪纵横。

① 〔三国〕曹丕著，易健贤译注：《魏文帝集全译》卷二，贵州人民出版社，2009年，第372页。

二、泪水揭示出的性格、人品

曹丕的哭泣，史书中的7次是史家的记录；诗文中的2次是他自己的表述，都是真实情感的表达。这些哭泣，从事由上分：有5次是因为大臣，3次因为亲人，1次为哀伤文友，1次是为表示诚孝。这些哭泣，有的情感单一，有的系多种情感交集，表现出的情绪和品德不一，因此以情感则难以归类，只好以事由来解析其情感，以此探求其性格、人品。

（一）因亲情流泪

曹丕哀伤父亲病逝和幼弟、族弟夭亡的哭泣，是他骨肉亲情、悲悯情怀的表达。

在曹操二十几个儿子中，卞夫人所生的几个儿子，因才华、能力而受到曹操喜爱，并被着意培养，他们父子之间情感深厚。所以，在追悼曹操的过程中，曹丕兄弟们都十分悲痛，以至号哭。事后曹丕、曹植写下追悼文章，曹丕又专门写下诗篇，表达哀思，流泪哀悼。

关于曹丕的兄弟情感，曹丕除哭曹幹和族弟文仲外，他还写有哀悼幼弟曹冲夭折的《弟仓舒诔》。从文中"呜呼哀哉""兼悲增伤，侘傺失气。永思长怀，哀尔罔极"等句子看，他对曹冲的死极度悲伤，应该是哭了。他哀伤曹幹年幼父母就双亡，哀伤文仲、曹冲年幼夭亡，这既是手足之情，也是悲悯情怀。

后来因立嗣之争，曹丕兄弟间产生了明争暗斗，在他心中留下深深的创伤。称帝后也不能释怀，他常常猜忌自己的弟弟们，兄弟骨肉之情也荡然无存。

（二）对臣僚的器重和感恩

史书载录曹丕在五位臣僚病重、身亡时的流泪，体现的情感既有对德才兼备、功绩卓著臣僚的倚重，也有对他们支持自己立嗣的报答，还有对年轻时情谊的珍视，表达出的情感相同而又因人有异。

程昱、夏侯尚、桓阶、杜畿、张辽等人都是德才兼备、功绩卓著的臣僚，曹丕的泪水表达的是对他们的痛惜、器重。曹丕登基后曾多次下达褒奖忠直贤能大臣的诏令。如《赐华歆诏》《封朱灵鄃侯诏》《拜毛玠等子男为郎中令》《谥庞德策》等；还有对已故功臣子弟进行封赏的诏令，以此来表示对他们的器重、赏识。如《封张辽李典子为关内侯诏》《赐张既子翁归为关内侯诏》《赐温恢子生爵关内侯诏》等①。理政治国依重贤能大臣和英勇善战的大将，这表现出他作为人主应有的

素质和品德。

对桓阶之死的哭泣，既是对贤能臣僚的倚重，更是对在立嗣之争中全力支持自己的大臣的感恩。他即位后怀着感激之情，对那些支持他登上太子之位的臣僚一律加官晋爵，予以报答；不仅对桓阶如此，好友吴质也得以"拜北中郎将，封列侯，使持节督幽、并军事"②。还有贾诩、邢颙等在立嗣之争中向曹操谏言支持曹丕的，都得以晋升封爵。

正是这种感恩的情怀，使他对桓阶的病逝特别悲伤，痛哭流涕。这哭泣，是曹丕恩怨分明品质的体现。

夏侯尚不仅是忠臣良将，还因为他与曹丕少小相处，情同骨肉，友情、亲情融为一体，他的哭包含着失去良友、亲人的哀伤。

（三）因悲悯和多愁善感而哭泣

作为文人，曹丕具有多愁善感的情愫。在与文友欢聚宴饮正酣时，他常心生悲凉，这在诗文中多有表现。如《善哉行》诗中的"乐极哀情来，寥亮摧肝心"③。《与吴质书》回忆在南皮的欢聚

---

① 〔三国〕曹丕著，易健贤译注：《魏文帝集全译》，贵州人民出版社，2009，第54-160页。

② 〔晋〕陈寿撰，〔南朝·宋〕裴松之注：《三国志·魏书·吴质传》卷二十一注引《魏略》，中华书局，1959年，第609页。

③ 〔三国〕曹丕著，易健贤译注：《魏文帝集全译》卷二，贵州人民出版社，2009年，第320页。

时，他忽然笔锋一转："乐往哀来，凄然伤怀。余顾而言，兹乐难常。"①欢乐之时，忽然心生悲凉，多愁善感的情绪常使他乐极生悲。

曹丕生于乱世，从小目睹战争的残忍、百姓遭受的苦难；也看到生命的脆弱、人生的短促，多愁善感的曹丕常常心生悲情。他在登基前曾赋诗曰："丧乱悠悠过纪，白骨纵横万里。哀哀下民靡恃，吾将佐时整理，复子明辟致仕。"②悲叹长时间战乱带来白骨遍野、百姓哀号、无所依存的惨景，决心将好好治理国家。他继位后曾专门下令说，对战争中死亡的士卒没有人殓埋葬的，"吾甚哀之"；令郡国给棺木妥善安葬，并设祭吊唁③。表达了对遭受战乱之苦的百姓、士卒的悲悯情怀。正是这种悲悯情怀，使他在一些描写征夫、怨妇的诗文中，流下了同情的泪水。

曹丕痛哭友人、哀悯他们的早逝，

其多愁善感的悲悯情怀得到充分体现。曹丕天性喜爱文学，乐于结交文人，是"邺下文人集团"的实际组织者。他在两次与吴质的信中，都说"每念昔日南皮之游，诚不可忘""追思昔游，犹在心目"。十分怀念和文友们在一起饮酒赋诗、相互唱和、纵情游乐的日子和建立的深厚情谊。然而一场瘟疫的袭来夺去了他们的生命，当面对他们的煌煌遗著，曾经在一起的欢乐浮现在眼前时，悲悯之情顿时涌起，他禁不住热泪长流。

（四）立嗣之争带来的虚伪

建安十六年（211），曹丕被任命为副丞相、五官中郎将，而直到建安二十二年（217）才被立为太子。他坐在副手的位置上六年，一直不被明确为继承人，而且曹操还另有所爱。史称，才智过人的曹植"特见宠爱"，被曹操视为"儿中最可定大事"者。这使曹丕备受太子身份未定带来的困扰、折磨。原本和睦的兄弟因立嗣之争而相互搞小动作，施阴谋，构陷对方。陈寿曾明确指出："文帝御之以术，矫情自饰。"④说曹丕使用手段，善于克制、美化自己。

① 〔晋〕陈寿撰，〔南朝·宋〕裴松之注：《三国志·魏书·吴质传》卷二十一，中华书局，1959年，第608页。
② 〔晋〕陈寿撰，〔南朝·宋〕裴松之注：《三国志·魏书·文帝纪》卷二注引《献帝传》，中华书局，1959年，第65页。
③ 〔晋〕陈寿撰，〔南朝·宋〕裴松之注：《三国志·魏书·文帝纪》卷二，中华书局，1959年，第61页。
④ 〔晋〕陈寿撰，〔南朝·宋〕裴松之注：《三国志·魏书·曹植传》卷十九，中华书局，1959年，第557页。

立嗣之争中曹丕为获得太子之位，假装流泪，为显示诚孝，获得了父亲和大臣们的好感。这是他的虚伪之处。

纵观曹丕的这些哭泣，可知他感情丰富，有时也显脆弱；他的性格复杂多面。作为儿子、兄长，他重孝悌，讲骨肉之情；特别是在立嗣之前，兄弟间的感情真挚和睦。作为人主，他敬忠贞、才德兼备的臣僚，并纷纷加以重用；他怀德感恩，不忘报答帮助、支持他继位的大臣。作为文人，他多愁善感，具有悲悯之心，珍视与亲密文友的情谊，赞赏他们的才华，痛惜他们英年早逝。他的眼泪，或为亲情，或受感动，或因感恩，或出于悲悯情怀，大都是出于真情实感，虽偶尔也有虚情假意，但都是当时利益之争所致，是不得已而为之。从他的眼泪看出，曹丕讲孝悌，重骨肉之情；敬忠贞，怀德感恩；易动情，珍视友情，是一个情感丰富、复杂的人。

■ 附记

曹丕作为一代文豪，著述甚丰，在他因思亲、怀友及触景伤感的诗文中，有不少悲泣流泪的情景，如《于明津作》。不过，本文着重解读史籍载录的哭泣，诗文中的哭泣就没有一一列出。方北辰先生在《曹丕：文豪天子》一书中，则据其性情、依其所处的环境而将一些诗文、事例表述为哭泣，合情合理，可以作为曹丕哭泣事件的例证，特引注于后①。

① 方北辰著：《曹丕：文豪天子》一书描写道：阮瑀病逝，"给曹丕的心灵以强烈的震动……这沉重的失落感，令曹丕不禁泣下沾襟"。在王粲临葬之际，曹丕等人作驴鸣声告别。"曹丕率先叫了第一声，叫声未绝而泪如雨下。"刘桢因直视甄夫人犯大不敬罪被判罚做苦工一年，曹丕随父亲曹操南征孙权前接到刘桢的送行的五言诗。"曹丕把（刘桢）这首诗读了两遍，心中一热，忍不住清泪盈眶。他立即放下手中正在处理的事务，赶到刘桢服刑的'作部'去探望一番，同时送去一些衣物用品。曹丕嘱刘桢'多多保重'，刘桢请曹丕'善自珍摄'，两人在瑟瑟秋风中洒泪而别。"北京大学出版社，2013年，第53、58、106页。

《终制》
——曹丕坦然面对死亡的写照

曹丕从历史和现实中得到启示，又受汉末猖獗掘墓和父亲薄葬的影响，即位两年就发布遗嘱《终制》，抛弃旧的丧葬礼俗，坦然面对死亡。他在整理文坛好友的遗作中意识到人生可以因文章不朽，而自己有著述留世，同时又纵情享受人生，于是坦然面对死亡，不在乎陵墓的大小、随葬品的多少，只求死后的安宁，不再受到任何侵扰。在中国历代帝王中，曹丕能如此平静面对死亡，洞察人事代谢，大胆革新丧葬礼仪，实属罕见。

——题记

曹丕于延康元年（220）十月代汉称帝，两年后就选定陵寝之地，并发布遗嘱《终制》。在《终制》中，他对人事代谢和死后丧葬意义的认识之深刻，进而对丧葬礼俗提出的改革之彻底，要求执行之严格，前所未有。颁布《终制》时，曹丕年仅36岁，在位亦才两年，为什么他能有如此深刻的认识，能如此彻底地改革丧葬礼仪，能如此淡定地面对死亡呢？

一、即位两年便制定遗嘱《终制》

曹魏黄初三年（222）冬十月，曹丕在首阳山东面标示出自己的陵墓位置，并制定遗嘱《终制》：

礼，国君即位为椑，存不忘亡也。昔尧葬榖林，通树之，禹葬会稽，农不易亩，故葬于山林，则合乎山林。封树之制，非上古也，吾无取焉。寿陵因山为体，无为封树，无立寝殿，造园邑，通神道。夫葬也者，藏也，欲人之不得见也。骨无痛痒之知，冢非栖神之宅，礼不墓祭，欲存亡之不黩也，为棺椁足以朽骨，衣衾足以朽肉而已。故吾营此丘墟不食之地，欲使易代之后不知其处。无施苇炭，无藏金银铜铁，一以瓦器，合古涂车、刍灵之义。棺但漆际会三过，饭含无以珠玉，无施珠襦玉匣，诸愚俗所为也。季孙以玙璠敛，孔子历级而救之，譬之暴骸中原。宋公厚葬，君子谓华元、乐莒不臣，以为弃君于恶。汉文帝之不发，霸陵无求也；光武之掘，原陵封树也。霸陵之完，功在释之；原陵之掘，罪在明帝。是释之忠以利君，明帝爱以害亲也。忠臣孝子，宜思仲尼、丘明、释之之言，鉴华元、乐莒、明帝之戒，存于所以安君定亲，使魂灵万载无危，斯则贤圣之忠孝矣。自古及今，未有不亡之国，亦无不掘之墓也。丧乱以来，汉氏诸陵无不发掘，至乃烧取玉匣金缕，骸骨并尽，是焚如之刑，岂不重痛哉！祸由乎厚葬封树。"桑、霍为我戒"，不亦明乎？其皇后及贵人以下，不随王之国者，有终没皆葬涧西，前又以表其处矣。盖舜葬苍梧，二妃不从，延陵葬子，远在嬴、博，魂而有灵，无不之也，一涧之间，不足为远。若违今诏，妄有所变改造施，吾为戮尸地下，戮而重戮，死而重死。臣子为蔑死君父，不忠不孝，使死者有知，将不福汝。其以此诏藏之宗庙，副在尚书、秘书、三府。①

首先，他指出陵墓的"封树之制"，并非上古时就有，不予采取；接着说，葬就是藏，就是不想让人看见。因此提出陵墓因山为体，不封不树，不建寝殿，不造园林，不修神道；这样改朝换代之后就无法知道其所在。

其次，关于墓穴、棺椁、入殓，他要求墓穴不大，里面不要放防潮的芦苇、炭

灰，不藏金银铜铁，一律用瓦器陪葬。棺材只需在合缝处漆三遍，遗体口中所含之物不用珠玉，遗体也不穿金缕玉衣。取消那些愚蠢习俗，让盗墓者无物可盗。

然后，他列举前代君主因薄葬和厚葬在后世截然不同的遭遇，并以此作为衡量孝子忠臣的标准。之后又以汉末皇陵被掘的事实进一步指出厚葬的危害。最后他要求臣子必须严格施行这一诏令，并且说："若违背诏令就是加重对我的残害，就是背离，就是不忠不孝，将得不到庇佑。这道诏令收藏于宗庙，副本放在尚书台、秘书署和太尉、司徒、司空三府。"

黄初七年（226）五月，曹丕病危，召曹真、陈群、曹休、司马懿"并受遗诏辅嗣主。遗后宫淑媛、昭仪已下归其家。丁巳，帝崩于嘉福殿，时年四十。六月戊寅，葬首阳陵。自殡及葬，皆以《终制》从事"。曹丕死后遗体从入殓到安葬，完全按照《终制》的要求办理。

曹丕从远古丧葬习俗的源头来认识丧葬的意义，从没有永存的王朝、没有不被挖掘的陵墓这一史实提出陵墓不显、入殓从简等一系列大胆、彻底的改革举措。陵墓不被发现，陵墓中没有任何可取的财物，如此一来就避免陵墓被盗掘，避免了人死后再受到侵扰，真正达到入土为安的

---

① 〔晋〕陈寿撰，〔南朝·宋〕裴松之注：《三国志·魏书·文帝纪》卷二，中华书局，1959年，第81、82页。

目的。

《终制》不同于一般的遗嘱。曹丕既对自己身后事一一嘱咐做出安排，同时基于对人事代谢的历史，对生死意义的深刻洞察，在丧葬礼仪上提出的一系列改革举措，以达到丧葬的最终目的——死后灵魂无危而安静。他能如此坦然面对个人的生死，大胆改革丧葬礼俗，原因何在呢?

二、《终制》产生的外因

曹丕能如此平静地面对人事代谢和个人生死，淡定地处理丧葬事宜，外因有三点：一是历史教训和现实启示，二是汉末掘墓的猖獗给予的教训，三是父亲的影响和厉行薄葬为他树立的榜样。

（一）历史教训和现实启示

历史和现实都让曹丕看到没有不亡之国，没有不死之君。

曹丕自幼熟读史书，他说："余是以少诵诗、论，及长而备历五经、四部、史、汉诸子百家之言，靡不毕览。"[1]《史记》《汉书》和诸子百家的著作，他都阅读过，看到自古及今没有不亡之国、

不死之君。统一六国的秦王朝二世而亡就是典型例子。

他从小随父征战，看到数十位跨州连郡者的相互厮杀吞并，在弱肉强食中如今已所剩无几。在《典论·自叙》中，他叙述董卓之乱后大小豪杰并起的局面说：山东牧守，大兴义兵，在董卓迁都长安后，形成"大者连郡国，中者婴城邑，小者聚阡陌，以还相吞灭。会黄巾盛于海、岱，山寇暴于并、冀，乘胜转攻，席卷而南。乡邑望烟而奔，城郭睹尘而溃，百姓死亡，暴骨如莽"。大大小小诸侯的兴起、相互吞并，成千上万的百姓暴尸荒野，他为之震撼。

在历史上找不到，现实中也找不到不亡之国、不死之君，因此他发出"自古及今，未有不亡之国"的感叹。

（二）汉末掘墓的猖獗

汉末乱世猖獗的掘墓之风，给曹丕以极大的刺激。关于盗掘帝王贵戚陵墓的记载，见于史籍而著名的是董卓之流。

《三国志》载：初平元年（190），董卓"徙天子都长安。焚烧洛阳宫室，悉发掘陵墓，取宝物"[2]。《后汉书·董卓

---

[1] 〔晋〕陈寿撰，〔南朝·宋〕裴松之注：《三国志·魏书·文帝纪》卷二注引《典论》，中华书局，1959年，第90页。

[2] 〔晋〕陈寿撰，〔南朝·宋〕裴松之注：《三国志·魏书·董卓传》卷六，中华书局，1959年，第176页。

传》记载更详细："又使吕布发诸帝陵，及公卿以下冢墓，收其珍宝。"①董卓借迁都之机，把洛阳附近的帝陵及公卿墓冢悉数发掘，掠取陵墓中的金银财宝。甚至连刘邦、刘秀的陵墓也未能幸免，"坟陵崩颓，童儿牧竖践蹈其上"②。这场浩劫令天下震动，同时诱发了大小军阀们的贪婪，于是纷纷仿效。曹操便是其一，他的盗掘陵墓的行为被文士陈琳揭发出来。

建安五年（200），陈琳揭发曹操的盗掘陵墓行为说："梁孝王，先帝母弟，坟陵尊显，松柏桑梓，尤宜恭肃，而（曹）操率将校吏士亲临发掘，破棺裸尸，略取金宝，至令圣朝流涕，士民伤怀。又署发丘中郎将，摸金校尉，所过堕突，无骸不露。"③建安初年，灾荒不断，战乱频仍，"百姓大饥""人相食"。曹军常因军资奇缺、军粮耗尽而罢兵。曹操是一个不遵礼法的人，什么出格的事他都干得出来。在面临生死存亡之

际，他指挥发掘梁孝王陵尝到甜头后，竟设置发丘中郎将、摸金校尉，领兵专施盗掘王公富豪陵墓，掠取其中金银财宝，以解决军需。陈琳当时虽为袁绍的属吏，是敌对阵营之人，但其揭发并非空穴来风，在曹操俘获陈琳时他也没有对此做辩解、澄清。

关于曹操发掘梁孝王墓，《曹瞒传》有记载："曹操破梁孝王棺，收金宝。天子闻之哀泣。"④《水经注校》曰："获水又东迳砀山县故城北……山有梁孝王墓，其冢斩山为郭，穿石为藏，行一里，到藏中，有数尺水，水有大鲤鱼，黎民谓藏有神，不敢犯之。"⑤显然，北魏时郦道元的记载说明，梁孝王墓已被挖掘，人可以从甬道进入墓室。至于他设置摸金校尉等职，南朝刘宋的刘子业就仿照设立过。《南史·宋本纪》记载："帝少好读书，颇识古事，粗有文才，自造《孝武帝诔》及杂篇章，往往有辞采。以魏武有发丘中郎将、摸金校尉，乃置此二官，以建安王休仁、山阳王休祐领之。"⑥显然，在汉末

① 〔南朝·宋〕范晔撰，〔唐〕李贤等注：《后汉书·董卓传》卷七十二，中华书局，1965年，第2327页。
② 〔晋〕陈寿撰，〔南朝·宋〕裴松之注：《三国志·魏书·明帝纪》卷三注引《魏书》，中华书局，1959年，第112页。
③ 〔晋〕陈寿撰，〔南朝·宋〕裴松之注：《三国志·魏书·袁绍传》卷六注引《魏氏春秋》，中华书局，1959年，第198页。
④ 〔南朝·梁〕萧统编，〔唐〕李善注：《文选》卷四十四注引，上海古籍出版社，1986年，第1971页。
⑤ 王国维校：《水经注校》卷二十三，上海人民出版社，1984年，第757页。
⑥ 〔唐〕李延寿撰：《南史·宋本纪》卷二，中华书局，1975年，第71页。

疯狂盗掘陵墓的队伍中，曹操和他设置的发丘中郎将、摸金校尉也率兵在其间。

曹魏大将郝昭临死前说："吾数发冢，取其木以为攻战具，又知厚葬无益于死者也。"他多次去发掘墓冢，把得到的上好棺木改作攻战器具，因此深知厚葬对死者毫无益处；所以临死前以自己的亲身经历告诫儿子不要厚葬，"汝必敛以时服"[1]。

当时盗掘陵墓的猖獗，给朝野留下极为深刻的印象，令王公富豪深感恐惧。郭后的姐姐去世，侄子想实行厚葬，并修祠堂。郭后坚决反对，说："自丧乱以来，坟墓无不发掘，皆由厚葬也；首阳陵可以为法。"[2]她认为，因为厚葬，坟墓都被挖掘，葬俗当以曹丕的薄葬为准则。

曹丕耳闻目睹当时帝王公卿陵墓纷纷被挖掘后尸骨横野的惨状，受到震撼，深为恐惧，痛感厚葬无益。所以发出感叹：汉氏诸陵被发掘，"祸由乎厚葬封树"！他认为，国亡后陵墓被掘，其祸根就在于封树、厚葬，所以提出彻底的改革措施。

（三）受曹操不信神及薄葬的影响

受曹操不信神仙方术的影响，曹丕、曹植也不信方士的那一套。曹植说："自家王与太子及余兄弟以为调笑，不信之矣。"曹丕也在《典论·论方术》中列举汉代方士郄俭、甘始、左慈、王和平、孙邕、夏荣等人"好道术，自以当仙"，指出其结果都不得善终[3]。在《折杨柳行》诗中，他认为长生不死是虚妄之言，说："达人识真伪，愚夫好妄传。"[4]所以他不去追求长命百岁，让生死顺其自然。

曹操丧葬改革的主张，也为曹丕树立了榜样。曹操明令禁止厚葬，现存有《终令》《题识送终衣奁》《遗令》等三则关于他对丧葬礼俗的改革，以及实行薄葬的指令[5]。这些遗令对自己死后的各方面都做了要求，如墓地选在贫瘠之地，不树不封；"敛以时服"，穿当时季节的衣服入殓；入殓"无藏金玉珍宝"，不用金银珠宝铜铁的物品陪葬；葬礼简化，"未得遵

① 〔晋〕陈寿撰，〔南朝·宋〕裴松之注：《三国志·魏书·明帝纪》卷三注引《魏略》，中华书局，1959年，第96页。
② 〔晋〕陈寿撰，〔南朝·宋〕裴松之注：《三国志·魏书·郭太后传》卷五，中华书局，1959年，第166页。
③ 〔晋〕陈寿撰，〔南朝·宋〕裴松之注：《三国志·魏书·华佗传》卷二十九注引《典论》，中华书局，1959年，第805页。
④ 〔三国〕曹丕著，易健贤译注：《魏文帝集全译·乐府》卷二，贵州人民出版社，2009年，第324页。
⑤ 〔三国〕曹操著，中华书局编辑部编：《曹操集·文集》卷三，中华书局，2012年，第50、56、65页。

古"等。

曹丕遵循父亲的遗令，在曹操死后一一照办。《晋书·礼》载：

> 文帝遵从，无所增加。及受禅，刻金玺，追加尊号，不敢开埏，乃为石室，藏玺埏首，以示陵中无金银诸物也。汉礼明器甚多，自是皆省矣。

又曰：

> 魏武葬高陵，有司依汉立陵上祭殿。至文帝黄初三年，乃诏曰："先帝恭履节俭，遗诏省约。子以述父为孝，臣以系事为忠。古不墓祭，皆设于庙。高陵上殿皆毁坏，车马还厩，衣服藏府，以从先帝俭德之志。"①

曹丕在遵从父亲遗令安葬后，又依据"古不墓祭"原则，没有重建高陵的祭殿，强调这是子孝、臣忠的行为。

曹操不信神仙方术，改革丧葬礼俗、厉行薄葬的思想和行为，影响了曹丕，为曹丕做出了榜样，使他敢于在丧葬礼仪上施行更为彻底的革新。

三、《终制》产生的内因

《终制》对死亡表现出的清醒和淡定，对丧葬礼仪改革的大胆和彻底，是受到曹丕对人生意义认识的影响，是他在著书立说上取得成就后表现出的一种欣慰，也是曹丕追求死后的安宁的一种表现。

（一）《终制》与《典论·论文》

《终制》原本是《典论》中的一个篇章②，与《典论》中的《论文》所表达的思想是一脉相承的。《典论·论文》表达的一个重要思想是：著书立说有助于治国，可以使人生不朽。而《终制》则是这一思想的产物。因为曹丕认识到自己可以因文章获得人生的不朽，所以对死后和葬礼习俗表现出一种前所未有的淡定和超脱。

《典论·论文》曰：

> 盖文章经国之大业，不朽之盛事。年寿有时而尽，荣乐止乎其身。二者必至之常期，未若文章之无穷。是以古之作者，寄身于翰墨，见意于篇籍，不假良史之辞，不托飞驰之势，而声名自传于后。故西伯幽而演《易》，周旦显而制《礼》，不以隐约而弗务，不以康乐而加思。夫然，则古人贱尺璧而重寸阴，惧乎时之过已。而人多不强力，贫贱则慑于饥寒，富贵则流于逸乐，遂营目前之务，而遗千载

---

① 〔唐〕房玄龄等撰：《晋书·礼》卷二十，中华书局，1974年，第632、634页。

② 〔南朝·梁〕萧统编，〔唐〕李善注：《文选·》卷二十三《七哀诗》注引魏文帝《典论》，上海古籍出版社，1986年，第1088页。

之功。日月逝于上，体貌衰于下，忽然与万物迁化，斯志士之大痛也。融等已逝，唯幹著论，成一家言①。

曹丕认为："文章"非常重要，是"经国之大业，不朽之盛事"。生命有尽头，荣乐仅在身前，只有文章能够无穷，可以自传于后世。他从"西伯幽而演《易》，周旦显而制《礼》"的往事中得到人生不朽的感悟。而友人孔融、徐幹等人虽然逝去，但是他们的论著已成为一家之言，将不朽于人世。

这一认识，使他明白了人的权势和享受只能在生前，应该用文章著述来留名后世；人生的意义不在于寿命的长短，死后的荣辱不在于陵墓的大小、陪葬品的贵贱多寡，而在于给后世留了下什么。著书立说，则可流芳百世。而《终制》则是曹丕在认识到文章著述的作用，自己又能以著述传之后世，并在充分享受人生之后，对死亡表现出的一种坦然，为追求死后宁静对丧葬礼仪提出的一系列创新脱俗的举措。

（二）整理文友遗文，得到对人生不朽的认识

关于文章是"经国之大业，不朽之盛

事"这一认识，是曹丕酷爱文学，欣赏文坛好友的才华，在他们纷纷早逝后整理他们文章过程中得到的启示。

曹丕从小文武兼备，具有文才天赋。史称他"天资文藻，下笔成章，博闻强识，才艺兼该"②。天赋文才，下笔成章，才艺兼备，活脱脱一个出类拔萃的文人。

具有文才天赋的曹丕，一生对吟诗作赋、结交文友乐此不疲。建安九年（204），曹操为冀州牧，便以邺城为大本营，陆续将一批杰出的文士招揽到身边。史称："文帝为五官将，及平原侯植，皆好文学。（王）粲与北海徐幹字伟长、广陵陈琳字孔璋、陈留阮瑀字元瑜、汝南应场字德琏、东平刘桢字公干，并见友善。"③这批文坛精英常常在邺城、南皮畅饮游乐，相互唱和，切磋诗文，逐渐形成"邺下文人集团"④。曹丕和他们建立了深厚的感情，遂成为亲密好友（徐幹、应场、刘桢还曾在他府中任职）。

曹操忙于军国大事，曹植又年轻，

---

① 〔南朝·梁〕萧统编，〔唐〕李善注：《文选·论》卷五十二，上海古籍出版社，1986年，第2271页。

② 〔晋〕陈寿撰，〔南朝·宋〕裴松之注：《三国志·魏书·文帝纪》卷二注引《魏书》，中华书局，1959年，第89页。

③ 〔晋〕陈寿撰，〔南朝·宋〕裴松之注：《三国志·魏书·王粲传》卷二十一，中华书局，1959年，第599页。

④ 徐公持编著：《魏晋文学史》，人民文学出版社，1999年，第98、99页。

曹丕则因杰出的文才和对文学的喜爱，以及五官中郎将的身份，成为"邺下文人集团"的中心和实际领袖。

建安十七年（212），阮瑀因病逝世，曹丕作《寡妇》诗、《寡妇赋》以哀悼①。建安二十二年（217）正月，王粲病逝，曹丕"临其丧"哀悼。是年冬的一场瘟疫，徐干、陈琳、应玚、刘桢等也不幸先后病故。"疫疠数起，士人彫落，余独何人，能全其寿？"②他悲伤好友的早死，感叹人生的短暂。

在痛惜、哀伤亲密好友英年早逝的时日里，在立嗣之争结束、被立为太子之初，曹丕便潜心整理他们的著作，编辑文集，以寄托哀思，告慰九泉之下的好友。

在整理、编辑密友文集的过程中，他感触良多，禁不住写信告诉好友吴质，说：哀伤密友的早逝，静下心来整理他们的文章，往昔的欢宴唱和，浮现在眼前，涌动在心中；如今诸子已化为粪土，然而体察他们的名节操守，可以称为"彬彬君子"；欣赏他们才识文采，"足以著书"；历观他们的著作，"辞文典雅，足

传于后"，可以不朽！③

从小目睹战争中生命的脆弱，看到"百姓死亡，暴骨如莽"的惨况；现在又先后亲历朝夕欢宴的亲密好友的早逝，曹丕深感生命无常、人生短暂。数年的立嗣之争，使他感到功业富贵的飘忽不定，他曾在诗中吟道："冲静得自然，荣华何足为。"④曾经的宴游欢聚，因好友的病逝也成过眼云烟；没有不散的宴席，没有不死之人。他感叹："年寿有时而尽，荣乐止乎其身。"生命的无常和人生的哀乐促使他思考：什么可以不朽，可以长留人世？而整理几位好友的文章使曹丕认识到：他们的文章可以传之后世，他们的生命可以因此而不朽。文章著作可以延续一个人的生命，对人生意义的这一认识，让他从生命无常的悲伤困扰中解脱出来。

于是，他又把这一想法告诉好友王朗说："生有七尺之形，死唯一棺之土，唯立德扬名，可以不朽，其次莫如著篇籍。"⑤

---

① 〔三国〕曹丕著，易健贤译注：《魏文帝集全译》卷一，贵州人民出版社，2009年，第26页。
② 〔晋〕陈寿撰，〔南朝·宋〕裴松之注：《三国志·魏书·文帝纪》卷二注引《魏书》，中华书局，1959年，第88页。

③ 〔晋〕陈寿撰，〔南朝·宋〕裴松之注：《三国志·魏书·吴质传》卷二十一注引《魏略》。中华书局，1959年，第609页。
④ 〔三国〕曹丕著，易健贤译注：《魏文帝集全译·善哉行》卷二，贵州人民出版社，2009年，第318页。
⑤ 〔晋〕陈寿撰，〔南朝·宋〕裴松之注：《三国志·魏书·文帝纪》卷二，注引《魏书》，中华书局，1959年，第88页。

人死一抔土，立德可以扬名于世，可以不朽；其次就当数著书立说了。

曹丕的感悟一步步升华，认识一步步飞跃，于是写下《典论·论文》，把立言扬名，文章不朽，把自己对人生意义的认识清晰地表述出来。从此，他便把精力放在著述上，因而释放出精彩的人生。

（三）著书立说，以"文豪天子"留名后世

在编辑早逝好友的文章、让他们的著述传之后世的同时，曹丕自己也"以著述为务"。史称："故论撰所著《典论》、诗赋，盖百余篇，集诸儒于肃城门内，讲论大义，侃侃无倦。"[①]他评论古今，编撰文集《典论》，写诗作赋，大概有百余篇。并召集多名儒雅之士会集于肃成门内，诵经讲义，整日侃侃而谈，不知疲倦。

此外，他还召集一批著名文士编撰大型类书《皇览》。"初，帝（曹丕）好文学，以著述为务，自所勒成垂百篇。又使诸儒撰集经传，随类相从，凡千余篇，号《皇览》。"[②]曹丕在致力从事著述、写

就了百余篇文论的同时，又召集著名学者从经传中抄录文章，分门别类，共有一千余篇，编撰成书，取名《皇览》。《皇览》全书共四十余部，约八百余万字，耗时数年完成，被视为中国类书的始祖。

可惜，曹丕的很多著作都散佚了，但从仅存的诗、赋、文中，仍可看到他取得的非凡成就。

《左传》曰："大上有立德，其次有立功，其次有立言，虽久不废，此之谓不朽。"[③]立德、立功、立言被古人视为人生不朽的三件盛事，然而立德唯圣人所能，立功亦需大贤，只有立言则为历代杰出士人所企求。曹丕认识到文章著述的重要作用，追求立言留名。他的文治武功在中国历代皇帝中并不突出，而在文学上的建树却奠定了他的显著地位，他被誉为"文豪天子"[④]，流芳于后世。

四、充分享受人生，平静面对死亡

曹丕之所以能如此平静地面对死亡，彻底改革丧葬礼仪，是因为他在生前充分

---

① 〔晋〕陈寿撰，〔南朝·宋〕裴松之注：《三国志·魏书·文帝纪》卷二注引《魏书》，中华书局，1959年，第88页。
② 〔晋〕陈寿撰，〔南朝·宋〕裴松之注：《三国志·魏书·文帝纪》卷二，中华书局，1959年，第88页。
③ 《左传·襄公二十四年》，见《十三经注疏》，中华书局，1980年，第1979页。
④ 方北辰著：《曹丕：文豪天子》，北京大学出版社，2013年，第195页。

享受了人生，所以面对死亡无所畏惧，感到满足，对丧葬也无所企求，只求入土为安，不再受到任何侵扰。

曹丕具有贵胄公子的逸乐习性，喜好游乐宴饮、斗鸡、弹棋。他一生最大的爱好和享受是文学创作、狩猎和美女。

（一）作为文人的享受

曹丕因文才天赋和爱好，终身嗜好吟诗作赋、结交文友，宴饮欢聚。作为"邺下文人集团"的中心和实际领袖，他在称王前，常常与"邺下文人集团"中的好友一起聚会饮酒，吟诗作赋，相互唱和，乐在其中。他们留下的一批描述宴游的诗作，就是曹丕和文友在邺下真实生活的留影。如曹丕的《芙蓉池作》，曹植的《斗鸡篇》《公宴》诗[1]，王粲、刘桢、阮籍、应场的《公宴》诗等[2]。这既是他们在进行文学创作、切磋诗文的记录，也是公子哥儿纵情享受生活的写照。

（二）对狩猎的享受

曹丕从小受到骑射的训练，稍长即喜欢狩猎，并成为他的一大爱好。在《典论·自叙》中他说："建安十年（205），始定冀州；濊、貊贡良弓，燕、代献名马。时岁之暮春，勾芒司节，和风扇物；弓燥手柔，草浅兽肥。与族兄子丹，猎于邺西，终日，手获獐鹿九，雉兔三十。"19岁的曹丕和曹真等人在邺城西郊打猎，从早到晚，奔驰射杀，享受着狩猎的快乐。他在《校猎赋》中写道："雷声震天地，噪声荡山岳。""流血赫其丹野，羽毛纷其翳目。""飞酎清酤，割鲜野烹。"[3]把行猎时的壮观场景和驰骋射杀的愉悦描写得淋漓尽致。

关于他酷爱打猎的记载不绝于书。《三国志·魏书·崔琰传》有"世子仍出田猎，变易服乘，志在驱逐"的记载[4]。年轻时如此，称帝后更无所顾忌，越加放纵自己。《三国志·魏书·文帝纪》关于他打猎的记载有三次。黄初元年（220），"长水校尉戴陵谏，不宜数行弋猎。帝大怒，陵减死罪一等"。戴陵劝告曹丕不应当常常外出打猎，曹丕大怒，戴陵因此受到被处以比死刑轻一等的刑罚。次年春正月，"郊祀天地、明堂。甲戌，校猎至原陵"。曹丕在祭祀天地、五

① 余冠英选注：《三曹诗选·曹植》，中华书局，2012年，第109、115页。
② 〔南朝·梁〕萧统编，〔唐〕李善注：《文选》卷二十，上海古籍出版社，1986年，第942—946页。
③ 〔三国〕曹丕著，易健贤译注：《魏文帝集全译》卷一，贵州人民出版社，2009年，第12页。
④ 〔晋〕陈寿撰，〔南朝·宋〕裴松之注：《三国志·魏书·崔琰传》卷十二，中华书局，1959年，第368页。

帝之后，立即去打猎。黄初四年（223）八月，"校猎于荥阳，遂东巡"。这次是打猎之后才去巡视[1]。

对于曹丕过分的打猎行径，群臣纷纷谏阻。《王朗传》载："时帝颇出游猎，或昏夜还宫。朗上疏曰：'……近日车驾出临捕虎，日昃而行，及昏而反，违警跸之常法，非万乘之至慎也。'"[2]《鲍勋传》载："文帝将出游猎，勋停车上疏……。帝手毁其表而竟行猎。"鲍勋的谏表被当场撕毁，并因此遭到贬职[3]。曹丕对打猎快乐的享受，常常让他忘乎所以，根本无视群臣的谏阻，甚至惩处劝阻他行猎的忠臣。

（三）对美女的享受

曹丕的好色比起曹操来有过之而无不及。他18岁时，随父攻破邺城，见袁绍次子袁熙之妻甄氏"姿貌绝伦"，便强纳为妻。他有过多少小姜，史无记载；他被立为太子、继位为王、受禅称帝之后，又有多少嫔妃，都不得而知，总之是多多益善，见好就纳。如曹丕在一次宴饮中观赏歌舞表演，一个"厥状甚美，素颜玄发，皓齿丹唇"且善歌舞的"奇才妙伎"，令他激动喜欢，便说"吾练色知声，雅应此选。谨卜良日，纳之闲房"。他便将此女纳入后宫[4]。

非常无耻的是，曹操一死，他就立即把父亲后宫的佳丽全部据为己有。史籍记载：

魏武帝崩，文帝悉取武帝宫人自侍。及帝病困，卞后出看疾。太后入户，见直侍并是昔日所爱幸者。太后问："何时来邪？"云："正伏魄时过。"因不复前而叹曰："狗鼠不食汝余，死故应尔！"至山陵，亦竟不临。[5]

当曹丕病了，母亲卞太后去探视，发现他把父亲嫔妃据为己有的淫乱行径，痛斥他该死，是"狗鼠不食汝余"之人，并立即中止了探望；后来还不去他的陵墓。曹丕40岁中年而亡，贪享美色应当是造成他短命的重要原因。

① 〔晋〕陈寿撰，〔南朝·宋〕裴松之注：《三国志·魏书·文帝纪》卷二，中华书局，1959年，第77、83页。
② 〔晋〕陈寿撰，〔南朝·宋〕裴松之注：《三国志·魏书·王朗传》卷十三，中华书局，1959年，第409页。
③ 〔晋〕陈寿撰，〔南朝·宋〕裴松之注：《三国志·魏书·鲍勋传》卷十二，中华书局，1959年，第385页。
④ 〔三国〕曹丕著，易健贤译注：《魏文帝集全译》卷一，贵州人民出版社，2009年，第199页。
⑤ 〔南朝·宋〕刘义庆编著，余嘉锡笺疏：《世说新语笺疏·贤媛》卷十九，中华书局，1983年，第669页。

（四）贵胄公子的无度逸乐

作为贵胄公子，曹丕有着贪图享受的习性，在意识到生命的不确定性时就更加肆意地去追求享受。这在他的诗赋中多有流露。比如"人生如寄，多忧何为？今我不乐，岁月如驰""寿命非松乔，谁能得神仙？遨游快心意，保己终百年"。这些都反映出他及时行乐的思想。关于宴饮游乐，他与文友的诗赋也留下大量的描述。如《善哉行》中的"朝日乐相乐，酣饮不知醉。悲弦激新声，长笛吹清气。弦歌感人肠，四座相欢悦"[1]。诗歌描写出一幅逸乐无度的画面：他们的宴饮从早到晚，天天不断，个个酣饮、沉醉，不知疲倦；丝弦新曲感人，笛声清幽婉转；舞伎歌声回荡，四座宾客欢悦。

曹丕一生酷爱文学，迷恋狩猎和美色，逸乐无度，称王称帝后更加肆无忌惮，放纵自己，充分享受人生。

方北辰先生在《三国历史的时代新特点》中说："东汉末年的大动乱，普遍出现的大死亡，使人们痛感生命的无常，人生的短促。于是一种新的处事态度，即旷达人生开始出现。具体而言，又重在两点：一是生前潇洒，二是死亡超脱。所谓生前潇洒，就是生前活着时，追求活得自在，活得痛快，活得对得起自己。……所谓死亡超脱，就是面对死亡时淡定从容，毫无恐惧惊惶。"[2]

可以说，曹丕就是这样一个"生前潇洒，死亡超脱"型的人物。他作为"官二代"，从小生活优越，成年后为丞相副贰，后又为王太子，最后称帝，一生纵情享福行乐。面对死亡的来临，他有一种满足感，所以显得平静。他的这种肆意享乐的人生态度和行为，也是《终制》产生的基础。

曹丕生于乱世，长于军旅，他看到前代帝王的灭亡，当今诸侯的沉浮，帝王公卿的陵墓纷纷被挖掘，意识到留给后世的、受到尊敬的不是陵墓的大小；他亲历动乱、瘟疫，看到生命无常，目睹才华横溢的文坛好友英年早逝，意识到人生可以因文章而不朽，声名可由此自传于后，于是，"务立不朽于著述间，不肯以七尺一棺毕其生死"[3]。同时，他追求活得

① 〔三国〕曹丕著，易健贤译注：《魏文帝集全译》卷二，贵州人民出版社，2009年，第314、353、317页。
② 成都武侯祠博物馆编：《诸葛亮与三国文化（六）》，四川科学技术出版社，2013年，第91页。
③ 〔明〕张溥著，殷孟伦注：《汉魏六朝百三家集题辞注·魏文帝集》，人民文学出版社，1960年，第67页。

痛快、潇洒。当他有著述留世，又纵情享
受人生之后，对于早死晚死就已经不在乎
了；对于陵墓的大小，陪葬品的多少，更
是无所企求了。在这种处事思想指导下，
《终制》就应运而生，他面对死亡的淡定
和对丧葬表现的超脱也就可以理解了。

相亲、相争到相残
——曹丕兄弟情感的变迁

曹丕、曹植兄弟年少时和睦相亲，吟诗唱和，宴饮欢乐，后为争太子之位明争暗斗；曹丕继位后爆发怨恨，视兄弟如仇敌，加以残害，留下著名的"七步诗"。探其原因，是曹操在六年里迟迟不确立嗣子，使权力腐蚀了兄弟间的情感，引发争斗；曹丕心胸狭隘，立嗣之争对他造成伤害，继位后便通过报复来倾泻积压在心中的怨恨。

——题记

曹丕、曹植兄弟情感开始是和睦的，后来才发展到相争，最后是相逼相残。这一变迁有两个分界线，曹丕为五官中郎将、丞相副贰时是一个分界线。之前兄弟受到父亲喜爱，曹丕与兄弟、堂兄和睦相处，习武狩猎，吟诗唱和，宴饮欢乐；之后，兄弟间刚开始还能平安无事，但很快就围绕太子之位展开明争暗斗，时间长达六年。曹操病逝，曹丕为王为帝，这是第二个分界线。因心中积压的怨恨，曹丕立即开始对弟弟们实施打压报复，残害曹植，留下"七步诗"；算计曹彰，使其暴毙；对分封诸侯的种种监管，使亲兄弟如同仇敌。本文试对曹丕手足情感的变迁过程进行梳理，分析其原因。

一、兄弟年少时和睦相处

曹操有25个儿子，不过有的早逝，有的平庸，有的年幼。其中丁夫人抚养的曹昂系长子，战死后，卞夫人生育的曹丕、曹彰、曹植，及环夫人生的曹冲等人，受到曹操的喜爱、器重，成为最有资格的继承人。在史书关于他们的言行事迹的记载中，反映出他们兄弟间年少时关系和睦，感情真挚。

（一）兄弟和睦，宴饮唱和

建安元年（196），曹操迁献帝于许都，控制朝政。从此，曹丕、曹植兄弟有了安定、富足的生活。随着年龄的增长，他们兄弟常常随父出征，还一起吟诗作赋；此外，他们身边聚集着一批文坛精英，他们常常聚会宴饮，赋诗唱和，其乐融融。史书和他们的诗赋中留下了很多精彩的描写。

1. 与兄弟、文友的欢聚、唱和

建安十年（205）春，曹丕19岁，他留守邺城，邀约族兄曹真等人行猎。曹丕曾在《典论·自序》中回忆当时的情景，愉悦的心情溢于言表。

建安十三年（208），曹丕兄弟在邺城玄武池游乐，留下诗作。曹丕的《于玄武陂作》曰："兄弟共行游，驱车出西城。……忘忧共容与，畅此千秋情。"[①]诗歌描写兄弟一起外出游玩，乘车骑马出西城；忘却忧愁，从容自在，心情欢畅，千载难忘。

建安十六年（211），曹丕为五官中郎将，由于与曹植皆好文学，他们遂与王粲、徐幹、陈琳、阮瑀、应场、刘桢等文人友善往来，常常欢聚一堂，唱和诗赋，愉快相处。

建安十九年（214），曹丕留下有《槐赋》，曹植也有《槐树赋》，赋中句意相近，是兄弟在一起的唱和之作[②]。

曹丕、曹植兄弟与文友的不少唱和诗作，描述了他们宴饮欢聚的情景。曹植、刘桢、应场都有《公宴》诗，这是他们在一起的唱和之作。曹植《公宴》诗曰："公子敬爱客，终宴不知疲。清夜游西园，飞盖相追随。……飘飘放志意，千秋长若斯！"学者赵幼文先生注曰："此篇疑和曹丕《芙蓉池诗》而作。反映建安中叶文章之士，在丕、植招邀之下，游观苑囿，流连诗酒，享受逸豫的创作生活。"[③]

兄弟还常常相聚游戏玩耍。曹植的《斗鸡诗》描述兄弟同玩斗鸡的情景曰："主人寂无为，众宾进乐方。长筵坐戏客，斗鸡观闲房。"此外刘桢、应场也有《斗鸡诗》，应场的诗中有"兄弟游戏场，命驾迎众宾"[④]。这些诗作描述了曹丕、曹植兄弟得到斗鸡的行乐之法，邀文友来观赏的情景。

2. 兄弟陪同父亲游乐赋诗

曹操也常带上曹丕、曹植等兄弟游乐赋诗。建安十七年（212）春，曹丕在《登台赋》的序中说："上（曹操）游西园，登铜雀台，命余兄弟并作。"[⑤]曹植所作之赋受到曹操赞赏。

① 〔三国〕曹丕著，易健贤译注：《魏文帝集全译》卷二，贵州人民出版社，2009年，第355页。
② 张可礼编著：《三曹年谱》，齐鲁书社，1983年，第132页。
③ 〔三国〕曹植著，赵幼文校注：《曹植集校注》卷一，人民文学出版社，1984年，第49页。
④ 〔三国〕曹植著，赵幼文校注：《曹植集校注》卷一，人民文学出版社，1984年，第1、2页。
⑤ 〔三国〕曹丕著，易健贤译注：《魏文帝集全译》卷一，贵州人民出版社，2009年，第15页。

建安十八年（213）春，曹操军谯，曹丕、曹植从行，各作《临涡赋》。曹丕《临涡赋》的序曰："余兄弟从上（曹操）拜坟墓，遂乘马游观，经东园，遵涡水，相佯乎高树之下。驻马书鞭，作临涡之赋。"①父子三人有唱和之作。

曹丕、曹植兄弟因文才、爱好志趣投合，常常邀约文友聚会欢饮，吟诗唱和；而曹操也常带他们游乐赋诗。他们兄弟情谊融洽，一直延续到曹丕为五官中郎将之初。

（二）对弟弟曹彰的关心

曹丕作为长兄，也常对弟弟们有所关照。如曹彰北征乌丸时，曹丕"为书戒彰曰：'为将奉法，不当如征南邪！'"②告诫曹彰作为将领当遵守法令，要像征南将军曹仁那样"严整奉法令"，不可仗势、任性行事。

曹彰作战勇猛，"所向皆破"，平定了北方，曹操召见。路过邺城时，"太子谓彰曰：'卿新有功，今西见上，宜勿自伐，应对常若不足者。'彰到，如太子言，归功诸将。太祖喜，持彰须曰：'黄须儿竟大奇也！'"③曹丕指点他不可居功自傲，曹彰听从告诫，归功诸将，受到父亲称赞。

曹丕对弟弟曹彰的性格脾气十分了解，不时提醒、劝告，表示出作为兄长的关心爱护。

（三）对幼弟一往情深

对幼弟曹冲之死、族弟文仲夭折，曹丕都曾撰文哀悼，情真意切。

建安十三年（208），聪慧仁德的幼弟曹冲年仅13岁就病逝，他作《弟仓舒诔》哀悼。诔文曰："……兼悲增伤，侘傺失气。永思长怀，哀尔罔极。……魂而有灵，庶可以娱。呜呼哀哉！"④他说，我的悲伤日益增加，神志恍惚失魂丧气。文中两次"呜呼哀哉"的悲叹，表达了对曹冲夭亡的极度悲伤。

建安二十一年（216），族弟曹文仲夭折，曹丕作《悼夭赋》哀悼。他写道："气纤结以填胸，不知涕之纵横。……"⑤

---

① 〔三国〕曹丕著，易健贤译注：《魏文帝集全译》卷一，贵州人民出版社，2009年，第8页。

② 〔晋〕陈寿撰，〔南朝·宋〕裴松之注：《三国志·魏书·曹仁传》卷九，中华书局，1959年，第276页。

③ 〔晋〕陈寿撰，〔南朝·宋〕裴松之注：《三国志·魏书·曹彰传》卷十九，中华书局，1959年，第556页。

④ 〔三国〕曹丕著，易健贤译注：《魏文帝集全译》卷一，贵州人民出版社，2009年，第285页。

⑤ 〔三国〕曹丕著，易健贤译注：《魏文帝集全译》卷一，贵州人民出版社，2009年，第25页。

曹丕悲哀郁结满胸，不觉涕泪纵横。

建安二十四年（219）末，病重的曹操托付曹丕照顾5岁的弟弟曹幹。于是，曹丕就一直把他带在身边，亲自抚养，宠爱超过所有的弟弟。

哀伤曹冲、文仲年幼夭亡，悉心照料幼弟曹幹，这些事例，反映出曹丕的手足之情。

二、立嗣引发明争暗斗

建安十六年（211）正月，曹操以曹丕为五官中郎将、副丞相。建安十八年（213），曹操为魏公，建魏国，到二十一年（216）为魏王时，都没有明确继承人；直到二十二年（217）十月，63岁的曹操才立时年31岁的曹丕为王太子。历经六年多，立嗣终于尘埃落定，其间曹丕、曹植兄弟因立嗣之争展开明争暗斗，关系日益恶化。

（一）曹操的立嗣观念和态度

曹丕被任以丞相副贰，作为副手，经历六年这样长的时间才被明确为继承人，原因当然在曹操。

才华横溢、雄才大略的曹操，是一个重才爱才之人，他又是一个常常不按传统礼制行事之人，娶倡家为小妾并立为王

后就是明证。所以曹操在立嗣的思考选择中，一开始就没有"立长立嫡"的观念。在长子曹昂战死后，曹丕成为长子，但是曹操中意的却是环夫人的儿子曹冲，常常在群臣面前夸赞他，"有欲传后意"。曹冲病逝，曹操悲伤至极。曹丕宽慰他，他竟然说："此我之不幸，而汝曹之幸也。"[1]明确而直白地表示：我不幸失去了一个中意的继承人，而你们则少了一个竞争者。曹丕也知道父亲开始并无意选他为太子，因此后来常说："家兄孝廉，自其分也。若使仓舒在，我亦无天下。"[2]作为继承人，曹昂、曹冲都排在他的前面。

三年后，曹操从痛失曹冲的哀伤中缓过气来，才宣布曹丕为五官中郎将、丞相副贰。曹丕虽然名义上作为曹操的副手，但是曹操并没有赋予他作为副手、继承人的职权和名分。他喜欢的三个儿子，曹植才华超群，曹彰勇武突出，而曹丕文不及曹植，武弱于曹彰，所以他对继承人的确立一直举棋不定，时而又表现出倾向。曹丕虽为丞相副贰，却没有实际的职权，常

---

① 〔晋〕陈寿撰，〔南朝·宋〕裴松之注：《三国志·魏书·曹冲传》卷二十，中华书局，1959年，第580页。

② 〔晋〕陈寿撰，〔南朝·宋〕裴松之注：《三国志·魏书·曹冲传》卷二十注引《魏略》，中华书局，1959年，第581页。

常被冷落。

建安十六年（211）七月，曹操西征韩遂、马超，曹植等随行而曹丕却留守邺城。曹丕作《感离赋》，序曰："建安十六年，上（曹操）西征，余居守。老母诸弟皆从，不胜思慕，乃作赋曰。"这"不胜思慕"表达出他受到冷落的心情。赋的第一、二句："秋风动兮天气凉，居常不快兮中心伤。"[1]就把他被排斥在出征外的心神不定、抑郁不快表露出来。

曹操不明确曹丕为继承人，然而又在情感上、态度上有所倾向。

（二）久不立嗣引发兄弟间明争暗斗

曹操在以曹丕为副手、不明确为继承人的同时，又宠爱曹植，表示出立嗣并非长子。于是引发了曹丕、曹植间的明争暗斗。

1. 曹丕、曹植及其属僚的明争暗斗

曹丕为五官中郎将、曹植封侯后，曹操都为他们指派了一批属僚。属僚或出于情感，或出于道义，或出于自身利益，都十分在意自己的主人能否成为继承人。他们密切观察曹操的态度，然后谋划、运作。

"（曹）植既以才见异，而丁仪、丁

廙、杨修等为之羽翼。"[2]曹植的属僚和好友丁仪、丁廙、杨修等人发现"太祖既有意欲立植"时，就寻机在曹操面前称赞曹植。史载：

（丁）廙尝从容谓太祖曰："临淄侯天性仁孝，发于自然，而聪明智达，其殆庶几。至于博学渊识，文章绝伦。当今天下之贤才君子，不问少长，皆愿从其游而为之死，实天所以钟福于大魏，而永授无穷之祚也。"欲以劝动太祖。太祖答曰："植，吾爱之，安能若卿言！吾欲立之为嗣，何如？"廙曰："此国家之所以兴衰，天下之所以存亡，非愚劣琐贱者所敢与及。廙闻知臣莫若于君，知子莫若于父。至于君不论明暗，父不问贤愚，而能常知其臣子者何？盖由相知非一事一物，相尽非一旦一夕。况明公加之以圣哲，习之以人子。今发明达之命，吐永安之言，可谓上应天命，下合人心，得之于须史，垂之于万世者也。廙不避斧钺之诛，敢不尽言！"太祖深纳之。[3]

丁廙盛赞曹植天性仁孝、聪明智达、

[1] 〔三国〕曹丕著，易健贤译注：《魏文帝集全译》卷一，贵州人民出版社，2009年，第20页。

[2] 〔晋〕陈寿撰，〔南朝·宋〕裴松之注：《三国志·魏书·曹植传》卷十九，中华书局，1959年，第557页。

[3] 〔晋〕陈寿撰，〔南朝·宋〕裴松之注：《三国志·魏书·曹植传》卷十九注引《魏略》，中华书局，1959年，第562页。

博学渊识、文章绝伦，当今天下之贤才君子，不问少长，都愿为他效死，这实在是上天给大魏的赐福。进而称赞曹操是圣哲，会做出"上应天命，下合人心"的决定，以永保国运无穷。这番说辞深深打动了曹操。

曹植属僚、好友的攻势，令曹丕深感危机，于是他求助于自己的属僚、好友。史载：

（杨）修年二十五，以名公子有才能，为太祖所器，与丁仪兄弟，皆欲以植为嗣。太子患之，以车载废簏，内朝歌长吴质与谋。修以白太祖，未及推验。太子惧，告质，质曰："何患？明日复以簏受绢车内以惑之，修必复重白，重白必推而无验，而彼受罪矣。"世子从之，修果白而无人，太祖由是疑焉。[1]

曹操想立曹植为嗣，曹丕求救于好友吴质。吴质已去朝歌任县长，作为地方官他不能擅离职守，更不能私下与诸侯王交往，若被发现将受到重罚。曹丕只能偷偷将他藏在废弃的竹簏里，用车载来密谋，不料被杨修发现向曹操告发。曹丕吓得心惊肉跳，吴质则沉着应对，事情有惊无

险。因为曹操再派人去搜查时，竹簏里已经没有藏人了，杨修被怀疑无事生非。

兄弟二人及属僚、好友间的交锋不断，一波接一波。

太祖遣太子及（曹）植各出邺城一门，密敕门不得出，以观其所为。太子至门，不得出而还。（杨）修先戒植："若门不出侯，侯受王命，可斩守者。"

杨修预先告诉曹植，受王命可斩守卫而出，使曹植比曹丕会处理危机，获得父亲好感。杨修等人常常揣度曹操的心意、为曹植预先拟出答案的做法，时间一长就露出了马脚。

（杨）修与贾逵、王凌并为主簿，而为（曹）植所友。每当就植，虑事有阙，忖度太祖意，豫作答教十余条，敕门下，教出以次答。教裁出，答已入，太祖怪其捷，推问始泄。[2]

曹操的教令一出，曹植的答案就来了，这引起曹操的疑惑，于是追问，他们的谋划暴露了。杨修等人聪明反被聪明误。

曹丕才华不及曹植，吴质便给他出主意，不去比才华而比诚孝。史载：

① 〔晋〕陈寿撰，〔南朝·宋〕裴松之注：《三国志·魏书·曹植传》卷十九注引《世语》。中华书局，1959年，第560页

② 〔晋〕陈寿撰，〔南朝·宋〕裴松之注：《三国志·魏书·曹植传》卷十九注引《世语》。中华书局，1959年，第560页。

魏王尝出征，世子及临淄侯植并送路侧。植称述功德，发言有章，左右属目，王亦悦焉。世子怅然自失，吴质耳曰："王当行，流涕可也。"及辞，世子泣而拜，王及左右咸歔欷，于是皆以植辞多华，而诚心不及也。①

果然，曹丕以哭泣表达仁孝，赢得了曹操及众臣的赏识。

2. 曹丕曲意笼络朝中大臣

在父亲面前表现的同时，曹丕常常找寻机会去笼络朝中大臣，以寻求支持。史书记载了诸多他去示好大臣的事例。

曹丕曲礼对待荀彧。史载："初，文帝与平原侯植并有拟论，文帝曲礼事（荀）彧。"②在曹操考虑二人谁为继承人时，曹丕对荀彧在礼节上特别谦恭。又如卑谦问病荀攸："（荀）攸曾病，世子问病，独拜床下。"③曹丕去探望生病的荀攸，单独跪拜在床下。又如对张范、邴

原"世子执子孙礼"④，以子孙对父辈、祖辈的礼节，表示非常尊重他们。又如将毛玠视为家人："文帝为五官将，亲自诣玠，属所亲眷。"⑤亲自去请毛玠照顾自己的家属，以示亲近、信任。

曹丕还能曲意听从大臣劝告。他酷爱狩猎，在留守邺城时崔琰上书谏阻，他以恭顺的态度表示立即改正，说："昨奉嘉命，惠示雅数，欲使燔翳捐褶。翳已坏矣，褶亦去焉。后有此比，蒙复诲诸。"⑥他声称，行猎的器具已烧毁了，服装也弃置，以后还请多多教诲。但以后依然照旧，称帝后行猎更加放肆。

在才华不如曹植的情况下，他曾虔诚去求教谋臣贾诩，获得立嗣之争的"自固之术"。"是时，文帝为五官将，而临淄侯植才名方盛，各有党与，有夺宗之议。文帝使人问（贾）诩自固之术，诩曰：'愿将军恢崇德度，躬素士之业，朝夕孜孜，不违子道。如此而已。'文帝从之，

---

① 〔晋〕陈寿撰，〔南朝·宋〕裴松之注：《三国志·魏书·吴质传》卷二十一注引《世语》，中华书局，1959年，第609页。

② 〔晋〕陈寿撰，〔南朝·宋〕裴松之注：《三国志·魏书·荀彧传》卷十，中华书局，1959年，第319页。

③ 〔晋〕陈寿撰，〔南朝·宋〕裴松之注：《三国志·魏书·荀攸传》卷十，中华书局，1959年，第325页。

④ 〔晋〕陈寿撰，〔南朝·宋〕裴松之注：《三国志·魏书·张范传》卷十一，中华书局，1959年，第338页。

⑤ 〔晋〕陈寿撰，〔南朝·宋〕裴松之注：《三国志·魏书·毛玠传》卷十二，中华书局，1959年，第375页。

⑥ 〔晋〕陈寿撰，〔南朝·宋〕裴松之注：《三国志·魏书·崔琰传》卷十二，中华书局，1959年，第368页。

深自砥砺。"①培养品德、气度，坚持士人修养，孜孜不倦，遵循作为儿子的准则。曹丕依从这些劝告，努力磨炼自己。

曹丕以恭顺、谦卑的态度获得众多大臣的好感。当曹操就立嗣征求意见时，他们纷纷以不能废长和曹丕仁德为由，表示拥立曹丕。

3. 曹丕使用手段，四处拉关系

曹丕使用手段，甚至去后宫拉关系，找妃子吹枕边风，寻求立嗣的支持。如"（曹）幹母有宠于太祖，及文帝为嗣，幹母有力"②。曹幹母亲受到曹操宠爱，都被曹丕拉拢助其上位。

陈寿指出："（曹）植任性而行，不自彫励，饮酒不节。文帝御之以术，矫情自饰。宫人左右，并为之说，故遂定为嗣。"③就是说，曹植做事凭兴趣，不刻意做表面文章，饮酒也放纵；而曹丕能使用手段，善于克制、美化自己，甚至连宫中的侍从和宫女都帮他说好话。

为了得到太子之位，曹丕、曹植与他们的好友、属僚、亲信为赢得曹操的信任，挟嫌打压对方，展开了激烈的明争暗斗。

（三）文武大臣反对废长立幼

由于立嗣是关系社稷安危、曹魏集团存亡的大事，曹操虽然爱才重才，有所倾向，但性格多疑的他仍不做决定，就暗地里征求亲信大臣的意见。史书记载了崔琰、毛玠、邢颙、桓阶、贾诩等大臣的看法。

时任魏国尚书的崔琰明确反对废长立幼。曹操"函令密访"，而他用不封口的文书公开回答，支持曹丕，尽管曹植还是他兄长的女婿：

时未立太子，临淄侯植有才而爱。太祖狐疑，以函令密访于外。唯琰露板答曰："盖闻《春秋》之义，立子以长，加五官将仁孝聪明，宜承正统。琰以死守之。"植，琰之兄女婿也。④

毛玠时任魏国尚书仆射，他以袁绍嫡庶不分造成集团覆灭的前车之鉴，表示不赞同曹操废长立幼：

时太子未定，而临淄侯植有宠，玠密谏曰："近者袁绍以嫡庶不分，覆宗灭

---

① 〔晋〕陈寿撰，〔南朝·宋〕裴松之注：《三国志·魏书·贾诩传》卷十，中华书局，1959年，第331页。

② 〔晋〕陈寿撰，〔南朝·宋〕裴松之注：《三国志·魏书·曹幹传》卷二十，中华书局，1959年，第585页。

③ 〔晋〕陈寿撰，〔南朝·宋〕裴松之注：《三国志·魏书·曹植传》卷十九，中华书局，1959年，第557页。

④ 〔晋〕陈寿撰，〔南朝·宋〕裴松之注：《三国志·魏书·崔琰传》卷十二，中华书局，1959年，第368页。

国。废立大事，非所宜闻。"①

丞相府东曹掾邢颙也以"先世之戒"希望曹操慎之又慎，立嗣不可以庶代宗：

> 初，太子未定，而临淄侯植有宠，丁仪等并赞翼其美。太祖问颙，颙对曰："以庶代宗，先世之戒也。愿陛下深重察之！"太祖识其意，后遂以为太子少傅，迁太傅。②

桓阶深受曹操器重，他多次夸赞曹丕，认为宜为储副。史载：

> 时太子未定，而临淄侯植有宠。阶数陈文帝德优齿长，宜为储副，公规密谏，前后恳至。

> 阶谏曰："今太子仁冠群子，名昭海内，仁圣达节，天下莫不闻；而大王甫以植而问臣，臣诚惑之。"③

谋士贾诩对曹操关于立嗣的问话不回答，在追问时才说："思袁本初、刘景升父子。"以袁绍、刘表废长立幼造成的后果巧妙地表达了自己的意见：

> 太祖又尝屏除左右问诩，诩嘿然不对。太祖曰："与卿言而不答，何也？"诩曰："属适有所思，故不即对耳。"太祖曰："何思？"诩曰："思袁本初、刘景升父子也。"太祖大笑，于是太子遂定。④

亲信大臣们反对废长立幼，纷纷拥立曹丕，以避免兄弟纷争导致曹魏集团崩溃。曹操最终依从了他们的意见，宣布曹丕为太子。

三、初为太子时的兴奋与冷静

建安二十二年（217）十月，曹丕被立为王太子。他当时高兴得忘乎所以，不过在兴奋后立即冷静下来，收敛自己的言行。曹丕一方面表示不急于取得权力，专注于著述和整理编辑密友的文集；另一方面继续维护与朝中大臣的关系，同时寻找机会打压曹植，巩固自己的地位。

（一）乐不可支

得知自己被立为太子之时，曹丕抑制不住自己的兴奋、激动。当丞相长史辛毗前去祝贺，他"抱毗颈而喜曰：'辛君

---

① 〔晋〕陈寿撰，〔南朝·宋〕裴松之注：《三国志·魏书·毛玠传》卷十二，中华书局，1959年，第375页。

② 〔晋〕陈寿撰，〔南朝·宋〕裴松之注：《三国志·魏书·刑颙传》卷十二，中华书局，1959年，第383页。

③ 〔晋〕陈寿撰，〔南朝·宋〕裴松之注：《三国志·魏书·桓阶传》卷二十二及注引《魏略》，中华书局，1959年，第632页。

④ 〔晋〕陈寿撰，〔南朝·宋〕裴松之注：《三国志·魏书·贾诩传》卷十，中华书局，1959年，第331页。

知我喜不？'"历时六年的立嗣之争结束了，受尽折磨的曹丕喜不自禁，抱住辛毗的脖子说："您知道吗，我的高兴难以形容啊！"辛毗回家将此情景告诉女儿辛宪英。宪英听了叹气说："太子是代国君主持宗庙、社稷的人，不能不更加戚然，不得不常怀敬惧。本应该感到悲戚和敬畏，却表现出如此欣喜，这何以能长久？魏国呀将不会昌盛啊！"[1]曹丕初为太子时的失态，令一个小女子都为之深感忧虑。

（二）专注于著述

不过，时年31岁的曹丕很快清醒过来，调整心态，韬光养晦。他少去过问政事，以免引起父亲的猜疑，而是专注于著述和整理编辑亲密文友的文集。《魏书》曰：

> 帝初在东宫，疫疬大起，时人凋伤，帝深感叹，与素所敬者大理王朗书曰："生有七尺之形，死唯一棺之土，唯立德扬名，可以不朽，其次莫如著篇籍。疫疬数起，士人凋落，余独何人，能全其寿？"故论撰所著《典论》、诗赋，盖百余篇；集诸儒于肃城门内，讲论大义，侃

侃无倦。[2]

他感叹生命无常、人生不易，于是评论古今，编撰文集，投入到自己喜欢的文学创作中。

（三）继续笼络朝中大臣

在被立为太子后，曹丕依然不忘维护与朝中大臣的良好关系，为继位做准备。他对大理王朗十分敬仰，写信去畅谈自己著书立说的心得体会，表现出文士的修养。同时，赐相国钟繇"五熟釜，为之铭曰：'于赫有魏，作汉藩辅。厥相惟钟，实干心膂。靖恭夙夜，匪遑安处。百寮师师，楷兹度矩。'"[3]赐釜还加颂辞，对钟繇大加赞美，称赞他忠心耿耿，日夜为国操劳，是国家的栋梁。凡此种种，示好朝中大臣，进行笼络。

（四）彻底打压曹植

曹植在建安二十二年（217）"乘车行驰道中，开司马门出"，受到曹操责罚，已经失宠，而曹丕仍然寻找机会继续打压他。建安二十四年（219），曹仁在襄阳被关羽围困，曹操令曹植领兵去救

① 〔晋〕陈寿撰，〔南朝·宋〕裴松之注：《三国志·魏书·辛毗传》卷二十五注引《世语》，中华书局，1959年，第699页。

② 〔晋〕陈寿撰，〔南朝·宋〕裴松之注：《三国志·魏书·文帝纪》卷二注引《魏书》，中华书局，1959年，第88页。

③ 〔晋〕陈寿撰，〔南朝·宋〕裴松之注：《三国志·魏书·钟繇传》卷十三，中华书局，1959年，第394页。

援。"植将行，太子饮焉，逼而醉之。王召植，植不能受王命，故王怒也。"[1]此时曹丕已被确立为太子，他还故意将曹植灌醉，使其不能奉命出征，让曹操彻底对曹植失望，以巩固自己的太子地位。

建安二十五年（220）正月，曹操病逝，曹丕终于如愿以偿，继位魏王，立嗣之争彻底结束。

四、继位后怨恨爆发

曹丕即王位后就开始迫害曾经与自己争位的曹植、曹彰，同时采取各种措施对付其他的胞弟。

（一）诛杀异己，严防诸弟

曹丕首先诛杀曹植的亲信属僚。"文帝即王位，诛丁仪、丁廙并其男口。"[2]曹植的亲信丁氏兄弟两家男口全部被杀，以绝其后嗣。然后，令"诸侯并就国"，把曹彰、曹植和各位弟弟统统赶到封国，并废除朝觐制度，让他们离开政治中心，无诏令不得赴京师。注引《袁子》曰：

于是封建侯王，皆使寄地，空名而无其实。王国使有老兵百余人，以卫其国。虽有王侯之号，而乃侪为匹夫。悬隔千里之外，无朝聘之仪，邻国无会同之制。诸侯游猎不得过三十里，又为设防辅监国之官以伺察之。王侯皆思为布衣而不能得。既违宗国藩屏之义，又亏亲戚骨肉之恩。[3]

诸侯王在封国，有名无实；守卫系毫无战斗力的老兵，不满百人；取消赴京师的朝觐，不准相互间往来；他们狩猎时不得越境三十里，又派遣监国官员进行严密监视。虽有王侯名号，形同庶民布衣。这既违背建立封国屏障王室的初衷，又亏损了兄弟间骨肉之情。

曹丕防范胞弟们图谋不轨，采取的措施之严格，手段之严厉，可谓无所不用其极。他的胞弟在封地里如同坐牢，整天提心吊胆，不知何时有灾祸降临。

（二）曹彰暴毙，曹丕难脱加害之嫌

黄初四年（223），曹彰来京师朝觐，暴毙于馆舍，曹丕难脱加害之嫌。

曹彰字子文，"少善射御，膂力过人，手格猛兽，不避险阻"，自称"好为

---

① 〔晋〕陈寿撰，〔南朝·宋〕裴松之注：《三国志·魏书·曹植传》卷十九注引《魏氏春秋》，中华书局，1959年，第561页。
② 〔晋〕陈寿撰，〔南朝·宋〕裴松之注：《三国志·魏书·曹植传》卷十九，中华书局，1959年，第561页。
③ 〔晋〕陈寿撰，〔南朝·宋〕裴松之注：《三国志·魏书·武文世王公传》卷二十注引《袁子》，中华书局，1959年，第591页。

将""数从征伐，志意慷慨"，他常常出征，身先士卒，屡建战功①。曹操喜欢他的英勇善战，在立太子时专门告诉他："子文：汝等悉为侯，而子桓独不封，而为五官中郎将，此是太子可知矣。"②的确，曹彰开始没有封侯，到建安二十一年（216）才被封为鄢陵侯，曹操是否将他作为继承人考虑过，不得而知。而曹彰"自以先王见任有功"，觉得自己也有资格继承王位。曹操病危时"驿召彰，未至，太祖崩"。曹操临死前的召见，曹彰以为是要他继王位。

太祖崩洛阳，（贾）逵典丧事。时鄢陵侯（曹）彰行越骑将军，从长安来赴，问逵先王玺绶所在。逵正色曰："太子在邺，国有储副。先王玺绶，非君侯所宜问也。"③

曹彰碰壁，得不到支持，又不看好曹丕，他认同父亲喜爱的曹植。于是便去对曹植说："先王召我者，欲立汝也。"曹

植说："不可。不见袁氏兄弟乎！"④曹植也断然拒绝，曹彰心中依然愤愤不平。

曹丕即王位，立即遣"彰与诸侯就国"。曹彰"闻当随例，意甚不悦，不待遣而去"。他得知自己被夺去兵权，没有被器重，又与其他无任何功绩弟弟的待遇相同，很是不快，不等待派遣就愤然而去。曹丕没有立即表露出对他的忌恨，反而下诏给他增邑晋爵。先是增邑五千户，后晋爵为公，再立为任城王。黄初四年（223），曹彰来京师朝觐时，却突然暴病而亡。关于曹彰之死，《三国志》的记载很简略："朝京都，疾薨于邸。"其他史籍的说法则与之大异。

《魏氏春秋》曰："初，彰问玺绶，将有异志，故来朝不即得见。彰忿怒暴薨。"⑤因为曹彰"有异志"，曹丕故意怠慢他，曹彰受到冷遇而盛怒，发病猝死。

而《世说新语》说曹彰是被曹丕设计毒死的：

魏文帝忌弟任城王骁壮。因在卞太后合共围棋，并啖枣，文帝以毒置诸枣蒂中。自选可食者而进，王弗悟，遂杂进

① 〔晋〕陈寿撰，〔南朝·宋〕裴松之注：《三国志·魏书·曹彰传》卷十九注引《魏氏春秋》，中华书局，1959年，第555页。
② 〔三国〕曹操著，中华书局编辑部编：《曹操集·文集》卷三，中华书局，2012年，第48页。
③ 〔晋〕陈寿撰，〔南朝·宋〕裴松之注：《三国志·魏书·贾逵传》卷十五，中华书局，1959年，第481页。
④ 〔晋〕陈寿撰，〔南朝·宋〕裴松之注：《三国志·魏书·曹彰传》卷十九注引《魏略》，中华书局，1959年，第557页。
⑤ 同上，注引《魏氏春秋》，第557页。

之。既中毒，太后索水救之。帝预敕左右毁瓶罐，太后徒跣趋井，无以汲。须臾，遂卒。①

曹彰从小体格健壮，正值中年为何突然暴病而死？曹丕对他追问绶玺、欲拥立曹植之事自然怀恨在心，对他骁勇善战又倍加防范，对他暴躁不臣服则十分恼怒，为巩固自己的帝位欲置之于死地，是有根据的。所以曹彰无病暴死，虽史书记载有异，但《世说新语》的说法普遍为人们所接受，曹丕难脱加害之嫌。

（三）迫害曹植，使之憋屈而死

在曹操立曹丕为太子、杀杨修后，曹植"内不自安"，知道继位已经不可能了，但是他万万没有想到，噩梦还在后头，胞兄曹丕的迫害让他生不如死。

曹植在曹丕即王位后就被赶出京城，去到封地。次年，"监国谒者灌均希指，奏'植醉酒悖慢，劫胁使者'。有司请治罪，帝以太后故，贬爵安乡侯"②。灌均奉曹丕之旨意，诬告曹植，曹植论罪当被处死，由于母亲的反对，曹丕只好将他连降两级贬为安乡侯。不久，曹植又被东郡太守王机、防辅吏仓辑等诬告，再次获罪，被召至京师禁锢。在自我辩白后才得到免罪。连遭责罚，曹植从此小心翼翼，憋屈度日。

黄初四年（223）五月，曹植、曹彰、曹彪"俱朝京师"，曹植欲求得宽恕，以谢罪的形式去朝觐。史载：

（曹植）自念有过，宜当谢帝。……科头负鈇锧，徒跣诣阙下，帝及太后……见之，帝犹严颜色，不与语，又不使冠履。植伏地泣涕，太后为不乐。诏乃听复王服。③

曹植想到自己有过错，就光着头，赤着脚，背着施行腰斩的刑具，去到皇宫请罪。曹丕见了板起面孔不理睬，不叫他戴帽穿鞋；于是曹植伏地哭泣，其状惨不忍睹。母亲在场实在看不下去，对曹丕很是不快，曹丕才下诏，叫他去戴上冠冕，穿上衣服、鞋子。

一次又一次无故获罪，让曹植看到曹丕的用心。他与曹彰的性格不同，不是抗争，而是每次免罪或得封后，都要上奏谢表，自陈有罪，同时歌颂曹丕的恩德，以求自保，显得毫无骨气。他

---

① 〔南朝·宋〕刘义庆编著，余嘉锡笺疏：《世说新语笺疏·尤悔》卷三十三，中华书局，1983年，第895页。
② 〔晋〕陈寿撰，〔南朝·宋〕裴松之注：《三国志·魏书·曹植传》卷十九，中华书局，1959年，第561页。
③ 〔晋〕陈寿撰，〔南朝·宋〕裴松之注：《三国志·魏书·曹植传》卷十九注引《魏略》，中华书局，1959年，第564页。

还把父亲生前所赐铠甲、大宛马、银鞍呈献给曹丕，说"今代以升平，兵革无事"，表示臣服①。不过，正是他的卑辞求存，使得曹丕难下毒手，只好"嘉其辞义，优诏答勉之"。

曹植在曹丕当政期间一直受到监视，受到诬陷，遭到迫害，多次变更爵位、迁徙封地。曹丕毒死曹彰后不是不想置曹植于死地，只是母亲强势出面阻止，说："彼已杀我任城，不得复杀我东阿。"②若不是母亲的袒护，若不是曹植屈辱求存，可能他也与曹彰一样冤死了。

曹叡继位，曹植以为有了转机，多次上疏，在侄子面前卑辞求用。而曹叡秉承父亲对诸侯王的方针，对曹植也是严加防范，客气而绝不起用。曹植在曹丕、曹叡父子的打压下，后半生活得压抑、憋屈，与前期潇洒的文才公子相比判若两人。明帝太和六年（232），年仅41岁的曹植在忧郁中病逝。

（四）"七步诗"——加害兄弟的印记

"七步诗"是曹丕逼迫加害兄弟有名的事件。此事《三国志》不载，出于南朝刘宋时期刘庆义的历史资料书籍《世说新语》。《世说新语》载曰：

> 文帝尝令东阿王七步中作诗，不成者行大法。应声便为诗曰："煮豆持作羹，漉菽以为汁。萁在釜下然，豆在釜中泣。本是同根生，相煎何太急？"帝深有愧色。③

明代初年的《三国演义》对此诗做了简化：

> （曹）丕曰："吾与汝乃兄弟也。以此为题，亦不许犯着兄弟字样。"植略不思索，即口占一首曰："煮豆燃豆萁，豆在釜中泣，本是同根生，相煎何太急。"曹丕闻之，潸然泪下。其母卞氏，从殿后出曰："兄何逼弟之甚耶？"④

《三国演义》这一删改，抓住了兄弟相逼的要害，诗语简明扼要，易记上口，使"七步诗"广为流传。

学界对"七步诗"是否有其事存在争议，否定者、认可者均有说法。不过，"七步诗"事件绝非空穴来风。曹丕继位后立即

---

① 〔三国〕曹植著，赵幼文校注：《曹植集校注》卷二，人民文学出版社，1984年，第309-311页。

② 〔南朝·宋〕刘义庆编著，余嘉锡笺疏：《世说新语笺疏·尤悔》，中华书局，1983年，第244页。

③ 〔南朝·宋〕刘义庆编著，余嘉锡笺疏：《世说新语笺疏·文学》卷四，中华书局，1983年，第244页。

④ 〔明〕罗贯中著，〔清〕毛中岗评改：《三国演义》第七十九回，上海古籍出版社，1989年，第1023页。

把立嗣之争积压的怨恨发泄在诸弟身上，他嫉妒曹植因才华得到父亲宠爱，忌恨他几乎夺去自己的太子之位，曹丕继位后欲置曹植于死地而被母亲阻止，都是此事发生的史实依据。南朝萧梁的任昉在《齐竟陵文宣王行状》中有"陈思见称于七步"；明人张溥在《汉魏六朝百三家集题辞》中评价曹丕德绩品行时特地指出"甄后塘土，陈王豆歌，损德非一"[1]，曹丕加害甄后和曹植是他德行上的两大缺损。"七步诗"作为兄弟相残的经典故事广为流传，它是否属实的争论已经不重要了。

（五）威逼妹妹，夺取皇帝玺绶

曹丕与姊妹的情感史书没有记载，涉及政治利益时他也是不讲亲情、情面的。

曹操的三个女儿曹宪、曹节、曹华被他送进宫中做了汉献帝的夫人，后曹节被立为皇后。曹丕为了当皇帝，逼献帝退位，就派人去皇宫抢夺玺绶，遭到妹妹曹节的抵制。《后汉书·曹皇后纪》曰：

魏受禅，遣使求玺绶，后（曹节）怒不与。如此数辈，后乃呼使者入，亲数让之，以玺抵轩下，因涕泣横流曰："天不

祚尔！"左右皆莫能仰视。[2]

曹节责让来取玺绶的使者，然后把玉玺扔出去，并大骂曹丕不会得到上天的庇佑！结果她随献帝被废，降为山阳夫人。

从曹丕继位后对待弟妹们的整个过程看，防备、忌恨占据并主导他的思想感情。元初学者郝经指出：

（曹丕）轻薄佻靡，未除贵骄公子之习，不经细行，骧败礼律，刻薄骨肉，自戕本根，乱亡兆基已在。[3]

曹丕猜忌兄弟，刻薄寡恩，将手足之情抛弃，受到后人的谴责。

五、情感变迁缘由

曹丕兄弟情感的变迁起源于立嗣之争，是曹操的迟疑不决引发的；兄弟之情为政治利益、利害关系所左右；曹丕在立嗣争斗中备受折磨，性情被扭曲，以及他狭隘的心理和强烈的报复心，致使他的兄弟情感来了个180度的大转弯。

（一）曹操拖延确立太子带来的恶果

曹丕、曹植兄弟情感从和睦到相残，是

---

[1]〔明〕张溥著，殷孟伦注：《汉魏六朝百三家集题辞注·魏文帝集》，人民文学出版社，1960年，第67页

[2]〔南朝·宋〕范晔撰，〔唐〕李贤等注：《后汉书·曹皇后纪》卷十，中华书局，1965年，第455页。

[3] 卢弼著：《三国志集解·文帝纪》卷二注引郝经曰，中华书局，1982年，103页。

曹操犹豫拖延、久不确立太子带来的恶果。

曹丕、曹彰、曹植三人一母所生，在文武才能上各有所长。曹操以曹丕为五官中郎将、丞相副贰后，一直又不立为继承人，因为他不太满意曹丕，而十分喜欢才华横溢的曹植。曹操重才爱才，且性格多疑；在观念上又不以嫡长继承制为然，对继承人的确立举棋不定，一拖六年多。权力的诱惑，引发了兄弟间的明争暗斗。

魏晋史学家鱼豢认为，曹操在立嗣中不明确表态以防止争夺，对后来的兄弟相残负有很大的责任。他说：

谚言："贫不学俭，卑不学恭"，非人性分也，势使然耳。此实然之势，信不虚矣。假令太祖防遏（曹）植等，在于畴昔，此贤之心，何缘有窥望乎？（曹）彰之挟恨，尚无所至。至于植者，岂能兴难？乃令杨修以依注遇害，丁仪以希意族灭，哀夫！余每览植之华采，思若有神。以此推之，太祖之动心，亦良有以也。[1]

他指出，兄弟立嗣之争是情势使然，而曹操没有防患于未然，造成悲剧；又替其辩解说，是曹植的才华令曹操动心，难做决定。

① 〔晋〕陈寿撰，〔南朝·宋〕裴松之注：《三国志·魏书·任城陈萧王传》卷十九注引，中华书局，1959年，第577页。

其实，曹操也注意防止兄弟因权位纷争，在确立曹丕为太子后就策立王后，并诛杀杨修，采取措施来确保曹丕继位，预防兄弟相争。可惜已经晚了，他六年的犹豫不决已经引发争斗，给曹丕带来了伤害；只是他万万没有想到，会伪装的曹丕继位后忌恨爆发，会施加给诸弟如此多的打压和迫害。

（二）兄弟情感为利害关系所左右

立嗣之争为获得权力，兄弟因此反目；继位后曹丕行使权力，诸弟遭到报复。权力左右了他的兄弟情感。这从他继位后对没有参与立嗣之争的族兄曹休、曹真恩宠有加，对幼弟曹幹悉心照料中得到证实，可以证明他的兄弟情感在没有涉及利害关系时依然存在。

1. 与族兄曹真、曹休关系始终亲密

族兄曹休、曹真没有介入立嗣之争，曹丕与他们的关系始终如一，继位还加以重用。

曹休字文烈，曹真字子丹，他们少年丧父，被曹操收养，"使与文帝同止，见待如子"。他们与曹丕同吃同住，从小朝夕相处，一起长大，亲密和睦。曹丕曾回忆在建安十年（205）春留守邺城时，邀约族兄曹真等人行猎时的欢快愉悦情景。

二人因没有介入立嗣之争，在曹丕

继位后受到宠信、重用。曹丕即王位，"（曹休）为领军将军，录前后功，封东阳亭侯。夏侯惇薨，以休为镇南将军，假节都督诸军事，车驾临送，上乃下舆执手而别"。曹休从领军升为将军，继而封侯、假节，曹丕亲自送行，握手话别。曹休后又因军功迁征东将军、征东大将军，"假黄钺，督张辽等及诸州郡二十余军"[1]。

曹真也受到同样的优遇。"文帝即王位，以（曹）真为镇西将军，假节都督雍、凉州诸军事。录前后功，进封东乡侯。"曹真后又因军功升为上军大将军、中军大将军，最后受遗诏辅政，成为顾命大臣。[2]

2. 立嗣争斗外的兄弟被区别对待

立嗣之争主要发生在同胞兄弟曹丕、曹彰、曹植三人中，其他弟弟有的自行其是，有的年幼无知，没有介入争斗，他们被严格监管是当时政治斗争的需要。

然而有一弟弟却受到特殊照顾，就是曹幹。曹丕受父亲临死前托付照料5岁的幼弟曹幹，"太子由是亲待，隆于诸弟"。曹丕亲自抚养曹幹。继位后，"黄初二年（221），进爵，徙封燕公；三年，为河间王。……文帝临崩，有遗诏，是以明帝常加恩意"。他不仅封年幼的曹幹为公为王，临死前还特别留下遗诏，要曹叡加以眷顾。曹幹受到曹丕"隆于诸弟"的待遇，原因是父亲的托付，还因为曹幹之母"有宠于太祖。及文帝为嗣，幹母有力"[3]。曹丕感激曹幹之母曾帮助自己上位，于是给予他特别的关爱。

曹丕对曹休、曹真的恩信胜过同胞兄弟，因为他们与曹丕一起长大，情感如同手足，在立嗣之争中没有帮助曹植；曹幹受到优待，是因为他母亲在立嗣之争中帮助过曹丕。这些事例说明，曹丕的兄弟之情受利害关系的影响，为权力所左右。

（三）心胸狭窄的曹丕有仇必报

曹丕心胸狭隘，缺少度量，是一个有仇必报之人。史书中常用"恨之""憎之""深恨"等用词来表达他极强的忌恨心，史籍记载中有几件典型事件。

1. 逼死张绣

张绣在宛城降而后叛，曹昂战死，年

---

① 〔晋〕陈寿撰，〔南朝·宋〕裴松之注：《三国志·魏书·曹休传》卷九，中华书局，1959年，第279页。

② 〔晋〕陈寿撰，〔南朝·宋〕裴松之注：《三国志·魏书·曹真传》卷九，中华书局，1959年，第281页。

③ 〔晋〕陈寿撰，〔南朝·宋〕裴松之注：《三国志·魏书·曹幹传》卷二十，中华书局，1959年，第585页。

仅11岁的曹丕在诸将保护下逃脱。后张绣又归降，"太祖执其手，与欢宴，为子（曹）均取（张）绣女，拜扬武将军"。曹操的宽宏大度，令张绣感激，在官渡之战中他勇立战功。而曹丕对张绣的宛城偷袭、自己狼狈逃命之事一直怀恨在心。史书记载说："五官将数因请会，发怒曰：'君杀吾兄，何忍持面视人邪！'绣心不自安，乃自杀。"[1]曹丕的忌恨怒斥，令张绣惧怕而自杀。

2. 报复曹洪

曹洪是曹操的堂弟，战功卓著，而曹丕继位后欲借故将他处死。史载："洪家富而性吝啬，文帝少时假求不称，常恨之，遂以舍客犯法，下狱当死，群臣并救莫能得。卞太后谓郭后曰：'令曹洪今日死，吾明日敕帝废后矣。'于是泣涕屡请，乃得免官削爵土。洪先帝功臣，时人多为触望。"[2]作为曹丕的叔父，又是父辈时的功臣，只因门客犯法竟要被下狱死，原因是曹丕年少时求借不成而一直窝在心中的怨恨。如此强烈的忌恨报复心，

令朝野人士大为失望。

3. 忌恨杨俊

黄初三年（222），曹丕"以市不丰乐，发怒收（杨）俊。尚书仆射司马宣王、常侍王象、荀纬请俊，叩头流血，帝不许。俊曰：'吾知罪矣。'遂自杀。众冤痛之。"曹丕以南阳街场不够繁荣安乐，将太守杨俊下狱，司马懿等大臣纷纷请求宽恕，以致叩头流血，曹丕始终不答应。杨俊明白原因后自杀。曹丕为什么对众大臣的恳求置之不理，决意要处置杨俊呢？原因是立嗣之争中杨俊曾美言曹植，曹丕对此一直忌恨在心。"初，临淄侯与俊善，太祖适嗣未定，密访群司。俊虽并论文帝、临淄才分所长，不适有所据当，然称临淄犹美，文帝常以恨之。"[3]杨俊被称为"一世之美士"，他的冤死，令众朝臣悲痛不已。

4. 执意诛杀鲍勋

鲍勋为官守正不阿，严洁自律，但多次得罪曹丕。他曾向曹操报告曹丕为郭夫人犯法的弟弟求情，结果被曹丕暗中操作将他免职；他曾拦车谏阻曹丕出宫打猎，曹丕撕毁奏章，将其降职；他曾在朝堂上

① 〔晋〕陈寿撰，〔南朝·宋〕裴松之注：《三国志·魏书·张绣传》卷八注引《魏略》，中华书局，1959年，第262、263页。
② 〔晋〕陈寿撰，〔南朝·宋〕裴松之注：《三国志·魏书·曹洪传》卷九，中华书局，1959年，第278页。
③ 〔晋〕陈寿撰，〔南朝·宋〕裴松之注：《三国志·魏书·杨俊传》卷二十三，中华书局，1959年，第664页。

规劝曹丕不要去讨伐孙权，又惹怒曹丕被再次降职。讨伐孙权大军回洛阳，军营令史刘曜犯罪，鲍勋上奏要求免其官，而刘曜反诬他。曹丕积压在胸中的怨恨借机爆发，于是不由分说立即下诏："（鲍）勋指鹿作马，收付廷尉。"议定依律罚金二斤，曹丕大怒说："勋无活分，而汝等敢纵之！"[1]朝中大臣知道鲍勋冤枉，纷纷求情免死。为了能诛杀鲍勋，曹丕竟然要手腕："帝以宿嫌，欲枉法诛治书执法鲍勋，而（高）柔固执不从诏命。帝怒甚，遂召柔诣台；遣使者承指至廷尉考竟勋，勋死乃遣柔还寺。"[2]他把"固执不从诏命"的高柔召来，另派人去执行，鲍勋死后才让高柔离开。如此执意枉法报复，曹丕睚眦必报的行径令人震惊。鲍勋的冤死，没有人不为之叹息遗憾的。

曹丕大权在握之时，对那些曾经得罪过、伤害过他的人，无论是叔叔、功臣、忠臣都一一借故报复。有如此强烈报复心的人，对在立嗣之争中伤害过他的亲兄弟自然也不会放过。对曹丕的这一德行，陈

---

① 〔晋〕陈寿撰，〔南朝·宋〕裴松之注：《三国志·魏书·鲍勋传》卷十二，中华书局，1959年，第386页。
② 〔晋〕陈寿撰，〔南朝·宋〕裴松之注：《三国志·魏书·高柔传》卷二十四，中华书局，1959年，第685页。

寿评论说："若加之旷大之度，励以公平之诚，迈志存道，克广德心，则古之贤主，何远之有哉！"他实则是委婉地指出，曹丕缺少宽宏的度量、公平的诚心，立志欠高远，没有致力于正道，广施德泽，所以还不能被称为贤德之君。这是公正的评价。

（四）立嗣之争使曹丕备受伤害

在立嗣之争中，曹丕作为第一主角深陷其中，处在继承人的位置上又不被视为继承人。曹丕不甘心，不服气，为确保获得太子之位，他一方面与曹植明争暗斗，另一方面小心翼翼、精心运作。他的身心备受折磨、煎熬，性情被扭曲。

在长达数年的立嗣之争中，他曾偷偷摸摸地找吴质来出主意，险些被杨修抓个现行，吓出一身冷汗；常常委屈自己，去讨好诸多朝廷重臣；又压抑自己，假意哭泣；还不惜放下公子身份，拉下脸去后宫求助，等等。曹丕深陷立嗣争斗的曲折惊险中，时胜时负，时惊时喜，几年下来，身心备受折磨、煎熬。后来终于被确立为太子，他的忘形狂喜就是这种压抑心情的表露。

但是，心胸狭隘的曹丕却久久无法从立嗣之争的怨恨中解脱出来；忌恨心极强的曹丕大权在握后，便以报复、迫害来纾

解积压在心中的仇怨。他读着曹植谢恩、请罪的华章，看着他披头散发、光脚匍匐在阶下哭泣的狼狈相；他听到曹彰被冷落在驿馆的怨声，很是解气、解恨，心中满是得意之情。对得罪过他的无论是叔叔、大臣，都一一报仇雪恨，甚至不惜将他们处以极刑，以此来释放积压在心中的仇怨。他在报仇雪恨的时候，兄弟情感、家人亲情、君臣道义，统统被抛弃。

曹丕是一个具有文人气质的皇帝，他的情绪脆弱易受感染，身心易受伤害，大量诗文表明他有悲悯情怀。立嗣之争的折磨、煎熬，使他狭隘的心胸更狭隘，忌恨报复的心理更加强烈。文人的悲悯情怀与执政者绝情寡义的泄恨报复，形成不可理喻的尖锐对立，这是因为他的性情被立嗣之争的折磨所扭曲，心智在掌权后一度陷入迷茫所造成的。因立嗣之争而发展成的兄弟相残，使他多重的性格、复杂的情感得到充分的体现。

六、偶尔表现出的兄弟情

在对兄弟实施打压、迫害的过程中，曹丕也偶尔良心不安，涌起手足之情。这在曹植身上体现比较明显。

史书记载有两件事。一次，曹植被诬陷，曹丕欲置曹植于死地，母亲出面阻止后，曹丕特地降诏说："植，朕之同母弟。朕于天下无所不容，而况植乎？骨肉之亲舍而不诛，其改封植。"[1]另一次是在曹丕东征回师过曹植封地时，曹丕还专门去看了看他，并为其增邑五百户[2]。这是不是曹丕在显示自己的宽宏与仁德，以避免落下残害亲兄弟的骂名呢？这是不是曹丕在宣示自己的权威，表明可以令你死也可以"舍而不诛"，可以减少你的封地也可以增加封邑呢？这是不是表示曹丕心中还残存对曹植的手足之情，偶尔也有不安呢？后人不得而知，或许兼而有之。

曹丕在打压兄弟的过程中偶尔表现出的不安和兄弟情义，也是他多重性格、复杂情感的流露。

原本和睦相亲的兄弟，因立嗣之争，在曹丕继位后变得相逼相残。曹操久不确立继承人，致使兄弟产生明争暗斗，激烈的争夺令心胸狭隘的曹丕备受伤害，因此产生深深的怨恨。他性格被扭曲，称帝后不能释怀，对曾威胁自己继位的弟弟加以

[1]〔晋〕陈寿撰，〔南朝·宋〕裴松之注：《三国志·魏书·曹植传》卷十九注引《魏书》，中华书局，1959年，第562页。
[2]〔晋〕陈寿撰，〔南朝·宋〕裴松之注：《三国志·魏书·曹植传》卷十九，中华书局，1959年，第565页。

迫害，对其他弟弟们则猜忌防范，兄弟之情荡然无存。陈寿评论说：

　　魏氏王公，既徒有国土之名，而无社稷之实，又禁防壅隔，同于囹圄；位号靡定，大小岁易；骨肉之恩乖，《棠棣》之义废。为法之弊，一至于此乎！①

　　陈寿指出："魏国的王公，空有其名，而无管理封国之权，又受到严防被阻隔，如同关在牢笼中；爵位封号不确定，封地大小年年变；骨肉恩情被分离，兄弟道义遭废弃。制定法规的弊端，竟然到了如此地步！"

　　陈寿的评论是否正确暂且不论，"骨肉之恩乖，《棠棣》之义废"却是事实；曹丕残害兄弟，使其留下"七步诗"一事，也成为抹不去的历史印记，被人们普遍引用，以为警戒。

① 〔晋〕陈寿撰，〔南朝·宋〕裴松之注：《三国志·魏书·武文世王公传》卷二十，中华书局，1959年，第591页。

曹丕将发妻甄氏赐死

薄情寡义，令人感叹唏嘘。

一、与美貌甄夫人的恩爱岁月

在袁、曹争战中，袁绍的次子袁熙去幽州，留妻子甄氏在邺城伺候婆婆刘夫人。邺城被攻破，曹丕进入袁绍府邸，见"姿貌绝伦"的甄夫人，"称叹之"，便纳为妻。曹丕初得美人，夫妻二人度过了一段恩爱的时光。

（一）为甄夫人的绝世美貌所吸引

曹丕掳甄夫人为妻，《三国志·魏书·甄皇后传》记述简略：

> 建安中，袁绍为中子熙纳之。熙出为幽州，后（甄氏）留养姑。及冀州平，文帝纳后于邺，有宠，生明帝及东乡公主。

而相关资料则详细记述了曹丕惊异于甄夫人之美，强纳其为妻的过程。《魏略》曰：

> 文帝入（袁）绍舍，见绍妻及后，后怖，以头伏姑膝上，绍妻两手自搏。文帝谓曰："刘夫人云何如此？令新妇举头！"姑乃捧后令仰，文帝就视，见其颜色非凡，称叹之。太祖闻其意，遂为迎取。[1]

---

[1] 〔晋〕陈寿撰，〔南朝·宋〕裴松之注：《三国志·魏书·甄皇后传》卷五注引《魏略》，中华书局，1959年，第160页。

曹丕妻妾甚多，在史书中有传的仅妻子甄氏和郭氏二人。甄氏美貌绝伦，知书达理，贤惠、宽容、孝顺，夫妻一度恩爱；但曹丕喜新厌旧，宠幸美女无度，甄氏深感忧虑、孤寂、愁苦。婚后18年，曹丕称帝后竟借故将甄氏赐死。美丽贤德的甄氏40岁时冤死，成为曹丕缺德寡情的典型例证之一。

——题记

曹丕继承父亲好色的基因，妻妾甚多。不过，除甄氏、郭氏在史书中有传外，其余的皆无故事可言。甄氏是他随父攻打邺城掠袁熙之妻为妻的；夫妻曾经甜蜜恩爱，育有儿女。然而荒淫无度的曹丕纵情享受美女，贤惠、宽容的甄氏忧郁，愁苦无助。曹丕为王时没有立甄氏为后，在称帝的次年竟听信郭氏的谗言，将甄氏赐死；入殡时甄氏"被发覆面，以糠塞口"，下场悲惨。曹丕对待结发妻子如此

《世语》曰：

太祖下邺，文帝先入袁尚府，有妇人被发垢面，垂涕立绍妻刘后，文帝问之，刘答"是熙妻"，顾揽发髻，以巾拭面，姿貌绝伦。既过，刘谓后"不忧死矣"！遂见纳，有宠。①

被甄夫人惊世绝伦的美貌深深吸引，曹丕不管她是否已嫁、有无丈夫，将其作为战利品，强占她为妻，曹操也欣然同意。孔融曾以此嘲弄曹操："曹操攻屠邺城，袁氏妇子多见侵略，而曹子丕私纳袁熙妻甄氏。融乃与操书，称'武王伐纣，以妲己赐周公'。操不悟，后问出何经典，对曰：'以今度之，想当然耳。'"②曹氏父子俘获他人之妻便随意霸占、赠予，谨守礼教的孔融实在看不惯。

（二）甄夫人知书达礼

甄夫人出身官宦之家，自幼喜好读书习文。史书称：

后自少及长，不好戏弄。年八岁，外有立骑马戏者，家人诸姊皆上阁观之，后独不行。诸姊怪问之，后答言："此岂女人之所观邪？"年九岁，喜书，视字辄识，数用诸兄笔砚。兄谓后言："汝当习女工。用书为学，当作女博士邪？"后答言："闻古者贤女，未有不学前世成败，以为己诫。不知书，何由见之？"③

甄夫人不仅美貌，而且知书达理，知道在乱世中如何为人处世。

天下兵乱，加以饥馑，百姓皆卖金银珠玉宝物，时后家大有储谷，颇以买之。后年十余岁，白母曰："今世乱而多买宝物，匹夫无罪，怀璧为罪。又左右皆饥乏，不如以谷振给亲族邻里，广为恩惠也。"举家称善，即从后言。④

甄夫人有爱心，不仅施恩惠于亲族邻里，更懂得关心体恤家人，谦敬寡嫂，慈爱侄子。

后（甄氏）年十四，丧中兄俨，悲哀过制，事寡嫂谦敬，事处其劳，拊养俨子，慈爱甚笃。后母性严，待诸妇有常，后数谏母："兄不幸早终，嫂年少守节，顾留一子，以大义言之，待之当如妇，爱之宜如女。"母感后言流涕，便令后与嫂

① 〔晋〕陈寿撰，〔南朝·宋〕裴松之注：《三国志·魏书·甄皇后传》卷五注引《世语》，中华书局，1959年，第159页。
② 〔宋〕范晔撰，〔唐〕李贤等注：《后汉书·孔融传》卷七十，中华书局，1965年，第2271页。
③ 〔晋〕陈寿撰，〔南朝·宋〕裴松之注：《三国志·魏书·甄皇后传》卷五注引《魏书》，中华书局，1959年，第159页。
④ 〔晋〕陈寿撰，〔南朝·宋〕裴松之注：《三国志·魏书·甄皇后传》卷五，中华书局，1959年，第159页。

共止，寝息坐起常相随，恩爱益密。①

史籍资料表明，甄夫人自幼倾慕古代贤女，勤奋好学，知书达理，贤淑而有爱心。

（三）两情相悦，恩爱有加

对于这样一个知书达理、有见识、有爱心的绝世佳人，曹丕自然满心喜欢；况且他从小酷爱文学，有才华，与欲当"女博士"的甄夫人，可以谈文论诗，有共同爱好、共同语言，夫妻缠绵之外还可常常一起作诗唱和，何等惬意。

在战乱时期，女人作为战利品任人摆布。如今成为曹家儿媳又受到宠爱，甄夫人经历了惧怕、不安、顺从，到心满意足、真情献出的过程。二人结婚时曹丕才18岁，甄夫人已23岁，甄夫人对才华横溢的丈夫爱意满满。因此，婚后二人卿卿我我，恩恩爱爱，两年后就有了儿子曹叡，后又生下女儿。夫妻度过了一段美好的时光。

（四）炫耀甄夫人的美貌，害苦文友

对妻子的美貌，曹丕按捺不住想在好友面前炫耀的欲望。为五官中郎将后，一次在邺城宴请文友和僚属，酒兴正浓的曹丕叫甄夫人出来拜见客人，意欲展示一下自己的美妻。《典略》曰：

其后太子尝请诸文学，酒酣坐欢，命夫人甄氏出拜。坐中众人咸伏，而（刘）桢独平视。太祖闻之，乃收桢，减死输作。②

甄夫人的绝世美貌坊间早有传闻，而人们无法一睹芳容，今日机会难得，不过多数人都懂得规矩埋下头，只有刘桢大胆，目不转睛，一饱眼福。曹操事后获知，大怒，以大不敬的罪名要将刘桢收监处死，后经求情减为当苦工。曹丕的显摆害苦了好友，而刘桢为一睹甄夫人的美貌险些丧命。有人认为，是曹操"借之以泄怒"，因为"甄氏之美，其欲之也久矣"。"而五官将乃命之出拜客"，刘桢竟敢"平视"，他当然不能容忍，必须治罪③。

二、将贤德妻子赐死

曹丕与甄夫人的恩情保持了多久，不得而知。他在曹昂战死后成为长子，常常随父征战，甄夫人则留在邺城。曹丕为五官中郎将后，又很快陷入立嗣之争，直至他为王称帝，史书才有甄夫人的信息。

① 〔晋〕陈寿撰，〔南朝·宋〕裴松之注：《三国志·魏书·甄皇后传》卷五注引《魏略》，中华书局，1959年，第160页。

② 〔晋〕陈寿撰，〔南朝·宋〕裴松之注：《三国志·魏书·刘桢传》卷二十一注引《典略》，中华书局，1959年，第602页。

③ 〔南朝·宋〕刘义庆编撰，余嘉锡笺疏：《世说新语笺疏·言语》卷二注引杭世骏《道古堂集·论刘桢》，中华书局，1983年，第70页。

《三国志·魏书·甄皇后传》曰:

（曹丕）践祚之后,山阳公奉二女以嫔于魏,郭后、李、阴贵人并爱幸,后（甄氏）愈失意,有怨言。帝大怒,二年六月,遣使赐死,葬于邺。

对于甄夫人之死,《三国志》说她因曹丕宠幸多人而有怨言被赐死。这一说法难以让人信服。清代学者梁章钜指出:"《志》盛称甄后在室之孝友,裴注所引亦具述后之贤明不妒,乃忽以怨言赐死,前后未免不相应。"[1]的确,甄夫人曾劝说曹丕多纳姬妾,怎么会因吃醋嫉妒而生怨言呢? 况且她为人处世贤明大度,史籍资料记载甚详。

（一）甄夫人宠爱丈夫,贤明大度

甄夫人受到曹丕宠爱而不骄横,对待曹丕的姬妾宽容大度,毫无吃醋嫉妒之心,还多次劝说曹丕多纳姬妾多生子。《魏书》记载曰:

后（甄氏）宠愈隆而弥自挹损,后宫有宠者劝勉之,其无宠者慰诲之。每因闲宴,常劝帝,言"昔黄帝子孙蕃育,盖由妾媵众多,乃获斯祚耳。所愿广求淑媛,以丰继嗣。"帝心嘉焉。其后帝欲遣任氏,后请于帝曰:"任既乡党名族,德、

色,妾等不及也,如何遣之?"帝曰:"任性狷急不婉顺,前后忿吾非一,是以遣之耳。"后流涕固请曰:"妾受敬遇之恩,众人所知,必谓任之出,是妾之由。上惧有见私之讥,下受专宠之罪,愿重留意!"帝不听,遂出之。[2]

她对得宠的姬妾"劝勉",对失宠的"慰诲",对被驱赶的则"流涕固请",由于自己没有再生子还常常劝曹丕"广求淑媛,以丰继嗣",这是何等贤惠、宽容、善解人意的妻子啊!

（二）婆婆夸甄夫人为"孝妇"

甄夫人对婆婆孝顺、真心关切。《魏书》记载曰:

（建安）十六年七月,太祖征关中,武宣皇后从,留孟津,帝居守邺。时武宣皇后体小不安,后（甄氏）不得定省,忧怖,昼夜泣涕;左右骤以差问告,后犹不信,曰:"夫人在家,故疾每动,辄历时,今疾便差,何速也?此欲慰我意耳!"忧愈甚。后得武宣皇后还书,说疾已平复,后乃欢悦。十七年正月,大军还邺,后朝武宣皇后,望幄座悲喜,感动左右。武宣皇后见后如此,亦泣,且谓之

[1] 卢弼编:《三国志集解·甄后传》卷五,中华书局,1982年,第179页。

[2] 〔晋〕陈寿撰,〔南朝·宋〕裴松之注:《三国志·魏书·甄皇后传》卷五注引《魏书》,中华书局,1959年,第160页。

曰："新妇谓吾前病如昔时困邪？吾时小小耳，十余日即差，不当视我颜色乎！"嗟叹曰："真孝妇也。"二十一年，太祖东征，武宣皇后、文帝及明帝、东乡公主皆从，时后以病留邺。二十二年九月，大军还，武宣皇后左右侍御见后颜色丰盈，怪问之曰："后与二子别久，下流之情，不可为念，而后颜色更盛，何也？"后笑答之曰："叡等自随夫人，我当何忧！"后之贤明以体自持如此。①

甄夫人的真情、贤德，令婆婆卞夫人感动，禁不住夸她真是一个孝顺的儿媳！

（三）曹丕的荒淫无度引发怨言

《三国志》用"愈失意，有怨言"来表述甄夫人在曹丕大量增加姬妾之后，因越来越失宠而产生怨言。这难以让人信服。甄夫人是一个有教养而美貌绝伦的女子，不会因曹丕的冷落而产生失宠的情绪，进而积怨发声。那么她的怨言是因什么而产生的呢？应该是曹丕的淫乱无度令还深爱着他的甄夫人产生了怨言。

曹丕在甄夫人之外的嫔妃小妾，应该是数以百计。《三国志·魏书·武文世王公传》提到，为他生儿子的有李贵人、潘淑媛、朱淑媛、仇昭仪、徐姬、苏姬、张姬、宋姬等7人，没有生儿子的未入传；还有其他传记资料提到的有阴夫人、柴夫人、任氏，还有汉献帝的两个女儿，计5人。他继位后，在曹操后宫嫔妃五等的基础上又增加五等，即在夫人、昭仪、婕妤、容华、美人外增加贵嫔、淑媛、修容、顺成、良人。这十等小妾的配员无定数，随心所欲。而且，他在曹操死后还立即将父亲的全部嫔妃据为己有。母亲卞夫人在他生病去探视时，发现他这一淫乱行径，大为震怒，痛斥他该死，是"狗鼠不食汝余"之人②。所以，曹丕的嫔妃小妾难以统计，但应该不会少于三位数。

甄夫人作为妻子，虽然曾鼓励他多纳妾生子，但是看到数以百计的美女夜以继日地围在他身边，看到他强壮的身体每况愈下，元气日丧，能不担忧、能不有所埋怨，偶尔加以规劝？这不是怨言，这幽怨传递出的是甄夫人的惜爱，是她的无奈。而继王位、称帝位后的曹丕利令智昏，得意忘形，对甄夫人的爱意已完全没有了感觉，反而认为是她失宠后生出的怨言，因而大怒，报之以无情的怨恨。

① 〔晋〕陈寿撰，〔南朝·宋〕裴松之注：《三国志·魏书·甄皇后传》卷五注引《魏书》，中华书局，1959年，第160页。

② 〔南朝·宋〕刘义庆编著，余嘉锡笺疏：《世说新语笺疏·贤媛》卷十九，中华书局，1983年，第669页。

（四）甄夫人的《塘上行》

曹丕与甄夫人婚后常年在外，甄夫人留在邺城抚养儿女，没有随行照料。他有时回到邺城则和文友宴饮赋诗，观赏歌舞，通宵不归。甄夫人是一个知识女性，有情有义，丈夫不是出征就是会友，常常不在身边，她理解；在外、回家又常常和侍女、小妾厮混，她也理解，但天长日久她不免感到孤寂，产生被遗弃的愁苦。昔日恩爱情感逐渐逝去，她无比怀念，进而产生幽怨，也是情理中的事。于是，她写诗倾诉自己的情感，没想到这更加激怒了曹丕。

甄夫人的《塘上行》曰：

蒲生我塘中，其叶何离离！傍能行仁义，莫若妾自知。众口铄黄金，使君生别离。念君去我时，独愁常苦悲。想见君颜色，感结伤心脾。念君常苦悲，夜夜不能寐。莫以豪贤故，弃捐素所爱。莫以鱼肉贱，弃捐葱与蒜。莫以麻枲贱，弃捐菅与蒯。出亦复苦愁，入亦复苦愁。边地多悲风，树木何修修。从军致独乐，延年寿千秋。[①]

诗的词语直白明了，诗意哀婉凄切，满满的思念夫君之情，读之令人潸然泪下。甄夫人孤独、愁苦，希望丈夫不要"弃捐素所爱"，何罪之有？曹丕作为诗人，作为丈夫，没有从《塘上行》中读到妻子的思念、愁苦，反而恼羞成怒，进而予以加害。明人张溥在《汉魏六朝百三家集题辞》中评价曹丕德绩品行时特地指出："甄后塘土，陈王豆歌，损德非一。"[②]谴责他这一薄情寡义的行为。

甄夫人不是因曹丕爱幸多人感到失宠而心生怨言，作为一个贤妻、良母、孝媳，她的怨言是因为曹丕的荒淫无度而产生的忧心，是因为对丈夫深沉的爱被忽视而受到的折磨，是因为看到曹丕的薄情寡义时产生的悲哀。曹丕抛却夫妻情感，美貌贤淑的甄氏40岁时竟被冤枉赐死，这成为他品德缺损的典型事例铭刻史册。

三、曹丕、郭氏难逃罪责

曹丕将甄夫人赐死，原因何在？《三国志·魏书·郭皇后传》称："甄后之死，由后之宠也。"甄夫人被曹丕赐死，是由于郭氏得到宠爱的缘故。《魏氏春秋》进而描述细节：

初，甄后之诛，由郭后之宠，及殡，

---

① 〔明〕张溥著，殷孟伦注：《汉魏六朝百三家集题辞注·魏文帝集》，人民文学出版社，1960年，第70页。

② 〔明〕张溥著，殷孟伦注：《汉魏六朝百三家集题辞》，人民文学出版社，1960年，第67页。

令被发覆面，以糠塞口；遂立郭后，使养明帝。

《魏略》也指出：

> 甄后临没，以帝（曹叡）属李夫人。及太后（郭氏）崩，夫人乃说甄后见谮之祸，不获大敛，被发覆面，帝哀恨流涕，命殡葬太后，皆如甄后故事。[①]

综合史籍传递出的信息，甄夫人被赐死的原因，一是郭氏受宠后大进谗言，二是曹丕的寡义无情。所以甄夫人之死的罪魁祸首是曹丕，帮凶是郭氏。

（一）曹丕偏爱郭氏的原因

郭氏比曹丕大两岁，史书没有称赞她年轻漂亮，曹丕宠爱郭氏也不在于此，而是因她在立嗣之争中出谋划策，帮助其上位，立下功劳。

郭氏出身官宦之家，年幼时的表现奇异突出，被父亲以"女王"为字。不幸父母早亡，她在动乱中沦为女奴，曹操为魏公时将她选入曹丕宫中。史称："（郭）后有智数，时时有所献纳。文帝定为嗣，后有谋焉。太子即王位，后为夫人，及践阼，为贵嫔。"郭氏有智谋，工于心计，常常出一些好主意，曹丕能成为太子继王位，她起了很

① 〔晋〕陈寿撰，〔南朝·宋〕裴松之注：《三国志·魏书·郭皇后传》卷五及注引，中华书局，1959年，第164、166、167页。

大作用。所以曹丕继位魏王，立即将她封为夫人，与甄夫人地位等同。郭氏得到如此厚爱，从没有名分的侍女小妾一步登天，是因为在立嗣之争中有功。

曹丕是一个知恩必报之人。他继位后论功行赏，一大批帮助他继位的臣僚被封爵升官，所以郭氏也因功被提升，得到宠爱。甄夫人的被冷落，是曹丕在情感与权力二选一时，弃情而逐权的结果。

（二）郭氏的进谗

郭氏的强项不是年轻貌美，而是"有智数"，极聪明，有心计。作为侍女，在曹丕身边她观察到在立嗣之争中曹丕的艰难处境，体察到曹丕最需要的是什么，于是常常在曹丕无计可施的窘迫之时，施展温情，去献媚献策，并且往往于事有所补益。这令曹丕大为满意，所以即王位后立即将她从一个侍女升为夫人，地位与甄夫人平起平坐。称帝初又将她升为贵嫔，成为嫔妃中的最高等级，离皇后之位仅一步之遥。

夫人、贵嫔可以几人并列，而皇后就只能一个人。聪明的郭氏对此十分明白，她为得到皇后之位如何挑动曹丕，进谗言诋毁甄氏，详情史书不载，但却对甄夫人死后入殡时"被发覆面，以糠塞口"的做法则载之明确。甄夫人入棺时没有头饰，散发覆面，

口中不含珠玉，而是塞满米糠，完全不依葬礼，做得十分过分，可以看出郭氏极强的嫉妒和仇视心理。她何以如此对待甄夫人，史书也没有记载，大概是相貌平平的郭氏嫉妒甄夫人的美貌，大概是贤淑仁德的甄夫人在后宫的好名声常常使侍女身份的郭氏脸面扫地而激起的仇恨。

聪明乖巧的郭氏，上位后立即以一个有良好品德的后宫主人的身份出现。《三国志》和注引《魏书》记载了她很多明理、仁德处事的例子。

《三国志·魏书·郭皇后传》载，外亲刘斐娶亲时，她敕令须门当户对，"不得因势，强与他方人婚"；姐姐之子孟武要讨小妾，她加以制止，并专门给各家亲戚下达指令："今世妇女少，当配将士，不得因缘取以为妾也。"否则将受到处罚。孟武的母亲逝世，"欲厚葬，起祠堂，太后制止之"。她要求以曹丕的《终制》为准则[1]。

《魏书》详细记载她为皇后之后的言行，曰：

后（郭氏）自在东宫，及即尊位，虽有异宠，心愈恭肃，供养永寿宫（皇太后卞氏），以孝闻。是时柴贵人亦有宠，后教训奖导之。后宫诸贵人时有过失，常弥覆之；有遣让，辄为帝言其本末，帝或大有所怒，至为之顿首请罪，是以六宫无怨。性俭约，不好音乐。[2]

这时候的郭皇后，对老人，对得宠、失宠和受到责让的嫔妃，简直就是甄夫人过去在后宫待人处事的复制。

难以想象，对同为妻妾的甄夫人殡葬处理的刻毒和对后宫嫔妃的仁德大度竟出自同一个人。郭氏这一矛盾的德行，与曹丕在立嗣前后对待曹植诸弟有相似之处，真是"物以类聚，人以群分"啊。

（三）曹丕的绝情寡义

甄夫人被赐死，入殓时遭到惨无人道的对待，是郭氏的主意还是曹丕的主意；抑或是曹丕授意郭氏执行，现在已经不得而知。总之，没有曹丕的默许、认同，郭氏绝无胆量敢如此妄为！曹丕难辞其咎。

曹丕继王位没有立王后，登基后就不能不册立皇后了。立后的传统是立正室嫡妻，曹丕为太子也是遵照嫡长制。所以，虽然他早已移情身边年轻貌美的妃子，又偏爱郭氏，称帝时把她从夫人再提升为贵

① 〔晋〕陈寿撰，〔南朝·宋〕裴松之注：《三国志·魏书·郭皇后传》卷五，中华书局，1959年，第165页。

② 〔晋〕陈寿撰，〔南朝·宋〕裴松之注：《三国志·魏书·郭皇后传》卷五注引《魏书》，中华书局，1959年，第165页。

嫔，一心要推其上位，但他不敢破坏规矩，虽然心有不愿，但是立皇后应当还是甄夫人。通情达理的甄夫人把世态炎凉看在眼里，曹丕与自己感情已无，宠爱集于郭氏一身，心中自然明白是曹丕在做戏。于是，她以"愚陋""寝疾"为由退让皇后之位。史籍记载：

> 有司奏建长秋宫，帝（曹丕）玺书迎后（甄夫人），诣行在所，后上表曰："妾闻先代之兴，所以绵国久长，垂祚后嗣，无不由后妃焉。故必审选其人，以兴内教。今践阼之初，诚宜登进贤淑，统理六宫。妾自省愚陋，不任粢盛之事，加以寝疾，敢守微志。"玺书三至而后三让，言甚恳切。[1]

甄夫人态度诚恳而坚决，拒绝了皇后之位，而且强调"宜登进贤淑，统理六宫"，另选合格的嫔妃。而坐上皇帝宝座的曹丕洋洋得意，没有想到甄夫人如此扫兴，竟然讥讽自己宠幸的郭氏不"贤淑"，心中顿生怨恨。有人又献上《塘上行》，诗文表达的哀愁、思念，不但没有感动曹丕，反而激起他的怒火，认为甄夫人在埋怨，在谴责他忘情负义；郭氏遭到

嘲讽，大为不快，也趁机煽风点火，于是曹丕派出密使持诏书赐甄夫人死。

有史料说曹丕曾后悔。曹丕遇见善占卜的周宣，问："我昨夜梦青气自地属天。"周宣回答："天下当有贵女子冤死。""是时，帝已遣使赐甄后玺书，闻宣言而悔之，遣人追使者不及。"[2]此记载的可信度很差，如果曹丕一度问心有愧，甄夫人安葬时的结局不会是"被发覆面，以糠塞口"这样的惨状。

（四）儿子的追责与报复

甄夫人的儿子曹叡，聪明仁孝，17岁时，母亲被赐死，23岁时继位。史称："明帝既嗣立，追痛甄后之薨，故太后（郭氏）以忧暴崩。"曹叡对于母亲的死非常痛心，即位后"追谥母甄夫人曰文昭皇后"，并专门修建供祭祀的神庙，后来又下诏令甄夫人的神庙永远享受祭祀而不撤毁。然后又改葬母亲于朝阳陵。史称，他经常梦见母亲，"帝思念舅氏不已"，对甄夫人一族的父母侄子都一一关照。

曹叡对于母亲被赐死一直耿耿于怀，知道此事与郭氏有关，于是多次追问详情。史称：

---

[1] 〔晋〕陈寿撰，〔南朝·宋〕裴松之注：《三国志·魏书·甄皇后传》卷五注引《魏书》，中华书局，1959年，第161页。

[2] 〔晋〕陈寿撰，〔南朝·宋〕裴松之注：《三国志·魏书·周宣传》卷二十九，中华书局，1959年，第810页。

帝知之，心常怀忿，数泣问甄后死状。郭后曰："先帝自杀，何以责问我？且汝为人子，可追仇死父，为前母枉杀后母邪？"明帝怒，遂逼杀之，敕殡者使如甄后故事。①

《魏略》曰：

甄后临没，以帝（曹叡）属李夫人。及（郭）太后崩，夫人乃说甄后见谮之祸，不获大敛，被发覆面，帝哀恨流涕，命殡葬太后，皆如甄后故事。②

郭氏是何等聪明、狡黠的人，对于曹叡的追问，以"先帝自杀"一句话，把责任完全推给死去的曹丕，进而指责曹叡，怎么可以向死去的父亲追责报仇，怎么可以为前母而枉杀后母？句句话都问得顶心，曹叡又尴尬又气恼，于是常常给郭氏脸色看，处处刁难她，直至逼得她忧郁而死。郭氏一死，他得知母亲死时惨状，痛哭流涕，"敕殡者使如甄后故事"，下令将郭氏如法炮制，"被发覆面，以糠塞口"入殡，以解心中之恨。这真是一报还一报。

曹丕赐死甄夫人，是他喜新厌旧、薄情寡义所致。他偏爱郭氏是因她助其上位有功，郭氏也用尽心机取得曹丕欢心。面对曹丕的绝情无义，甄夫人心中自然满是凄楚，早年的恩爱已随着年华逝去，她的礼让、宽宏没有唤醒曹丕已经淡薄的情感，也没有换来曹丕的理解，而是换来赐死的诏令。美丽贤德的甄夫人含冤而死，曹丕对妻子的薄情寡义是他一生中的污点，受到后人的谴责。

曹丕作为一代文豪，具有同情心、悲悯情怀。但是，在与妻妾的关系上却缺少情感，以政治利益、利害关系来对待妻妾。他赐死甄夫人，立郭氏为后，把他性格中无情寡义、逐利争权的一面暴露了出来。

① 〔晋〕陈寿撰，〔南朝·宋〕裴松之注：《三国志·魏书·郭皇后传》卷五及注引，中华书局，1959年，第167页。
② 〔晋〕陈寿撰，〔南朝·宋〕裴松之注：《三国志·魏书·郭皇后传》卷五及注引，中华书局，1959年，第166、167页。

附：美貌甄氏与曹操、曹植的传闻

甄氏美貌，倾国倾城。作为曹丕的妻子，她贤德本分，却惹出了是非，有曹操争纳为妾、与曹植产生感情的传闻。

一、曹操也想掠得美人归

关于甄氏的美貌，好色的曹操自然有所耳闻，据说他也企图夺得甄氏为妾。《世说新语》载曰：

甄后惠而有色，先为袁熙妻，甚获宠。曹公之屠邺也，令疾召甄，左右曰："五官中郎已将去。"公曰："今年破城，正为奴。"①

曹操极为好色，说他想要得到美丽的甄氏也是事出有因，因为他从不拒绝美貌的有夫之妇，如妻妾中张绣的婶娘、大将军何进的儿媳妇。他还有过与人争抢已婚美女的往事。史载："曹公与刘备围吕布于下邳，关羽启公，布使秦宜禄行求救，乞娶其妻，公许之。临破，又屡启于公。公疑其有异色，先遣迎看，因自留之，羽心不自安。"②本来是关羽看中的，而曹操抢先一步，把秦宜禄美貌的妻子霸占为己有，让关羽心中很是不爽。

不过，说曹操为甄氏去攻邺城，还要与儿子争夺这一美女，则不实。

二、《洛神赋》记录的曹植的恋情

著名的《洛神赋》，被人认为是曹植倾慕美貌的甄氏，甄氏心有所许，二人相恋无果而留下的。事出《文选》李善注。

《文选·洛神赋》李善注曰：

《记》曰：魏东阿王，汉末求甄逸女，既不遂。太祖回以五官中郎将。植殊不平，昼思夜想，废寝与食。黄初中入朝，帝示植甄后玉镂金带枕，植见之，不觉泣。时已为郭后谗死。帝意亦寻悟，因令太子留宴饮，仍以枕赍植。植还，度辕辕，少许时，将息洛水上，思甄后。忽见

---

① 〔南朝·宋〕刘义庆编著，余嘉锡笺疏：《世说新语笺疏·惑溺》卷三十五，中华书局，1983年，第917页。

② 〔晋〕陈寿撰，〔南朝·宋〕裴松之注：《三国志·蜀书·关羽传》卷三十六注引《蜀记》，中华书局，1959年，第939页。

女来，自云：我本托心君王，其心不遂。此枕是我在家时从嫁前与五官中郎将，今与君王。遂用荐枕席，欢情交集，岂常辞能具。为郭后以糠塞口，今被发，羞将此形貌重觌君王尔！言讫，遂不复见所在。遣人献珠于王，王答以玉佩，悲喜不能自胜，遂作《感甄赋》。后明帝见之，改为《洛神赋》。①

关于此事之伪，前人已辨别清楚。赵幼文先生指出："有谓此赋为曹植和甄后恋爱一篇纪念文，完全是无故实依据之虚构，明清文士已做了许多驳正，无须诘难。"曹植《洛神赋》的"序"曰："黄初三年（222），余朝京师，还济洛川。古人有言，斯水之神名曰宓妃。感宋玉对楚王说神女之事，遂作斯赋。"②

（一）这不是李善所作的注

李善在唐显庆年间为《文选》作注后，开元六年（718），吕延祚等五人又为《文选》作注，形成两种注本，后人将两注加以删编合一，称《六臣注》。《文选》六臣注本盛行，李善注被埋没。有人又从《文选》六臣注辑录出《文选》李善注。但是，由于两种注本的合、分，辑录出的李善注有的地方羼杂了他人之注，有的李善注又被误为他人之注被删除。清代嘉庆年间，胡克家据南宋尤袤（字延之，著名诗人）的《文选》李善注本覆刻，同时据几种不同的版本纠正尤刻本的错误，著《文选考异》十卷，附于各篇章后。胡克家在此篇的《文选考异》中指出："注'记曰'下至'改为洛神赋'此二百七字，袁本、茶陵本无。按：二本是也。此因世传小说有《感甄记》，或以载于简中，而尤延之误取之耳。何尝验此说之妄，今据袁、茶本考之，盖实非善注。"③他得出的结论是：这不是李善所作的注。

（二）曹植与甄氏没有也不可能发生恋情

曹丕纳甄氏时曹植仅13岁，他没有随父出征去邺城，怎么会去求甄逸女，不遂而朝思暮想；甄氏已成为曹丕妻之后才见到曹植，怎么会有"我本托心君王"的想法。《洛神赋》只是"表现曹植当时的内心情绪感受"，抒发他在现实中遭际的哀愁，仅此而已④。

---

① 〔南朝·梁〕萧统编，〔唐〕李善注：《文选》卷十九，上海古籍出版社，1986年，第895页。
② 〔三国〕曹植著，赵幼文校注：《曹植集校注》卷二，人民文学出版社，1984年，第282页。
③ 〔南朝·梁〕萧统编，〔唐〕李善注：《文选》卷十九，上海古籍出版社，1986年，第901页。
④ 徐公持编著：《魏晋文学史》，人民文学出版社，1999年，第79页。

　　郭沫若同志却认为，"我看也不是不可能的事"。他说："子建对这位比自己大十岁的嫂子曾经发生过爱慕的情绪，大约是无可否认的事实吧。不然，何以会无中生有的传出这样的'佳话'？甄后又何以遭谗而死，而丕与植兄弟之间竟始终是那样隔阂？"[1]后来他根据这一看法写出《洛神》一剧。甄氏的美貌曾吸引曹植，令他想入非非，这有可能，其余如甄氏遭谗而死、曹丕与曹植的争斗则完全与甄氏的美貌无关，不可牵强附会。

---

[1]　郭沫若著：《郭沫若全集·历史篇》（4），
　　人民出版社，1982年，第121页。

今天下英雄，唯使君与操耳。

——〔三国〕曹操曰。（《三国志·蜀书·先主传》）

刘备（161—223）

字玄德，涿郡涿县（今河北涿州）人，生于东汉延熹四年（161），死于蜀汉章武三年（223），享年63岁。葬惠陵（位于今四川成都）。

刘备24岁率众镇压黄巾军，步入政治舞台。史籍记载，他因人因事哭泣6次；临终前真诚托孤于诸葛亮，留下遗诏告诫儿子"勿以恶小而为之，勿以善小而不为""父事丞相"，然后平静辞世。他的妻妾在史书中立传的2人，可考姓氏者2人，生子而无姓氏者2人；他在征战奔逃中曾4次抛妻弃子；有儿子3人，养子被他处死，长子刘禅继位，于263年投降亡国。

刘备的眼泪，把一个奉行仁德，珍视才谋，"折而不挠"的英雄形象呈现在世人面前。临死前的思虑，留下的诏敕，把他对妻妾的亏欠、对儿子的期盼表达出来，让人看到一个大半生都在东奔西逃、寄人篱下的刘备与家人的情感。

刘备不好哭
——史载6次与演义中近100次哭泣解读

史籍记载刘备因人因事哭泣6次，而《三国演义》却说他因30件事而哭泣近100次。史籍中刘备哭泣的原因主要是痛惜谋略之士；演义极力夸大、渲染刘备的哭泣，是突出他的贤德仁义、兄弟深情，然而却对他的形象带来毁损。为创建霸业一生拼搏的刘备并不轻易哭泣，哭泣不是历史人物刘备的性格特点。

——题记

刘备的哭泣，经过《三国演义》的渲染加工，很有名气，成为他的一个招牌，留下"刘备的江山——哭出来"的俗语。然而，历史的真相却并非如此。史书称刘备"喜怒不形于色"，说他性格深沉内向，喜怒哀愁不轻易表露出来。那么刘备登上政治舞台后到底哭过多少次，他的哭泣表达了什么样的情感呢？

《三国志》及裴松之注引载录刘备因人因事而涕泣6次，而《三国演义》却说

他因30件事而哭泣近100次。史籍与小说关于刘备哭泣的记述差异竟如此之大。本文在解读史籍中刘备哭泣的原因、表达的情感之余，同时将小说中刘备的哭与之分析比较，指出《三国演义》夸大、渲染刘备的哭的原因及效果。

一、史籍中的6次哭泣

检阅《三国志》及裴注，刘备因如下人物、事件而哭泣6次。

（一）与田豫分别的涕泣（刘备时年34岁）

《三国志·魏书·田豫传》曰：

刘备之奔公孙瓒也，（田）豫时年少，自托于备，备甚奇之。备为豫州刺史，豫以母老求归，备涕泣与别，曰："恨不与君共成大事也。"①

刘备与田豫分别时的哭泣，体现出他对智谋人才的器重。

《三国志集解》引李光地评曰："不留徐庶、田豫，此先主之大义盛德。"②刘备敬重以奉养老母为由求归的田豫、徐庶，

① 〔晋〕陈寿撰，〔南朝·宋〕裴松之注：《三国志·魏书·田豫传》卷二十六，中华书局，1959年，第726页。
② 卢弼编：《三国志集解·田豫传》卷二十六，中华书局，1982年，第603页。

表现出他的大义大德。不挽留是体现重孝的大德大义，而这哭泣则体现的是他对人才的器重；对智谋之士的渴求。田豫是一个有智谋的人才。《三国志·魏书·田豫传》称田豫"有权谋""清俭约素""家常贫匮"；在曹操、曹丕、曹叡三朝，田豫历任太守、州刺史、将军，官至九卿。陈寿评论说他"居身清白，规略明练"，他为官清白，有谋略，办事精明干练。

刘备青少年时生活于社会底层，"不甚乐读书，喜狗马、音乐、美衣服"；他"好结交豪侠，年少争附之"；靠商人资助拉起一伙人投身于汉末乱世。从刘备的出身、习性和他身边的武夫、市井少年这伙人看，刘备集团的成员层次低，无智谋之士。从184年起兵到194年为豫州刺史，这最初的十年里，刘备队伍的骨干只有关羽、张飞、赵云。政治和军事斗争的风浪无情地教训着他，没有出谋划策之士人难以在诸侯纷争中成就大事。其间他在公孙瓒处，年轻而又有谋略的田豫来自愿托身于他，他们相处多年，田豫的气质、才德、权谋，在刘备一伙人中卓然耀眼，令刘备十分惊异。他非常看重、赏识田豫。现在田豫突然要离去，不能一起"共成大事"，刘备顿感失落而惋惜，惜别之时泪水不禁夺眶而出。

（二）见髀里肉生，慨然流涕（刘备时年40多岁）

《三国志·蜀书·先主传》注引《九州春秋》曰：

（刘）备住荆州数年，尝于（刘）表坐起至厕，见髀里肉生，慨然流涕。还坐，表怪问备，备曰："吾常身不离鞍，髀肉皆消。今不复骑，髀里肉生。日月若驰，老将至矣，而功业不建，是以悲耳。"[1]

刘备"见髀里肉生"的流泪，体现的是他不计成败、坚持信念的执着。

《资治通鉴》在这段话下有胡三省评曰："史言（刘）备志气不衰，所以能成三分之业。"[2]《三国演义》在这段话下，毛宗岗评论说："刘表下泪是儿女泪，玄德下泪是英雄气。刘表为家庭系情，玄德为天下发愤。"李渔评赞曰："真丈夫语。"[3]

刘备年少就有着"当乘羽葆车盖"的梦想，成年后为了梦想投身于诸侯纷争的

① 〔晋〕陈寿撰，〔南朝·宋〕裴松之注：《三国志·蜀书·先主传》卷三十二注引《九州春秋》，中华书局，1959年，第876页。
② 〔宋〕司马光编著，〔元〕胡三省音注：《资治通鉴·献帝建安六年》卷六十四，中华书局，1956年，第2042页。
③ 陈曦钟、宋祥瑞、鲁玉川辑校：《〈三国演义〉会评本》，北京大学出版社，1986年，第420页。

乱世，不屈不挠地去拼杀；在刀光剑影的政治风云中，他"当乘羽葆车盖"的初衷逐渐变成了"欲信大义于天下"。在荆州时，他年逾40，岁月蹉跎，而霸业无所建树，不禁悲从心生，流泪哀叹。但他丝毫没有气馁，"见髀里肉生"的泪水激起他反思，激起他的紧迫感。于是，他急迫地寻贤访士，这才有了三顾茅庐的故事。三顾时他对诸葛亮说："汉室倾颓，奸臣窃命，主上蒙尘。孤不度德量力，欲信大义于天下，而智术浅短，遂用猖蹶，至于今日。然志犹未已。"处于如此窝囊的逆境，刘备仍不忘自己的梦想，不放弃兴复汉室的追求。所以，陈寿给了"折而不挠"的评语，对他屡受挫折而不屈不挠的精神大为赞赏。的确，刘备的过人之处，就是百折不挠的斗志。"折而不挠"，是他成就三分天下有其一的重要原因。

（三）过辞刘表墓的涕泣（刘备时年47岁）

《三国志·蜀书·先主传》注引《典略》曰：

（刘）备过辞（刘）表墓，遂涕泣而去。[1]

① 〔晋〕陈寿撰，〔南朝·宋〕裴松之注：《三国志·蜀书·先主传》卷三十二注引《典略》，中华书局，1959年，第878页。

曹操南下，刘备慌忙退兵，经过刘表墓，辞别时的哭泣，体现了他的仁德品性。

过辞刘表墓的哭泣，是因为刘备寄居荆州的七年里得到刘表的礼遇、关照，刘表临终又曾托孤于他。所以，当他得知曹操率兵袭来而仓促撤退时，有人劝他乘机攻击刘表的儿子刘琮夺取襄阳，他说"吾不忍也"；有人又劝他劫持刘琮而走，他说："刘荆州临亡托我以遗孤，背信自济，吾所不为，死何面目以见刘荆州乎！"最后，他"过辞表墓，遂涕泣而去"，就顺理成章，成为自然而然的事了。《三国志集解》评论曰："先主戎马仓卒，犹不忘故人，宜其得人心也。"[2]

对于刘备不忘刘表之恩和后来不忍抛弃追随他的荆州人士，习凿齿评论说：

先主虽颠沛险难而信义愈明，势逼事危而言不失道。追景升（刘表字）之顾，则情感三军；恋赴义之士，则甘与同败。观其所以结物情者，岂徒投醪抚寒含蓼问疾而已哉！其终济大业，不亦宜乎！[3]

因此，陈寿给了"弘毅宽厚"的评语，对刘备的宽厚、仁义，予以充分肯

② 卢弼编：《三国志集解·刘备传》卷三十二，中华书局，1982年，第727页。
③ 〔晋〕陈寿撰，〔南朝·宋〕裴松之注：《三国志·蜀书·先主传》卷三十二引习凿齿曰，中华书局，1959年，第878页。

定。刘备的仁德赢得了人心，是他成就霸业的重要原因之一。

（四）痛惜庞统之死，言则流涕（刘备时年52岁）

《三国志·蜀书·庞统传》曰：

（刘备率军）进围雒县，（庞）统率众攻城，为流矢所中，卒，时年三十六。先主痛惜，言则流涕。①

（五）法正中年而死，为之流涕多日（刘备时年60岁）

《三国志·蜀书·法正传》曰：

先主立为汉中王，以（法）正为尚书令、护军将军。明年卒，时年四十五。先主为之流涕者累日。②

刘备痛哭庞统、法正，体现出他对在自己建功立业过程中贡献卓著的谋臣的深爱、痛惜。

庞统和法正先后成为刘备倚重的谋臣，分别在取益州、夺汉中的过程中出谋划策，立下显赫功绩。

庞统被誉为"凤雏"，刘备与他见面交谈后"大器之……亲待亚于诸葛亮，

遂与亮并为军师将军"。他是刘备在夺取益州中起关键作用的谋臣。赤壁之战后刘备驻荆州公安，对攻取益州一事犹豫不决，说自己奉行宽、仁、忠的道德标准来成就霸业，"今以小故而失信义于天下者，吾所不取也"。庞统指出："权变之时，固非一道所能定也。兼弱攻昧，五伯之事。逆取顺守，报之以义，事定之后，封以大国，何负于信？今日不取，终为人利耳。"③刘备被说动，于是率兵入蜀。入蜀后，刘备又碍于信义迟迟不动手，庞统又献上袭取益州的上中下三策，逼迫刘备。刘备取其中策开始行动，成功取得涪城后便南下攻雒县，岂知在进围雒城时庞统却不幸中箭而死。益州在望，献策的谋臣却在途中英年早逝，所以刘备深为"痛惜，言则流涕"。

法正"著见成败，有奇画策算"。他本是刘璋的手下，衔命去荆州见刘备，暗地却献策，愿为内应助刘备夺取西蜀。于是法正在夺取益州中成为功臣之一。刘备入主益州后他深得倚重，"外统都畿，内为谋主"；然后法正又献策力劝刘备攻取汉中，并随刘备出征。汉中一战，曹操败

---

① 〔晋〕陈寿撰，〔南朝·宋〕裴松之注：《三国志·蜀书·庞统传》卷三十七，中华书局，1959年，第956页。
② 〔晋〕陈寿撰，〔南朝·宋〕裴松之注：《三国志·蜀书·法正传》卷三十七，中华书局，1959年，第961页。

③ 〔晋〕陈寿撰，〔南朝·宋〕裴松之注：《三国志·蜀书·庞统传》卷三十七注引《九州春秋》，中华书局，1959年，第955页。

走。刘备因此登上汉中王的宝座，有了同魏王曹操一样的名分。法正得到嘉奖，被任为尚书令、护军将军；而诸葛亮当时仍为军师将军，没有得到提升。

庞统、法正二人献计献策，所建功勋让刘备坐拥一州，登上王位，扬眉吐气；而二人先后逝去，刘备宛如痛失左右臂膀，内心的伤痛久久无法抹去，所以痛哭不已。刘备称帝封爵时也没有忘记他们。称帝时除进封张飞、马超为侯爵外，特别追赐庞统和法正之子的爵位，而诸葛亮、赵云、黄忠等文武大臣却没有一人得到爵位的封赐。[1]

庞统、法正，是刘备称王称帝过程中立下卓越功勋的谋臣，刘备对他们中年之死的痛哭，表明他对智士谋臣的器重，同时也表明他极为现实、功利的用人待士特色。陈寿评刘备曰："知人待士，盖有高祖之风，英雄之器也。"称赞他在了解和对待人才方面，有汉高祖刘邦的风范，表现出英雄的气概。"知人待士"的风范和气概，正是刘备创业成功的重要原因之一。

（六）赐刘封死的流涕（刘备时年60岁）

《三国志·蜀书·刘封传》曰：

先主责（刘）封之侵陵（孟）达，又不救（关）羽。诸葛亮虑封刚猛，易世之后终难制御，劝先主因此除之。于是赐封死，使自裁。封叹曰："恨不用孟子度之言！"先主为之流涕。[2]

刘备赐刘封死而流泪，是一个政治家在政治利益与亲情冲突时的无奈。

对于养子刘封被赐死，《三国志集解》引诸家评论，指出此事的是非。

何焯曰："先主无他枝叶，后嗣庸弱，（刘）封地处疑逼，又尝将兵，一朝作难，则祸生肘腋，国祚方危，故不得不因其罪速断也。"

或曰："（刘）封虽有罪，然为孟达（字子度）所诱，终无二心，脱身归蜀，不失为忠。（诸葛）亮劝先主除之，过矣。"

钱振锽曰："以不救关羽诛（刘）封，封复何辞；若虑后难制御，是杀无罪也。孔明此事乃为孟达所料。甚哉，申、韩之害人也！先主为之流涕，为其所不

[1] 谭良啸著：《诸葛亮"限之以爵"与蜀汉封爵制考析》，《湖北文理学院学报》2014年第7期。

[2] 〔晋〕陈寿撰，〔南朝·宋〕裴松之注：《三国志·蜀书·刘封传》卷四十，中华书局，1959年，第994页。

为，亦甚矣。"①

刘封是刘备在荆州之初因无子嗣收养的，他"有武艺，气力过人"，领兵征战，官至副军将军，而刘备亲生儿子刘禅年幼、庸弱。为了蜀汉在刘备死后的安稳，避免兄弟争位带来混乱，刘备听从诸葛亮的劝告，刘封罪不至死而被赐死，实属无奈。二人毕竟有多年的父子情，这哭泣，既是一个政治家的无奈，也表现出刘备作为养父心怀怜悯的情感。

二、刘备哭泣凸显的意义

刘备在汉末乱世拼杀四十余年，只因人因事而6次哭泣。从哭泣的年龄看，都是在中老年；从哭泣的原因看，其中三件是疼惜人才的亡失，一件体现的是仁义感恩，一件是对功业迟迟无所建树的哀叹，一件是为基业延续的安稳舍去养子而伤悲。解读刘备的哭泣，可以归纳为：一是体现他的仁德，二是他对创建霸业的执着，三是他爱才、痛惜智谋人才，四是他舍弃养子，以保基业的稳固。这就是史籍记录的刘备的哭泣所释放出的情感和意义。

刘备的6次哭泣中有一半是因为人

才，其中哭得最伤心、最厉害的也是因为人才。刘备哭泣阐释的意义为什么突出的是人才？因为刘备集团的组成层次低，多武夫而缺少谋士，在诸侯混战中无智谋之士就没有成功的可能性。所以他在创建霸业的过程中，在屡战屡败之后悟出了人才、人谋的重要。因此渴求权谋之士逐渐成为他的一个心结。从哭泣田豫离去，器重徐庶，三顾诸葛亮，到痛哭庞统、法正的死，都可以看到他内心这一强烈的器重谋士情结。而对智谋之士的渴求、器重又有着明显的功利色彩，目的是紧紧围绕助其成就霸业这一中心服务的。田豫离去的哭，是因为不能和他一起"共成大事"，共创霸业；哭庞统，是因为庞统为他解除了夺取益州的顾虑，并献上攻取益州的三策，使他向帝业的成功迈了一大步；哭法正，是因为法正献上夺取益州的机密情报，之后又提出攻取汉中的方略，并随行助攻汉中，使他登上汉中王的宝座。二人功绩显赫，让三十年奔波无所成就的刘备霸业雏成。如此能助他成就霸业的智谋之士却中年丧生、半途离去，他怎能不产生撕肝裂肺般的悲痛？所以他"痛惜，言则流涕"，所以他"为之流涕者累日"。这些哭泣中表现出的是刘备真实的情和感人的义，是他想要成就霸业的强烈愿望。

① 卢弼编：《三国志集解·刘封传》卷四十，中华书局，1982年，第813页。

刘备以市井草民身份获得成功，登上皇帝的宝座，后人总结出一条又一条的原因。如他的"折而不挠"，他的贤德仁义，赢得士人和百姓之心，他的礼贤下士等。而《三国志》及裴注载录的刘备的哭泣所传递出的是：人才，在乱世中创业的作用至关重要；人谋，在乱世中创业必不可少。

三、《三国演义》中的近100次哭

《三国演义》有两个重要的版本，一是《明弘治本三国志通俗演义》（简称《三国志通俗演义》），二是清康熙年间毛纶、毛宗岗父子评改加工后的《三国志演义》（俗称毛本《三国演义》）。后者是目前最通行的版本。本文以毛本《三国演义》为准，辑录出相关事件中刘备的哭泣。

（一）演义中刘备的哭

在毛本《三国演义》中，刘备的哭泣比明本《三国志演义》大大增加，因30件事而哭泣、垂泪、痛哭，甚至号哭至昏绝，次数达到近100次[1]。辑录于下。

（1）"与赵云分别，执手垂泪"（7回）。

"玄德执手挥泪而别"（11回）。

---

① 〔明〕罗贯中著，〔清〕毛宗岗评改：《三国演义》，上海古籍出版社，1989年。

（2）张飞失小沛欲自刎，刘备制止后"大哭"（15回）。

（3）得知刘安杀妻供己食，刘备"不胜伤感，洒泪"（19回）。

（4）刘备"因见己身髀肉复生，亦不觉潸然流涕"（34回）。

（5）徐庶告知母亲被曹操囚禁，"玄德闻言大哭"；二人"相对而泣"；送别徐庶，"说罢泪如雨下"；徐庶走远，"玄德哭曰……。凝泪而望"（36回）。

（6）三顾茅庐，诸葛亮不愿出山，"玄德泣曰：'先生不出，如苍生何！'言毕，泪沾袍袖，衣襟尽湿"（38回）。

（7）刘表托孤，"玄德泣拜曰"；刘表死，"玄德闻之大哭"；孔明、伊籍劝刘备乘机夺荆州，"玄德垂泪曰"（40回）。

（8）路过刘表墓，刘备"哭告曰"（41回）。

（9）逃离樊城，"玄德于船上望见（百姓惨状），大恸曰""船到傍岸，回望百姓，有未渡者，望南而哭"；有人劝刘备弃百姓先行，"玄德泣曰"（41回）。

（10）刘备战败，见手下随行只百余，"玄德大哭曰"（41回）。

（11）赵云救阿斗回，见刘备，"下马伏地而泣，玄德亦泣"（42回）。

（12）刘琦病亡，"玄德闻之，痛哭不已"（53回）。

（13）东吴相亲时，得知有伏兵，"玄德乃跪于国太前，泣而告曰"（54回）。

（14）赵云催刘备回返，于是"玄德见孙夫人，暗暗垂泪"；夫人问何事，"玄德跪而告曰……言毕，泪如雨下"；追兵到，看锦囊后玄德"急来车前，泣告孙夫人曰"（55回）。

（15）逃离吴境，玄德"蓦然想起在吴繁华之事，不觉凄然泪下"（55回）。

（16）东吴鲁肃提出归还荆州，"玄德闻言，掩面大哭"；鲁肃问原因，"玄德哭声不绝"；孔明做了一番解释，"触动玄德衷肠，真个捶胸顿足，放声大哭"（56回）。

（17）迎张松来，"玄德举酒酌（张）松曰……。言罢，潸然泪下"（60回）。

（18）入蜀见刘璋，"礼毕，挥泪诉告衷情"（60回）。

（19）庞统死，"玄德闻言，望西痛哭不已"（63回）。

（20）刘璋出城投降，"玄德出寨迎接，握手流涕"（65回）。

（21）廖化报知关羽危急，"玄德泣曰"（77回）；

（22）关羽父子死讯传来，刘备"哭倒于地"；关兴号恸而来，"玄德见了，大叫一声，又哭绝于地"；"众官救醒。一日哭绝三五次，三日水浆不进，只是痛哭，泪湿衣襟，斑斑成血"；刘备"出南门，招魂祭奠，号哭终日"（78回）。

（23）传言汉帝遇害，"汉中王闻知，痛哭终日"（80回）。

（24）刘备在众人的劝谏下未出兵伐吴，张飞得知赶来，"拜伏于地，抱先主足而哭。先主亦哭"（81回）。

（25）关兴来，"先主见了关兴，想起关公，又放声大哭"（81回）。

（26）张飞死讯传来，"先主放声大哭，昏绝于地"；张苞到来，"先主曰：'见此二侄，能不断肠！'言讫，又哭""先主曰：'二弟俱亡，朕安忍独生！'言讫，以头顿地而哭"（81回）。

（27）"先主见张飞首级在匣中面不改色，放声大哭"（83回）。

（28）刘备在白帝城染病不起，"又哭关、张二弟，其病愈深"；梦中见关、张，"先主扯定大哭"（85回）。

（29）诸葛亮到白帝城，见刘备，先主"抚其背曰……言讫泪流满面""先主令内侍扶起孔明，一手掩泪，一手执其手曰"（85回）。

（30）托孤时，"先主泣曰：'君才十倍曹丕……'"（85回）。

（二）演义中所载哭泣的特点

《三国演义》中刘备的这近100次哭与史籍中的哭泣比较，特点有三：一是在事件上尽可能增添，二是在每件事哭的次数上大量增加，三是在每次哭的烈度上尽量增强。

首先，演义在哭泣事件上做了删、换、不变、增加。哭法正、哭刘封被删去；哭田豫换成哭赵云；剩下的髀肉复生的流涕、过刘表墓和庞统死的哭三件事不变；之后大量增加了哭泣的事件，竟达30次之多。其次，大量增加因每件事哭泣的次数，一日数哭，数日痛哭，使之难以准确统计。最后，就是增加哭泣的剧烈程度，如大哭昏绝于地、以头顿地而哭等，夸张到使人难以置信。

四、《三国演义》中哭的原因和情感

刘备在演义中近100次哭，在原因和情感上与史籍中哭的差异也很大。分析比较如下。

（一）演义中哭泣的原因

演义所载刘备哭泣的原因比史籍中刘备的哭更加复杂繁多，有表示对汉室忠心的哭，如传汉帝被害的"痛哭终日"；有突出刘备为国为民仁德形象的哭，如请诸葛亮出山时的哭，百姓追随罹难时的多次大哭；有表现刘备仁义的哭，如哭刘表、哭刘琦之死、哭刘璋投降；有突出重义气、重兄弟情谊的哭，如哭关、张之死；有表现器重人才的哭，如哭徐庶离去，痛哭庞统之死；也有真情流露的哭，如与赵云分别的哭、得知刘安杀妻供己食的伤感等。

（二）演义中哭泣的情感

演义中刘备哭泣的情感与史籍中的哭泣比较，也变得复杂。史籍中的哭泣都含有真情实感的流露，都是内心受到冲击、震撼而落泪，不是虚情假意和做作。这从他每次哭的背景和人物事件可以清楚看出。而演义中刘备的哭则不然，很大一部分哭成了因政治、军事斗争之需而使用的一种手段，一种策略，是作秀去获得同情或信任，给人留下假、伪的印象；一部分哭泣虽然有真情，但又因其极度夸张而让人难以信服；只有少数哭泣是因真情而发。

五、《三国演义》中哭的是与非

《三国演义》作为小说，为了强调突出刘备的仁德、义气，将刘备的形象做了新的定位，在尽可能多的地方运用了哭这一形式。有学者指出："《三国演义》给刘备另加了一个特别的性格，即善哭。哭的原因和形式各有不同，但作者的立意很明确，不是丑化他，而是表现其'大志''大义''大德'和'善谋''多情'，以及'能屈能伸'之能，以显其坎坷多难的人生，以博得更多的同情和理解。"[1]

显然，《三国演义》用哭的形式来凸显刘备的仁德、义气，有过犹不及、弄巧成拙的地方。试想，一个在乱世中闯荡厮杀的男人，遇事动辄就哭泣流泪，显得多么怯懦和无能，尤其是东吴招亲中的哭和鲁肃索要荆州时的哭，虽说是一种策略，也实在是太过分了。难道这就是有着"天下英雄"美名的刘备么？

演义增加的数十次夸张的哭，效果事与愿违，反而揭示出刘备的诡诈、伪善，显然是对一代英雄刘备形象的毁损。因此一直受到评论家的诟病。毛宗岗、李贽、

李渔三人评点《三国演义》都曾指出这一点。如刘备三顾后诸葛亮不愿出山，刘备涕泣。李贽评论曰："玄德之哭，极似今日妓女，可发人笑。"又如刘备逃离樊城，望见百姓惨状，大哭，欲投江而死。毛宗岗评曰："玄德之欲投江与曹操之买民心一样，都是假处。然曹操之假，百姓知之；玄德之假，百姓偏不以为假。虽同一假也，而玄德胜曹操多矣。"李渔则评为"纯假"。又如去东吴招亲，他先跪在吴国太面前哭泣请死，后跪在孙夫人面前涕泣请死，对"英雄人作儿女态"。毛宗岗评曰："前在丈母面前请死，今又在夫人面前请死，此是从来妇人吓丈夫妙诀，不意玄德亦作此态。诈甚，妙甚。"又如鲁肃来索要荆州，刘备动辄就哭。毛宗岗评曰："亏得那里来这副急泪？"又评："越妆越象。"他在总评中说；"鲁肃见刘备之哭而不忍，是以玄德之假不忍动其真不忍。"[2]

鲁迅先生说："《三国演义》至于写人，亦颇有失，以致欲显刘备之长厚而似伪。"[3]宋常立先生具体分析指出：毛宗岗为了表现刘备的"躬行仁义"以及对

[1] 张作耀著：《刘备传·〈三国演义〉是怎样塑造刘备形象的》，人民出版社，2004年，第413页。

[2] 陈曦钟、宋祥瑞、鲁玉川辑校：《〈三国演义〉会评本》，北京大学出版社，1986年，第478，516，670，694页。

[3] 鲁迅著：《中国小说史略》，载《名家解读〈三国演义〉》，山东人民出版社，1998年，第5页。

"仁义"的虔诚之心，还喜欢用"哭"这个行动细节来表现。在作者看来，让刘备多"哭"几次也许就能表现他的至诚之心。实际上，不厌其烦地一味地让刘备哭，有时并不能表明刘备的真诚。由于某些哭不切场合，反而显得刘备近于虚伪。民谚曰："刘备的江山——哭出来的。"这表明人民群众对刘备的这种乏味的行动是抱之以讽刺态度的。①

不过，历史人物和小说艺术形象不能混为一谈，二者可以并存，但是不能混淆，历史上的刘备从来就不好哭。

六、哭泣不是刘备的性格特点

刘备年幼失去父亲，"与母贩履织席为业"。孤苦贫穷的社会底层生活使他的心志、性情受到极大的磨炼。《三国志·蜀书·先主传》说，年轻时的刘备"少言语，善下人，喜怒不形于色"。平常少言寡语，善于尊重他人，喜怒不露于形色，性格深沉内向。检阅《三国志》及裴松之注引的史料，关于刘备的"喜""大喜""甚喜""大笑""大

悦""怒""大怒"等情感描述不过数次而已。仅以三国人主的哭泣比较，曹操流泪14次，孙权哭泣13次，而刘备仅6次。从这一比较可以清楚看出，不管是真情或假意，哭泣都不是刘备的性格特点。在贫困逆境中成长的刘备根本不好哭。

《三国演义》中刘备因30件事而哭，其中又以关、张之死的哭最为突出，最为悲切。书中用了"哭倒于地""一日哭绝三五次，三日水浆不进，只是痛哭，泪湿衣襟，斑斑成血""号哭终日""哀痛至甚，饮食不进""以头顿地而哭"等极致的词语来描述，使刘备因关、张之死的哭泣状态达到空前绝后的程度。然而史籍记载并非如此。

关、张死后，《三国志》和裴注中都没有关于刘备痛哭的记载，有的只是忿和怒。如"先主忿孙权之袭关羽……孙权遣书请和，先主盛怒不许"②。《三国志》中有刘备与关、张二人"恩若兄弟"，三人"譬犹一体，同休等戚，祸福共之"的记载③。他们三人的这种关系史书记载

① 宋常立著：《理想与现实之间——谈〈三国演义〉里刘备形象的创造》，载《名家解读〈三国演义〉》，山东人民出版社，1998年，第312页。

② 〔晋〕陈寿撰，〔南朝·宋〕裴松之注：《三国志·蜀书·先主传》卷三十二，中华书局，1959年，第890页。

③ 〔晋〕陈寿撰，〔南朝·宋〕裴松之注：《三国志·蜀书·费诗传》卷四十一，中华书局，1959年，第1015页。

十分清楚，魏、吴两国人士也尽皆知晓。例如，关羽死，魏国群臣在议论刘备会不会出兵去报仇时，谋士刘晔说"关羽与（刘）备，义为君臣，恩犹父子"，刘备一定会"兴军报敌"①。又如，东吴诸葛瑾以"以关羽之亲如何先帝？荆州大小孰与海内？俱应仇疾，谁当先后"来劝阻刘备伐吴，裴松之对此评论说："备、羽相与，有若四体，股肱横亏，愤痛已深，岂止奢阔之书所能回驻哉？"②对关、张之死，刘备的确悲伤愤怒之极，可能痛哭了，然而史籍却没有他因关、张之死而痛哭的只言片语，因此难以认同演义的痛哭描述。

性格内向的刘备，遇事难得流泪。年少时他怀有一颗不甘沉寂的心，拉帮结伙投身于乱世，在漫长的打拼征战中，屡战屡败，屡败屡战，毫不气馁，绝不放弃，不懈地追逐着自己的目标，直至霸业成功。从184年起兵到221年称帝，三十八年的闯荡，三十八年的征战，三十八年的坎坷，三十八年的艰辛，这期间部众多次被击溃，妻儿四次被俘，他没有哭泣流泪，他已学会了隐忍，日益变得刚毅、顽强。当他年近花甲之时，面对关羽、张飞的死，虽然"愤痛已深"，然而已是欲哭无泪，只剩下愤怒了。吴玉莲君认为："刘备一生长期处于困顿，早已养成遇事忍耐的功夫。所以他有打碎牙和血吞的坚忍不拔的毅力，而不轻易落泪。"③

的确，哭泣不是刘备的性格特点，不哭，少哭，这才是历史人物刘备的性格和形象。在创业打拼中不需要眼泪，哭泣无助于事业的发展，无助于事业的成功。

〈原发表于《西华师范大学学报（哲学社会科学版）》2020年第3期，收入时有修改。〉

---

① 〔晋〕陈寿撰，〔南朝·宋〕裴松之注：《三国志·魏书·刘晔传》卷十四，中华书局，1959年，第446页。

② 〔晋〕陈寿撰，〔南朝·宋〕裴松之注：《三国志·吴书·诸葛瑾传》卷五十二裴注，中华书局，1959年，第1233页。

③ 吴玉莲著：《史传所见三国人物曹操刘备孙权之研究》，文史哲出版社，1989年，第272页。

刘备在白帝城的思虑与心态

夷陵兵败，刘备在白帝城驻十个月后病逝。这段时间，他在思索战败原因，主动承担战败责任；他期盼安定，纠正失误，结束了蜀、吴交战状态；他思念妻室，眷恋子女；然后他安排人事，临终真情实意托孤；最后诏敕刘禅兄弟，提出做人的要求，并且要他们"父事丞相"。他的所思所为，以及他对人生的感悟，传递出他对妻儿的关爱，揭示出他在人生最后时刻的释然、安详心态。

——题记

章武元年（221）七月，刘备在即帝位三个月后，不听臣下劝阻，拒绝东吴的求和，大举兴兵伐吴。孙权以陆逊为大都督率军相拒。次年二月，刘备率主力进至夷道猇亭，与吴军相持。陆逊实施战略退却，集中兵力，坚壁不战。六月，待蜀军疲惫时，他趁盛夏用火攻，大破蜀军前锋，斩冯习、张南。刘备退保马鞍山，陆逊督军围攻，蜀军又败，损失近万人。刘备趁夜突围，退到秭归。陆逊纵兵追击，连破蜀军四十余营，挺进至巫县。刘备狼狈逃回鱼复县（白帝城）。史称猇亭之战（亦称夷陵之战）。

从章武二年（222）六月兵败退驻鱼复县，至次年四月二十四日病逝，刘备在白帝城住了整整十个月之久。这是他的事业从顶峰跌入低谷后的十个月，是他一生奔波拼杀后剩下来的十个月，是他生命走向终结的十个月。这十个月，除人们最为熟知和讨论最多的举国托孤于诸葛亮外，他还想了很多，做了很多，然而鲜有人详细论及。现梳理出刘备在白帝城的所思所为，让我们顺着他生命最后时段的情感历程，去深刻地认识他的人品。

一、退驻白帝城后的所思所为

检阅史籍，可以看到刘备在白帝城期间先后采取了诸多行动，以补救战败、稳定局势，为他死后的蜀国做了一系列安排。

（一）调兵增援，阻击孙吴追兵

刘备及其残兵败将退驻白帝城，"吴遣将军李异、刘阿等蹑踪先主军，屯驻南

一二二

山"①。吴军一直追踪到白帝城东的南山驻扎，孙吴将领徐盛、潘璋等"竞表言（刘）备必可禽，乞复攻之"②，纷纷要求乘胜追击。于是刘备急令伐吴时留守江州的"（赵）云进兵至永安"。同时，巴西太守阎芝即"发诸县兵五千人以补遗阙，遣（马）忠送往"③。

赵云、马忠两支增援部队来到，刘备安下心来。孙吴见刘备有了援军，又迫于曹魏大军的觊觎，便收兵退还巫县，蜀、吴双方停止战事，处于相对稳定的状态。

（二）相对安定期间的所作所为

刘备一方面调兵遣将，阻止孙吴军队追逼，得以安稳驻在白帝城，另一方面着手如下事务："改鱼复县曰永安"，建临时行宫亦名曰"永安"；"宥黄权之室"④，赦宥黄权的家室，不追究他逃往魏国；"诏丞相亮营南、北郊于成都""遣太中大夫宗玮报命"，结束蜀、吴交战状态；"追谥（甘夫人为）皇思夫人，迁葬于蜀"⑤"征（李）严诣永安宫，拜尚书令"⑥；"召丞相亮自成都到永安"，"病笃，托孤"；"遗诏事惟大（太）宗，动容损益"⑦，要诸葛亮从简办理丧事；"遗诏敕后主"，诏敕诸子"父事丞相"。

从史籍中我们可以搜录出这些刘备在白帝城期间的所作所为，但他的所思所想呢？由于我国史书基本不载录人物的思想活动，后人难以知晓。只能从他的这些作为中，结合他的年龄、所处的境况、疾病缠身等特定条件梳理出他的所思所想，去了解他内心的情感。

二、思索战败原因，承担责任

刘备这些举措首先体现出的是，他在思考何以败给无名小将，然后不推诿，主

---

① 〔晋〕陈寿撰，〔南朝·宋〕裴松之注：《三国志·蜀书·先主传》卷三十二，中华书局，1959年，第890页。

② 〔晋〕陈寿撰，〔南朝·宋〕裴松之注：《三国志·吴书·陆逊传》卷五十八，中华书局，1959年，第1348页。

③ 〔晋〕陈寿撰，〔南朝·宋〕裴松之注：《三国志·蜀书·马忠传》卷四十三，中华书局，1959年，第1048页。

④ 〔晋〕陈寿撰，〔南朝·宋〕裴松之注：《三国志·蜀书·黄权传》卷四十三注引裴松之语，中华书局，1959年，第1044页。

⑤ 〔晋〕陈寿撰，〔南朝·宋〕裴松之注：《三国志·蜀书·甘皇后传》卷三十四，中华书局，1959年，第905页。

⑥ 〔晋〕陈寿撰，〔南朝·宋〕裴松之注：《三国志·蜀书·李严传》卷四十，中华书局，1959年，第999页。

⑦ 〔晋〕陈寿撰，〔南朝·宋〕裴松之注：《三国志·蜀书·先主传》卷三十二，中华书局，1959年，第890、891页。

动承担战败责任。

（一）"天不助我"

在夷陵战败过程中，史书记载了刘备的两次感叹，从中可以看到他的心态和情绪。

一次是在夔道被穷追猛打时。史载：

（孙桓）与陆逊共拒刘备。备军众甚盛，弥山盈谷，桓投刀奋命，与逊戮力，备遂败走。桓斩上夔道，截其径要。备逾山越险，仅乃得免，忿恚叹曰："吾昔初至京城，桓尚小儿，而今迫孤乃至此也！"[1]

孙桓此时年仅25岁，年过60的刘备被他追逼，几乎难以脱身逃命，其气恼程度可想而知。

另一次是在狼狈退入白帝城后。史载：

（刘）备因夜遁……仅得入白帝城。……备大惭恚，曰："吾乃为逊所折辱，岂非天邪！"[2]

被年轻的陆逊重挫、欺辱，刘备十分羞愧、愤怒。这句发自内心的叹息，看似平淡，却表露出他极为复杂的心境。

的确，对于夷陵战败，刘备气愤、羞愧、不服、不解。退驻白帝城后，他苦苦思索着战败的原因。

刘备在恼怒中，把战败的原因归结为天意，认为是"天不助我"。的确，他登基后没有来得及举行郊祭天地的大典就出兵伐吴了。于是，他在"（章武二年）冬十月，诏丞相亮营南、北郊于成都"[3]。他要诸葛亮在成都的南、北郊修筑祭坛以祭祀天地，弥补自己的过失，祈求上苍保佑。

诏诸葛亮"营南、北郊于成都"，即在成都城的南、北郊营建祭祀天地的场所。郊祀，是古代的一种祭祀活动，这在《史记·封禅书》《汉书·郊祀志》《后汉书·祭祀志》里都有记载，而南郊和北郊则是当时郊祀的专用名词。皇帝每年夏至日祭地于方池，地点在京师北门外，称北郊。《后汉书·祭祀志》载："北郊，在雒阳城北四里，为方坛，四陛。"皇帝每年冬至日在圜丘祭天，称为南郊大祀。祭祀天地的郊祀是一国之君重要的祭典，刘备称帝仅三月就因关羽被害和荆州丢失，愤而兴兵东下，没来得及营建南、北郊，并在

① 〔晋〕陈寿撰，〔南朝·宋〕裴松之注：《三国志·吴书·孙桓传》卷五十一，中华书局，1959年，第1217页。
② 〔晋〕陈寿撰，〔南朝·宋〕裴松之注：《三国志·吴书·陆逊传》卷五十八，中华书局，1959年，第1347页。
③ 〔晋〕陈寿撰，〔南朝·宋〕裴松之注：《三国志·蜀书·先主传》卷三十二，中华书局，1959年，第980页。

夏至、冬至举行祭祀。他慨叹夷陵惨败"岂非天邪"，意识到称帝后没有郊祭天地，这是不可原谅的疏忽，于是赶在冬至前诏令诸葛亮在京师营南、北郊举行祭祀，以弥补自己的过错。所以，这一诏令作为重要的事件被专门记载下来，也记录下刘备战败无奈的心态。

（二）承担战败责任

面对失败，刘备不归咎于部下，主动承担战败的责任。从对黄权投降曹魏后不按律令处罚他的妻室，便可以看到刘备的这一思想。

在刘备自称归即将挥兵进击东吴时，"治中从事黄权谏曰：'吴人悍战，而水军沿流，进易退难。臣请为先驱以当寇，陛下宜为后镇。'汉主不从，以权为镇北将军，使督江北诸军；自率诸将，自江南缘山截岭，军于夷道猇亭"①。

当黄权被迫降曹后，蜀汉执法官按律令欲将其妻儿收监法办，刘备却说："孤负黄权，权不负孤也。"待黄权的家人一如以往。胡三省认为：刘备不追究其

罪责，"以不能用（黄）权言也"②。的确，刘备没有采纳黄权的良策，使"道隔绝，（黄）权不得还，故率将所领降于魏"③。刘备的失误，导致了黄权降魏。宽宥黄权的家人，不追究法办，这虽然是一件小事，却表明了刘备当时的心态，说明他是非分明，不委过于部下，敢于面对失败，勇于承担责任。裴松之评论说："汉武用虚罔之言，灭李陵之家，刘主拒宪司所执，宥黄权之室，二主得失县邈远矣。诗云'乐只君子，保艾尔后'，其刘主之谓也。"④他以汉武帝冤灭李陵全家而刘备宽宥黄权家室相比较，称赞刘备的德行。

三、期盼安宁，蜀、吴和好

刘备退驻鱼复县后，即将其改名永安，然后又与孙吴讲和，折射出他内心对安定的期盼。

---

① 〔宋〕司马光著，〔元〕胡三省音注：《资治通鉴·黄初三年》卷六十九，中华书局，1956年，第2200页。

② 〔宋〕司马光著，〔元〕胡三省音注：《资治通鉴·黄初三年》卷六十九，中华书局，1956年，第2205页。

③ 〔晋〕陈寿撰，〔南朝·宋〕裴松之注：《三国志·蜀书·黄权传》卷四十三，中华书局，1959年，第1044页。

④ 〔晋〕陈寿撰，〔南朝·宋〕裴松之注：《三国志·蜀书·黄权传》卷四十三注引裴松之语，中华书局，1959年，第1044页。

（一）以"永安"命名

刘备一住进白帝城，就将鱼复县改名"永安"，并把所建临时行宫也命名为永安宫。史载：

先主自猇亭还秭归，收合离散兵，遂弃船舫，由步道还鱼复，改鱼复县曰永安。①

很显然，永安之意即永久安定，以图吉利。夷陵一战的惨败让刘备心力交瘁，县名的更改，行宫的命名，反映出他因惨败而产生的倦怠、失落。这说明他内心期盼安定，开始反思这一场令蜀国受到重创的战争是否得当。

（二）结束蜀、吴的交战状态

刘备在反省夷陵之战的过程中，做出与吴和好的决定，结束了蜀、吴双方的交战状态。

关于蜀、吴在战后和好这一问题，《三国志》与孙吴方面的史书记载有异。《三国志》的记载为孙权主动示好。

《三国志·蜀书·先主传》载：

孙权闻先主住白帝，甚惧，遣使请和。先主许之，遣太中大夫宗玮报命。②

---

① 〔晋〕陈寿撰，〔南朝·宋〕裴松之注：《三国志·蜀书·先主传》卷三十二，中华书局，1959年，第890页。
② 〔晋〕陈寿撰，〔南朝·宋〕裴松之注：《三国志·蜀书·先主传》卷三十二，中华书局，1959年，第890页。

《三国志·吴书·吴主传》亦曰：

（黄武元年）十二月，（孙）权使太中大夫郑泉聘刘备于白帝，始复通也。③

孙权在夺得荆州后，受到曹魏的威胁，于是派人到白帝城恢复盟好。面对既成事实，刘备也遣使回报。这说明他已意识到蜀、吴联盟破裂的不利，以行动纠正自己的过失。蜀、吴自此结束了敌对关系，当刘备病逝时，"（孙）权遣立信都尉冯熙聘于蜀，吊备丧也"④。孙吴派使臣吊唁，表示双方结束敌对关系，礼尚往来。

而孙吴方面的史书认为，是刘备先给孙权写信，以示和好。《江表传》载：

（孙）权云："近得玄德书，已深引咎，求复旧好。前所以名西为蜀者，以汉帝尚存故耳，今汉已废，自可名为汉中王也。"⑤

《吴书》亦指出是刘备先去书要求恢复盟好，曰：

---

③ 〔晋〕陈寿撰，〔南朝·宋〕裴松之注：《三国志·吴书·吴主传》卷四十七注引裴松之语，中华书局，1959年，第1126页。
④ 〔晋〕陈寿撰，〔南朝·宋〕裴松之注：《三国志·吴书·吴主传》卷四十七注引《吴书》，中华书局，1959年，第1130页。
⑤ 〔晋〕陈寿撰，〔南朝·宋〕裴松之注：《三国志·吴书·吴主传》卷四十七注引《江表传》，中华书局，1959年，第1129页。

（郑泉）使蜀，刘备问曰："吴王何以不答吾书，得无以吾正名不宜乎？"泉曰："曹操父子陵轹汉室，终夺其位。殿下既为宗室，有维城之责，不荷戈执殳为海内率先，而于是自名，未合天下之议，是以寡君未复书耳。"备甚惭恧。①

方北辰先生指出："遣使请和，这是掩饰性说法，实际是刘备主动求和。"②他不认同《三国志》关于孙权主动示好的记载。

无论蜀、吴谁先示好求和，双方能结束交战关系，恢复盟好，这与刘备执意兴师伐吴时的态度相比判若两人。那时"孙权遣使请和，先主盛怒不许"，而今是同意和好，遣使往来。刘备态度180度的大转变，说明他已经认识到自己的失误，并以实际行动来加以纠正。

四、眷恋妻室

年老体弱的刘备，在白帝城漫长而相对清闲的时日中，当他将名利都抛在一边的时候，产生了对家人的思念，心中涌起了对跟随他转战南北而逝去的妻妾的愧疚。史载"章武二年（222），追谥皇思夫人，迁葬于蜀"，这诏令就是他这一心思的体现。

刘备的妻妾、后妃，在史书中有传记的为甘、吴二人，无传而有姓氏、事迹的是糜、孙二人。甘、糜二人是跟随刘备四处奔波、开创基业的妻妾；孙夫人即孙权之妹，吴夫人即吴壹之妹，她们是在他事业有成之后的两位夫人。刘备此时特别怀念的是甘夫人，因为她是刘备最赏识和宠爱的一位，也是刘禅的母亲，而且一生备受磨难，不幸早逝。

关于甘夫人，《三国志·蜀书·甘皇后传》曰："先主甘皇后，沛人也。先主临豫州，住小沛，纳以为妾。"这说明刘备纳甘氏时已有正室，时间在建安元年（196）糜竺进妹于刘备之后。糜竺是东海郡富商，"僮客万人，资产钜亿"。当时，"先主转军广陵海西，竺进妹于先主为夫人，奴客二千，金银货币以助家资；于时困匮，赖此复振"③。刘备在战败失地、妻子被掳的艰难时刻，糜竺进献妙龄娇妹，又送奴仆钱财，这种好事只有刘备

① 〔晋〕陈寿撰，〔南朝·宋〕裴松之注：《三国志·吴书·吴主传》卷四十七注引《吴书》，中华书局，1959年，第1129页。

② 方北辰著：《夷陵之战后蜀吴议和史事考》，载《四川大学学报》1989年第3期。

③ 〔晋〕陈寿撰，〔南朝·宋〕裴松之注：《三国志·蜀书·糜竺传》卷三十八，中华书局，1959年，第969页。

才能遇到。糜竺之妹因哥哥的巨资赞助，成为"夫人"，这应是"正室"。从"先主数丧嫡室，（甘夫人）常摄内事"的记载看，糜夫人死得较早。《三国演义》描述她在当阳长坂坡为保阿斗性命投井而死，属于虚构。大约是富家千金不堪随军颠沛流离之苦，或者是对这位穷困潦倒的市井英雄难以产生情感，终日郁郁寡欢而早逝。

甘夫人虽生于微贱，处于小妾的地位，但却美丽贤惠。这从晋人王嘉所著《拾遗记》中的一则故事可以得到证实。该书载曰：

先主甘后，沛人也，生于微贱。里中相者云："此女后贵，位极宫掖。"及后长而体貌特异，至十八，玉质柔肌，态媚容冶。先主召入绡帐中，于户外望者如月下聚雪。河南献玉人，高三尺，乃取玉人置后侧，昼则讲说军谋，夕则拥后而玩玉人。常称玉之所贵，德比君子，况为人形，而不可玩乎？后与玉人洁白齐润，观者殆相乱惑。嬖宠者非惟嫉于甘后，亦妒于玉人。后常欲琢毁坏之，乃诚先主曰："昔子罕不以玉为宝，《春秋》美之；今吴、魏未灭，安以妖玩经怀。凡淫惑生疑，勿复进焉！"先主乃撤玉人，嬖者皆退。当斯

之时，君子议以甘后为神智妇人焉。[1]

此故事是否属实，后人不得而知。只是甘夫人玉质肌肤，美貌惊异，她劝诫刘备不可玩物丧志，应该是有可信度的。

因为甘夫人的贤德，刘备又"数丧嫡室"，于是她被委以"常摄内事"，管理内务，成为刘备的贤内助。后甘夫人随刘备转战到荆州，于建安十二年（207）生下刘禅。曹操南下，在当阳长坂坡刘备丢下甘夫人和刘禅逃走，幸有赵云的保护，母子俩才免遭大难。

在刘备的妻妾中，甘夫人跟随刘备打天下，转战奔波，备受颠沛流离之苦，不仅没有享受到荣华富贵，而且年纪轻轻即在战乱中死去，尸骨埋在他乡孤独无依。在白帝城，整个身心都完全放松了的刘备，想到甘夫人的贤德，想到她悲苦不幸的命运，思绪万千，因而"笃义垂恩"，诏令追谥小妾甘氏为"皇思夫人"，使之有一个正式的名分；"念皇思夫人神柩在远飘摇，特遣使者奉迎"，他特地派使者去荆州奉其骸骨入蜀安葬。

刘备追谥、迁葬甘夫人一事当在章武二年（222）末，而迁葬一事需蜀、吴交战状态结束、关系恢复之后才能实施。

---

[1]〔晋〕王嘉撰，〔梁〕萧绮录：《拾遗记·蜀》卷八，中华书局，1981年，第191、192页。

所以，追谥甘夫人后她的骸骨灵柩直到刘备死后才运到成都。于是，诸葛亮上表奏请，经后主刘禅同意，追谥甘夫人曰昭烈皇后，与刘备合葬于成都的"惠陵"。

刘备一生征战，曾四次将妻妾子女抛弃；史书也没有关于他儿女情长的描写，仿佛他是一个对家人薄情寡义之人。而追谥、迁葬甘夫人一事，折射出他暮年内心深处的夫妻情感。

五、安排人事

刘备于何时生病，史载不详，可能在章武二年（222）冬或在三年（223）初。开始是痢疾，然后引起并发症，他感到自己在世的日子不多了。对于死亡，他非常平静，坦然面对；而毕生厮杀创建的基业如何能保住，兴复汉室的目标怎样才能实现，这些问题使他陷入痛苦的思索中，于是他开始有条不紊地安排后事。

（一）任命李严为尚书令

刘备住白帝城时，即召尚书令刘巴到身边，当刘巴一死，他便令李严来永安，接任尚书令一职。史载：

> 章武二年，先主征（李）严诣永安宫，拜尚书令。三年，先主疾病，严与诸葛亮并受遗诏辅少主；以严为中都护，统内外军事，留镇永安。①

为什么以李严为尚书令？这里有必要对尚书令一职做简要介绍。尚书令为尚书台的长官，是一个极为重要的职位。"尚书台"本是九卿之一的少府属下的一个专为皇帝服务的、即"殿中主发文书"的机构；汉武帝时，尚书台权力增大，成为皇帝身边的枢密机构，东汉时成为独立的权力机构，尚书令权力和地位在三公之上，成为包揽一切的大总管。大臣若不"领尚书事""平尚书事"或"录尚书事"，就无"奏事之权"。

蜀汉沿袭汉制，刘备为汉中王时即设尚书台，当时以法正为尚书令；一年后法正卒，以刘巴继任。刘备驻永安即建行宫，同时将尚书台移来，作为自己身边处理朝政事务的机构，刘巴因此被召到永安。从马忠领援兵到永安后，刘备对刘巴称其才能的记载可以证明，他当时已在永安了。刘巴到后不久就死了，刘备便召李严到永安，接任尚书令。因此，李严的任职，只是尚书令职务的正常更替，是一种常规的职务安排。

刘备虽设尚书令，但其权力显然没有

---

① 〔晋〕陈寿撰，〔南朝·宋〕裴松之注：《三国志·蜀书·李严传》卷四十，中华书局，1959年，第999页。

东汉时期大。他称帝时，诸葛亮为丞相，"以丞相录尚书事，假节"，而同时又置尚书令刘巴，形成尚书令与丞相录尚书事共同管理尚书台的状况，这说明他俩只能各自分管部分国事，权力和作用有限。鉴于尚书台二人同时主持的状况，刘备在世时军政大事应是他一人全权定夺。所以李严被任命为尚书令的权力也是有限的，他被留在永安，也是刘备的安排。刘备死后，诸葛亮辅政总揽军政大权，这既是刘备的安排，也是蜀汉尚书令权力本身有限造成的。有一种观点认为，刘备关于李严的安排是心机权谋，是为了牵制诸葛亮，并为二人以后的权力之争埋下隐患。这种观点不妥。

刘备在世所任的三位尚书令都是益州士人。刘备入主成都，法正明确提出"客主"的概念。刘璋及其部属本是益州的主人，而刘备是刘璋请来的客人，现在刘备反客为主，成了益州的主人。因此，刘备在很长一段时间里都十分注重协调两部分人的关系，十分注重取得益州士人的支持。而连续三位尚书令都选用益州士人，正是刘备为协调客主关系、争取益州士人支持采取的措施。

方北辰先生指出："为了争取刘璋势力的支持，同时也为了使自己下属中荆楚旧部的力量受到制约，刘备在考虑尚书令人选时，都从刘璋的部属中选拔。法正、刘巴、李严的出任，都有这样的政治背景。特别是在当前国土丧失、师旅失利、元首病危的情况下，刘备认为提升李严对益州的安定有重大意义。"①

（二）交代对臣僚的看法

章武三年（223）二月，刘备病情加重，他召诸葛亮和鲁王刘永、梁王刘理到永安，让太子刘禅留守成都。诸葛亮从二月来永安，到四月刘备病逝，君臣相处两月之久，二人曾有过多次交谈。刘备一生知人善任，他谈了对一些臣僚的认识和看法，要诸葛亮信任或者使用时加以注意。

刘备首先推荐一批忠良贤臣。这从诸葛亮《出师表》所提到的官员中得到证实。诸葛亮说：

> 侍中、侍郎郭攸之、费祎、董允等，此皆良实，志虑忠纯，是以先帝简拔以遗陛下。愚以为宫中之事，事无大小，悉以咨之，然后施行，必能裨补阙漏，有所广益。将军向宠，性行淑均，畅晓军事，试用于昔日，先帝称之曰能，是以众议举宠

---

① 方北辰著：《刘备新传·白帝长恨》，群玉堂出版公司，1991年，第245页。

为督。①

诸葛亮特别强调，他们是"先帝简拔"和"称之曰能"的属吏，这应该是刘备在白帝城向诸葛亮推荐的一批贤臣良将。

其次，刘备要诸葛亮警惕使用一些人。《三国志·蜀书·马谡传》载：

先主临薨谓亮曰："马谡言过其实，不可大用，君其察之！"②

这是刘备在病重时对诸葛亮的交代。十分可惜的是，君臣二人的谈话史书没有详细记录，无从知晓其全部内容，只能寻觅到这些线索。

六、临终托孤

刘备在病重之际，将国事、后主和安葬事宜一一进行了托付。

（一）举国托孤

《三国志·蜀书·诸葛亮传》载刘备病重托孤曰：

先主于永安病笃，召诸葛亮于成都，属以后事，谓亮曰："君才十倍曹丕，必能安国，终定大事。若嗣子可辅，辅之；若其不才，君可自取。"亮涕泣曰："臣敢竭股肱之力，效忠贞之节，继之以死！"③

对于刘备托孤时所说的"君可自取"，后人有不同的理解。不少人理解为"诸葛亮可取而代之"，如田余庆、吴树平主编《三国志今译·诸葛亮传》理解为：可以自己取而代之（可以自立为皇帝）④。这一解释不妥。

方北辰先生在《三国志注译·诸葛亮传》中注解"自取"说："自取：自己选取（处置办法）。意指可以废黜刘禅另立皇子为君。通常理解为刘备要诸葛亮自立为皇帝，恐怕与情理不合。首先，蜀汉与曹魏之所以势不两立，全在于曹氏以臣代君篡夺皇权，如果要诸葛亮取代刘禅，则是又出一个曹丕，岂不与蜀汉奉行的政治原则完全矛盾？给予诸葛亮废立君主的权力，如同从前的霍光，也就算敬重信任到极点了。其次，取字理解为取而代之，不免有增加文字作训诂之嫌。而选取则是常

---

① 〔晋〕陈寿撰，〔南朝·宋〕裴松之注：《三国志·蜀书·诸葛亮传》，中华书局，1959年，第919页。
② 〔晋〕陈寿撰，〔南朝·宋〕裴松之注：《三国志·蜀书·马良传附马谡传》卷三十九，中华书局，1959年，第983页。

③ 〔晋〕陈寿撰，〔南朝·宋〕裴松之注：《三国志·蜀书·诸葛亮传》卷三十五，中华书局，1959年，第918页。
④ 田余庆、吴树平主编：《三国志今译·诸葛亮传》，中州古籍出版社，1991年，第629页。

用之义。"①

这一理解颇有说服力。有学者进而提出了这样一种理解，说："'如其不才，君可自取'，就给了诸葛亮更大的选择余地：如果刘禅扶不起，为了实现《隆中对》的最终目标，诸葛亮可以独揽大权，让刘禅处以虚位；也可以废黜刘禅，另选刘备其他子嗣；甚至可以直接继承基业。"②

（二）丧事从简

关于丧事，刘备遗诏诸葛亮："事惟大（太）宗，动容损益。"丧事要按照太宗皇帝刘恒的样子，从简办理，做适当改革。

西汉孝文帝刘恒一生节俭，主张薄葬。《史记·孝文本纪》载："（孝文帝）治霸陵（刘恒墓）皆以瓦器，不得以金银铜锡为饰，不治坟，欲为省，毋烦民。"他在遗诏中说："厚葬以破业，重服以伤生，吾甚不取。""天下吏民，令

到出临三日，皆释服。"③刘备要求以刘恒为榜样来从简办理丧葬事宜。

于是，诸葛亮遵照刘备的遗诏，告示群僚："百寮发哀，满三日除服，到葬期复如礼；其郡国太守、相、都尉、县令长，三日便除服。"④要求官员哭祭三天，脱去丧服，正常办公，丧礼简化。因此，诸葛亮没有大规模营造刘备陵墓，建造的时间从五月到八月，仅仅三个多月。在国力不足、兵败受挫的情况下，刘备心态平和，他以崇尚节俭的刘恒为榜样，简化葬礼，实行薄葬。

诸葛亮遵照遗诏，营造的陵园十分简朴。据宋代《太平寰宇记》记载："齐高帝梦益州有天子卤薄，诏刺史傅单（琰）修立而卑小。故相国李回在镇，更改，置守陵户。"⑤刘备陵墓低矮，陵园狭小，南朝齐高帝时（479—482）曾维修，唐代宣宗时（847—859），李回在蜀又加以修葺，并设置守陵户保护刘备陵园。

刘备墓史称"惠陵"，现存完好，

① 方北辰著：《三国志注译·诸葛亮传》，陕西人民出版社，1995年，第1659页。关于刘备遗嘱，方北辰先后撰写论文《刘备遗嘱"君可自取"句辨释》（载《魏晋南北朝史研究》，湖北人民出版社，1996年）、《刘备遗嘱问题再考察》（《成都大学学报·社会科学版》，2008年第6期）发表，之后整理修订为《正说诸葛亮接受遗嘱之谜》，载于《一个成都学者的精彩三国》，成都时代出版社，2015年，第27—50页，可供详细了解。
② 朱大渭、梁满仓著：《武侯春秋·梦断夷陵》第六章，团结出版社，1998年，第384页。
③ 〔汉〕司马迁撰：《史记·孝文本纪》卷十，中华书局，1973年，第433、434页。
④ 〔晋〕陈寿撰，〔南朝·宋〕裴松之注：《三国志·蜀书·先主传》卷三十二，中华书局，1959年，第891页。
⑤ 《太平寰宇记》卷七十二，见卢弼编：《三国志集解·刘备传》注引，中华书局，1982年，第740页。

在成都武侯祠博物馆内，规模不大。"坟头封土为圆形，如一土堆，高12米。四周有一道长180米的环形砖墙维护。墓南向，一座阙坊式的建筑为门……阙坊外是寝殿，之后有神道、门厅、照壁，形成一组小规模的陵园建筑。占地不到10亩，约6000平方米。"①简直无法与现存其他帝王高大的陵墓和开阔的陵园相比。

七、诏敕刘禅兄弟

刘备在托孤之后，给儿子刘禅下了一道诏书，另外分别有诏敕刘禅、刘理兄弟的一句话。

给刘禅的遗诏不载于《三国志·蜀书·先主传》，而见载于裴松之注引的《诸葛亮集》②。因此有学者将此遗诏放在《诸葛亮文》中，认为："根据刘备的愿望和嘱咐，诸葛亮代为草拟了这份给刘禅的诏书。"③但是，裴松之注引时称"先主遗诏敕后主曰"，强调这是刘备遗言，是对刘禅的敕令，不是其他人的话。所以，这份遗诏应该是刘备病重时的口述，仅为诸葛亮所记录而已。

为了明确诸葛亮的相父地位，刘备在托孤之后分别诏敕刘禅、刘理兄弟："父事丞相""事之如父"④。

鸟之将死，其鸣也哀；人之将死，其言也善。刘备遗诏是一代英雄临死前的真情流露，内涵十分丰富。

首先，遗诏体现出他面对死亡的坦然、平静，和对未成年的刘禅兄弟的牵挂。其中"五十不称夭，年已六十有余，何所复恨，不复自伤，但以卿兄弟为念"，就是他临终前心境的袒露，体现了他的豁达、释然之情。

其次，刘备将自己角逐天下的经验"惟贤惟德，能服于人"，总结提炼出来写进遗诏，作为对儿子为人处世的要求。他要求儿子"勿以恶小而为之，勿以善小而不为"，一定要努力践行，行善积德，才能立身于乱世。两个"勉之"，可谓言之谆谆，将刘备深沉的父爱、殷切的希望，表达得淋漓尽致。"勿以恶小而为之，勿以善小而不为"也成为后世育人教

---

① 谭良啸著：《刘备墓的封土、规模为什么都这么小》，载《走进成都武侯祠100问》，成都时代出版社，2015年，第263页。

② 〔晋〕陈寿撰，〔南朝·宋〕裴松之注：《三国志·蜀书·先主传》卷三十二注引《诸葛亮集》，中华书局，1959年，第891页。

③ 梁玉文、李兆成、吴天畏译注：《诸葛亮文译注》，巴蜀书社，1988年，第34页。

---

④ 〔晋〕陈寿撰，〔南朝·宋〕裴松之注：《三国志·蜀书·诸葛亮传》卷三十五，中华书局，1959年，第918页。

子的警句。同时，他强调才智的作用，要求儿子读经、读史，还要"历观诸子"，学兼众术，以期"益人意智"。

最后追加的两句话诏敕"事之如父""父事丞相"，是为了再次明确并强调诸葛亮在蜀汉政权中的主导地位。这说明刘备对诸葛亮的充分信任，说明他托孤的真心实意，说明他对儿子能力的深刻了解。这两句对儿子的诏敕，与刘备托孤于诸葛亮的嘱咐一脉相承，是一种补充和强调。

刘备一生没有真正意义上的文章传世，遗诏是他留给后世唯一的、也是最重要的文献。遗诏记录了他的死因，反映了他在离开人世时总结出的为人处世的原则，流露出对儿子的期盼，并表达了他对诸葛亮的充分信任。

八、泰然面对死亡，圆满辞世

在白帝城，刘备的所思所为可以分为三个阶段，前一阶段围绕夷陵战败的善后事宜进行，中间闲暇阶段他得以回顾自己的一生，最后阶段因病魔来袭，他思考并安排身后之事。

刘备以帝王之尊，意气风发率军出征，到被年轻将领打得狼狈逃窜，因而不解、羞愧、愤懑，而惨痛的失败又促使他

进行深刻的反思。这应该是他初期的思想情绪。

当刘备的心绪从战败的气恼、郁闷中慢慢趋于平静时，他痛定思痛，冷静地思考检讨夷陵战败的原因，于是诏令诸葛亮在成都营建南、北郊以祭祀天地；主动承担战败的责任，结束与东吴的交战状态，恢复盟好。而改鱼复县为永安，将临时行宫也命名永安，则表达了拼搏一生、心力交瘁的刘备对安定的渴求。

当围绕夷陵战败的诸事处理完毕，按常理他应该回成都了，不知道他为什么没有这样做。如果是因为病，他生病的时间不详，而回成都则可以有条件更好地治病；如果说驻扎于此是还想夺回荆州，他又已经承认了不能跨有荆、益的事实，与孙权和好；如果说是因惨败无颜再见蜀中父老，一生饱受屈辱的刘备曾被视为"脸皮最厚"之人[1]，他的心理不会如此脆弱，更何况国土、兵力尚存。由于史书没有记载，不少学者做了种种推测，也没有找到合理的解释。

一生征战的刘备身心完全松弛了下来，在白帝城度过了一段相对安详、平静的日子。从跨有荆、益，到登基称帝、三

---

[1] 李宗吾著：《厚黑学》，求实出版社，1989年，第3页。

分天下，如今折兵失地，事业的大起大落会让他想很多。"五十而知天命，六十而不惑。"63岁这种年龄，面对长江滔滔流逝的江水，在这种环境里，再加上疾病困扰，会让人追昔抚今。从他下令追谥甘夫人并迁葬于蜀，到他在遗诏中表现出的对死亡的泰然，对儿子的深切眷恋、不放心和谆谆叮嘱，他一定想了很多很多。

从24岁率众闯荡天下，在近40年里，刘备有着太多的艰辛，"历齐、楚、幽、燕、吴、越、秦、蜀，艰难留庙祀"[1]，备受颠沛流离之苦；在近40年里，刘备有着太多的凄怆，他先后投靠依附于公孙瓒、陶谦、吕布、曹操、袁绍、刘表，部众多次被击溃，妻室四次被对手俘虏，命运多舛。不过，他想到自己从一个贩履织席的庶民，无资产和社会背景可凭借，聚众而起，躬行仁义，打出了一片天地，登上了皇帝宝座，因此也有几分满足，几分欣慰。为夺回荆州，替关羽报仇，他率兵伐吴，虽然失败，但是他努力了，尽了一个君王守土的职责，尽了一个兄长雪耻的义务，因此心无愧意，有几分释然。所以他面对死亡，发出"年已六十有余，何所复恨"的慨叹。只是感到遗憾的是，他一

生对妻室儿女有着太多的亏欠，而如今能弥补的就是追谥小妾甘氏为皇思夫人，并迁其遗骸归葬于蜀；如今能弥补的就是把自己的人生感悟写进遗诏，留给儿子。当他病情日渐严重时，如何保住这份历尽艰辛创下的基业，让妻室儿女不再沦为他人之奴，能继续享受荣华富贵，则让他陷入深深的思索之中。

围绕身后事的安排，刘备首先选任顾命大臣。他以诸葛亮为主，李严为副，这既突出了主次又平衡了关系。然后，他对诸葛亮进行了特别的嘱托。托孤虽然只有短短的几句话，但含义深刻而丰富，分三层意思层层递进：首先肯定诸葛亮的才能，"君才十倍曹丕"；其次言其"必能安国，终定大事"，激励他去完成兴复汉室的大业；最后要他辅佐自己的儿子，"若嗣子可辅，辅之；若其不才，君可自取"，表达了充分的信任。与此同时，他又做了一些相关的交代，如遗诏诸子"父事丞相""以（李）严为中都护，统内外军事，留镇永安"等。当他把能够想到的事宜，甚至包括安葬礼仪从简都——交代安排完毕后，四月二十四日，刘备平静地离开了人世。

刘备一生，性格多元、情感复杂。他侠义正直，仁爱厚道，重感情、讲道义，

① 成都武侯祠博物馆编：《武侯祠大观》，四川人民出版社，1988年，第201页。

成为一名得人心的英雄；然而他又数次背离、甚至攻击优遇他的诸侯，被视为反复难养的枭雄。为什么呢？这是当时严酷的政治斗争和多次惨痛的失败给予他的教训，是他在风云变幻的斗争中为求生存、谋发展而逐步形成的多面性格。一个人的品质和性情有主流支流，评价他的时候应该分清主次；一个人在不同的年龄段，在不同的境遇中其思想、行为会因之而发生变化，评价时应该具体情况具体分析。综观刘备在白帝城的所思所为可以看出，托孤是年老的刘备在夷陵败北、病魔缠身、行将辞世之时，以平静的心态冷静思考的结果。他在这最后的时日里，心境日趋安详，待人处事日渐平和，已经没有昔日一代枭雄的锐气和风姿。正是这种淡定的心境，使他对后事能够平心静气地反复思索掂量，进而做出周密仔细的安排。在白帝城的十个月，是刘备一生中最后的时日，是他一生中情感极为丰富的时段，他的所思所为，他的真诚托孤，他感悟人生留下的格言警句，为自己的一生画上了圆满的句号。

〈据发表于《成都大学学报（社会科学版）》2010年第6期的文章修改。〉

附一：伐吴是为关羽报仇吗？

刘备为何大举兴兵伐吴，为什么一个征战数十年的老将竟败在一个年轻人的手中，而且败得如此惨？历来说法不一。

一、关于伐吴的原因

刘备为何执意伐吴？《三国演义》以"雪弟恨先主兴兵"作回目大加渲染，还让刘备说："朕不为弟报仇，虽有万里江山，何足为贵？"[1]兄弟情义重于江山社稷，刘备伐吴是为关羽报仇雪恨的观点，因此形成并广为传播。

伐吴是为关羽报仇，这有一定道理。刘、关、张"恩若兄弟""譬犹一体，同休等戚"，三人的情感在当时人尽皆知。关羽遭到偷袭，父子被擒，而后被斩杀，刘备若默默忍受而没有强烈的反应则不正

常，他必须报仇雪恨。如果刘备还处在流离失所的穷困时期，或许他不得不忍下这口气，但如今他已三分天下有其一，登位称帝，不报仇这脸面往哪里搁？关于这点，连曹魏的人士都看到了。在魏文帝曹丕召集群臣推测刘备是否会出兵伐吴为关羽报仇时，谋臣刘晔说："蜀虽狭弱，而（刘）备之谋欲以威武自强，势必用众以示其有余。且关羽与备，义为君臣，恩犹父子；羽死不能为兴兵报敌，于终始之分不足。"[2]于情于理，不出兵报仇是说不过去的。只是《三国演义》过分强调刘备因兄弟情谊为关羽报仇雪耻。

其实，伐吴的主要原因是为了夺回荆州。荆州是刘备与孙权联合抗曹的胜利果实，是刘备得到的第一块立足之地。诸葛亮的《隆中对》提出的兴复汉室的方略是"跨有荆、益"，然后分兵从秦川和宛、洛收复中原，以兴复汉室。如今丧失了一统天下的一块重要基地，刘备能不去夺回来吗？因此，刘备伐吴是为了夺回荆州，也是替关羽复仇。《三国志·蜀书·先主传》曰："先主忿孙权之袭关羽，将东征，秋七月，遂帅诸军伐吴。"《赵云别

---

[1] 〔明〕罗贯中著，〔清〕毛宗岗评改：《三国演义》第八十一回，上海古籍出版社，1989年，第1044页。

[2] 〔晋〕陈寿撰，〔南朝·宋〕裴松之注：《三国志·魏书·刘晔传》卷十四，中华书局，1959年，第446页。

传》曰："孙权袭荆州，先主大怒，欲讨权。"①高等学校的两部历史教材说："（刘备）不甘心丢掉荆州，以替关羽复仇为名，调集全部军力进攻孙吴。""荆州对于刘备也是命根子，是关系成败的大问题，他不能不争。"②所以，夺回荆州，为关羽报仇，二者兼而有之。

关于伐吴的原因，学术界近年来进行了深入探求，出现了一些新观点。一种观点认为，兴师伐吴是尊严和脸面使然。"刘备兴兵东下，除了想夺回荆楚战略要地外，还有一个更为要紧的目的，这就是维护自己的尊严和脸面。董督荆州的关羽，不仅是刘备手下的第一员大将，而且又是其义弟。关羽死于非命，刘备如果不有所行动，无异于被人唾面而让其自干，确实丢人之至！"③

有一种观点认为，伐吴是刘备的价值观造成的。刘备的价值观主要表现在三个方面：一是好结交，重情谊；二是讲"信义"，重声誉；三是重事业，轻钱财。"出师东吴，发动夷陵之战，是刘备价值观的最终体现。刘、关、张的关系是刘备重情谊的主要内涵，是其价值观中'信'的集中体现；荆州是他完成兴复汉室大业的战略重地，是实现其价值观'忠'的不可缺少的重要环节。"④所以伐吴是他"忠""信"价值观的体现。

有学者指出，伐吴与他的任侠作风相关。"刘备不败于曹操，而败于孙吴小将，因轻忽致败，自然怨叹有余。恩若兄弟的刘备、关羽、张飞，皆败在孙吴的算计之中，实在令人扼腕，而刘备始终任侠的作风，亦是政坛悲剧角色的因素之一。"⑤

由此可见，刘备伐吴是受政治利益、兄弟情义、忠信原则、任侠作风、尊严和脸面等多种因素影响促成。为关羽报仇只是兴兵伐吴的原因之一。

① 〔晋〕陈寿撰，〔南朝·宋〕裴松之注：《三国志·蜀书·赵云传》卷三十六注引，中华书局，1959年，第950页。
② 郭沫若主编：《中国史稿·第一章 魏、蜀、吴三国的鼎立》（高等学校文科教材），人民出版社，1979年，第14页；何兹全：《三国史·孙、刘争荆州·夷陵之战》（高等学校文科教材），北京师范大学出版社，1994年，第100页。
③ 方北辰著：《刘备新传·兵败夷陵》，群玉堂出版公司，1991年，第230页。
④ 贺游著：《试论刘备的价值观》，载《诸葛亮与三国文化（一）》，四川大学出版社，2001年，第61-71页。
⑤ 吴玉莲著：《史传所见三国人物曹操刘备孙权之研究》，文史哲出版社，1989年，第201页。

二、失败的原因——怒而兴兵，
战略战术错误

刘备思索夷陵败绩的原因，自认为是天意。这当然不对。战争的胜负关系作战的双方。夷陵一战，孙吴获胜是因其指挥得当、战略战术正确等多方面的原因；而刘备的惨败，深为后世兵家所重视，纷纷总结其教训。

魏文帝曹丕闻刘备领兵东下，与孙权交战，树栅连营七百余里，谓群臣曰："备不晓兵，岂有七百里营可以拒敌者乎！'苞原隰险阻而为军者为敌所禽'，此兵忌也。"①

吴三省评曰："依险行兵，敌扼其冲，情见势屈；敌乘其懈，至于失师，此非天也。"②毛宗岗评曰："曹操赤壁之兵，骄兵也；先主猇亭之兵，愤兵也。骄亦败，愤亦必败。况以陆逊为年少书生而心轻之，则愤而益之以骄矣。制胜之道，在小其心而平其气。善乎先师之言曰：'临事而惧，好谋而成。'小其心故能

惧，平其气故能谋。"③

武国卿先生在评述吴蜀夷陵之战时，归纳蜀军失败的原因为四点：战略方针的失误，指挥决策的不当，犯了"怒而兴兵"的兵家大忌，缺乏战将谋臣的辅佐④。这一认识较为全面、具体。

〈据发表于《成都大学学报（社会科学版）》2010年第6期《刘备在白帝城论析》的附录，与载于成都时代出版社2015年出版的《走进成都武侯祠100问》中的《刘备为什么伐吴，是为关羽报仇吗》等文修改。〉

---

① 〔晋〕陈寿撰，〔南朝·宋〕裴松之注：《三国志·魏书·文帝纪》卷二，中华书局，1959年，第80页。
② 〔宋〕司马光编著，〔元〕胡三省音注：《资治通鉴·黄初三年》卷六十九，中华书局，1956年，第2203页。
③ 〔明〕罗贯中著，〔清〕毛宗岗评改：《三国演义》第八十四回，毛宗岗评语，上海古籍出版社，1989年，第1082页。
④ 武国卿著：《中国战争史·吴蜀夷陵战役》（四），金城出版社，1992年，第238-239页。

附二：托孤的真情实意

刘备的托孤，是君臣诀别之际的肝胆相照，是他以事业为重胸怀的表露，是一片真情实意，不仅被后世视为君臣的楷模，也感动了广大志士仁人，受到高度赞扬。

对白帝城托孤最先的赞颂者是晋代史学家陈寿。他在《三国志·蜀书·先主传》末评论说："其举国托孤于诸葛亮，而心神无贰，诚君臣之至公，古今之盛轨也。"陈寿对刘备的托孤给予了极高的评价和赞美，他认为，刘备把整个国家和儿子托付给诸葛亮，而内心毫无另外的想法，这实在是君臣间最高的无私境界，是古往今来的美好典范。同时代的史学家常璩完全赞同陈寿的看法，在《华阳国志·先主志》末赞曰："及其寄死托孤于诸葛亮，而心神无贰，陈子以为'君臣之至公，古今之盛轨'也。"[1]东晋史学家

袁宏也在《三国名臣赞》说："其临终顾托，受遗作相，刘后授之无疑心，武侯处之无惧色，继体纳之无贰情，百姓信之无异辞。君臣之际，良可咏矣。"[2]

此后，评赞刘备托孤事件的言论不绝于书。唐代尚驰在《诸葛武侯庙碑铭并序》说："先主创业未半，中道而殁，遗诏邦家之事，大录于公，敕后主事公如事父。至于职为臣，行令如君，其名近嫌也；位为君，事臣如父，其形近猜也；不然昔周公赋《鸱鸮》之诗，成王启《金縢》之诰，此虽大小有异，托付不殊，竟能上不生疑心，下不兴流言，苟非诚信结于人，格于神，移于物，则莫能至是。"[3]对其诚信大加赞扬。宋代郭大有的《武侯受遗命赞》曰："自古顾命，未有若季汉君臣者。昭烈之言，有尧舜揖逊之气象；孔明之对，有伊周笃棐之忠爱。其得人托孤之寄，得君委任之专，与日月争光可也。"[4]以托孤比拟二人如圣贤尧舜、伊周。

然而，在历史上也有人质疑刘备的

[1] 〔晋〕常璩撰，刘琳校注：《华阳国志校注》卷六，巴蜀书社，1984年，第542页。

[2] 〔三国〕诸葛亮著，段熙仲、闻旭初编校：《诸葛亮集·附录》卷二，中华书局，2012年，第122页。

[3] 〔三国〕诸葛亮著，段熙仲、闻旭初编校：《诸葛亮集·附录》卷二，中华书局，2012年，第134页。

[4] 王瑞功主编：《诸葛亮研究集成·评论卷》，齐鲁书社，1997年，第705页。

托孤。东晋史学家孙盛从君臣关系的准则指责说"（刘）备之命（诸葛）亮，乱孰甚焉！……启篡逆之途""诡伪之辞"①。清代乾隆敕撰的《通鉴辑览》则认为是"猜疑语"，人情谲诈，说："昭烈于亮，平日以鱼水自喻，亮之忠贞岂不深知，受遗时何至作此猜疑语。三国人情以谲诈相尚，鄙哉！"②时至今日，也有学者认为，托孤"是对诸葛亮的考验"；"刘备的托孤之辞，阴怀诡诈"等③。

刘备的托孤言行，并非"诡伪之辞"，也不是"猜疑语"，而是英明人主的明智抉择。为什么呢？把这一事件放到当时三国的形势中来考察，就清楚刘备为什么要这样做；认真考察刘备与诸葛亮君臣间形成的信任与情义，认真考察刘备在白帝城的所思所想、所作所为，就会明白托孤是刘备深思熟虑的必然结果，是刘备真情实意、明智的抉择。

一、当时的纷争形势使然

刘备的托孤，在汉末三国并非孤例。孙策临终时，以弟孙权托付于张昭时说："若仲谋（孙权字）不任事者，君便自取之。"④又如，荆州牧刘表病笃，托孤于刘备说："我儿不才，而诸将并零落，我死后，卿便摄荆州。"⑤而徐州牧陶谦临死前说得更直白："非刘备不能安此州也。"⑥他命州人迎刘备，使之成为一州之主，而没有让自己的两个儿子承袭州牧之位。

刘备亲身经历的陶谦和刘表的这两次托孤，都是因为后代无才能继承基业所致。孔融在陶谦要刘备接任州牧时说："今日之事，百姓与能。"这话应该深深铭刻在他的记忆中。天下非一人之天下，惟有德者有能者居之。

为什么汉末三国时有托孤者能申言"君可自取"，因为："弱肉强食是当时

① 〔晋〕陈寿撰，〔南朝·宋〕裴松之注：《三国志·蜀书·诸葛亮传》卷三十五注引孙盛曰，中华书局，1959年，第918页。
② 卢弼编：《三国志集解·诸葛亮传》卷三十五，中华书局，1982年，第760页。
③ 张作耀在《刘备传》中说："刘备的托孤之辞，阴怀诡诈，其意甚明。他为了儿子保有天子之位，直陈要害，把诸葛亮逼到没有回旋的余地。这说明，他对诸葛亮怀有很大的疑虑。诸葛亮不能不惶恐发誓，表白自己决无二心。"见《刘备传·病死白帝城》第九章，人民出版社，2004年，第268页。
④ 〔晋〕陈寿撰，〔南朝·宋〕裴松之注：《三国志·吴书·张昭传》卷五十二注引《吴历》，中华书局，1959年，第1221页。
⑤ 〔晋〕陈寿撰，〔南朝·宋〕裴松之注：《三国志·蜀书·先主传》卷三十二注引《魏书》，中华书局，1959年，第877页。
⑥ 〔晋〕陈寿撰，〔南朝·宋〕裴松之注：《三国志·蜀书·先主传》卷三十二，中华书局，1959年，第73页。

激烈兼并战争的规律。要巩固自己的地盘，进而争夺天下，割据者必须成为强者。他们在临终时都会考虑，自己打出来的地盘，挣得的那份家业前途将如何呢？其中明智者做出了这种选择：如果自己的子弟是弱者，地盘将为对手夺去，就不如让给亲近贤明的属僚，子孙仍不失富贵。清人桂馥在《晚学集》中说，刘备托孤言'君可自取'，是'自叹大业未就，又无克家之嗣，与其拱手以让敌，何如使能者制敌而有之之为快？此真英雄志士之大略，非庸庸者所能窥测也。'"[①]因此，向受托者申言"可自取"，是汉末三国的争斗形势使然，希望顾命大臣全权辅佐，保住创建的基业，这是明智的托孤者在当时条件下的明智之举。

二、对诸葛亮德才的信任

刘备和诸葛亮从三顾相识到诀别托孤，二人相处十六年（207—223），刘备对诸葛亮的品德、忠贞、才智、能力，应该十分了解认同，二人间已达到完全信赖的程度。对此古今评论甚多。

裴松之认为："（刘备与）亮君臣相遇，可谓希世一时，终始之分，谁能间之？"[②]宋代胡寅评论说："或谓昭烈自知刘禅之不才，群臣无出孔明之右者，不能保孔明之必与禅也，故于临终正言之，冀亮德己而不忍取。呜呼，可谓以小人之腹度君子之心矣。玄德襟度夷旷，磊磊落落。与孔明兼君臣、师友之契。三代以还，未见其比也夫！岂以欺诈相待，如市道之交乎？"[③]

学者吴玉莲君认为："刘备对孔明的认知与信赖完全表达于遗言之中。刘备待臣下一本至诚，视其与关羽、张飞等义则君臣，恩犹父子，便可知他的宽仁弘毅，情深义重是与生俱来的。而对于改变了他一生事业行径的孔明，临终当然托以重任。这一方面证明了刘备对孔明的全然信赖，另一方面也说明了他以天下为重的大公无私。刘备欲以继续汉家天下的宏愿，虽未达到，却在此遗言中，透露了他的政治主张，能安国定大事者，始有天下，故明言'如其不才，君可自取'。这种为生民立命的情操，一如他的仁厚，终而大放

① 谭良啸著：《托孤时的"君可自取"析》，载《历史知识》1983年第3期。

② 〔晋〕陈寿撰，〔南朝·宋〕裴松之注：《三国志·蜀书·诸葛亮传》卷三十五裴松之评语，中华书局，1959年，第916页。

③ 〔宋〕胡寅撰：《宛委别藏·致堂读史管见》，载《诸葛亮研究集成》，齐鲁书社，1997年，第424页。

异彩，而使其名垂千古。"①

三、刘禅难堪大任

刘禅当时不满17周岁，才智平平，在天下激烈纷繁的争斗形势中，他难以担当起保住基业的重任。《三国志·蜀书》中对刘禅才智的记载清楚，陈寿对他的评判也十分准确。《三国志集解》指出："以其不肖者败之，不若能者成之。昭烈睹嗣子之不肖，虑成业之倾败，发愤授贤，亦情之所出，何疑为伪乎？"②刘备举国托孤于诸葛亮，出于信赖、至公，是真诚之举。

刘备对汉末三国时弱肉强食的形势有着清醒的认识，而诸葛亮的德才和诚信令他十分放心，年幼儿子的才智，难以承继基业、实现复兴汉室大业，因此他托孤并申言"君可自取"。在撒手人寰之际刘备可能带着遗憾，但是却很平静、泰然，因为他把未竟的事业和希望托付给了一个与自己有共同目标的人，一个自己信赖且有才德的人。

如果把刘备托孤这一事件置于当时的环境中，那么我们就会认同陈寿的评判：白帝城托孤，是历史上君明臣良的一段佳话。之后历史的进程充分证明，刘备的抉择是明智的，托孤于诸葛亮是正确的。

〈据发表于《成都大学学报（社会科学版）》2010年第6期《刘备在白帝城论析》的附录修改。〉

① 吴玉莲著：《史传所见三国人物曹操刘备孙权之研究·刘备的形相》第二章，文史哲出版社，1989年，第202-203页。
② 卢弼编：《三国志集解·诸葛亮传》卷三十五，中华书局，1982年，第760页。

"勿以恶小而为之，勿以善小而不为"

——刘备临终的人生感悟和情感表达

"勿以恶小而为之，勿以善小而不为。惟贤惟德，能服于人。"这是刘备遗诏中的两句话，直白而富有哲理，凝聚着他角逐天下的经验。这是他在白帝城反思自己的人生得到的感悟，并将其写进遗诏作为对儿子的要求，表达了对儿子的关爱。从这份遗诏可以看到他面对死亡的泰然和平静，看到他临终前的所思所为与其他帝王的不同，反映出他的仁德人品和思想境界。

——题记

蜀汉章武三年（223）春，刘备在白帝城托孤于诸葛亮后，给太子刘禅下了一道遗诏，此外，还分别对刘禅、刘理兄弟有一句话的嘱咐，作为遗诏的补充。《三国志·蜀书·先主传》注引载，先主遗诏敕后主曰：

朕初疾但下痢耳，后转杂他病，殆不自济。人五十不称夭，年已六十有余，何

所复恨，不复自伤，但以卿兄弟为念。射君到，说丞相叹卿智量甚大，增修过于所望，审能如此，吾复何忧！勉之，勉之！勿以恶小而为之，勿以善小而不为。惟贤惟德，能服于人。汝父德薄，勿效之。可读《汉书》《礼记》，闲暇历观诸子及《六韬》《商君书》，益人意智。闻丞相为写《申》《韩》《管子》《六韬》一通已毕，未送，道亡，可自更求闻达。①

此外，史书还载曰：

（刘备）临终时，呼鲁王与语："吾亡之后，汝兄弟父事丞相，令卿与丞相共事而已。"

先主又为诏敕后主曰："汝与丞相从事，事之如父。"②

《资治通鉴》将刘备的诏敕做了合并、简化，曰：

（托孤后）汉主又为诏太子曰："人五十不称夭，吾年已六十有余，何所复恨，但以卿兄弟为念耳。勉之，勉之！勿以恶小而为之，勿以善小而不为！惟贤惟德，可以服人。汝父德薄，不足效也。汝

---

① 〔晋〕陈寿撰，〔南朝·宋〕裴松之注：《三国志·蜀书·先主传》卷三十二注引《诸葛亮集》，中华书局，1959年，第891页。
② 〔晋〕陈寿撰，〔南朝·宋〕裴松之注：《三国志·蜀书·诸葛亮传》卷三十五，中华书局，1959年，第918页。

与丞相从事，事之如父。"①

刘备一生除了言谈、奏章、诏策之外没有真正意义的文章传世，而这份遗诏虽以诏书的形式呈现，却是他留给后世最重要的文献。作为一代枭雄的刘备临终的这份遗诏，是他真实情感的流露，内涵十分丰富，对于了解他的情感世界、认识他的人品弥足珍贵。

一、遗诏产生的背景

刘备的这份遗诏，是在夷陵战败后，在白帝城一住就是十个月的情况下，在他年老病重之时，在他托孤于诸葛亮之后留给儿子的。从这四个方面切入解读，就能较深刻地理解刘备当时的心态，理解他为什么会留下这样的遗诏，为什么这份遗诏会有饱含哲理的内容。

章武元年（221）七月，刘备以帝王之尊，为夺回荆州，替关羽报仇，意气风发率大军出征，结果被孙吴年轻将领陆逊打得狼狈逃窜，兵败退驻白帝城。刘备在白帝城，从章武二年（222）六月至次年四月二十四日病亡，住了整整十个月之

久。开始，他对于失败不解、羞愧、愤懑，然而惨痛的失败又迫使他必须面对，促使他去反思。

当刘备的心绪从战败的气恼、郁闷中缓过来，慢慢趋于平静时，他痛定思痛，冷静地思索检讨夷陵战败的原因。

在补救战败、稳定局势之后不久，在一步一步安排后事的过程中，一生征战的刘备身心渐渐松弛了下来，他没有回成都，而是在白帝城度过了一段相对安详、平静的日子。

章武二年（222）冬，刘备患"下痢"（痢疾腹泻），不久又引起并发症。在病情日渐严重时，如何保住历尽艰辛创下的这份基业，他陷入深深的思索中。于是，他为死后保住创建的基业安排人事，做出交代，并且，在托孤于诸葛亮之后有了这份给儿子的遗诏，这是他生命最后时刻的声音。

二、面临死亡的泰然

这份遗诏，首先让人看到刘备面临死亡时的泰然和平静心态。

关于这一点，很多学者在分析时都如是认为。方北辰先生在《刘备新传》一书中，认为刘备能够平静地面对死亡，面

---

① 〔宋〕司马光编著，〔元〕胡三省音注：《资治通鉴·黄初四年》卷七十，中华书局，1956年，第2214页。

临死亡能够保持通达的态度；他还把曹操、孙权、刘备面临死亡的情况做了比较，说："他们是魏、吴、蜀三国的开创者，年富力强时都是叱咤风云豪气盖世的角色，然而到老来面临死神的召唤，各人的表现就不尽相同了。其中，孙权享寿最高，七十有三，而他又是最怕死的一个，为了延年益寿，求神、祈天，什么都愿意干。在其晚年，孙吴宫中一片神道气氛弥漫。曹操享寿其次，六十有六，对死亡就比较通达，不仅预留了遗嘱，而且自制了入葬衣物，从容而去。至于刘备，其享寿最短，仅六十有三，态度却是最为超脱的一位，他竟然还能在遗嘱中抒发对死亡的感慨，说是'人五十不称夭，年已六十有余，何所复恨，不复自伤'。"①

张作耀先生在《刘备传》中说：刘备坦然视死，"对待生死的态度，却比曹操坦然得多"②。

为什么呢？刘备在夷陵战败后，开始他十分沮丧、郁闷，一代英雄败在年轻人手下，败得如此之惨，这是他万万没有想到的，是难以接受的。他叹息曰："吾乃

① 方北辰著：《刘备新传》，群玉堂出版公司，1992年，第246页。
② 张作耀著：《刘备传》，人民出版社，2004年，第270页。

为（陆）逊所折辱，岂非天邪！"后来想到孙桓，以前去东吴时见到他才几岁，如今被他领兵追击，自己狼狈而逃。刘备感到自己老了，跃马扬鞭的日子一去不返，叱咤风云的舞台已经属于年轻的一代了。于是，他正视失败，不再纠结失败，心境也就慢慢地平静下来。

在白帝城安静的时日里，在病卧白帝城永安宫的时日里，刘备想到自己从跨有荆、益，到登基称帝，如今折兵失地，事业的大起大落，使他不能不进行深刻的反省。

刘备回首一生，自己从一介贩履织席之草民，聚众投身于汉末乱世，至今近40年，一步步打拼，终于登上了皇帝之位，三分天下有其一，因此感到欣慰，感到某种满足。因而面对死亡，他显得淡定，发出"人五十不称夭，年已六十有余，何所复恨，不复自伤"的慨叹，显得轻松、释然。

三、反思得到的人生感悟

这份遗诏的精髓是：让人读到刘备的人生感悟。

在病卧白帝城永安宫的时日里，刘备的事业从跨有荆、益，到登基称帝，再到如今折兵失地，这种大起大落使他不能不进行深刻的反省。

刘备回忆、反省自己的一生，从24岁起兵闯荡天下至今近40年，无资产和荣耀的社会背景可凭借，一步步奋争，躬行仁义，折而不挠，终于成就三分天下有其一的业绩。凭借的是什么呢，是侠义正直，仁爱厚道，重感情讲道义。这是他获得成功的经验，这应该告诉刘禅兄弟。于是，他总结出自己的人生感悟："勿以恶小而为之，勿以善小而不为。惟贤惟德，能服于人。"然后写进遗诏。这两句直白而极富哲理的话，是刘备角逐天下的体会，凝集着他角逐天下的最重要的经验。

这两句话表述的内容源于古代的经典。《周易·系辞》载孔子曰："善不积不足以成名，恶不积不足以灭身。小人以小善为无益，而弗为也；以小恶为无伤，而弗去也。故恶积而不可掩，罪大而不可解。"[1]《尚书·蔡仲之命》载周成王曰："皇天无亲，惟德是辅；民心无常，惟惠之怀。"其下注曰："天之于人无有亲疏，惟有德者则辅佑之；民之于上无有常主，惟爱己者则归之。"[2]

刘备老年时能说出这样富有哲理的

话，是因为他年轻时曾拜著名大儒卢植为师，在他门下接受过系统而正规的教育，师出名门；如今又融入自己一生闯荡天下的感悟，所以能根据经典总结提炼出这样明白透彻的格言警句。

刘备总结自己的一生，认为一个人只要从小事做起，只要坚持做下去，就可以成为一个贤德之人，就可以凭借贤德去成就一番事业。吴玉莲君认为："似乎刘备一生的成败都在诏书内做了一番检讨。他有勇气反省，更勇于面对现实。而一句'勿以恶小而为之，勿以善小而不为'，已足够铸造刘备重德的形象。"[3]因此，这两句从人生感悟中提炼出来的话被刘备写进遗诏，并加以强调，要儿子努力践行。

有学者指出："正是这个'惟贤惟德，能服于人'的基本政治理念，铸成了刘备一生受人敬重的政治品格。"[4]

四、关爱儿子，提出做人要求

这份遗诏最重要的是，让人看到刘备临死之际对儿子深深的慈爱和殷切的

① 《十三经注疏·周易正义》卷八，中华书局，1980年，第76页。
② 《十三经注疏·尚书正义》卷十七，中华书局，1980年，第227页。
③ 吴玉莲著：《史传中所见三国人物曹操刘备孙权之研究》，文史哲出版社，1989年，第274页。
④ 红钊著：《蜀汉昭烈帝刘备·前言》，中国长安出版社，2007年，第1页。

期许。

刘备在泰然面对死亡的同时，又提到"但以卿兄弟为念"。临终前这一心境的表露，也是刘备在病卧永安宫的时日里，回忆和反思的一个重要问题，体现了他对儿子的深切眷恋和浓浓的舐犊之情。

刘备一生征战，史书也没有关于他儿女情长的描写，仿佛他是一个对家人薄情寡义的人。其实不然。当他的养子刘封因"刚猛，易世之后终难制御"而被赐死时，刘备因其罪不至死而死"为之流涕"，表示出怜悯之心、慈爱之情。只是无休止的流血厮杀湮没了他的爱子之心。

在白帝城漫长而相对清闲的时日中，当争斗功名都成为过往的时候，年老体衰的刘备产生了对家人的思念，对子女的眷恋。

刘备一生对儿女的亏欠太多。他没有时间，也缺少条件对子女进行培养、教育，更没有对他们有过必要的关怀。在死期将至之时，他对未成年的刘禅兄弟有着太多的牵挂，太多的不放心，所以在遗诏中谆谆叮嘱，教育儿子怎样做人。他要求他们行善积德，努力践行，才能立身于乱世。两个"勉之，勉之"，将刘备深沉的父爱、殷切的希望，表达得淋漓尽致。而"勿以恶小而为之，勿以善小而不为"，也成为后世育人教子的警句格言。据说，刘备的后裔至今还把"勿以恶小而为之，勿以善小而不为"作为家训，牢记、遵循[①]。

他从射君（即射援）处得知儿子学业进步，"增修过于所望"，甚为高兴，特别欣慰。同时，他要求儿子多读书，特别是读经、读史，"历观诸子"之说，学兼众术，以"益人意智"，让智力得到增长。他十分赞同诸葛亮提供给刘禅所读的那些书，要刘禅自己找来认真研读。

对此，《三国志集解》引后人评论说：

学者责孔明不以经书辅导少主，乃用《六韬》《管子》《申》《韩》之书。吾谓不然。人君不问拨乱，守文要以智略为先。后主宽厚仁义，襟量有余，而权略智谋是其所短，当时识者咸以为忧。《六韬》述兵权略计，《管子》贵轻重权衡，《申子》核名实，《韩子》引绳墨切，事情施之。后主正中其病矣。

后主庸弱，故先主与（诸葛）亮皆欲其读此书，可见古人读书皆以致用。[②]

刘备深知刘禅的资质和智力，一方面要求他读书增长才学智谋，另一方面从自

① 谭良啸著：《在台北刘备的后裔家中》，载《成都晚报》1997年4月19日。
② 卢弼编：《三国志集解·先主传》卷三十二，中华书局，1982年，第740页。

己的人生感悟中认为先要学会做人，做一个贤德的人才是第一重要的。在天赋不足的情况下，贤德也是巨大的人生财富。所以在遗诏中只字未提要儿子继承"兴复汉室"的遗志，要求他去一统天下，而是要刘禅从小事做起，逐渐积累，努力做一个贤德之人，凭借贤德立之于乱世。

五、纵横比较刘备的遗诏

这份遗诏，从纵横比较可以看到它的特别之处。

首先，横向比较三国人主曹操、孙权与刘备临终的言行。曹操有《终令》，临死有《遗令》给后人[1]，不过讲的都是关于丧事、婢妾的安排及财物的分配等，没有专门留下教导儿子的遗诏。孙权也没有给儿子留下遗诏，只是在病危时对诸子的职位一一做了安排，立孙和为南阳王、孙奋为齐王、孙休为琅琊王等[2]。只有刘备，在托孤于诸葛亮、关于丧事有遗诏外，专门给继位的儿子刘禅留下这封娓娓述说自己人生

感悟的遗诏，叮嘱他如何做人，如何做一个贤德之人，如何成为一个有才智的人。

其次，纵向比较其他君王的遗诏，胡三省在《资治通鉴》刘备遗诏的话下加注指出："自汉以下，所以诏敕嗣君者，能有此言否？"[3]的确，刘备之后没有任何一个君王能在遗诏中如此解剖自己，总结自己的一生，并只要求继位的儿子学会做人，做一个有贤有德的好人。有学者指出："诏书全文只字未提让刘禅继承遗志，一统河山；更没有像五代李克用那样给儿子李存勖留下必须要办的三件事（讨刘仁恭、击契丹、灭朱温），诏书通篇都是一个父亲临终前对儿子的谆谆教导，教育儿子怎样做人。"[4]

通过比较，从遗诏可以读到刘备临死前的心境，看到他的所思所想和其他帝王的不同，看到刘备遗诏的精彩、特别之处。

六、确立诸葛亮的相父地位

刘备在给刘禅遗诏后又分别诏敕刘禅和刘理兄弟："父事丞相。"这是遗诏的

---

① 〔三国〕曹操著，中华书局编辑部编：《曹操集·遗令》卷三，中华书局，2012年，第50、56页。
② 〔晋〕陈寿撰，〔南朝·宋〕裴松之注：《三国志·吴书·吴主传》卷四十七，中华书局，1959年，第1149页。
③ 〔宋〕司马光编著，〔元〕胡三省音注：《资治通鉴·黄初四年》卷七十，中华书局，1956年，第2213页。
④ 剑眉枉凝著：《刘备不是传说》，万卷出版社，2010年，第286页。

补充，更是对"托孤"的补充和强调。

托孤只是对诸葛亮，而这两句追加的诏敕，则是对刘禅兄弟的叮嘱。很明显，这两句补充的诏敕是为了确立、强调诸葛亮在蜀汉朝政中的主导地位，明确、强调身为皇帝的刘禅和身为诸王的儿子们只是"与丞相共事而已"。这说明刘备对诸葛亮的充分信任，说明他托孤的真心实意，说明他对儿子能力的深刻了解。给儿子们的这两句诏敕，与刘备托孤于诸葛亮的话语前后呼应，一脉相承。

刘备遗诏记录了他的死因，倾诉了他反省人生的感悟；他在撒手人寰之际流露出对妻子的亏欠，对儿子的眷恋，希望他们做贤德之人，多读书以增长才智；并表达了对诸葛亮的绝对信任，要求儿子们摆正自己的位置。为什么刘备能留下这样的遗诏呢？因为这是他在事业从顶峰跌入低谷的日子里，他在一生奔波拼杀后休息下来之后反思所得，是他对身后国事做出交代、安排之后，是他在生命走向终结的时刻，出于对儿子的关爱，将自己的人生经验作为做人的要求留给他们的。刘备的遗诏，让人们看到一个回归普通父亲的刘备。

作为一代枭雄的刘备，留下这样一份精彩的遗诏，出人意料，给人惊喜。有学者指出："刘备遗言嘱咐，平凡中见伟大，朴实中见真情。"[①]的确，这份遗诏，向后人揭示了他情感世界中不为人知的光亮的一面。而其中的"勿以恶小而为之，勿以善小而不为；惟贤惟德，能服于人"这两句话，也将他的人品和思想境界升华到一个新的高度，让人看到一个仁德明智的老者。这两句话，因蕴含着中华民族优秀传统思想的精华，作为格言警句流传下来，永远给后人以教益，给后人以启迪。

（原发表于《湖北文理学院学报》2015年第4期，与张祎合作，收入时有修改。）

---

① 吴玉莲著：《史传中所见三国人物曹操刘备孙权之研究·刘备的形相》，文史哲出版社，1989年，第202页。

刘备与妻妾的情感

——从他4次抛妻弃子说起

刘备与妻妾的情感，史书记载甚少，他败逃时曾4次抛妻弃子，给人留下薄情寡义的印象。只是他一生大都处在无休止的溃逃、奋起的拼搏中，直到他兵败退驻白帝城下诏追谥、迁葬甘夫人时，才让人看到他对妻妾情感的表露。而刘备与孙夫人恩爱的故事，是《三国演义》和戏曲的虚构，是后人对这桩婚姻表达的良好愿望。

——题记

刘备起兵后创业历尽坎坷，部众常被击溃，溃逃中他曾4次抛弃妻妾、子女，史书对此没有关于他情感流露的只言片语。对于一个有贤德仁义之名的英雄来说，其亲情何在，难道刘备是一个对家人薄情寡义之人？梳理史实，我们会发现事实并非如此。

一、4次抛妻弃子的史实

史书记载有刘备败逃时妻妾子女被掳的情况。

建安元年（196），刘备妻子第一次被对手俘去。当时刘备率军与袁术交战，吕布乘虚袭取他驻扎的下邳，"虏先主妻子"①。这"妻子"是妻妾与子女，有几人，都不得而知。不久，刘备求和，吕布将所掳刘备的妻子还回。

建安三年（198），刘备妻子第二次被俘。史载，吕布攻打驻扎在小沛的刘备，"复虏先主妻子"。这次被俘去的"妻子"是否仍为前次的妻妾子女、有几人，依然不得而知。可能系糜夫人与小妾甘氏。不久，曹操出兵，"生禽（吕）布。先主复得妻子"②。

建安五年（200），妻子第三次成为对手的战利品。由于刘备背叛曹操，被击败。"曹公尽收其众，虏先主妻子，并禽

---

① 〔晋〕陈寿撰，〔南朝·宋〕裴松之注：《三国志·蜀书·先主传》卷三十二，中华书局，1959年，第873页。
② 〔晋〕陈寿撰，〔南朝·宋〕裴松之注：《三国志·蜀书·先主传》卷三十二，中华书局，1959年，第874页。

关羽以归。"①这一次被掳的"妻子"为何人，有几位，归还没有，何时归还的，均不见于记载。如果有小妾甘氏，这次被掳的妻子则当归还了。不过，刘备之前参加"衣带密诏"即与曹操成为死敌，其妻子不可能被归还。所谓关羽护糜、甘二位嫂嫂过关斩将回归刘备，则于史无据。

建安十三年（208），刘备家眷第四次成为对手的战利品。在当阳长坂之战中，"先主弃妻子"而逃②。关于这一次被弃的"妻子"，史籍披露为四人。"值曹公军至，追及先主于当阳长阪，于时困逼，弃后及后主，赖赵云保护，得免于难"③。后即小妾甘氏，后主为刘禅。母子被弃，赖赵云奋力保护而脱险。另据《三国志·魏书·曹仁传》，其弟曹纯在长坂之战中俘获刘备的两个女儿④。这两个女儿之后的下落不详，一般都会沦为女奴。

刘备在溃逃中四次抛妻弃子，史书的

记载都十分简略，没有任何关于他情感的表述，给人留下他对家人薄情的印象。

二、演义关于抛妻弃子情节的增改

《三国演义》中的刘备是一个贤德、仁义的英雄，所以该书对他4次抛妻弃子在情节上做了一些修正、补充。目的是想维护他的仁德形象，由于又要突出兄弟情义，结果适得其反。现摘录如下。

第一次吕布袭夺下邳，张飞失守，来见刘备。玄德叹曰："得何足喜，失何足忧！"关公问："嫂嫂安在？"飞曰："皆陷于城中矣。"玄德默然无语。关公顿足埋怨……张飞拔剑自刎，玄德向前抱住，夺剑掷地曰："古人云：'兄弟如手足，妻子如衣服。'衣服破，尚可缝；手足断，安可续？吾三人桃园结义，不求同生，但愿同死。今虽失了城池家小，安忍教兄弟中道而亡。"说罢大哭，关、张亦流泪⑤。

第二次吕布攻陷小沛，"玄德见势已急，到家不及，只得弃了妻小，穿城而过，走出西门，匹马逃难"。投奔曹操

① 〔晋〕陈寿撰，〔南朝·宋〕裴松之注：《三国志·蜀书·先主传》卷三十二，中华书局，1959年，第875页。
② 〔晋〕陈寿撰，〔南朝·宋〕裴松之注：《三国志·蜀书·先主传》卷三十二，中华书局，1959年，第878页。
③ 〔晋〕陈寿撰，〔南朝·宋〕裴松之注：《三国志·魏书·二主妃子传》卷三十四，中华书局，1959年，第905页。
④ 〔晋〕陈寿撰，〔南朝·宋〕裴松之注：《三国志·魏书·曹仁传》卷九，中华书局，1959年，第277页。
⑤ 〔明〕罗贯中著，〔清〕毛宗岗评改：《三国演义》第十四、十五回，上海古籍出版社，1983年，第171、176页。

后，"随操入徐州，糜竺接见，具言家属无恙，玄德甚喜"①。

第三次，曹操攻陷徐州，刘备逃奔袁绍，关羽保护其妻小守下邳，提出三个条件后投降；然后演绎出关羽护嫂"千里走单骑""过五关斩六将""古城会"等一系列生动的故事。到刘备与夫人相见时，只有一句话描述道："二夫人具言云长之事，玄德感叹不已。"②

第四次，曹操大军南下收降荆州，刘备率众奔江陵，在当阳被曹军打败，妻妾糜、甘二人及阿斗被冲散走失，演绎出"赵子龙单骑救主"的故事。当赵云将救出的阿斗双手递给刘备时，"玄德接过，掷之于地曰：'为汝这孺子，几损我一员大将！'"③

《三国演义》在尊重史实的基础上，对刘备抛妻弃子情节的增改产生了正反两方面的效果。正面作用是弱化刘备抛妻弃子的过失。首先，将史书中的"虏"，改

为失散，回避了刘备妻妾儿女被抓去当俘虏成为战利品的史实，强调是因情势所逼而不得已造成的。其次，增加了刘备的部分情感反应，表示他并没有对妻子的被虏无动于衷。最后，强调了刘备的妻妾子女都得到保护，失而复得。

负面作用是，《三国演义》增加的一些情节强化了刘备对妻子的歧视和冷漠。为了突出刘、关、张的兄弟情义，塑造刘备重义爱才的形象，书中增加了"兄弟如手足，妻子如衣服"的言论和"掷阿斗于地"等情节。在强化兄弟情义的同时，却大大淡化了刘备对家人的亲情，变相地把他塑造成一个对妻妾子女无情的形象。

三、刘备与妻妾的情感

刘备在四次抛妻弃子时史书都没有关于他的情感描述，他与妻妾儿女的感情到底如何？他真的是一个对家人薄情之人吗？下面本文逐一分析刘备与妻、妾的关系，在史书中找寻他们之间的感情因子，以求得准确解答。

刘备于184年起兵，时年24岁，根据当时的习俗，他这种年龄已有家室，但原配夫人是谁，有无子女，史书记载不详。在史书中立传的有小妾甘氏、吴夫人；无

① 〔明〕罗贯中著，〔清〕毛宗岗评改：《三国演义》第十九回，上海古籍出版社，1983年，第231、234页。
② 〔明〕罗贯中著，〔清〕毛宗岗评改：《三国演义》第二十八回，上海古籍出版社，1983年，第218页。
③ 〔明〕罗贯中著，〔清〕毛宗岗评改：《三国演义》第四十二回，上海古籍出版社，1983年，第451页。

传而有姓氏、事迹的是糜夫人和孙夫人；还有两位小妾因生有儿子而留迹于史书。

糜夫人，是在建安元年（196）刘备被吕布打败后在海西时富豪糜竺进献的。史载："先主转军广陵海西，（糜）竺进妹于先主为夫人，奴客二千，金银货币以助家资；于时困匮，赖此复振。"①糜竺巨资赞助处于困境的刘备，并进献妹妹。而当时刘备妻子被掳，孑然一身，所以糜竺之妹成为"正室"，称夫人。在战败失地、妻子被掳的艰难时刻，富商糜竺进献妙龄娇妹，又送奴仆钱财，这种好事也只有刘备才能遇到。

小妾甘氏，史书曰："先主甘皇后，沛人也。先主临豫州，住小沛，纳以为妾。"②刘备被任命为豫州牧，回到小沛驻军，事在建安元年（196）。因为此时糜夫人已在，所以甘氏为妾。从"先主数丧嫡室，（甘氏）常摄内事"的记载看，糜夫人可能死得比较早，甘氏因能干贤德而以妾的身份掌管内室。后随刘备辗转到荆州，于建安十二年（207）生下刘禅。

在当阳长坂之战中刘备溃败，弃甘氏及刘禅而逃，甘氏与刘禅母子赖赵云保护免遭大难，甘氏到荆州不久即逝世。

孙夫人是在小妾甘氏去世后的建安十四年（209），其兄孙权主动送给刘备，以巩固双方友好关系的。史载："先主为荆州牧，治公安。（孙）权稍畏之，进妹固好。"③赤壁之战胜利后，甘氏去世，刘备又是孑然一身。于是，孙权"进妹固好"，为巩固双方的友好关系主动将妹妹嫁给刘备。孙权之妹史称孙夫人。建安十六年（211）刘备入益州，孙夫人即被孙权叫回东吴，归后杳无音信。

吴夫人是刘备入蜀后在成都娶的。她本是益州牧刘璋之子刘瑁之妻，刘瑁死后寡居。"先主既定益州，而孙夫人还吴，群下劝先主聘后。"④刘备夺取益州而孙夫人又跑回东吴，便纳吴氏为夫人。

关于刘备与这四位妻妾的感情，可分为两类。糜、孙二人为一类，她们为其兄进献，是一种政治行为，并且与刘备相处时间不长，难以产生感情。另一类是出

---

① 〔晋〕陈寿撰，〔南朝·宋〕裴松之注：《三国志·蜀书·糜竺传》卷三十八，中华书局，1959年，第969页。
② 〔晋〕陈寿撰，〔南朝·宋〕裴松之注：《三国志·蜀书·二主妃子传》卷三十四，中华书局，1959年，第905页。

③ 〔晋〕陈寿撰，〔南朝·宋〕裴松之注：《三国志·蜀书·先主传》卷三十二，中华书局，1959年，第879页。
④ 〔晋〕陈寿撰，〔南朝·宋〕裴松之注：《三国志·蜀书·二主妃子传》卷三十四，中华书局，1959年，第906页。

身微贱的甘氏和身为寡妇的吴夫人，二人后来被封后，又与刘备合葬，在史书中立传，足以证明她们得到的礼遇，可以证实她们与刘备的夫妻感情。

甘氏从建安元年（196）为妾，到建安十二年（207）生下刘禅，与刘备夫妻十多年。她随其四处奔逃，出生入死，曾被弃、被掳，可谓备受艰辛。赤壁之战后刘备获得立足之地，她却逝世了，于是刘备将她就地安葬在荆州南郡。她虽出身微贱而"常摄内事"，可见其贤德能干，受到宠爱。所以，刘备在白帝城时，下诏"追谥皇思夫人，迁葬于蜀"[①]。追谥之事很快完成，而直到刘备病逝后，她的遗骸才运回成都，然后由诸葛亮负责安葬事宜。

刘备为什么发出追谥和迁葬小妾甘氏的诏令呢？是因为想到她的贤德和悲苦的命运，思绪万千，因而"笃义垂恩"，诏令追谥甘氏为"皇思夫人"，使之有了一个正式的名分；并专门派遣使者去荆州南郡奉其遗骨入蜀安葬。这是他对小妾甘氏亏欠的一种弥补，是一种情感的表达。

这一点从诸葛亮的《上言追尊甘夫人为昭烈皇后》奏表证实。诸葛亮的表文曰：

皇思夫人履行修仁，淑慎其身。……大行皇帝存时，笃义垂恩，念皇思夫人神柩在远飘飖，特遣使者奉迎。会大行皇帝崩，今皇思夫人神柩以到，又梓宫在道，园陵将成，安厝有期。……今皇思夫人宜有尊号，以慰寒泉之思，辄与恭等案谥法，宜曰昭烈皇后。诗曰："谷则异室，死则同穴。"故昭烈皇后宜与大行皇帝合葬，臣请太尉告宗庙，布露天下，具礼仪别奏。[②]

表文首先赞美甘夫人行为美好仁慈，为人贤淑谨慎；其次追述刘备重情重义，他因思念过世的甘夫人，专门派使者去将远在荆州的遗骸迎接回来；然后诸葛亮请求按《谥法》，追尊皇思夫人为昭烈皇后；最后还提议让她与刘备合葬。

后主刘禅同意了诸葛亮的奏请，甘夫人得以谥为昭烈皇后，并与刘备同时安葬于成都"惠陵"，享受到最高礼遇。

寡妇吴氏被纳为夫人后，随着刘备地位的上升，她先被立为汉中王后，之后又被立为皇后，刘禅继位又尊其为皇太后。延熙八年（245）她死后，"合葬惠陵"，也享受到与刘备合葬的礼遇。

逐个分析刘备的四位妻妾得知，糜

---

① 〔晋〕陈寿撰，〔南朝·宋〕裴松之注：《三国志·蜀书·二主妃子传》卷三十四，中华书局，1959年，第905页。

② 〔晋〕陈寿撰，〔南朝·宋〕裴松之注：《三国志·蜀书·二主妃子传》卷三十四，中华书局，1959年，第905页。

夫人事迹缺少并早逝；孙夫人与之无感情；而甘氏由小妾到"常摄内事"，到追封为夫人，最后谥曰昭烈皇后，与刘备合葬；吴氏一开始即夫人，后被封为王后、皇后，死后与刘备合葬。甘、吴二人的经历、结局，可以看出刘备与他们还是有感情的。

虽然如此，妻妾们跟随他打天下，备受颠沛流离之苦，有的还成为对手的战利品，其中有的再也没有回来，作为女俘被赏赐，其命运悲苦不幸。至于小说和戏曲演绎出的关于刘备妻妾的很多精彩故事，如关羽护送糜、甘二位夫人"过五关，斩六将"；刘备与孙夫人的《龙凤呈祥》等，都是虚构出来的，表达着人们一种良好的愿望。

四、与孙夫人并不恩爱

刘备与妻妾的关系最有名的是和孙夫人在一起的故事，《三国演义》的描写，以及《刘备招亲》《龙凤呈祥》《三祭江》[1]等戏曲的搬演，将他们的情感演绎得恩爱感人。然而这并非史实。

---

① 陶君起编著：《京剧剧目初探·三国故事戏》第七章，中国戏剧出版社，1963年，第85、89、101页。

刘备娶孙夫人时已49岁，而孙夫人的年龄应该不到20岁，二人相差达30岁之多，属于典型的老夫少妻。关于孙夫人的容貌、品性，史书不载，而对其尚武、刚猛、骄横则载之甚详。史称"（孙权）妹才捷刚猛，有诸兄之风"[2]。面对这样一位年轻而有背景又刚猛的妻子，刘备与她是如何相处的呢？

从古至今，不乏其例的是：夫妻间年龄差距没有成为相亲相爱的障碍；两人性格迥异也能长期共存；政治婚姻也可因同床共枕培养出感情。但是刘备与孙夫人不仅年龄差距大，性格迥异，而且婚姻自始至终都笼罩在集团利益博弈的阴影中，史籍传递出的大量信息说明二人并不恩爱。

（一）每次入卧房常心怀恐惧

史载："（孙夫人）侍婢百余人，皆亲执刀侍立，先主每入，衷心常凛凛。"[3]刘备去卧房与妻子睡觉，常恐惧和不安。为什么呢？试想，百余随从婢女均执明晃晃的刀剑，在闺房四周侍立，这叫人如何同房，又哪里谈得上男

---

② 〔晋〕陈寿撰，〔南朝·宋〕裴松之注：《三国志·蜀书·法正传》卷三十七，中华书局，1959年，第960页。

③ 〔晋〕陈寿撰，〔南朝·宋〕裴松之注：《三国志·蜀书·法正传》卷三十七，中华书局，1959年，第960页。

欢女爱？

（二）常惧怕孙夫人生事

史载，诸葛亮说："主公之在公安也，北畏曹公之强，东惮孙权之逼，近则惧孙夫人生变于肘腋之下。"[1]入蜀后，诸葛亮曾回忆刘备在荆州与孙夫人的状况说：他不仅惧怕北边的曹操、东边的孙权，还惧怕身边的孙夫人生事。"惧孙夫人生变"是当时人们看在眼里而又不能明说的事。几年后，诸葛亮发出此感叹，可见当时他们夫妻矛盾的严重。

（三）特选派赵云掌管家务

史载："孙夫人以（孙）权妹骄豪，多将吴吏兵，纵横不法。先主以（赵）云严重，必能整齐，特任掌内事。"[2]孙夫人仗着自己是孙权的妹妹，带着一批东吴的士兵，越来越骄横不法，难以管束。刘备只好特别选派严肃稳重的大将赵云来掌管家务。家务竟然派一员大将来管理，这实属罕见，也实属无奈，同时也说明夫妻关系之恶劣。

（四）夫妻关系恶化至分居

唐代《元和郡县志》载："孙夫人城，在屏陵城东五里。汉昭烈夫人，权妹也，与昭烈相疑，别筑此城居之。"[3]二人"相疑，别筑此城居之"的遗迹，已载入了著名的地理志书。可见二人关系恶化，最后导致夫妻分居。

（五）孙夫人"欲将后主还吴"

孙权得知刘备领兵入蜀，立即派舟船来接妹妹回吴。"而夫人内欲将后主还吴，（赵）云与张飞勒兵截江，乃得后主还。"[4]孙夫人在丈夫和哥哥之间，断然抛弃丈夫刘备。她不仅不打招呼，而且企图偷偷将刘备唯一的亲骨肉刘禅带走，此事做得何等绝情。至此，孙、刘姻亲关系和好的面纱被撕得粉碎。

孙夫人与刘备的结合，因孙、刘集团的根本利益的冲突，注定了最终会不欢而散。这桩短暂的政治婚姻，害苦了年轻而有个性的孙夫人，她归吴后便杳无音信，寡居否，改嫁否，不知是如何终了一生的。孙夫人是无辜的、值得同情的。

---

[1] 〔晋〕陈寿撰，〔南朝·宋〕裴松之注：《三国志·蜀书·法正传》卷三十七，中华书局，1959年，第960页。

[2] 〔晋〕陈寿撰，〔南朝·宋〕裴松之注：《三国志·蜀书·赵云传》卷三十六注引《云别传》，中华书局，1959年，第949页。

[3] 〔唐〕李吉甫撰，贺次君点校：《元和郡县图志·阙卷逸文》卷一，中华书局，1983年，第1053页。

[4] 〔晋〕陈寿撰，〔南朝·宋〕裴松之注：《三国志·蜀书·赵云传》卷三十六注引《云别传》，中华书局，1959年，第949页。

　　小说和戏曲虚构出《刘备招亲》《龙凤呈祥》《三祭江》等美好、凄楚的故事，是后人对这桩婚姻中的受害者孙夫人的同情，是表达对仁德刘备的一种良好愿望，是对这桩政治婚姻的重新解读。

　　刘备大半生都处在无休止的厮杀中和跌倒奋起中。长期的颠沛流离，他的个人情感往往被湮没，难以表达。刘备又是一个"喜怒不形于色"，性格内向、不善于外露情感的人。所以在溃逃中抛妻弃子的亡命时刻，看不到他的情感表达。不过，通过对史书的梳理，我们可以看到，刘备不是一个对家人薄情之人，他内心深处依然有着对妻妾的感情、关爱。

　　（据发表于《襄阳学院学报》2010年第3期的《刘备的祖辈、妻妾、子孙述考》、载于成都时代出版社2015年出版的《走进武侯祠100问》书中《孙夫人和刘备恩爱吗》等文修改。）

刘备与儿子

刘备一生戎马倥偬，对儿子缺少关怀、培养。他冤杀养子刘封，立刘禅为太子时特别选用一批贤良和学士加以培养，在临终前专门诏敕刘禅兄弟，我们可以从中看到他对儿子的感情、关爱。

——题记

刘备的儿子有多少，史书记载不详。刘禅于263年投降后，和弟妹子孙均被迁往洛阳，《三国志·蜀书·后主传》称，其"子孙为三都尉封侯者五十余人"[1]。其中封侯为官的男性就如此多，可见刘备的子孙已繁衍成一大家子了。

刘备一生戎马倥偬，对儿子缺少关怀、教育，史书关于这方面的资料甚少。不过，从他冤杀养子刘封，立刘禅为太子时特别选用一批贤良和学士对他加强培养，在临终时专门遗诏未成年的刘禅兄弟流露出的牵挂等事件中，依然可以看到他对儿子的感情、关爱。

一、刘备的儿子

刘备的儿子见诸史籍的有养子刘封、太子刘禅、庶子刘永和刘理。

养子刘封，是刘备在荆州之初无亲生儿子时收养。《三国志·蜀书》中有传。他"有武艺，气力过人"，与孟达守上庸、房陵等郡，因为不接受关羽的命令出兵助攻樊城、襄阳；又与孟达不和，导致孟达降魏，被诸葛亮、刘备赐死[2]。他有儿子名林，蜀亡时随刘禅去了洛阳。

长子刘禅，小名阿斗，《三国志·蜀书》有传。刘备病逝，刘禅17岁时即位。刘备临终告诫他："汝与丞相从事，事之如父。"因此，在诸葛亮及蒋琬主政时期，刘禅虽为皇帝，只是拱手逍遥于宫中而已。他对诸葛亮大权在握不猜忌、不干扰，所以蜀国能保持安定、富强。延熙九年（246），蒋琬死，刘禅40岁，开始"自摄国事"。他任用、听信陈祇、黄皓等奸佞

<hr/>

[1] 〔晋〕陈寿撰，〔南朝·宋〕裴松之注：《三国志·蜀书·后主传》卷三十三，中华书局，1959年，第902页。

[2] 〔晋〕陈寿撰，〔南朝·宋〕裴松之注：《三国志·蜀书·刘封传》卷四十，中华书局，1959年，第991-994页。

之人，蜀汉国力日衰。景耀六年（263），魏国邓艾偷渡阴平，挥师成都，刘禅听从谯周之言，举国投降。在位41年。

刘禅投降后，举家迁往洛阳，被封为安乐县公，留下"乐不思蜀"的故事，被视为我国历史上亡国之君的典型人物。

刘禅的皇后前后两人都是张飞的女儿，妃子只有两位留迹于史书。一人是王贵人，为太子刘璿的母亲；一人是李昭仪。蜀国灭亡，后宫佳丽都将被赐予曹魏诸将之无妻者，李昭仪得知后说："我不能受屈辱再侍奉他人。"乃自杀[1]。

刘禅的庶弟刘永，刘备称帝时被封为鲁王。刘永因憎恨宦官黄皓，受到诋毁而被刘禅疏远。刘禅投降，他也随同去洛阳。

刘理"亦后主庶弟也，与永异母"。也就是说，刘禅、刘永与刘理三人是同父异母的兄弟。他在刘备称帝时被封为梁王，妻子是马超之女。他早逝。

刘备被赞为"天下英雄"，而儿子则平庸无为，基业不守，成为俘虏。

二、对刘禅的关爱和培养

刘备对儿子的关心，不似曹操有《诸

儿令》，诸葛亮有《诫子书》。不过，通过他为刘禅能顺利继位采取的措施，可以看出他对儿子成长的关切；尤其是临终的遗诏满怀着对刘禅兄弟的期望，可以看到他浓浓的父爱。

（一）为确保刘禅继位赐刘封死

为了保障刘禅顺利继位，为了蜀汉以后政局的安稳，避免将来兄弟争夺皇位，刘备将刘封赐死。刘封因其罪不当死而被赐死，刘备因此为之流泪啼哭[2]。年逾花甲的刘备的眼泪，既是对亲生儿子刘禅的保护、关爱，也是对养子刘封冤死的悲悯。

（二）选用一批德才兼备的人士辅导

刘禅为王太子、皇太子时，刘备先后选用了一批德才兼备的人士去辅导，表现出他对培养儿子的重视。史载："先主立太子，（董）允以选为舍人，徙洗马。"[3]董允被挑选出来为太子舍人，后又升任太子洗马。"先主立太子，（费）祎与允俱为舍人。徙庶子。"[4]费祎与董

---

[1]〔晋〕陈寿撰，〔南朝·宋〕裴松之注：《三国志·蜀书·二主妃子传》卷三十四，中华书局，1959年，第907页。

[2]〔晋〕陈寿撰，〔南朝·宋〕裴松之注：《三国志·魏书·刘封传》卷四十，中华书局，1959年，第991页。

[3]〔晋〕陈寿撰，〔南朝·宋〕裴松之注：《三国志·蜀书·董允传》卷三十九，中华书局，1959年，第985页。

[4]〔晋〕陈寿撰，〔南朝·宋〕裴松之注：《三国志·蜀书·费祎传》卷四十四，中华书局，1959年，第1060页。

允同为太子舍人,又升任太子中庶子。舍人、洗马、中庶子,这些都是太子身边的亲近侍从职官。诸葛亮在《出师表》中曾称赞二人"皆良实,志虑忠纯",还说他们是"先帝简拔以遗陛下",是刘备认真挑选出来给刘禅的。二人还与诸葛亮、蒋琬并列,被称为"蜀中四英"。可见刘备派到刘禅身边的都是蜀汉的精英。

史载:"先主定益州,署(来)敏典学校尉,及立太子,以为家令。"①刘备定益州,"以(尹默)为劝学从事。及立太子,以默为仆,以《左氏传》授后主"②。来敏、尹默二人为蜀中饱学之士,先被刘备任以典学校尉和劝学从事,后让他们任太子家令和太子仆,指导刘禅的学业,加强对刘禅的培养。

刘备在登基之初,诸事繁多,还特别选用一批贤良和饱学之士来担任太子身边的侍从官员,加强对刘禅的培养。这说明只要有条件,刘备不仅没有忽略对儿子的培养和关心,而且还特别上心。

(三)遗诏表达的期许和慈爱

在白帝城托孤于诸葛亮后,刘备特别

给刘禅留下一份遗诏。在遗诏中,他表示对于死之将至无所遗憾,没有伤感,只是"以卿兄弟为念",牵挂着刘禅兄弟;然后谆谆叮嘱儿子:"勿以恶小而为之,勿以善小而不为。惟贤惟德,能服于人。"一定要努力行善积德,以便立身于乱世。其中的"勉之,勉之!"将刘备深沉的父爱,殷切的希望,表达得淋漓尽致。当他得知儿子学业进步,"增修过于所望"时,甚为高兴,特别欣慰。最后,他要求儿子多读书,读经、读史,"历观诸子"之说,学兼众术,以"益人意智",让智力得到增长。表示赞同诸葛亮提供的典籍,要刘禅认真研读③。

刘备的遗诏,把自己一生的感悟,为人处世的原则告诉刘禅兄弟,叮嘱他们谨记践行;他对刘禅的殷切要求,对刘禅学习点滴进步的欣喜,都体现了对儿子的深深眷恋和浓浓的父子之情。

刘备一生征战奔逃,缺少时间、缺少条件对儿子进行培养,也缺少对他们的关怀。他冤杀养子刘封,立刘禅为太子时特别选派一批贤良和学士作辅臣的用心,在临死时对未成年的刘禅兄弟殷切叮嘱流露出的牵挂和期望,这些都让人看到他对儿子的感情。

---

① 〔晋〕陈寿撰,〔南朝·宋〕裴松之注:《三国志·蜀书·来敏传》卷四十二,中华书局,1959年,第1025页。
② 〔晋〕陈寿撰,〔南朝·宋〕裴松之注:《三国志·蜀书·尹默传》卷四十二,中华书局,1959年,第1026页。
③ 〔晋〕陈寿撰,〔南朝·宋〕裴松之注:《三国志·蜀书·先主传》卷三十二注引《诸葛亮集》,中华书局,1959年,第891页。

附：刘禅是一个什么样的君主？

刘禅最初名斗，小名阿斗，字升之；后改名禅，字公嗣，生于建安十二年（207）。刘备为汉中王时，刘禅被立为王太子，刘备称帝时又被立为皇太子，章武三年（223）刘禅继位时17岁，史称后主。炎兴元年（263）冬，刘禅投降，为安乐县公。刘禅在位41年，西晋泰始七年（271）卒，享年65岁。

对刘禅的认识评价，近年学界存在较大分歧，有否定、肯定、否定肯定并存三种看法。否定者认为刘禅"第一，初无治国之方；第二，临难怯敌，不明御敌之策；第三，苟安偷生，没有骨气。'乐不思蜀'的故事，生动地说明了刘禅的平庸、暗弱、可笑"[1]。否定肯定并存者视其为"善良而平庸"，说"刘禅是仁义的，也是善良的，是诚实的，也是平庸

的"[2]；而肯定者则认为，"他是一个好皇帝"[3]。有学者进而说"刘禅是个爱民的君王"[4]，是一个"被后人误解千年的仁德之君"[5]。为什么对一个人的评价会出现如此大的反差？刘禅到底是一个什么样的君主呢？

一、蜀汉灭亡的责任

作为蜀汉的君主，刘禅对蜀汉的灭亡当然有着不可推卸的责任。他到底应该负多大的责任呢？对此则应该具体分析。

---

① 张作耀著：《刘备传》，人民出版社，2004年，第360页。

② 周舆著：《江山岂是哭出来的：正说刘备》，河南人民出版社，2009年，第241页。

③ 李敖2010年8月27日参观上海世博会中国馆的讲话，引自《一个成都学者的精彩三国》，成都时代出版社，2015年，第158页。

④ 罗开玉著：《三国南中与诸葛亮·后主不退守南中之谜》，四川科学技术出版社，2014年，第324页。

⑤ 罗开玉著：《三国蜀后主刘禅新论》，《成都大学学报（社会科学版）》2009年第6期。该文最后的结论是："帝业上，刘禅不失为中常之君。帝品上，刘禅是我国历史上度量最大的、节俭的、真正爱民、宁愿自己蒙冤，又确被后人误解千年的仁德之君。"罗开玉：《刘禅新论二》，载于《诸葛亮与三国文化（五）》，四川科学技术出版社，2012年，第1页。该文认为：刘禅不战而降，"还有一个很重要的原因，那便是吸取了东汉灭'成家'、'屠成都'的教训，主要是从保护巴蜀百姓出发，在最关键的时刻、在面临江山社稷和他的百姓安危二者只能选一时，刘禅选择了后者"。

（一）蜀汉灭亡有着深刻的政治、经济、军事原因

一个国家的强盛、发达，决定于它的综合实力和执政者及其团队的执政能力。执政者可以加速或延缓它的兴旺，可以加速或延缓它的灭亡。三国最终由曹魏统一，蜀汉、东吴先后灭亡正是客观历史条件和他们的执政者所决定的。

三国中曹魏的实力最强。在曹魏景元四年（263），"魏有户六十六万二千四百二十三，口四百四十三万二千八百八十一"[①]；拥兵五十万。蜀汉"领户二十八万，男女口九十四万，带甲将士十万二千，吏四万"[②]。曹魏灭公孙渊后，统一了整个北方，史称"大魏奄有十州之地"[③]；占有黄河流域最富裕地带和华北到辽东的广大地区。而蜀汉仅据益州一地。曹魏与蜀汉双方在经济、人力、军力、后勤等各方面都不在一个档次上。

三国前期，因各方励精图治，政治、经济、军事力量差异不大而得以形成鼎立并延续；到后期，这种均衡逐渐被打破，曹魏在政治、经济、军事各方面的优势日益凸显，而蜀、吴实力则日益衰弱，朝政日益腐败。曹魏攻灭蜀、吴的条件日渐成熟。

蜀汉在诸葛亮执政时期频繁北伐，能"由僻陋而起雄图，出封疆以延大敌……震迭诸夏，不敢角其胜负，而止候其存亡"[④]，曹魏只能龟缩退守。强弱之势因执政者的努力而发生了变化。

而在蒋琬、费祎之后，刘禅昏庸，政局日非，国力日衰；曹魏却在司马父子的治理下保持了强盛的势头。在曹魏出兵攻蜀时，东吴不少人质疑其能否获胜，张悌对曹魏与蜀汉的强弱做了比较，得出了蜀汉必亡的判断。他说：曹魏在司马懿父子主政下，"除其烦苛而布其平惠，为之谋主而救其疾苦，民心归之亦已久矣。故淮南三叛，而腹心不扰；曹髦之死，四方不动。任贤使能，各尽其心，其本根固矣，奸计立矣。今蜀阉宦专朝，国无政令，而玩戎黩武，民劳卒蔽，竞与外利，不修守备。彼强弱不同，智算亦胜，因危而伐，

---

① 〔清〕钱仪吉著：《三国会要·民政》卷二十八，上海古籍出版社，1991年，第584页。
② 〔晋〕陈寿撰，〔南朝·宋〕裴松之注：《三国志·蜀书·后主传》卷三十三注引王隐《蜀记》，中华书局，1959年，第901页。
③ 〔晋〕陈寿撰，〔南朝·宋〕裴松之注：《三国志·魏书·杜恕传》卷十六，中华书局，1959年，第499页。

④ 〔三国〕诸葛亮著，段熙仲、闻旭初编校：《诸葛亮集·附录·蜀丞相诸葛武侯祠堂碑铭并序》卷二，中华书局，2012年，第137页。

殆无不克"①。两相对比，强弱形势明显，蜀亡在情理之中。

加之姜维连年征战，消耗了蜀国有限的人力物力，兵疲民困，客观上也加速了蜀汉的灭亡。史称："于时军旅数出，百姓凋瘁。""民疲劳则骚扰之兆生，上慢下暴则瓦解之形起。"②这导致了曹魏重兵弃东西移，使蜀汉成为三国中第一个被灭亡的目标。

因此，蜀汉灭亡的原因是多方面的，而曹魏的强大、蜀汉的弱小和执政集团的腐败是最根本的原因。

（二）刘禅对蜀汉的灭亡起了加速作用

刘禅在位41年，真正执政的时间却只有十来年。这41年可分为前、中、后三期，恰恰是刘禅执政的时期，对蜀汉灭亡起了加速的作用。

前期为诸葛亮执政掌权的11年（223—234）。由于有刘备"汝与丞相从事，事之如父"的遗嘱，蜀汉"政事无巨细，咸决于亮"③。而刘禅则拱手于后宫，享受皇帝的名分和生活。诚如他自己所说："政由葛氏，祭由寡人。"④此时期，刘禅规规矩矩，听说听教，是一个明理守法的皇帝。所以这一时期蜀汉有南征的胜利、北伐的壮举，能以弱攻强，令曹魏处于守势。

中期为蒋琬、费祎掌权的20年（234—253）。陈寿评论说"蒋琬方整有威重，费祎宽济而博爱，咸承诸葛之成规，因循而不革，是以边境无虞，邦家和一"⑤。蒋琬方正严肃而威风凛凛，费祎宽厚通达而博爱众人；都能继承诸葛亮的成规，遵循而不改。所以边境无事，国家和睦一致。这一时期，由于有诸葛亮推荐的辅政大臣，刘禅也没有做什么太多出格的事，蜀汉政治保持了相对的稳定，经济维持了发展。

不过，史书记载说："后主渐长大，爱宦人黄皓，皓便辟佞慧，欲自容

---

① 〔宋〕司马光编著，〔元〕胡三省音注：《资治通鉴·元帝景元四年》卷七十八，中华书局，1956年，第2475页。

② 〔晋〕陈寿撰，〔南朝·宋〕裴松之注：《三国志·蜀书·谯周传》卷四十二，中华书局，1959年，第1029页。

③ 〔晋〕陈寿撰，〔南朝·宋〕裴松之注：《三国志·蜀书·诸葛亮传》卷三十五，中华书局，1959年，第918页。

④ 〔晋〕陈寿撰，〔南朝·宋〕裴松之注：《三国志·蜀书·后主传》卷三十三注引《魏略》，中华书局，1959年，第894页。

⑤ 〔晋〕陈寿撰，〔南朝·宋〕裴松之注：《三国志·蜀书·蒋琬费祎传》卷四十四，中华书局，1959年，第1069页。

人。"①在这一时期的后期，刘禅的不良习性开始暴露，他喜欢谄媚奸佞的宦官黄皓。又加之管束他的力度因诸葛亮之死而大大减弱，刘禅开始放任自己，享乐习性逐渐显现出来。

最后10年（253—263），为奸佞乱政时期。蒋琬、董允相继在延熙九年（246）去世，刘禅"乃自摄国事"。而此时"陈祗代（董）允为侍中，与黄皓互相表里，皓始预政事"②。蜀汉因此渐渐危机四伏。孙吴孙休时，薛珝使蜀返回，吴主"问蜀政得失"，他描述见到的蜀汉朝野衰败情况说："主暗而不知其过，臣下容身以求免罪，入其朝不闻正言，经其野民皆菜色。臣闻燕雀处堂，子母相乐，自以为安也，突决栋焚，而燕雀怡然不知祸之将及，其是之谓乎！"③蜀汉社会凋敝，百姓饥寒，朝政昏暗，君臣苟安，不知亡国将至矣。

景耀元年（258），"宦人黄皓始专政"，以致在景耀六年（263）初，姜维曾上表后主，说曹魏在调兵遣将准备进犯，提出防御方略"以防未然"，而"（黄）皓征信鬼巫，谓敌终不自致，启后主寝其事，而群臣不知"④。黄皓专权如此，国家坐以待毙。显然，刘禅昏庸，执政时期听信奸佞小人摆布，是加速蜀汉灭亡的重要原因之一。

但也有学者指出："蜀亡的原因不是哪一个人的功过得失，而是一个集团、一个政权的路线问题；不是单一的或一元的因素，而是多元的或多方面的综合效应。正是由于政治、军事、经济、外交等诸因素的互相纠合、互相牵制、互相影响，最终导致了蜀国的崩溃。"⑤

二、刘禅喜好享乐

提出刘禅是"爱民君王"的学者其论点主要有二：一是刘禅"在生活作风上，应属简朴型君王"，二是"面临在江山社稷和百姓安危之间二者只能选一时，他选

---

① 〔晋〕陈寿撰，〔南朝·宋〕裴松之注：《三国志·蜀书·董允传》卷三十九，中华书局，1959年，第986页。

② 〔晋〕陈寿撰，〔南朝·宋〕裴松之注：《三国志·蜀书·董允传》卷三十九，中华书局，1959年，第987页。

③ 〔晋〕陈寿撰，〔南朝·宋〕裴松之注：《三国志·蜀书·薛综传》卷五十三注引《汉晋春秋》，中华书局，1959年，第1255页。

④ 〔晋〕陈寿撰，〔南朝·宋〕裴松之注：《三国志·蜀书·姜维传》卷四十四，中华书局，1959年，第1066页。

⑤ 尹韵公著：《尹韵公纵论三国·论蜀国的灭亡》，山西人民出版社，2001年，第50页。

择了百姓的安危"①。否，这两点都没有史实依据！恰恰相反的是，刘禅属于享乐型君王，他的投降是为了自己的享乐。现据史实逐一加以解析。

（一）刘禅坐享其成，有享乐的习性

关于刘禅的声色游乐喜好，史书不乏记载。

刘禅为皇太子时年仅15岁，就娶张飞长女为妻。因为刘禅过早地沉迷于美色之中，所以年龄稍长即嫌十二个妃子不够，常常要求增加。《三国志·蜀书·董允传》记载说："后主常欲采择以充后宫，（董）允以为古者天子后妃之数不过十二，今嫔嫱已具，不宜增益，终执不听。"②他"常欲采择以充后宫"，而董允"终执不听"，这一描述的用词极为形象地勾勒出刘禅强烈的欲望。

建兴十四年（236）夏，诸葛亮才死一年多，刘禅就迫不及待"至湔，登观阪，看汶水之流，旬日还成都"③。这段话的注释为：湔，山名，在今四川都江堰市城西；观阪，即今都江堰市城西的斗鸡台，下临岷江（即汶水），登临可俯瞰都江堰全貌④。由此可知，被"相父"看管十年之久，在成都宫中憋坏了刘禅，是去都江堰观风望景，看滔滔汶水奔流，放松自己的身心。这一待就是十天。

刘禅喜好游山玩乐的记载不是孤例。《三国志·蜀书·谯周传》载："时后主颇出游观，增广声乐。"刘禅常常外出游玩，又增大宫廷乐队的人数。这是在他30多岁的时候。为此谯周上疏，以光武帝刘秀的成功进行劝谏，并指出："至于四时之祭，或有不临；池苑之观，或有仍出。"刘禅连四季的祭祀有时都不参加，却频繁地去游观水池花苑。实在让人看不下去。谯周说："先帝之志，堂构未成，诚非尽乐之时。愿省减乐官、后宫所增造，但奉修先帝所施，下为子孙节俭之教。"刘备振兴汉朝的遗志，连基本的构想都没有完成，确实不是尽情享乐的时候啊。谯周希望刘禅裁减宫廷伎乐队伍，停止后宫新增的工程，只维护好刘备时的建造，以便用节俭的榜样教育子孙。刘禅没有听，依然我行我素；而谯周却被降职，

① 罗开玉著：《三国南中与诸葛亮·后主不退守南中之谜》，四川科学技术出版社，2014年，第325页。
② 〔晋〕陈寿撰，〔南朝·宋〕裴松之注：《三国志·蜀书·董允传》卷三十九，中华书局，1959年，第986页。
③ 〔晋〕陈寿撰，〔南朝·宋〕裴松之注：《三国志·蜀书·后主传》卷三十三，中华书局，1959年，第897页。
④ 方北辰译注：《三国志全本今译注·刘禅传》注，陕西人民出版社，2011年，第1777页。

从太子家令（第五品）降为中散大夫（第七品）①。

刘禅是一个"官二代"。在他出生后刘备即结束颠沛流离的生活，坐拥荆州大部，因此他的童年生活无忧无虑；刘禅随后入益州，当王太子、皇太子，娶妻享受；刘禅17岁继位为皇帝，由于有贤相诸葛亮的辅佐，他百事不操心，享受着皇帝的名分和生活。诸葛亮死后，又有诸葛亮推荐的大臣蒋琬、费祎辅政。刘禅"自摄国事"、独立执政，如果从蒋琬、董允相继去世的延熙九年（246）算起，也不过十六七年。

简要梳理刘禅的成长过程可以看出，他没有经历过任何战火的磨难，没有经历过任何打拼的艰辛，从小到大都坐享其成，因此他骨子里埋下了享乐的基因。所以，当诸葛亮一死无人管束后，他就开始放松自己，享乐习性显现出来。于是才有"至湔，登观阪，看汶水"之举；史书中还有其他关于他喜欢美女、游玩、舞乐的记载。

简要梳理刘禅在位的情况可以看出，刘备打下江山并安排了贤相来看管他、辅佐他。所以，刘禅缺乏执政经验，没有得到处理政事能力的培育、锻炼。所以他根本不可能有其父"折而不挠"的奋斗精神，反而承袭了"不甚乐读书，喜狗马、音乐、美衣服"的恶习②。因此在曹魏大军压境时，他仓皇无措，只得听计投降，以保命、享乐。

（二）魏军兵临城下，刘禅束手无策

关于刘禅的投降，《三国志·蜀书》在《后主传》和《谯周传》中都有记载。《后主传》的记载极为简单："用光禄大夫谯周策，降于艾。"刘禅听从了谯周之策，向邓艾投降了。而《谯周传》对刘禅在邓艾率军直入成都平原时的表现、投降与否、不得已而降等，做了详细载录。

景耀六年（263）冬，曹魏大将邓艾攻克江油关后长驱直入，蜀汉朝野震动。

后主使群臣会议，计无所出。或以为蜀之与吴，本为和国，宜可奔吴；或以为南中七郡，阻险斗绝，易以自守，宜可奔南。惟（谯）周以为："自古已来，无有寄他国为天子者也，今若入吴，固当臣服。且政理不殊，则大能吞小，此数之自然也。由此言之，则魏能并吴，吴不能并魏明矣。等为小称臣，孰与为大？再辱之

---

① 洪饴孙撰：《三国职官表》，载《后汉书三国志补表三十种》，中华书局，1984年，第1400、1352页。

② 〔晋〕陈寿撰，〔南朝·宋〕裴松之注：《三国志·蜀书·先主传》卷三十二，中华书局，1959年，第871页。

耻，何与一辱？且若欲奔南，则当早为之计，然后可果；今大敌以近，祸败将及，群小之心，无一可保，恐发足之日，其变不测，何至南之有乎！"①

逃到东吴，寄人篱下，还有"再辱之耻"；逃向南中，时间仓促，恐有不测，难以实现。怎么办呢？投降？邓艾会接受吗？为了打消刘禅和群臣的顾虑，谯周进一步分析说："方今东吴未宾，事势不得不受；受之之后，不得不礼。若陛下降魏，魏不裂土以封陛下者，周请身诣京都，以古义争之。"众人无法反驳谯周。

这一场朝堂紧急会议暂时没有讨论出结果，但可以看出几个问题。一是大敌当前，刘禅没有主意，"计无所出"；二是压根没有人提出迎战，想到的只是逃跑，"奔吴"或"奔南"；三是逃不是办法就投降，投降可"裂土以封"保富贵；四是根本没有任何关于百姓安危的只言片语。所以，这场讨论的关键词是：逃跑，投降。

刘禅开始并没有做出投降的决定，"后主犹疑于入南"（《资治通鉴》为

"汉主犹欲入南，狐疑未决"②）。他仍然想逃入南中，处于犹豫不决之中。因为骨子里的享乐基因使他不愿意投降，也不愿"奔吴"寄人篱下，而"奔南"当偏安一隅的小皇帝则可继续享乐。

于是，谯周立即上疏，深入分析，列举四条理由由力劝刘禅尽快拿定主意投降。他游说道："愿陛下早为之图，可获爵土。"并旁征博引，"圣人知天命而不苟必"，说圣人知道天命所归也不会勉强坚持；"岂所乐哉，不得已也"，谁喜欢投降，是不得已啊！③谯周的分析很到位，而且理直气壮，刘禅和群臣被说服了。

刘禅终于投降了。打动他的最重要的无疑是"裂土以封""可获爵土"。投降的结果也的确如谯周所料。史载："嘉令刘禅为安乐县公。""食邑万户，赐绢万匹，奴婢百人，他物称是；子孙为三都尉封侯者五十余人。"谯周等人也得以封侯④。

---

① 〔晋〕陈寿撰，〔南朝·宋〕裴松之注：《三国志·蜀书·谯周传》卷四十二，中华书局，1959年，第1030页。

② 〔宋〕司马光编著，〔元〕胡三省音注：《资治通鉴·元帝景元四年》卷七十八，中华书局，1956年，第2473页。

③ 〔晋〕陈寿撰，〔南朝·宋〕裴松之注：《三国志·蜀书·谯周传》卷四十二，中华书局，1959年，第1030、1031页。

④ 〔晋〕陈寿撰，〔南朝·宋〕裴松之注：《三国志·蜀书·后主传》卷三十三，中华书局，1959年，第902页。

刘禅在兵临城下时没有主意，是被群臣牵着鼻子走；他开始想逃，想当一个偏安一隅的小皇帝，最后不得已才同意投降。这就是史实。

（三）刘禅为自己，选择了投降

面对曹魏大军入境，朝堂上群臣讨论的是往什么地方逃跑或者投降，根本没有任何人提到江山社稷和巴蜀百姓的安危，就是谯周在反反复复强调投降的理由中也没有只言片语提到，所以根本没有"在江山社稷和百姓安危之间二者只能选一"这样的选择题让刘禅选。

面对曹军兵临城下，朝堂上群臣中也没有任何人把御敌列为议题，自然没有任何人提到抗争的后果，所以根本不涉及抵抗带来的所谓"屠城"。所以"吸取了东汉灭'成家''屠成都'的教训，主要是从保护巴蜀百姓出发，在最关键的时刻、在面临江山社稷和他的百姓安危二者只能选一时，刘禅选择了后者"的说法根本不成立。这样的选择题没有人想到，没有人提出，刘禅也没有可能去做。

那么，刘禅做了什么样的选择题呢？

在江山社稷、百姓安危和个人皇位受到威胁时，刘禅首先选择的是保皇位，不行就保性命保富贵。史书白纸黑字，记载确凿。他开始根本不想投降，想逃跑"奔吴""奔南"，以保皇位，迫不得已而降也是为了苟且偷生和自己的安乐享受，只字没有提到百姓安危，没有提到江山社稷存亡。所以刘禅投降与爱民、仁德没有一丝一毫的关系。

汉末三国时的人主在危难时有没有顾及百姓的例子呢？有，如刘备，在曹操大军袭襄阳时，他在逃难时就想到百姓，说："夫济大事必以人为本，今人归吾，吾何忍弃去！"[1]不愿意放弃追随他的百姓而只顾自己逃命。

还有益州牧刘璋，在刘备大军围成都时，他之所以决定投降就是想到百姓。史载："吏民咸欲死战。（刘）璋说：'父子在州二十余年，无恩德以加百姓，百姓攻战三年，肌膏草野者，以璋故也，何心能安！'遂开城出降，群下莫不流涕。"[2]

而蜀汉后期，君主昏庸，臣下苟安，刘禅和他的群臣已经没有了这种思想境界，已经听不到关于百姓安危、疾苦的声音了。

---

① 〔晋〕陈寿撰，〔南朝·宋〕裴松之注：《三国志·蜀书·先主传》卷三十二，中华书局，1959年，第877页。
② 〔晋〕陈寿撰，〔南朝·宋〕裴松之注：《三国志·蜀书·刘璋传》卷三十一，中华书局，1959年，第869页。

三、对刘禅、谯周投降的评判

"刘氏无虞，一邦蒙赖，周之谋也。"①蜀汉归降的结果是君臣百姓平安，是谯周的主张，那么功过也主要由他来承担。

谯周的劝降，在道德层面上，作为臣子极力劝君主投降，在古代是为人不齿的。《三国志》裴松之引孙绰和孙盛的评论，说明了那时人们的态度。孙绰说："谯周说后主降魏，可乎？曰：'自为天子而乞降请命，何耻之深乎！夫为社稷死则死之，为社稷亡则亡之。'"②在我国传统伦理道德观中，忠义、气节，是高尚的品德，是士大夫的追求，被士人视为精神生命。因此历代对谯周、刘禅的指责不绝于书。

谯周的劝降，在功利层面上，达到"刘氏无虞，一邦蒙赖"的客观效果，刘禅等人也得到荣华富贵。不过，这不能掩盖谯周、刘禅投降受到的鄙视和谴责。而这"刘氏无虞，一邦蒙赖"的描述，是陈

寿作为谯周的学生，对于老师主张投降的回护。

的确，"刘氏无虞，一邦蒙赖"是投降的客观效果，但不是谯周更不是刘禅的主观意图。主观和客观效果可以是统一的，也可以是分离的。在谯周两番劝降的言论中，没有关于百姓安危的只言片语，所以不能说这是谯周的仁德和他有爱民思想，更不是刘禅的爱民与仁德。客观效果不能代替、等同主观愿望，二者不能混淆。

面对入侵的曹魏强敌，并非只有逃跑或投降。诸葛亮的儿孙就在迎敌中拒绝诱降、英勇战死。史载：

魏征西将军邓艾伐蜀，自阴平由景谷道旁入。（诸葛）瞻督军至涪停住，前锋破，退还，住绵竹。艾遣书诱瞻曰："若降者必表为琅邪王。"瞻怒，斩艾使。遂战，大败，临阵死，时年三十七。……瞻长子尚，与瞻俱没。③

还有刘禅的儿子刘谌，"伤国之亡"而自杀殉国。史载：

后主将从谯周之策，北地王谌怒曰："若理穷力屈，祸败必及，便当父子君臣背城一战，同死社稷，以见先帝可也。"

① 〔晋〕陈寿撰，〔南朝·宋〕裴松之注：《三国志·蜀书·谯周传》卷四十二，中华书局，1959年，第1031页。
② 〔晋〕陈寿撰，〔南朝·宋〕裴松之注：《三国志·蜀书·谯周传》卷四十二注引，中华书局，1959年，第1031页。
③ 〔晋〕陈寿撰，〔南朝·宋〕裴松之注：《三国志·蜀书·诸葛亮传》卷三十五，中华书局，1959年，第932页。

后主不纳，遂送玺绶。是日，谌哭于昭烈之庙，先杀妻子，而后自杀，左右无不为涕泣者。①

他们的死是何等的壮烈，何等的感人啊！

如果刘禅的投降是仁德，那诸葛瞻与儿子的"临阵战死"、刘谌的"杀家告庙"又是什么呢？

从伦理道德观的价值取向和从功利观的价值取向得出的评判是不可混为一谈的。

秦汉以来，中国已是一个统一的国家，魏、蜀、吴虽称三国，实际上只是神州大地上的三个割据政权。那是一个臣子选择贤君、君主任用能人的时期，只要不是背信弃义、唯利是图、见利忘义，一个在蜀国做官的，可以"跳槽"到魏国、吴国去任职，没有投敌、忠奸的问题，不会受到谴责。只是看问题不能脱离时代背景，搞穿越。"在分析任何一个社会问题时，马克思主义理论的绝对要求，就是要把问题提到一定的历史范围内。"②

因此，对刘禅、谯周的投降，应该尊

重历史的伦理观、价值观的评判。

四、一个具有可塑性的君主

刘禅为君41年，他在前期、中期有良辅还算规矩、明理，但到后期却因听信奸佞而变得昏聩，据此陈寿评价说：

后主任贤相则为循理之君，惑阉竖则为昏暗之后，传曰"素丝无常，唯所染之"，信矣哉！③

陈寿认为：刘禅在贤能的丞相执掌朝政时，就是一个遵循道理的皇帝；在被宦官迷惑的时候，则变为一个昏聩的君主。古代圣人说："白色的丝绢没有固定的颜色，给它染什么色它就是什么色。"的确如此啊！

陈寿这一评价是中肯的，也很有见地：刘禅缺乏主见，具有可塑性，辅政的人对他成为什么样的君王有着很大的影响，甚至起决定性的作用。

综上所述，把蜀汉灭亡的责任完全归于刘禅是不准确的，说他是一个仁德之君也是不妥的。刘禅是一个具有两面

① 〔晋〕陈寿撰，〔南朝·宋〕裴松之注：《三国志·蜀书·后主传》卷三十三注引《汉晋春秋》，中华书局，1959年，第900页。
② 列宁：《"论民族自决权"，1914年2—5月》，载《列宁全集》第20卷，人民出版社，1958年，第401页。
③ 〔晋〕陈寿撰，〔南朝·宋〕裴松之注：《三国志·蜀书·后主传》卷三十三，中华书局，1959年，第902页。

性的君主，他有向上、向善的一面；他才能平庸，也有因坐享其成而养成的享乐习性。因此，他是一个具有可塑性的君主，是一个可以扶的也是扶得起的君主，只是要看扶的人把他往什么路上扶。诚如陈寿所说，因为辅佐大臣的忠奸贤愚，他前期是一个遵循道理的皇帝，后期则变为一个昏聩的君主。

〈据《刘禅是一个"仁德之君"吗？》一文整理修改，原载于（北京）团结出版社2018年出版的《第23届全国诸葛亮学术研讨会论文集》。〉

诸葛亮

伯仲之间见伊吕，指挥若定失萧曹。

——〔唐〕杜甫诗曰。（《咏怀古迹五首之五》）

诸葛亮（181—234）

字孔明，琅邪阳都（今山东沂南）人，生于东汉光和四年（181），卒于蜀汉建兴十二年（234），享年54岁。葬于定军山下（位于今陕西勉县）。

诸葛亮14岁随叔父避难离家到荆州，后在隆中躬耕苦读，27岁时由于刘备三顾，登上政治舞台。史籍记载，他因人因事哭泣6次；他生病、死前心系国事，上表自报家产，推荐继任者，安排退兵方略，遗令薄葬；他结交朋友，渴望金石之交；他铭记挚友情谊，对刘备的三顾和托孤怀德感恩，留下"鞠躬尽瘁，死而后已"的名言；他以才德择偶得贤内助，留下《诫子书》表达了对儿女的关爱和期许，其中的"淡泊明志，宁静致远"成为励志格言。

诸葛亮的眼泪，临死前的思虑、言行，对朋友的感念、对恩情的铭记，传递出他的忠贞与勤勉，执着与担当，公正与廉洁；体现了他的重情重义，怀德感恩；他与妻、儿的关系和睦，体现出他重视亲情。这些让人看到诸葛亮丰富的情感世界和可贵的人品。

情到深处泪自流
——诸葛亮的6次哭泣解读

史书记载，诸葛亮从政为相后因人因事哭泣6次。从这6次哭泣中，世人可以看到他胸中涌动着的尽忠尽职的操守，看到他内心受恩感激的情感和忧思，看到他在友情与法度纠结中失去故友的伤痛，看到他位高权重的孤独和心中的憋屈，看到他惜爱晚辈的柔情，看到他对敢于直言进谏官员的珍惜。这6次哭泣把他丰富的情感世界和可贵的人品展现出来。

——题记

诸葛亮一生哭过多少次，现已无从知晓。检索《三国志》和裴松之注引，得知他从政为相后，因人因事6次流泪哭泣。这6次哭泣分别是：刘备托孤时，上《出师表》时，斩马谡时，罢黜李严后给其子写信时，与兄诸葛瑾言及孙松早逝时，得知下属杨颙死时。情到深处泪自流。诸葛亮哭泣时已过不惑之年，身居丞相高位，这数次失态涕泣流泪，彰显出他怎样的人

品、情感？是什么冲击了他心灵的平静与坚实，使其情感决堤，哭泣泪流？

一、接受托孤洒泪承诺

诸葛亮第一次哭泣，是在白帝城接受刘备托孤之时，时年43岁。

蜀汉章武三年（223）春，伐吴兵败、退驻永安的刘备病危，召诸葛亮到永安宫，史载：

（刘备）属以后事，曰："君才十倍曹丕，必能安国，终定大事。若嗣子可辅，辅之；如其不才，君可自取。"亮涕泣曰："臣敢竭股肱之力，效忠贞之节，继之以死！"[1]

诸葛亮听了刘备托孤的话，为什么会禁不住泪流满面，并做出了掷地有声的回答？历来对之认真分析研究的人不多。朱大渭和梁满仓先生指出："（刘备）用自己生命四分之一以上的时间，用自己艰苦创业的经历，去感受诸葛亮的才华，感受诸葛亮的智慧，感受诸葛亮的忠诚，感受他与诸葛亮情同鱼水的君臣关系。……刘备这番话，表明了自己的真诚，同时也表

---

[1] 〔晋〕陈寿撰，〔南朝·宋〕裴松之注：《三国志·蜀书·诸葛亮传》卷三十五，中华书局，1959年，第918页。

明了对诸葛亮的无限信任。……使诸葛亮感动得热泪夺眶。"[1]

的确，君臣相遇后经过长期磨合，诸葛亮的忠心和才德得到刘备的完全认可，二人肝胆相照。诸葛亮此时的哭泣，是心灵的感动，更是君主信任激发的"士为知己者死"的情感。

刘备和诸葛亮从三顾（207）到托孤（223），其间历时16年，君臣经历了相识、相知、相互信任的漫长过程。诸葛亮择主出山，是对刘备理想和顽强奋斗精神的认同；而刘备虽说有"君臣鱼水"之叹，作为一代枭雄的他要真正从心底认同、接纳诸葛亮及其建国规划《隆中对》，还需要一个过程。所以，二人的观点、思路开始并没有完全形成默契，诸葛亮在刘备集团中的地位和作用最初也并不显要。

（一）二人观点开始并不一致

仔细研读《三国志》，刘备和诸葛亮二人在开始的一段时间里，思路尚未合拍，观点尚未一致。例如，曹操率兵突袭荆州，"诸葛亮说先主攻琮，荆州可有。先主曰：'吾不忍也。'"于是"过辞（刘）表墓，遂涕泣而去"[2]。因为这一献策有一个应该不应该、可能不可能的问题。刘备认为如此对刘表不应该，而事实上也不可能占有，所以予以否定。面对荆州内部的亲曹势力和曹操大军压境的情况，即使袭取襄阳成功也不可能牢固地占有。这显示出刘备的为人老辣和他对局势的清醒认识，而初出茅庐的诸葛亮是有所不及的。又如，当阳败北后，何去何从，刘备开始称"与苍梧太守吴巨有旧，欲往投之"[3]，并没有显示出求助于孙权的意思。诸葛亮则说："事急矣，请奉命求救于孙将军。"为什么刘备不主动提出联吴呢？因为一代枭雄的刘备拉不下脸面去主动求人；而且结盟是双方都有需求的事，他在观望和等待。当鲁肃奉孙权之"命与（刘）备相结"时，刘备才同意诸葛亮的提议派他使吴，蜀吴联合之事才成为可能。

这说明诸葛亮《隆中对》提出的"跨有荆、益"和"结好孙权"等基本方略虽然刘备口头称"善"，但并没有在他心中得到完全的认同。目标的实现需要机遇和条件，感性认识上升到理性认识需要一个

---

[1] 朱大渭、梁满仓著：《武侯春秋·梦断夷陵》第六章，团结出版社，1998年版，第381-385页。

[2] 〔晋〕陈寿撰，〔南朝·宋〕裴松之注：《三国志·蜀书·先主传》卷三十二，及注引《典略》，中华书局，1959年，第878页。

[3] 〔晋〕陈寿撰，〔南朝·宋〕裴松之注：《三国志·蜀书·先主传》卷三十二注引《江表传》，中华书局，1959年，第878页。

过程。刘备对诸葛亮及其方略的认同也是如此。

（二）诸葛亮的地位开始并不显要

诸葛亮在刘备集团中的作用和地位在最初的一段时间里并不重要和显赫。他第一次任职是在赤壁大战后，为军师中郎将，驻临烝，职责是"使督零陵、桂阳、长沙三郡，调其赋税，以充军实"。刘备却带着庞统攻打益州去了。第二次任职是刘备攻下成都，"以亮为军师将军，署左将军府事。先主外出，亮常镇守成都，足食足兵"①。其间，刘备却带法正攻打汉中去了。第三次是刘备即位，"策亮为丞相"。这是诸葛亮在参加刘备集团14年后的任职。军师中郎将和军师将军都属于杂号官职，品秩不高，而诸葛亮在十几年里没有计较职位的高低，没有任何怨言，而是勤勤恳恳，兢兢业业，圆满完成所交办的"足食足兵"后勤事务，以自己的忠诚和才干，逐渐得到刘备及其团队的完全认可，最后终于任职为丞相，位极人臣。

诸葛亮参加刘备集团后，刘备亲自指挥的三次重大征战（入益州、征汉中、伐吴）他都没有参与。前线征战，开拓疆土，是汉末三国当时最重要的大事，为什么诸葛亮没能参与呢？因为诸葛亮是一介书生，奇谋和将略非其所长。对此他自己是有所认识的，如他"每奇（法）正智术"；陈寿也曾客观地指出：诸葛亮"治戎为长，奇谋为短；理民之干，优于将略"。这说明刘备对他才干的长短优劣也是有所认识和了解的，最后任诸葛亮为丞相，是对他治国理民才能的充分认可。这种状况，应该是二人的一个磨合过程，一个相互观察了解的过程，只有在相互深入了解基础上的信任，才不会生隔阂、生猜疑。刘备的高明老练，诸葛亮的自知之明，形成了二人相互赏识、相互信任的基础。他们这种经历了曲折达到的相互信任，更显得珍贵，更能激发起人的情感。刘备托孤把这一情感推向了高潮，此情此景，诸葛亮怎能不热泪横流！

（三）托孤给予的信任与权力

"君才十倍曹丕，必能安国，终定大事"，刘备的托孤，充分肯定了诸葛亮的才智；"君可自取"，敕刘禅兄弟事丞相如父，给予了他最大限度的信任和最大的权力。这番话，无疑是古代士人得到的最高荣宠和信任，也是古代士人入世为官达到的最高境界。16年后，诸葛亮以自己的忠贞、才智和勤勉，终于赢得了刘备的完

---

① 〔晋〕陈寿撰，〔南朝·宋〕裴松之注：《三国志·蜀书·诸葛亮传》卷三十五，中华书局，1959年，第916页。

全认可。作为一个有着浓厚忠君思想和正统观念的士人，托孤时刘备给予的荣宠和信任，给予的施展才华和抱负的舞台，诸葛亮心中除了感恩，要"效忠贞之节，继之以死"外，还激起他实现"自比于管、乐"之志、一展宏图的澎湃激情。所以，诸葛亮做了掷地有声的回答，禁不住泪流满面。

诸葛亮受托时的泪水，表达的是感恩之情、尽忠之意、效力之心。

二、出师上表情深泪流

诸葛亮第二次哭泣是在上《出师表》时，时年47岁。

蜀汉建兴五年（227）春，诸葛亮率军北伐，临行向后主刘禅上《出师表》，在表文的最后，他情不能自持，说：

深追先帝遗诏，臣不胜受恩感激。今当远离，临表涕零，不知所言。①

《出师表》的内容可以分为两大部分，前部分主要为交代、安排，后部分主要为追述、表态。《出师表》流露的真挚情感，历来备受人们称颂、欣赏，然而随

着表文的陈述，诸葛亮最后为什么会情不自禁、涕泪横流？对此，历来却少有人关注分析。诸葛亮在陈述表文的最后泪流满面，主要原因有二。

（一）"受恩感激"而产生的强烈责任感

诸葛亮在陈述表文时最后的泪流，是他因"受恩感激"而产生的强烈责任感所致。在表文的后半部分，他一开始表明自己本无"闻达于诸侯"之意，而刘备"不以臣卑鄙，猥自枉屈"，对刘备三次拜访表示出的罕见的器重和抬爱，"由是感激"，由此产生的由衷感激，才毅然"奉命于危难之间"；然后强调刘备临终时托孤"寄臣以大事"的无限信任和给予的"君可自取"的至高权力。从此，他把报恩刘备，进而效忠其子刘禅，化作了自己的职分、责任。他在给孙权的信中曾说："亮受昭烈皇帝寄托之重，敢不竭力尽忠。"②在《答李严书》中，对李严劝他接受"九锡"、晋爵封王时说："吾本东方下士，误用于先帝，位极人臣，禄赐百亿，今讨贼未效，知己未答，而方宠齐、

① 〔晋〕陈寿撰，〔南朝·宋〕裴松之注：《三国志·蜀书·诸葛亮传》卷三十五，中华书局，1959年，第920页。

② 〔三国〕诸葛亮著，段熙仲、闻旭初编校：《诸葛亮集·文集》卷一，中华书局，2012年，第24页。

晋，坐自贵大，非其义也。"①诸葛亮认为，自己深受刘备的大恩，只有竭智尽忠，穷尽毕生以完成"讨贼兴复"大业，才能报答刘备的知遇之恩。

（二）因责任感产生的忧患意识

诸葛亮在陈述表文时最后的泪流，是他因责任感产生的忧患意识所致。"竭股肱之力，效忠贞之节，继之以死！"这是诸葛亮对刘备托孤时的承诺。这一承诺深深铭刻在诸葛亮的心中，作为职分重重地压在他的身上。为此，他"夙夜忧叹，恐托付不效"；在"深入不毛"，南征之后，如今要去"北定中原"了，而兴复汉室的前景并不乐观。蜀汉在三国中国力弱小，处于"危急存亡之秋"；而刘禅暗弱平庸，缺少主见，是一个贪玩好色、易受不良影响的人。外部和内部或明或暗存在种种危情，要完成"兴复汉室，还于旧都"的使命，在表文中他没有掩饰自己内心深深的忧虑，以及"夙夜忧叹"的沉重心情。在《出师表》的前部分他一一安排，一再叮咛、嘱咐，唯恐发生不测；在表文的最后，提出对留任大臣和自己必须进行追责问罪：若"讨贼兴复"之任不

---

① 〔晋〕陈寿撰，〔南朝·宋〕裴松之注：《三国志·蜀书·李严传》卷四十注引《诸葛亮集》，中华书局，2012年，第999页。

效，"则治臣之罪，以告先帝之灵"。这俨然是出征前的军令状。蜀汉北伐战事的艰辛和前景的不可预测，诸葛亮对此有着清醒的认识。读到《出师表》后半部分动情而慷慨的陈述，一种壮士出征时的悲壮感油然而生。

后世有人评论，诸葛亮的北伐是"知其不可而为之"。明知征途有艰险，越是艰险越向前。这是一种何等壮烈的行为啊！

（三）"临表涕零"体现出的人品和性情

情到深处泪自流。随着表文的陈述，"深追先帝遗诏，臣不胜受恩感激"；在这离别远征、奔赴沙场之时，他忍不住情感迸发，热泪盈眶，满面横流。

从诸葛亮的"临表涕零"，可以看出他的人品和性情，可以看出他是一个重承诺、有担当的士人，是一个知恩图报、善始善终的君子；尽管对《后出师表》有争议，但其中的"鞠躬尽瘁，死而后已"这句话，人们普遍认为是诸葛亮承诺的写照。

后世流传：读《出师表》不哭者不忠，读《陈情表》不哭者不孝。信之也！南宋文天祥曾赋诗曰："至今《出师表》，读

之泪沾胸。"①《出师表》反映出的诸葛亮的人品和情感,令后人大加赞赏。

诸葛亮上表时的心情是复杂的,最后的满面泪水,包含着对蜀汉政治前途的担心、对后主刘禅的忧心、对蜀汉人事安排的苦心,表达的是对蜀汉政权的忠心、对北伐克敌制胜的信心。②

三、痛斩马谡两次挥泪

诸葛亮因马谡失街亭挥泪斩之,当时和事后他不止一次哭泣流泪,时年48岁。

蜀汉建兴六年(228)春,诸葛亮出兵祁山首次北伐,史载:

(马谡)统大众在前,与魏将张郃战于街亭,为郃所破,士卒离散。(诸葛)亮进无所据,退军还汉中。谡下狱物故,亮为之流涕。③

《襄阳记》曰:

(马)谡临终与(诸葛)亮书曰:"明公视谡犹子,谡视明公犹父,愿深惟殛鲧与禹之义,使平生之交不亏于此,谡虽死无恨于黄壤也。"于时十万之众为之垂涕。亮自临祭,待其遗孤若平生。蒋琬后诣汉中,谓亮曰:"昔楚杀得臣,然后文公喜可知也。天下未定而戮智计之士,岂不惜乎!"亮流涕曰:"孙武所以能制胜于天下者,用法明也。是以杨干乱法,魏绛戮其仆。四海分裂,兵交方始,若复废法,何用讨贼邪!"④

诸葛亮挥泪斩马谡,善待其遗孤;对蒋琬的疑虑,他流泪强调如今在北伐曹魏、兴复汉室之战开始之际,若废弃法度,靠什么去战胜敌人呢?

关于诸葛亮挥泪斩马谡,《三国志集解》引诸家评论如下。

胡三省评论曰:"杀之者王法也,恩之者故人之情不忘也。"

何焯曰:"魏延、吴壹辈皆蜀之宿将,亮不用为先锋,而违众用谡,其心已不乐矣。今谡败而不诛,则此辈必益骄恣,而后来者将有以藉口,岂不惜一人而乱大事乎?凡亮之治蜀,所以能令人无异议者,徒以其守法严而用情公也。"

钱振锽曰:"(向)朗素与马谡善,

① 〔宋〕文天祥著:《文山先生全集》卷十四《指南后录》卷二,转引自《诸葛亮研究集成》,齐鲁书社,1997年,第976页。
② 朱大渭、梁满仓著:《武侯春秋·殚精竭智》第九章,团结出版社,1998年,第556页。
③ 〔晋〕陈寿撰,〔南朝·宋〕裴松之注:《三国志·蜀书·马良传附马谡传》卷三十九,中华书局,1959年,第984页。
④ 〔晋〕陈寿撰,〔南朝·宋〕裴松之注:《三国志·蜀书·马良传附马谡传》卷三十九,中华书局,1959年,第984页。

谡逃亡，朗知情不举，亮恨之，免官。据此，则谡军败后尝畏罪而逃，逃而被获，其罪不可赦，不然未必见戮也。"①

诸家评论认为，马谡该杀，因为他违背指令而战败，并缺少担当，战败后逃亡；因为他是诸葛亮违众举荐的先锋，需表明王法大于私情云云。但是他们都没有说，诸葛亮一再哭泣是为什么。

诸葛亮为什么一再哭泣，原因是多方面的。

（一）诸葛亮的哭是真情，是哀伤

马谡与其兄马良，是襄阳宜城人，"并有才名"；诸葛亮年龄比他们略长，在隆中时他们交往甚密。马良曾在书信中称诸葛亮为"尊兄"；裴松之"以为良盖与亮结为兄弟，或相与有亲；亮年长，良故呼亮为尊兄耳"②。诸葛亮十分欣赏马谡的才能，史称：马谡"才器过人，好论军计，丞相诸葛亮深加器异。……每引见谈论，自昼达夜"。诸葛亮征南中，马谡送之数十里。史载：

（诸葛）亮曰："虽共谋之历年，今可更惠良规。"（马）谡对曰："南中

① 卢弼编：《三国志集解》卷三十九，中华书局，1982年，第807、808页。
② 〔晋〕陈寿撰，〔南朝·宋〕裴松之注：《三国志·蜀书·马良传》卷三十九及裴松之注，中华书局，1959年，第983页。

恃其险远，不服久矣，虽今日破之，明日复反耳。今公方倾国北伐以事强贼。彼知官势内虚，其叛亦速。若殄尽遗类以除后患，既非仁者之情，且又不可仓卒也。夫用兵之道，攻心为上，攻城为下，心战为上，兵战为下。愿公服其心而已。"亮纳其策，赦孟获以服南方。③

马谡的分析和建策非常有见地，对诸葛亮的南征颇有帮助，得到赏识合情合理。所以，首次北伐诸葛亮违众用马谡任先锋，让马谡施展才干。然而，马谡第一次领兵出征战败并逃亡，其表现令诸葛亮大失所望。诸葛亮不得不亲自下令将他斩首。

马氏兄弟与诸葛亮情同父子、兄弟。马谡临就刑前"明公视谡犹子，谡视明公犹父"这番遗言，令人鼻酸泪流。诸葛亮读着马谡的遗书，唯有仰天长叹，心痛泪流。于是亲自祭祀，"待其遗孤若平生"。他能够做的就是善待马氏兄弟的家人，以抚慰自己伤痛的心。

诸葛亮是一个重感情、珍惜友谊的人。他与马氏兄弟有二十多年的深厚情谊，由于他的误用把马谡推上了断头台，而且是他在众将士面前亲自下令执行的死

③ 〔晋〕陈寿撰，〔南朝·宋〕裴松之注：《三国志·蜀书·马良传附马谡传》卷三十九及注引《襄阳记》，中华书局，1959年，第983页。

刑,这是何等残忍的一件事啊!眼睁睁看着马谡身首异处,诸葛亮的心如同刀扎。此情此景,让他难以释怀,让他陷入深深的悲痛之中。所以一而再地伤感、流泪。这哭,体现了他的"故人之情",体现了他对友情的珍惜。

(二)诸葛亮的哭是悔恨,是自责

对于马谡,刘备在白帝城曾叮嘱诸葛亮说:"马谡言过其实,不可大用,君其察之。"而诸葛亮"犹谓不然",置之不顾,交往依旧,器重依旧。在首次北伐选任先锋时,"时有宿将魏延、吴壹等,论者皆言以为宜令为先锋,而亮违众拔(马)谡,统大众在前"。然而,马谡的才能体现在分析问题、出谋划策;领兵打仗、布阵对敌,则缺乏经验。况且,他人品也有问题,战败后竟然逃亡。诸葛亮在斩马谡时,处理失街亭一役相关的一干人。斩"将军张休、李盛,夺将军黄袭等兵";"(向)朗素与马谡善,谡逃亡,朗知情不举,亮恨之,免官"[1]。诸葛亮对自己未听刘备的劝告,错用马谡造成的恶果深深地懊悔和自责。痛定思痛,诸葛亮在蒋琬来问起时也禁不住再次热泪长流。

(三)首次北伐失败使诸葛亮陷于伤感

街亭丢失,导致第一次北伐的大好形势急转直下,南安、天水、安定三郡得而复失,赵云、邓芝败退,蜀汉军队退守汉中。诸葛亮筹划多年、壮志满怀的首次北伐就这样夭折了。强烈的挫败感极大地影响了诸葛亮的情绪。事后蒋琬来汉中谈到此事,对斩马谡表示惋惜时,诸葛亮又流泪了。他知道,王法大于私情。因为"讨贼兴复"的大业不能因人废法,"若复废法,何用讨贼邪"!首次北伐失败的阴云使诸葛亮在一段时间里情绪低落,亲如兄弟的马谡之死使他陷于悲伤中难以自拔。所以,蒋琬来提及此事,他又流泪了。

不过,诸葛亮在悲伤中没有忘记自己的职责。他首先勇于承担自己"明不知人,恤事多暗",即用人不当的过错,便上《街亭自贬疏》"请自贬三等,以督阙咎"[2],作为对自己的处罚。然后发表《劝将士勤攻己阙教》,总结经验教训,进行补救;同时"厉兵讲武,以为后图",准备再次出师北伐。

诸葛亮斩马谡的心情是沉痛的,也是复杂的。在他的哭泣中,后人可以看到伤

---

[1] 〔晋〕陈寿撰,〔南朝·宋〕裴松之注:《三国志·蜀书·向朗传》卷四十一,中华书局,1959年,第1010页。

[2] 〔晋〕陈寿撰,〔南朝·宋〕裴松之注:《三国志·蜀书·诸葛亮传》卷三十五,中华书局,1959年,第922页。

痛、悔恨；可以看到自责、内疚；也可以看到他的担当和奋起。

四、致书李丰叹息涕泣

诸葛亮第四次流泪是给李严的儿子李丰写信时，时年51岁。

蜀汉建兴九年（231）春，诸葛亮在上表弹劾李严、罢黜他的官爵后，给其子李丰写了一封信，史称《与李丰教》。教曰：

君与父子戮力以奖汉室，此神明所闻，非但人知之也。表都护典汉中，委君于东关者，不与人议也。谓至心感动，始终可保，何图中乖乎？昔楚卿屡绌，亦乃克复，思道则福，应自然之数也。愿宽尉都护，勤追前阙。今虽解任，形业失故，奴婢宾客百数十人，君以中郎参军居府，方之气类，犹为上家。若都护思负一意，君与公琰推心从事者，否可复通，逝可复还也。详思斯戒，明吾用心，临书长叹，涕泣而已。①

诸葛亮在这封书信中，袒露心扉，先指出李严的不是，希望李丰宽慰父亲，要经常反省，失去的官职就可以复得；然后

告诫李丰，认真思考自己的这番话；最后感慨良多，长声叹息，禁不住泪流满面。

为什么给一个同僚的儿子写信会哭泣呢？

李严是诸葛亮的同僚中最令他烦恼头痛的一个人。在《诸葛亮集·文集》中，《弹李严表》《与李严书》等与之有关的公文、书信共七封，有学者补收一封②，共八封。这是相当多的。

李严字正方，后改名李平。少时即"以才干称"，为成都令时"复有能名"。刘备退驻白帝城时被"拜尚书令"，后又"与诸葛亮并受遗诏辅少主"；"建兴元年（223），封都乡侯，假节，加光禄勋。四年，转为前将军"。诸葛亮曾称赞他处理公务的能力很强，说："部分如流，趋舍罔滞，正方性也。"可见李严是一个有才干的人，在蜀汉集团中颇受器重。

然而，李严的人品、德行却很差。他年轻时就"用情深剋，苟利其身"；刘备死后，居高位，但"所在治家，尚为小利，安身求名，无忧国之事"。他贪利要官，毫无忧国忧民之意，最后发展到弄虚作假，欺上瞒下，贻误战机，危及北伐大业。

① 〔晋〕陈寿撰，〔南朝·宋〕裴松之注：《三国志·蜀书·李严传》卷四十注引，中华书局，1959年，第1001页。

② 李伯勋著：《诸葛亮集笺论·目录》，陕西人民出版社，1997年，第1—4页。

建兴五年（227），诸葛亮要调李严率兵赴汉中助守，而李严"穷难纵横，无有来意，而求以五郡为巴州刺史"。诸葛亮拒绝了。

建兴八年（230），诸葛亮命李严率二万人赴汉中增援，而李严却"说司马懿等开府辟召"之事，意在要与之看齐，让自己也有独立的办公府署，能任命属官。为保证次年的西征，诸葛亮不得已表奏其子李丰为江州都督，变相满足他的要求。

建兴九年（231），诸葛亮出兵祁山，李严在后方督办军粮运输。当军粮供应不上时，他派人去请诸葛亮退兵，"亮承以退军。（李）平闻军退，乃更阳惊，说'军粮饶足，何以便归'！欲以解己不办之责，显亮不进之愆也。又表后主，说'军伪退，欲以诱敌与战'。"得知谎言要被揭穿，他又打算托病逃离，后为下属劝止。

李严的一系列无耻行径引起诸葛亮和众将领的极大愤怒。诸葛亮"具出其前后手笔书疏本末，（李）平违错章灼。平辞穷情竭，首谢罪负"。于是，诸葛亮领衔，与二十余位大臣将军联名书公文呈交尚书台，建议罢免他；后又上表后主，追究他之前的不法行为，请求快速处置。李严被削职为民。

诸葛亮对李严的德行是了解的，但对他一直有所迁就。为什么呢？他曾说：

> 臣知（李）平鄙情，欲因行之际逼臣取利也，是以表平子丰督主江州，隆宠其遇，以取一时之务。平至之日，都委诸事，群臣上下皆怪臣待平之厚也。正以大事未定，汉室倾危，伐平之短，莫若褒之。然谓平情在于荣利而已，不意平心颠倒乃尔。[1]

诸葛亮讲出了他的考虑。其一，李严有才能，诸葛亮对他多有爱惜；其二，李严是益州旧臣，在益州官僚中有一定影响力，与诸葛亮又同为顾命大臣，诸葛亮对此有顾虑；其三，为了北伐大业，需要群臣众将上下同心协力，不宜动辄就上表弹劾。所以，诸葛亮以大局为重，常常违背自己的本意和众议，对李严多有迁就和照顾。然而，李严得寸进尺，变本加厉，超过了臣子为政的底线；危害北伐大业，超过了诸葛亮的容忍限度，他不得不上奏将其罢黜。

诸葛亮最终处理了李严，他的心情却没有因此而轻松。对李严的一再容忍迁就，并没有换来朝臣的和谐；一番良苦用

① 〔晋〕陈寿撰，〔南朝·宋〕裴松之注：《三国志·蜀书·李严传》卷四十注引，中华书局，1959年，第1000页。

心也没有换来理解，反而让李严变本加厉；同时引起一些属僚的误解和不满。诸葛亮感到深深的无奈，也深深地自责。高处不胜寒，万人之上的他没有可以倾诉的朋友，没有可以劝慰他的同僚，他渴望得到理解和支持。一种莫名的孤独、寂寞在他内心蔓延。现在，他对李严的良苦用心终于找到一个倾诉对象，可以无所顾忌地倾吐了。压抑的感情闸门一下子打开，苦衷和委屈得到宣泄。他说到最后，随着一声长长的叹息，心中郁结之气仿佛伴随着泪水释放了出来。

历代有不少论者抨击诸葛亮压抑、排斥李严，这是不公正的。李严的人品和犯罪事实一清二楚，受到惩处是咎由自取，罪有应得。从这一教令也得到印证。他在教令中诉说衷肠，做出解释，谆谆规劝，最后竟在一个晚辈面前流泪，这种坦荡胸怀，需要勇气。他身为丞相，位高权重，没有必要作秀去换取一个受罢免臣下后人的同情、支持，这是一种真情流露。"详思斯戒，明吾用心"。他只是在表明心迹，希望得到理解，以使自己心安而已。李丰把这封信交给父亲看，李严从中看到诸葛亮的诚意，终于理解诸葛亮的良苦用心，心中燃起自己会被起用的希望，"常冀亮当自补复"。后

来，当他听到诸葛亮病逝的消息时，悲叹再也没有如诸葛亮这样有胸怀和诚意的人了，自己从此失去被起用的机会，于是激愤发病而死。

诸葛亮在这封短短的书信中，有三处谈到"心"，即"至心感动""推心从事""明吾用心"，他是以"心"在与李丰交谈。所以，"临书长叹，涕泣而已"，这是由心底发出的真情，由真情催生的泪水。诸葛亮，一个"开诚心，布公道"的君子！

五、孙松早逝引发哀泣

诸葛亮第五次哭泣是他在给兄长诸葛瑾的信中谈到孙松的早逝时，时年51岁。

诸葛亮与兄长诸葛瑾的书信交往频繁，现存有八封[①]，其中家信三封。这三封拉家常的信都是言及晚辈的，一封谈养子诸葛乔，一封讲儿子诸葛瞻，一封则言及孙权侄子孙松，而这封谈到孙松早逝的信，他流泪哭泣了。史载：

[①] 〔三国〕诸葛亮著，段熙仲、闻旭初编校：《诸葛亮集·文集》，载有诸葛亮与兄长诸葛瑾的书信往来共九封。其中《与兄瑾论白帝城兵书》一文，田余庆先生撰文指出，此乃诸葛亮致李严书，因此未计入。田先生论述见《文史》第十四辑《诸葛亮与兄瑾论白帝城兵书辨误》。

蜀丞相诸葛亮与兄瑾书曰："既受东朝厚恩，依依于子弟。又子乔良器，为之恻怆。见其所与亮器物，感用流涕。"其悼松如此，由亮养子乔咨述故云。①

诸葛亮说，我受到东吴的厚待，对孙氏子弟十分关注。子乔十分优秀，不幸早逝，为此深感悲伤；看到他赠送给我的器物，不禁热泪长流。

为什么在与兄长谈论孙权的侄子孙松时流泪了呢？《三国志集解》引有诸家评论，对此进行了分析、解答。

何焯曰："孔明为之感涕，惜其早亡，乃使（孙）峻、綝败国。"钱大昭曰："子乔，疑是（孙）松之字也。亮兄瑾子乔，自吴至蜀，故咨述松而亮伤之也。亮以乔为己嗣子，当云兄子不当谓之养子。"赵翼曰："吴《孙辅传》其子松一段，最不可解。子乔乃瑾子，出继亮为后者，盖子乔尝为亮述松之为人也，然所谓依依于子弟，及与亮器物，果何谓也，岂亮前奉使至吴时，与松相识，其后松又托乔附致器物于亮耶。然文义究不明晰。"潘眉曰："书中言子乔良器，子乔即松之字；松字子乔，犹乔字伯松，字义相近也。养子乔者，亮养子名乔，乔自吴来，为亮述子乔事甚详，故素知其为良器，因其没而悼之。"

李慈铭曰："赵氏翼《廿二史札记》以此数语为不可解。今按：子乔当是松字，盖松尝遗亮器物也。松为权弟之子，故曰依依于子弟。志不明言松字子乔者，盖史驳文或阙误也。下云，由亮养子乔咨述故云者，言亮之知松，由于乔之咨述也。乔本瑾子，为亮后，亮为之改伯松，盖亦由器松故，名字皆象之。赵氏以两乔字同遂以子乔为亮自称其子，非也。"②

前代学者的辨析，理清了孙松和诸葛亮养子诸葛乔的关系，以及诸葛亮流泪的背景、原因。

孙松字子乔，是孙权弟弟孙翊的儿子，曾任射声校尉、封都乡侯，善与人交，轻财好施，于231年卒。诸葛乔是诸葛瑾次子，诸葛亮早年无子，请求兄长把诸葛乔过继给自己。诸葛乔本字"仲慎"，来蜀国后诸葛亮将其改为"伯松"，视若己出。诸葛乔才德兼备，官至驸马都尉，不料于228年病卒，年仅25岁。孙松和诸葛乔是同辈、同龄人，二人同样优秀，少年时在东吴交往频繁，相互

---

① 〔晋〕陈寿撰，〔南朝·宋〕裴松之注：《三国志·吴书·孙翊传附子松》卷五十一，中华书局，1959年，第1212页。

② 卢弼编：《三国志集解·孙翊传》卷五十一，上海古籍出版社，1982年，第974页。

欣赏。诸葛乔到蜀国后，和孙松仍然保持交往，两人常常通过双方使臣互赠土特产礼物。诸葛乔曾多次向养父诸葛亮谈论孙松，称赞孙松。明理懂事的孙松在给诸葛乔馈赠礼物时，也附上一份带给诸葛亮。

孙松早逝，诸葛亮为之悲痛流涕。睹物思人，看到孙松馈赠的物品，他回想起诸葛乔曾向自己讲述孙松的种种情况，对一个优秀年轻人的早逝深感痛惜；他又从孙松的死想到诸葛乔的早逝。年过半百的诸葛亮，因为有过这样的经历，深知晚年丧子之痛，白发人送黑发人的情景依旧历历在目。在给兄长写信谈到孙松时，触景生情，禁不住伤感落泪。

诸葛乔25岁时因病而亡，这无疑对诸葛亮的打击很大。如今学有所成的晚辈孙松早逝，触发了诸葛亮心中压抑的对诸葛乔早逝的哀痛，在给兄长诸葛瑾写信时，虽然是在谈孙松的逝世，诸葛亮却触景生悲，联想到疼爱的诸葛乔，他无法自持，所以流泪了。这泪水是为孙松，也是为他们兄弟共同早逝的儿子诸葛乔而流。

六、杨颙之死垂泪三日

诸葛亮第六次流泪是因为下属杨颙的死。杨颙字子昭，襄阳人，曾为巴郡太守，后任诸葛亮丞相府的主簿（殁年不详）。史载：

（诸葛）亮尝自校簿书，颙直入谏曰："为治有体，上下不可相侵，请为明公以作家譬之。今有人使奴执耕稼，婢典炊爨，鸡主司晨，犬主吠盗，牛负重载，马涉远路，私业无旷，所求皆足，雍容高枕，饮食而已，忽一日尽欲以身亲其役，不复付任，劳其体力，为此碎务，形疲神困，终无一成。岂其智之不如奴婢鸡狗哉？失为家主之法也。是故古人称坐而论道谓之三公，作而行之谓之士大夫。故邴吉不问横道死人而忧牛喘；陈平不肯知钱谷之数，云自有主者，彼诚达于位分之体也。今明公为治，乃躬自校簿书，流汗竟日，不亦劳乎！"亮谢之。后为东曹属典选举。颙死，亮垂泪三日。①

杨颙指出，诸葛亮治国施政混淆分工和职责，不分政务主次，把"躬自校簿书"这种不该自己做的小事也亲自去做。

对杨颙谏言一事，《三国志集解》引《通鉴辑览》评论说："杨颙之言似是而

---

① 〔晋〕陈寿撰，〔南朝·宋〕裴松之注：《三国志·蜀书·杨戏传》卷四十五附《季汉辅臣传》注引《襄阳记》，中华书局，1959年，第1083页。

非。盖当时主少国疑之日，非（诸葛）亮躬亲整顿国事何赖。观其发教所称'集思广益'，足见其忠赤矣。不知此，又何足与言鞠躬尽瘁之义。"卢弼按："杨颙之言，真识治体宜，其死后，诸葛亮垂泣三日，《辑览》所论，实似是而非矣。"他们在讨论杨颙谏言的对与错，而没有涉及诸葛亮为什么哭，且连续多日处于悲伤之中。

诸葛亮为杨颙的死而垂泪，原因是他十分惜爱直言敢谏的同僚和下属。他曾与张裔、蒋琬写信说："令史失赖厷，掾属丧杨颙，为朝中损益多矣。"①进一步表达了对失去敢于谏言人才的痛惜。

关于诸葛亮鼓励直言，《诸葛亮集·文集》中收有三篇他对属僚的教谕，即《与群下教》《又与群下教》《与参军掾属教》，要求他们畅所欲言，直言进谏。他说自己"任重才轻，故多阙漏"，必须"集众思广忠益"，"然人心苦不能尽"，难以"每言辄尽"；要求他们直言敢谏，勇于讲出不同的意见；鼓励他们向自己提意见，这样才是"有忠于国，则亮可以少过矣"；并表明这是自己一贯的作风和观点，还举出和董和、徐庶、胡度等

人相处及他们"数有谏止"而"始终好合"的例子，"足以明其不疑于直言"。尽管诸葛亮一而再地发出指令，可是直言进谏的下属仍然稀缺。杨颙的直言敢谏，就显得十分难能可贵。他死后，诸葛亮垂泪数日，既是对失去杨颙这样敢于直言进谏的官员的悲痛，也是再一次表明自己虚心兼听、欢迎直言的胸怀。

在中国文化的优秀传统中，居上位者，从谏如流，兼听群言，史称"贤明"；居下位时，直言敢谏，不惧杀头，史称"谏臣"；朋友交往，知无不言，言无不尽，则为"净友"。从诸葛亮因杨颙的死而垂泪可以看出，他具有作为一个政治家的品德和胸怀，是一个贤明的丞相。

王安石曾赋诗赞曰："恸哭杨颙为一言，余风今日更谁传。区区庸蜀支吴魏，不是虚心岂得贤。"②诸葛亮从谏如流和虚心礼贤的作风，令后世政治家称赞不已。

诸葛亮为杨颙的死而垂泪，还有一个原因是他"躬亲整顿国事"的行为他人难以理解。为什么他要"躬自校簿书，流汗竟日"，《通鉴辑览》所言的确有一定

① 〔晋〕陈寿撰，〔南朝·宋〕裴松之注：《三国志·蜀书·杨戏传》卷四十五附《季汉辅臣传》，中华书局，1959年，第1082页。

② 〔宋〕王安石著：《王文公文集》卷七十三，转引自《诸葛亮研究集成》，齐鲁书社，1997年，第931页。

道理。他何尝不明白为政治国的要领，也知道不必事事躬亲，如此辛劳，但他有不得不如此做的苦衷。陈寿曾指出："论者或怪（诸葛）亮文采不艳，而过于丁宁周至。"诸葛亮叮咛人时过于详细，是因为"亮所与言，尽众人凡士，故其文指不得及远也"。他面对的都是普通人士。李密也表达了同样的意思。晋司空张华问："孔明言教何碎？"李密曰："昔舜、禹、皋陶相与语，故得简雅；《大诰》与凡人言，宜碎。孔明与言者无己敌，言教是以碎耳。"[1]在三国中蜀汉"小国贤才少"，人才匮乏，诸葛亮手下无与之相匹的一流人才，而他受托辅政，必须兢兢业业，尽心竭力，不敢有丝毫懈怠，不能出任何差错；很多事情都要交代得一清二楚；很多事情都不放心手下去做，不敢让他人代办，所以大事小事都尽量亲力亲为。在杨颙诚恳劝阻诸葛亮"躬自校簿书"后，他仍然是"夙兴夜寐，罚二十以上，皆亲览焉"[2]。这是蜀国的国情窘迫所致，是一种强烈的使命感、责任心使然。对此，蜀汉朝野有多少人能理解、有

多少人能体察呢？

杨颙的死，诸葛亮垂泪三日，是哀伤失去直言敢谏的人才，也是哀伤无人理解、无人明白自己"鞠躬尽瘁"的一片良苦用心。

七、哭泣真诚，人品高洁

诸葛亮年轻时，活得潇洒自在，在襄阳交友、游学、拜师；在隆中晨耕暮读，抱膝长啸。出山从政后就再也没有关于他轻松愉快生活的记载了。为实现自己的理想，为践行自己的承诺，他全身心投入到汉末诸侯征战的硝烟之中。政治风云将他的喜怒哀愁冲淡甚至湮没，关于他个人情感的资料留下的很少，最突出的就是这6次哭泣了。

分析诸葛亮因人因事的这6次哭泣，从记载来源看，《三国志》和裴松之注引各3次；从表述上看，为他人记录和自述也是各3次；从哭泣的环境看，在群臣、三军面前和面对个人也是各3次，即当着君主群臣、将士的面，向下属、晚辈述说时，与兄弟交谈中。这6次流泪的情景各不相同。

这6次哭泣，是在诸葛亮四十多岁以后，位极人臣、权倾一国的情况下情动而

---

① 〔唐〕房玄龄等撰：《晋书·李密传》卷八十八，中华书局，1974年，第2276页。

② 〔晋〕陈寿撰，〔南朝·宋〕裴松之注：《三国志·蜀书·诸葛亮传》卷三十五注引《魏氏春秋》，中华书局，1959年，第926页。

发生的。显然，他用不着作秀，从来也没有人对此质疑。那么，解析这个已过不惑之年的男人的流泪可以看到什么呢？从泪水中，可以看到他胸中涌动着的尽忠尽职的操守，看到他内心受恩感激的情感和忧思，看到他在友情与法度纠结中失去故友的伤痛，看到他位高权重的孤独和心中的憋屈，看到他惜爱晚辈的柔情，看到他对直言进谏官员的珍惜。在这个成熟男人的泪水中，有感恩之心，有担当之义，有容人之量，有礼贤之怀，有痛子之情，有故友之谊，有孤寂之愁等。诸葛亮的流泪，情感内涵十分丰富。

诸葛亮的哭泣，揭示出他丰富的情感世界以及人品、性情的可贵，一个丰满的有立体感的历史人物因此而呈现在人们面前。

〈原发表于《诸葛亮与三国文化（七）》，四川科技出版社，2014年，与陈颖合作，收入时有修改。〉

诸葛亮的遗表、遗言、遗令

——兑现了"鞠躬尽瘁，死而后已"的承诺

诸葛亮在北伐前线生病、临终之际，留下遗表、遗言、遗命，即主动上表报告家产，举荐继任者，部署如何安全撤兵，要求安葬事宜从简。在生命的尽头，他心系国事，一生忠贞勤勉和无私清廉的高风亮节得到充分体现；在生命尽头，他的思虑、言行，践行了"鞠躬尽瘁，死而后已"的承诺。

——题记

蜀汉建兴十二年（234）秋八月，诸葛亮于五丈原北伐军中病逝。他在生病期间、临终之际，思考着什么，对身后事有什么嘱咐，史书中留有遗表、遗言、遗命，我们可以从中找到答案。其中有对自己家产的上表，对继任者的提议，对蜀军如何安全撤离的部署，以及安葬从简的要求等。从他的所思所想、所言所行中没有看到对自己生死的忧虑，没有看到对个人或儿孙的任何要求，而是件件心系国事。

临终前他的这些思虑、言行，践行了"鞠躬尽瘁，死而后已"的承诺。

一、主动上表自报家产

为官一生，家产有多少，诸葛亮在北伐生病中想到这点。他认为必须有一个清楚明白的交代，这是对主上、对自己职责的负责，于是写了一份奏表给后主刘禅。《三国志·蜀书·诸葛亮传》载录了这一表文，清人张澍编《诸葛忠武文集》将此文题作《临终遗表》（今称《自表后主》）①。表云：

臣初奉先帝，资仰于官，不自治生。今成都有桑八百株，薄田十五顷，子弟衣食，自有余饶。至于臣在外任，无别调度，随身衣食，悉仰于官，不别治生，以长尺寸。若臣死之日，不使内有余帛，外有赢财，以负陛下。

表文说：我当初侍奉先帝，生活费用依靠官俸，自己不去谋求别的营生。如今在成都有桑树八百株，贫瘠的田地十五

---

① 此文没有系年，中华书局编《诸葛亮集》时认为，按《蜀志》本传，似非遗表，因此据严可均辑《全上古秦汉三国六朝文》改名为《自表后主》。不过，很多学者认为，从传文"若臣死之日"等语看，当是诸葛亮在病重期间对后事做出妥善安排的一份奏表，应系年于建兴十二年（234），视为遗表。这无疑是正确的。

顷；子弟的衣食，已有富余。至于我在外面任职，没有另外的财物征调收取；随身的吃穿费用，都依赖官府供给，没有经营别的产业，以谋取一分一厘的收益。到我死的那一天，绝不使家内家外有多余的财产，从而辜负陛下的厚望。

史书说："及卒，如其所言。"到诸葛亮死的时候，家中财产与他表文中所说的完全一样。

（一）表文丰富的内涵

这份表文是一份公开的财产报告，表达的内容丰富。

（1）家庭固定资产为：桑树八百株，薄田十五顷。即有田庄、桑园。

（2）关于流动资产，即自己和家人日常的费用来源，只有公家的俸禄和庄园收入。

（3）家人、子女凭借田庄、桑园的收入衣食无忧，还有富余；没有为子孙后代另外谋取钱财资产。

（4）从政后"无别调度""不别治生"。也就是说，自己无论在何时何地，都没有利用职权另外征收任何财物；也没有另行经营别的产业，以获取私产。

（5）一生清白，家内家外没有一分一厘来路不明之财产。

在诸葛亮看来，靠这些田地桑树，

家人勤力其中，足够子孙衣食的温饱；而他本人平日随身衣食，在外率军征战，都靠官俸开支。就是说，家人能够躬耕自给，自己又有职务薪俸，有这两项收入，全家衣食足矣。由于不见古代官员有财产申报制度，而诸葛亮却能在生病之时主动上报收入和家庭经济状况，这使他成为中国古代丞相廉洁自律的第一人。

（二）他的田亩与桑园

诸葛亮拥有的田亩十五顷，折合成今天的数字约为一千亩[1]，这在当时到底是多还是不多呢？三国之后西晋时期，朝廷颁布的"占田制"规定："官品第一至于第九，各以贵贱占田，品第一者占五十顷。"以下每品递减五顷。以此类推，第八品官员可占田十五顷，第九品官员则为十顷[2]。诸葛亮位及丞相，官居一品，而所占田产与很低的八品官员等同，这实在与其地位、身份相去甚远，在当时应该算是很低的了。

诸葛亮在"成都有桑八百株，薄田十五顷"的庄园，或称桑园，遗址至今尚

---

[1] 闻人军著：《中国古代里亩制度概述》，载《杭州大学学报》1889年第3期。
[2] 〔唐〕房玄龄等撰：《晋书·食货志》卷二十六，中华书局，1974年，第790页。

在。唐代《元和郡县志》载曰："诸葛亮旧居，在（双流）县东北八里，今谓之葛陌。孔明表云'薄田十顷，桑八百株'，即此地也。"①这旧居葛陌，据现今的《成都市志·文物志》描述说：

诸葛亮"葛陌"遗迹，位于双流县（今双流区）金花乡，系三国时期蜀汉丞相诸葛亮的故居所在地。……唐代的双流县，即今治所，"东北八里"为现金花、九江两乡交界处的葛陌村。千百年来，来此瞻仰先贤故居遗迹的人连绵不断。……葛陌，即指诸葛桑园和田间的小路。村中有井一口，乡人呼为诸葛井。②

葛陌，作为诸葛亮故居和家产的历史遗迹，作为一位忠臣贤相严于律己，为官清正廉洁、坦诚磊落的记录，受到后人的铭记。

二、推荐两任继任者

诸葛亮在病中，对于继任者一直有所考虑。《三国志》中有："密表后主曰：'臣若不幸，后事宜以付琬。'"③《华阳国志》亦载曰："初，亮密表后主，以（杨）仪性狷狭，'臣若不幸，可以蒋琬代臣。'"④在他病情日益加重之时，后主即正式派李福到前线探视诸葛亮，并征求他对国家大计和继任者的意见。《三国志·蜀书》注引载曰：

诸葛亮于武功病笃，后主遣（李）福省侍，遂因咨以国家大计。福往具宣圣旨，听亮所言，至别去数日，忽驰思未尽其意，遂却骑驰还见亮。亮语福曰："孤知君还意。近日言语，虽弥日有所不尽，更来一决耳。君所问者，公琰（蒋琬字）其宜也。"福谢："前实失不咨请公，如公百年后，谁可任大事者？故辄还耳。乞复请，蒋琬之后，谁可任者？"亮曰："文伟（费祎字）可以继之。"又复问其次，亮不答。⑤

《资治通鉴》将这一记载列入正文，只是略做省简，曰：

亮病笃，汉使尚书仆射李福省侍，因咨以国家大计。福至，与亮语已，别去，数日复还。亮曰："孤知君还意。近日言语虽弥日，有所不尽，更来求决耳。公所问者，公琰其宜也。"福谢："前实失不咨请，如

① 〔唐〕李吉甫：《元和郡县图志·剑南道》卷三十一，中华书局，1983年，第867页。
② 成都市地方志编委会编：《成都市志·文物志·遗迹》，四川辞书出版社，2000年，第27页。
③ 〔晋〕陈寿撰，〔南朝·宋〕裴松之注：《三国志·蜀书·蒋琬传》卷四十四，中华书局，1959年，第1058页。
④ 〔晋〕常璩著，刘琳校注：《华阳国志校注·刘后主志》卷七，巴蜀书社，1984年，第564页。
⑤ 〔晋〕陈寿撰，〔南朝·宋〕裴松之注：《三国志·蜀书·杨戏传》卷四十五注引《益部耆旧杂记》，中华书局，1959年，第1087页。

公百年后，谁可任大事者，故辄还耳。乞复请蒋琬之后，谁可任者？"亮曰："文伟可以继之。"又问其次，亮不答。

胡三省于此注曰：

费祎，字文伟。亮不答继祎之人，非高帝"此后亦非乃所知"之意，盖亦见蜀之人士无足以继祎者矣。呜呼！①

胡三省的意思有两层，一是蒋琬、费祎之后，太久远了，无法预知，"非乃所知"；二是蜀汉人才匮乏，蒋琬、费祎之后难有可担此大任者，所以诸葛亮没有再回答。

关于诸葛亮对国家大计的意见，史书没有披露，只把他深思熟虑后推荐两位继任者的过程记录了下来。

继任者蒋琬、费祎，是蜀汉德才兼备之俊杰，他们曾受到诸葛亮的多次称赞。《三国志·蜀书·蒋琬传》中载录了诸葛亮对蒋琬的两次赞赏。一次在建安二十年（215），刘备误会了蒋琬，诸葛亮专门解释并高度评价说："蒋琬，社稷之器，非百里之才也。其为政以安民为本，不以修饰为先，愿主公重加察之。"一次在建兴八年（230），因蒋琬任留府长史做到"足

食足兵"，诸葛亮赞叹说："公琰托志忠雅，当与吾共赞王业者也。"蒋琬继任，史称："（蒋）琬出类拔萃，处群僚之右，既无戚容，又无喜色，神守举止，有如平时，由是众望渐服。"蒋琬继任后很快得到群臣的认可、拥戴。

关于费祎，诸葛亮曾在《出师表》中说：费祎是刘备选中留下的，"志虑忠纯"，被称为贞良死节之臣，其品德才识得到很高的评价。

至于二人继任后的政绩，史学家陈寿的评价很高。他在《三国志·蜀书·蒋琬费祎传》末评曰：

蒋琬方整有咸重，费祎宽济而博爱，咸承诸葛之成规，因循而不革，是以边境无虞，邦家和一。

陈寿评论说：蒋琬方正严肃而威风凛凛，费祎宽厚通达而博爱众人；都能继承诸葛亮的成规，遵循而不改。所以边境无事，国家和睦一致。裴松之作注时也指出："蒋、费为相，克遵画一，未尝徇功妄动，有所亏丧，外却骆谷之师，内保宁缉之实。"②认为做得非常之好。所以《华阳国志》说："时蜀人以诸葛亮、蒋

---

① 〔宋〕司马光编著，〔元〕胡三省音注：《资治通鉴·魏纪四》卷七十二，中华书局，1956年，第2296页。

② 〔晋〕陈寿撰，〔南朝·宋〕裴松之注：《三国志·蜀书·蒋琬费祎传》卷四十四注引裴松之评，中华书局，1959年，第1069页。

琬、费祎及（董）允为四相，一号四英
也。"①蒋琬、费祎的继任得到当时蜀汉
国人的认可、爱戴，将他们与诸葛亮并
列，后人也纷纷称许。

诸葛亮病中认真负责而又慎重地举荐
了两任合格的继任者，他临死前仍心系国
事，费神操心，的确做到"死而后已"。

三、叮嘱暂缓北伐

诸葛亮在病中对自己身殁后是否继续
北伐曹魏有所思考，并因此做出决定。有
关史籍记载：

> 诸葛亮病，谓（魏）延等云："我
> 之死后，但谨自守，慎勿复来也。"令延
> 摄行己事，密持丧去。延遂匿之，行至褒
> 口，乃发丧。②

他对魏延等将领说：在我死后，好
好守卫疆土，对再次北伐要谨慎，不要贸
然出兵。也就是说，北伐曹魏一事可以暂
缓，视今后情形而定。为什么诸葛亮要做
出暂缓北伐的决定呢？

① 〔晋〕陈寿撰，〔南朝·宋〕裴松之注：《三
国志·蜀书·董允传》卷三十九注引《华阳国
志》，中华书局，1959年，第987页。
② 〔晋〕陈寿撰，〔南朝·宋〕裴松之注《三国
志·蜀书·魏延传》卷四十注引《魏略》，中
华书局，1959年，第1004页。

（一）为什么暂缓北伐

关于暂缓北伐这一决定，是诸葛亮
反复考虑得出的。八年的北伐使国力消耗
很大，需要一段时间休养生息；而此次出
兵渭南，他精心准备了两年，采取"休
士劝农""教兵讲武""使诸军运米，
集于斜谷口，治斜谷邸阁""以流马运
（粮）""分兵屯田"等多种措施，然而
依旧不能克敌制胜。他"攘除奸凶、兴复
汉室"的斗志受到挫折，他不得不承认敌
强我弱的形势一时难以改变，而自己身殁
后的将领才能有限，难以对付司马懿这样
的将才。诚如陈寿所指出："所与对敌，
或值人杰，加众寡不侔，攻守异体，故虽
连年动众，未能有克。"正是这诸多因素
促使他做出可以暂缓伐魏的决定，若继续
北伐需要慎之又慎，伺机而行。这无疑是
明智的决定，也是诸葛亮面对现实的无奈
之举。

（二）为什么只叮嘱魏延而不公开

如此重大的决策为什么告诉的对象
是以魏延领衔的将领呢？魏延是蜀中名
将，曾获得刘备的赏识。北伐之初他曾
向诸葛亮提出"从子午谷入关中，直抵
长安城下"的大胆建策。而诸葛亮"制
而不许。延常谓亮为怯，叹恨己才用之不

尽"①。魏延对诸葛亮的谨慎行事颇不以为然，甚至口出怨言，心有不满。在驻军五丈原时，他任前军师、征西大将军，假节，为南郑侯，无疑是在诸葛亮之下的第一人。魏延作为军事地位最高，又是最积极主张伐魏的人，诸葛亮暂停北伐的叮嘱必须以他为首，必须要他听从，其用意非常明显，且顺理成章。

如此重大的决策为什么在《三国志·蜀书》中没有记载，而是出自《魏略》？《魏略》是一部记载三国时期魏国史实的史书，编著者为曹魏的郎中鱼豢，作为同时期人，他的记录可信度较高，所以裴松之为《三国志》作注引用该书的内容最多。

李福在征求关于国家大计的意见时，诸葛亮对北伐一定有所表达，只是内容没有公开。因为北伐曹魏是蜀汉的国策，暂时停止这一重大行动会影响军心、民心，会引起朝野上下的各种猜测，带来不必要的混乱。所以当时和以后的一段时间里都对此秘而不宣，事后才泄露出来被外界史籍载录。虽然这一决定《三国志·蜀书》没有记载，但是，蜀汉在诸葛亮死后的很长一段时间里都守土不战，对曹魏保持静

默的事实则完全证实了诸葛亮临终这一嘱咐的存在。

（三）从蒋琬、费祎没有积极伐魏可以证实

蒋琬、费祎是诸葛亮推荐的继承人，他们"咸承诸葛之成规，因循而不革"。既然遵照诸葛亮的既定方针行事，如果北伐仍然是国策，为什么在蒋琬主政的13年（234—246）里，在费祎主政的7年（246—253）中，史书中却没有他们继续主动用兵、大举北伐曹魏的记载呢？虽然在延熙元年（238），始有姜维"数率偏师西入"，此后"出陇西""出攻雍州"等攻魏的记载，但都是"偏师"出击，是小规模的军事行动。史称，姜维"每欲兴军大举，费祎常裁制不从，与其兵不过万人"②。也就是说，姜维的出兵攻魏不仅规模小而且还受到阻挠。既然称蒋、费二人秉承诸葛亮北伐曹魏之遗志，而又不积极主动北伐，几年之后才开始小规模的军事行动，而且也不亲自率军，这是毫无道理的。其原因令人困惑、不解。如果有了诸葛亮的"慎勿复来"的这一嘱咐，疑问就得到了合理解释，说明这正是他们承诸

① 〔晋〕陈寿撰，〔南朝·宋〕裴松之注《三国志·蜀书·魏延传》卷四十，中华书局，1959年，第1003页。

② 〔晋〕陈寿撰，〔南朝·宋〕裴松之注《三国志·蜀书·姜维传》卷四十四，中华书局，1959年，第1064页。

葛亮临终暂缓北伐意愿的结果。

诸葛亮对魏延等将领所说的"但谨自守"，蒋琬、费祎是得知诸葛亮这一嘱咐的，所以他们不积极主动北伐正是遵照诸葛亮的意思行事。同时，他们也自知不如诸葛"丞相亦已远矣"，所以奉行"保国治民，敬守社稷"的方针[1]，没有积极主动北伐。费祎死后，姜维权力增大，情况发生了变化。延熙十六年（253），"费祎卒。夏，（姜）维率数万人出石营，经董亭，围南安"，大规模的伐魏军事行动才又提上蜀国的议事日程。而姜维的北伐被说成"玩众黩旅，明断不周"，轻率出兵，滥用武力，缺乏对形势的准确判断，致使百姓凋瘁，众庶怨仇。蜀国的国力因此被削弱，这也反证诸葛亮临终关于"但谨自守"决定的正确。

诸葛亮在临终之前，做出暂缓北伐的决定，以保存蜀汉国力。这无疑是明智的抉择。

四、周密部署退兵方略

诸葛亮在病重时，对自己身殁后蜀军如何平安撤回汉中，做了周密的部署。史载：

> （建兴十二年）秋，亮病困，密与长史杨仪、司马费祎、护军姜维等作身殁之后退军节度，令（魏）延断后，姜维次之；若延或不从命，军便自发。亮适卒，秘不发丧。[2]

关于部署退兵的节度，诸葛亮有两层意思：其一，以魏延断后，姜维次之；如魏延不服从命令，大军就自行出发。其二，要求退军时"秘不发丧"，暂时对他的死保密，不发布丧事，悄然撤退，免遭袭击，以确保部队平安回到汉中。

在部署退兵时没有要魏延参加，是为了防止他不听退军之命，自作主张带来不良后果。魏延其人"性矜高，当时皆避下之。唯杨仪不假借延，延以为至忿，有如水火"。他可能会不听从杨仪的指挥退兵。尽管诸葛亮还特别叮嘱过他北伐暂缓，但是考虑到魏延的职位、他的性格和他与杨仪的矛盾，考虑到他执意北伐的态度，因此诸葛亮安排退军节度时避开了魏延，并做出"若延或不从命，军便自发"的决定。结果，正如诸葛亮所预料，魏延没有听从诸葛亮的叮嘱，不服从杨仪关

---

[1] 〔晋〕陈寿撰，〔南朝·宋〕裴松之注《三国志·蜀书·蒋琬费祎传》卷四十四注引《汉晋春秋》，中华书局，1959年，第1064页。

[2] 〔晋〕陈寿撰，〔南朝·宋〕裴松之注：《三国志·蜀书·魏延传》卷四十，中华书局，1959年，第1003页。

于撤军的安排。他说："丞相虽亡，吾自见在。府亲官属便可将丧还葬，吾自当率诸军击贼，云何以一人死废天下之事邪？且魏延何人，当为杨仪所部勒，作断后将乎！"[1]魏延违抗诸葛亮的退兵部署，与杨仪的矛盾激化，造成蜀军内讧。

幸而诸葛亮有"秘不发丧"的先见之明，蜀军将领的内讧是在撤退之后才爆发，没有被魏军所利用。因为蜀军不发布诸葛亮的丧事，待安全撤退后司马懿方得知，他率军追赶，为时已晚，只得叹服："天下奇才也！"

在主帅病故、将领不和的情况下蜀军能全身而退，保全了实力，全仗诸葛亮以生命的最后精力做出的周密部署。

五、遗命简葬于定军山

关于诸葛亮的安葬，《三国志·蜀书·诸葛亮传》中没有遗令，只有记述。方北辰先生经过研究，把《诸葛亮传》中的记述语点断，加冒号、引号，作为遗命，这无疑是正确的。但千百年来没有人将这段话作为诸葛亮的遗命采用，所有的

诸葛亮文集中因此也没有予以收录，是不妥当的。

（一）诸葛亮的遗命

《三国志·蜀书·诸葛亮传》记述："亮遗命葬汉中定军山，因山为坟，冢足容棺，敛以时服，不须器物。"这句话点断即为：

亮遗命："葬汉中定军山，因山为坟，冢足容棺，敛以时服，不须器物。"[2]

作为临终遗命，诸葛亮说："把我安葬在汉中定军山麓，借助山势营建坟墓，墓穴大小能容下棺材就行了；用与时令相应的平常衣服装敛，不须用任何殉葬的器具、物品。"

短短几句话，把对墓地的选择、墓葬的规格、随葬器物等要求都说得清清楚楚；短短几句话，把诸葛亮北伐的心志、奉行节俭的美德揭示得明明白白。

诸葛亮一生崇尚节俭，反对奢靡、厚葬，主张"俭以养德"，用俭朴来培养品德、德行。如今他临死，又以薄葬将这一良好风气贯彻到底。古代丧葬礼俗繁缛，如死后入敛穿的丧服要根据级别、时令不同而特别置办；入敛时要在口、耳、鼻处塞放珠玉金银，以求辟邪。诸葛亮不要求

[1] 〔晋〕陈寿撰，〔南朝·宋〕裴松之注《三国志·蜀书·魏延传》卷四十，中华书局，1959年，第1003页。

[2] 方北辰译注：《三国志全本今译注·诸葛亮传》，陕西人民出版社，2011年，第1823页。

另外置办寿衣，就用日常的衣服，不需要任何殉葬的器具和物品，其薄葬思想之彻底，崇俭品德之高洁，令人叹服。

关于诸葛亮墓冢的状况，之后的文献有所记载，诚如他的遗命所言。北魏时郦道元在《水经注·沔水》中说：

> 诸葛亮之死也，遗令葬于其山（定军山），因即地势，不起坟垄，唯深松茂柏，攒蔚川阜，莫知墓茔所在。①

由于诸葛亮的墓茔依山顺势而建，没有土冢，不封不树，南北朝时就只见繁茂的松柏，已看不到墓茔，找不到确切的位置了。现今陕西勉县定军山下的武侯墓为后人累土重修，墓冢也不大，与常人无异。

（二）为何遗命葬于定军山下

诸葛亮遗命安葬于汉中定军山下是有其深意的。因为汉中是他北伐的大本营，如今壮志未酬，他心有不甘，所以魂魄将留驻于此。勉县武侯祠、武侯墓有对联曰：

> 未定中原，此魂何甘归故土；
> 永怀西蜀，饮恨遗命葬军山。
> 生为兴刘尊汉室，
> 死犹护蜀葬军山。②

这些联语道出了诸葛亮遗命安葬定军山的心志。陈文德先生说得更直白：诸葛亮要求"去世以后，不必迁葬成都，直接安葬在前线的定军山即可，以象征自己马革裹尸、战死疆场的志向"③。后世的这些看法无不说明，诸葛亮践行承诺，为兴复汉室，真正是做到了"竭股肱之力，效忠贞之节，继之以死"！

诸葛亮在病中、临死前，始终心系国事，将德才兼备的蒋琬、费祎推举为继任者；思考着北伐曹魏的形势和对策；为预防将领不和带来的后果，周密部署退兵的方略；遗命将自己葬在汉中定军山下，并实行薄葬；还特别上表说明自己的家产干净清白，家人衣食无忧。这些遗言、遗命、遗表，他的所思所为，成为"鞠躬尽瘁，死而后已"承诺的最好注解，为他一生打上了完美的句号。其高风亮节，其公忠情怀，千百年来令天下仁人志士所景仰、称颂。

（原发表于《湖北文理学院学报》2017年第1期，与张祎合作，收入时有修改。）

① 王国维校：《水经注校·沔水》卷二十七，上海人民出版社，1984年，第788页。
② 李遵刚著：《武侯祠匾联集注》，中国文史出版社，2007年，第153、169页。
③ 陈文德著：《诸葛亮大传·秋风五丈原》，九州出版社，1994年，第520页。

诸葛亮的朋友情

诸葛亮从年轻时到从政，都喜爱结交朋友。年轻时朋友相互间真诚相处，坦诚直言，相互激励，是挚友、益友、诤友，他们让诸葛亮终身受益。从政后他也讲情谊、交朋友，并且抱着真诚的愿望去建立友谊，然而已缺少年轻时朋友间的纯真、坦诚，不容易相互理解和信任。他一生都在追求"石交之道"，唾弃"势利之交"。他的交友反映出他对友情的渴求，反映出他可贵的人品。

——题记

人在社会，总有交往，都会有朋友。诸葛亮自然不例外，他也交朋结友，而且是一个看重友情的人。只是史籍记载零星，不被后人注意，因而往往被忽略。现特梳理史实，整理出来，以便世人全面认识诸葛亮的人品和情感世界。

一、年轻时交朋结友

诸葛亮约14岁时因避战乱来到荆州，后躬耕于襄阳隆中，直至27岁刘备"三顾草庐"请他出山。14岁至27岁，是一个人成长的重要阶段，诸葛亮在这十几年里，躬耕、读书、拜师、游学，结交了一批流寓荆州和本地的青年才俊，和他们中的不少人成了挚友。

（一）外地流寓荆州的朋友

关于诸葛亮结交的流寓荆州的好友，以及他们的相处、活动情况，史书有如下几则记载。

（诸葛）亮在荆州，以建安初与颍川石广元、徐元直、汝南孟公威等俱游学，三人务于精熟，而亮独观其大略。每晨夜从容，常抱膝长啸，而谓三人曰："卿三人仕进可至刺史郡守也。"三人问其所至，亮但笑而不言。后公威思乡里，欲北归，亮谓之曰："中国饶士大夫，遨游何必故乡邪！"①

（徐）庶先名福……遂与同郡石韬相亲爱。初平中，中州兵起，乃与韬南客荆

---

① 〔晋〕陈寿撰，〔南朝·宋〕裴松之注：《三国志·蜀书·诸葛亮传》卷三十五注引《魏略》，中华书局，1959年，第911页。

州，到，又与诸葛亮特相善。①

（诸葛）玄卒，亮躬耕陇亩。好为《梁父吟》，身长八尺，每自比于管仲、乐毅，时人莫之许也。惟博陵崔州平、颍川徐元直与亮友善，谓为信然。

时先主屯新野，徐庶见先主，先主器之，谓先主曰："诸葛孔明者，卧龙也，将军岂愿见之乎？"先主曰："君与俱来。"庶曰："此人可就见，不可屈致也。将军宜枉驾顾之。"②

沔水又东迳乐山北。昔诸葛亮好为《梁父吟》，每所登游，故俗以乐山为名。③

从史籍记载得知，在建安初年（约198—200），因战乱流寓荆州的博陵人崔钧（字州平），颍川人徐庶（字元直）、石韬（字广元），汝南人孟建（字公威）等，是诸葛亮结交的好朋友。他们一起游学，一起读书，一起交流学习心得，相互勉励。在学习方法上，他们并不相同，"三人务于精熟，而亮独观其大略"。诸葛亮读书的方法独特，他不局限于具体问

题的钻研，而是抓关键，掌握要点。

他们有着年轻人的浪漫潇洒，常常相约，长啸于山野；诸葛亮则喜好吟诵《梁父吟》。

有一次，孟建思念故乡，流露出北归的想法。诸葛亮劝说道："中原人才济济，施展才能何必留恋故乡。"他委婉表达出有志者四海为家的抱负。

他们常在一起指点江山，品评时政，抒发情怀。一次在畅谈从政仕途前景时，诸葛亮坦率地对石韬、徐庶、孟建说："你们三人可以官至刺史、郡守。"刺史、郡守，在那时已是二千石的高级官员，镇守一州一郡，能够奋斗至此已是人中豪杰了。三人听后在满足的同时，就问诸葛亮的志向，他却笑而不语。原来，诸葛亮"自比于管仲、乐毅"，要出将入相，像前代贤相名将，成就一番安邦定国的伟业。然而，很多人并不认可，只有崔钧和徐庶等人对此深信不疑。因为他们作为诸葛亮的挚友，洞悉他的才能，了解他的胸怀，深信这不是一个年轻人的冲动和轻狂。

对于深知诸葛亮才能和性情的徐庶，在投奔刘备受到器重后即举荐了有"卧龙"美誉的好友诸葛亮，并希望刘备亲自去顾访。

---

① 〔晋〕陈寿撰，〔南朝·宋〕裴松之注：《三国志·蜀书·诸葛亮传》卷三十五注引《魏略》，中华书局，1959年，第914页。
② 〔晋〕陈寿撰，〔南朝·宋〕裴松之注：《三国志·蜀书·诸葛亮传》卷三十五，中华书局1959年，第911—912页。
③ 王国维校：《水经注校·沔水》卷二十九，上海人民出版社，1984年，第940页。

诸葛亮和这批流寓荆州的挚友，爱好、性格、志向虽不尽相同，但是他们相处坦诚、融洽，能直言相告，相互理解、包容，还能相互激励、提携。他们是真朋友，是益友、诤友。

（二）襄阳本地的朋友

关于诸葛亮在襄阳本地结交的朋友，史书没有专门介绍，不过通过他姐姐的姻亲关系、求学拜师和加入刘备集团后的活动，我们也可窥得一二。

诸葛亮是与两个姐姐、一个弟弟到荆州的。到荆州不久，他的大姐嫁给襄阳大族蒯家的蒯祺，诸葛亮与蒯家的交往不见史书记载。二姐嫁给了襄阳名士庞德公的儿子庞山民，诸葛亮与庞德公成了表叔侄，关系亲密。

庞德公是荆州一位隐逸的著名学者，史称"居岘山之南，未尝入府城"。岘山离襄阳府城不足二十里，他却从不进城。作为大学者，他身边聚集了不少才俊贤士。诸葛亮常去庞德公家看望姐姐，并向庞德公请教，融入了他的弟子群。"诸葛孔明每至其家，独拜床下，德公初不令止。"[1]诸葛亮每次拜见庞德公，都恭敬

虔诚，这令庞德公对他刮目相看。

庞德公的侄儿庞统，字士元，被称为"南州士之冠冕"。诸葛亮因姐夫的关系和他成了表亲。庞德公既是他们的长辈，也是老师，通过教学、交谈、考察，他对这两位才华横溢、胸怀大志的年轻人非常认可，予以极高的评价。据《襄阳记》载："诸葛孔明为卧龙，庞士元为凤雏，司马德操为水镜，皆庞德公语也。"[2]诸葛亮"卧龙"、庞统"凤雏"的美誉，由他的品评而来。

庞统的弟弟叫庞林，也常与他们在一起；还有习桢，因为庞林的妻子是习桢之妹。习桢字文祥，史称"有风流，善谈论，名亚庞统，而在马良之右"[3]。

诸葛亮因亲戚关系与这几位有才华、有志向的年轻人相识结交。他们一同向名士学者请教，常在一起读书，一起摆谈交流，结下深厚的情谊。这从他们随刘备入蜀，在蜀汉任职、效命可以得到印证。庞统投身刘备集团，"与（诸葛）亮并为军师中郎将"，受到器

① 〔晋〕陈寿撰，〔南朝·宋〕裴松之注：《三国志·蜀书·庞统传》卷三十七注引《襄阳记》，中华书局，1959年，第953页。

② 〔晋〕陈寿撰，〔南朝·宋〕裴松之注：《三国志·蜀书·庞统传》卷三十七注引《襄阳记》，中华书局，1959年，第953页。

③ 〔晋〕陈寿撰，〔南朝·宋〕裴松之注：《三国志·蜀书·杨戏传》卷四十五注引《襄阳记》，中华书局，1959年，第1085页。

重；庞林曾任刘备的荆州治中从事；习祯在蜀汉官至广汉太守。

此外，诸葛亮在襄阳结交的好友见诸记载的还有马良、马谡兄弟。马良字季常，马谡字幼常，襄阳宜城人，"并有才名"。诸葛亮在襄阳时与他们交往甚密。曹操攻袭荆州时，一大批荆州士人投奔刘备，马良兄弟亦在其中。刘备、诸葛亮先后入蜀，马良随关羽留守荆州，他曾写信给诸葛亮："闻雒城已拔，此天祚也。尊兄应期赞世，配业光国，魄兆见矣。"对于马良在书信中称诸葛亮为"尊兄"，裴松之"以为良盖与亮结为兄弟，或相与有亲；亮年长，良故呼亮为尊兄耳"①。二人称兄道弟，可见他们的关系十分亲密。同时，马良还在信中表明，自己愿与诸葛亮做志同道合的知己，一起为蜀汉的兴盛效力。而马谡在哥哥马良死后，与诸葛亮虽是上下级，却成为无话不谈的好友，不幸的是最终演变成"挥泪斩马谡"的结局。

除庞统、庞林、习祯及马良兄弟外，在赤壁之战前夕投奔刘备的荆州士人，据《三国志》（含裴松之注引）、《华阳国志》等史籍统计有20多人②。他们随刘备入蜀与诸葛亮同朝共事，有的还得到诸葛亮的赞赏。如襄阳人杨颙，对诸葛亮"躬自校簿书"直言进谏，认为这混淆了为政治国上下有别的要领，诸葛亮纳言并致谢；死后为之"垂泪三日"③。由此可知，这批荆州人士中不少与诸葛亮有交往，有的与之友情深厚，只是史书记载不详。

诸葛亮结交的这批友人，都是优秀才俊，他们关注天下形势，常常在一起激情交谈，各抒己见，畅所欲言；他们真诚相处，相互激励，取长补短。诸葛亮在与他们的交往中，得到启迪，不断丰富自己，提升自己，完善自己。这种友情令他终生难忘。

二、从政后注重情谊

诸葛亮因刘备三顾而进入政坛，史书没有关于他结交新朋友的专门资料，转而是关于他竭忠尽智于蜀汉朝政的记载。不过，对于一个注重友情的人来说，不可能不追求友谊，不结交朋友。从现存的零星

① 〔晋〕陈寿撰，〔南朝·宋〕裴松之注：《三国志·蜀书·马良传》卷三十九裴松之注曰，中华书局，1959年，第983页。

② 谭良啸著：《诸葛亮用人四论》，载《诸葛亮研究》，巴蜀书社，1985年，第146页。

③ 〔晋〕陈寿撰，〔南朝·宋〕裴松之注：《三国志·蜀书·杨戏传》卷四十五注引《襄阳记》，中华书局，1959年，第1083页。

信函中仍可以获知他与士人、下属友情的一些信息。

（一）《答李恢书》，离别馈赠礼物

诸葛亮的《答李恢书》曰：

行当离别，以为惆怅，今致氍毹一以达心也。[①]

氍毹，是一种有花纹的毛织物。诸葛亮说："将要离别，我心中依恋惆怅，现在送你氍毹一件，以表达我的心意。"

李恢（？—231），字德昂，在蜀汉章武元年（221），自告奋勇去接任庲降都督一职，总摄南中军政。从《答李恢书》仅存的只言片语得知，李恢出发前曾给诸葛亮去信，因此作为丞相的诸葛亮特回函答谢，并赠送礼物致意。二人虽是上下级，但相处得有情有义，应该是好友。南中与成都相距千里，此去不知何时能再见，所以临别伤感，诸葛亮专门回函并赠物以告别。

（二）《与张裔书》，追求"石交"之谊

诸葛亮的《与张裔书》曰：

君昔在陌下，营坏，吾之用心，食不知味；后流迸南海，相为悲叹，寝不安席；及其来还，委付大任，同奖王室，自以为与君古之石交也。石交之道，举仇以相益，割骨肉以相明，犹不相谢也，况吾但委意于元俭，而君不能忍邪？[②]

诸葛亮说："您先前在陌下战败，我担心您的安危，食不知味；后来被押送到东吴，我为您悲伤忧叹，寝不安席；到您返回蜀国，我便委您以重任，一起辅佐朝政。我自认为与您的交情深厚就像古人所说的如石头一样坚固啊。友谊既然坚固如石，那么举荐仇人，不任用亲人，都用不着表示歉意和解释。如今我只是重视岑元俭，您就不能忍受了吗？"

石交，语出《史记·苏秦列传》。苏秦对秦王说："大王诚能听臣计，即归燕之十城。燕无故而得十城，必喜；秦王知以己之故而归燕之十城，亦必喜。此所谓弃仇雠而得石交者也。"[③]后指感情深厚牢不可破如坚石的友谊或友人。

张裔，字君嗣，本是刘璋属下，被张飞在陌下打败后归降，任巴郡太守；雍闿叛蜀被捆送东吴，蜀吴恢复盟好被诸葛亮要回；诸葛亮北伐时任以留府长史，负

---

① 〔三国〕诸葛亮著，段熙仲、闻旭初编校：《诸葛亮集·文集》卷一，中华书局，2012年，第19页。

② 〔晋〕陈寿撰，〔南朝·宋〕裴松之注：《三国志·蜀书·杨洪传》卷四十一，中华书局，1959年，第1014页。

③ 〔汉〕司马迁撰：《史记·苏秦列传》卷六十九，中华书局，1959年，第2263页。

责丞相府事务。《诸葛亮集》中除此文外，还有《与张裔教》和三封《与张裔蒋琬书》等信函①，可见他们的关系亲密。张裔天性聪慧，办事敏捷，但心胸狭窄；儿子因过错受到责罚就心怀不满，对诸葛亮任用与他不和的岑述（字元俭）而生怨恨。诸葛亮为此写信，回顾了对他的关心和器重，以为自己倾注情感建立的友情会如古人所说的"石交"之谊，然而，张裔的行为令他失望了。

诸葛亮视张裔为好友，而张裔却缺乏朋友间的信任、理解和包容。这封信反映了诸葛亮对真挚而坚如磐石友情的期待。

（三）《与孟达书》，看重理解的友情

孟达，字子度，本是刘璋旧部，归降刘备后任宜都太守，与刘封同守上庸，但二人不和。关羽被东吴偷袭失荆州前，曾向二人求教，二人找借口未出兵救援，孟达怕问罪便降魏，刘封回成都则被斩。诸葛亮南征班师途中，在汉阳县时魏国降人李鸿求见，告诉诸葛亮一事：

间过孟达许，适见王冲从南来，言往者（孟）达之去就，明公（诸葛亮）切齿，欲诛达妻子，赖先帝不听耳。达曰：

"诸葛亮见顾有本末，终不尔也。"尽不听冲言，委仰明公，无复已已。②

王冲曾告诉孟达，诸葛亮对他降魏切齿痛恨，要杀他留在蜀国的妻室儿女，而孟达不相信，说诸葛亮对他的关照有始有终，不会那样做，表示对诸葛亮的信任、仰慕始终如一。诸葛亮听到孟达对自己的品性和为人如此了解和信任，心中颇为受用，所以给孟达写了《与孟达书》这封信。书曰：

往年南征，岁末及还，适与李鸿会于汉阳，承知消息，慨然永叹，以存足下平素之志，岂徒空托名荣，贵为乖离乎！呜呼孟子，斯实刘封侵陵足下，以伤先帝待士之义。又鸿道王冲造作虚语，云足下量度吾心，不受冲说。寻表明之言，追平生之好，依依东望，故遣有书。③

诸葛亮首先感叹孟达的现状，表明了解他背离蜀国不是贪图名声荣华，而是受到刘封的欺凌；对他不信王冲的谎言中伤，能"量度吾心"很高兴，说："寻思你所说的心里话，追念我们往昔的友好情

① 〔三国〕诸葛亮著，段熙仲、闻旭初编校：《诸葛亮集·文集》卷二，中华书局，2012年，第21、22、30页。

② 〔晋〕陈寿撰，〔南朝·宋〕裴松之注：《三国志·蜀书·费诗传》卷四十一，中华书局，1959年，第1016页。

③ 〔晋〕陈寿撰，〔南朝·宋〕裴松之注：《三国志·蜀书·费诗传》卷四十一，中华书局，1959年，第1016页。

谊，遥望你所在的东方，思念不已，所以派人送信致意。"史载："达得亮书，数相交通，辞欲叛魏。"①得到诸葛亮的信后，孟达几次回信，表示愿意回归蜀汉。

孟达在蜀时，与诸葛亮有交情，《诸葛亮集》中留下有《与孟达论李严书》②。他十分看重朋友间的相互理解和信任，所以决定给孟达写信。当时有人认为不可，他置之不理。

（四）《答李严书》，感叹相互理解之难

李严是在白帝城与诸葛亮同受托孤重任的大臣。他写信力劝诸葛亮晋爵称王，于是诸葛亮作《答李严书》表态拒绝，说：

吾与足下相知久矣，可不复相解！足下方诲以光国，戒之以勿拘之道，是以未得默已。吾本东方下士，误用于先帝，位极人臣，禄赐百亿。今讨贼未效，知己未答，而方宠齐、晋，坐自贵大，非其义也。若灭魏斩叡，帝还故居，与诸子并升，虽十命可受，况于九邪！③

---

① 〔晋〕常璩著，刘琳校注：《华阳国志·汉中志》卷二，巴蜀书社，1984年，第140页。
② 〔晋〕陈寿撰，〔南朝·宋〕裴松之注：《三国志·蜀书·李严传》卷四十，中华书局，1959年，第999页。
③ 〔晋〕陈寿撰，〔南朝·宋〕裴松之注：《三国志·蜀书·李严传》卷四十注引《诸葛亮集》，中华书局，1959年，第999页。

诸葛亮第一句话就说："我与您算是老朋友了，难道还不相互了解？！"被一个老朋友误解，他感到无奈和憋屈。而且李严以国家利益、不可拘泥来指责他，因此他不能再缄默不语，必须明确回答李严。于是，诸葛亮严正拒绝他的提议，表明自己以"灭魏斩叡，帝还旧居"为最高目的，绝不会去追求个人的荣华富贵。

从以上的书信可以看到，诸葛亮从政后仍然注重与同僚、下属建立友情，而且是抱着真诚的愿望去交友。虽然有时也是出于执政的需要而强调情谊，但是，从政后的交朋结友，显然已缺少年轻时朋友间的那种纯真、坦诚，显然难以达到完全相互理解和信任。他视为友人的张裔、李严的言行，就让他失望。

三、怀念真诚友情

诸葛亮从政后，身边虽然也有相处融洽的同僚或下属，相互也有情谊，但远远没有达到在隆中时挚友、诤友的份上，缺少了年轻时朋友间那种纯真、坦诚，缺少了理解、信任。这使他十分怀念在隆中结交的好友，常回忆起与他们愉快相处、得到教益的时光。史籍中记载了他在教令中倾诉对他们的怀念、感谢，还曾寻找机会打听他们的情况。

（一）感激挚友的坦诚帮助

诸葛亮在蜀汉主政后常常回忆起与隆中好友相处得到的教益，感念好友给予的坦诚帮助。

他曾在两次教令中提到崔钧（字州平）和徐庶（字元直）对自己的帮助。一次是谈到"参署"的作用，需要属僚"集众思，广忠益"，直言不讳地讨论政务。他说："然人心苦不能尽，惟徐元直处兹不惑。""苟能慕元直之十一，幼宰之殷勤，有忠于国，则亮少过矣。"[1]

显然，这是他从政后触景生情，有感而发。因为在处理政务时他常常遇到属僚为避免嫌疑而不愿坦诚发表不同意见、不能尽心直言的状况，想到年轻时的朋友徐元直在这种情况下不迟疑，大胆直言对自己的帮助，因而希望属僚能够仰慕学习徐元直的精神，为国尽忠，使自己在施政中少犯过错。

在另一则教令中，他举出年轻时和崔州平成为朋友常常被指出做事的得失，后来结交了徐元直又受到很多启发和指教的例子，鼓励属僚直言进谏："昔初交州

平，屡闻得失，后交元直，勤见启诲。"[2]十八年后，诸葛亮对年轻时朋友们的启发和指教仍然铭记在心，感念不忘。

诸葛亮如此反复在教令中提及年轻时的挚友，怀着感激之情回忆和他们的情谊，一方面说明朋友间真诚相处给他留下多么深刻的印象，另一方面说明他对真诚坦荡的友情、相互勉励的朋友关系是多么看重，多么渴望。

（二）珍视友情，牵挂于心

在诸葛亮离开隆中前后，孟建、崔钧、徐庶、石韬等几位好友也陆续北上，踏入政坛，去施展自己的才华。从此他们天各一方，身处不同政治集团，失去了联系。不过诸葛亮从未忘记与这批朋友的情谊，以及和他们相处时得到的帮助、教益。他从政后曾多次寻找机会打听他们的情况。

如好友孟建北上后，在曹魏任凉州刺史，官至征东将军。诸葛亮不忘旧时友情，北伐时，他在回答司马懿的信中，请他手下将领杜袭（字子绪）转达对孟建的问候怀念之情。史载：

（孟）建字公威，少与诸葛亮俱游

[1] 〔晋〕陈寿撰，〔南朝·宋〕裴松之注：《三国志·蜀书·董和传》卷三十九，中华书局，1959年，第980页。

[2] 〔晋〕陈寿撰，〔南朝·宋〕裴松之注：《三国志·蜀书·董和传》卷三十九，中华书局，1959年，第978页。

学。亮后出祁山，答司马宣王书，使杜子绪宣意于公威也。①

史书还记载他对石韬、徐庶的怀念：

黄初中，（石）韬仕历郡守、典农校尉，福（徐庶）至右中郎将、御史中丞。逮大和中，诸葛亮出陇右，闻元直、广元仕财如此，叹曰："魏殊多士邪！何彼二人不见用乎？"②

在曹魏太和年间（227—233），诸葛亮在北伐前线打听到石韬、徐庶的任职情况，叹息说："魏国人才众多啊！为什么二人不被重用呢？"替他们的任职未能充分发挥才能而遗憾、抱屈。牵挂之情溢于言表。

（三）眷顾友人，善始善终

荆州本地的朋友很多投身到刘备集团后，诸葛亮和他们的交往，史书的记载不多。

庞统随刘备入益州，在攻打雒城时战死。刘备为了表彰庞统的功绩，"拜统父议郎，迁谏议大夫，诸葛亮亲为之拜"③。庞统死后，诸葛亮见到他的父亲都行跪拜大礼。这种尊重说明他对庞统友情的善始善终。

诸葛亮与马良、马谡兄弟交往情谊深厚持久。马良在刘备伐吴兵败遇害之后，诸葛亮仍与马谡保持了良好的关系。史称：马谡"才器过人，好论军计，丞相诸葛亮深加器异"④。刘备曾告诫诸葛亮"马谡言过其实，不可大用"，他没有听，依然器重马谡，常常召来叙谈，至深夜方止。南征时，马谡"送之数十里。亮曰：'虽共谋之历年，今可更惠良规。'"特地征求马谡的意见，并采用马谡"攻心为上，攻城为下，心战为上，兵战为下"的策略，"赦孟获以服南方"⑤，从而顺利平定南中。诸葛亮首次北伐，"时有宿将魏延、吴壹等，论者皆以为宜令为先锋，而亮违众拔谡，统大众在前"。众将都认为，应该在战斗经验丰富的魏延、吴壹中选拔先锋，而诸葛亮却

① 〔晋〕陈寿撰，〔南朝·宋〕裴松之注：《三国志·魏书·温恢传》卷十五注引《魏略》，中华书局，1959年，第479页。
② 〔晋〕陈寿撰，〔南朝·宋〕裴松之注：《三国志·蜀书·诸葛亮传》卷三十五注引《魏略》，中华书局，1959年，第914页。
③ 〔晋〕陈寿撰，〔南朝·宋〕裴松之注：《三国志·蜀书·庞统传》卷三十七，中华书局，1959年，第956页。
④ 〔晋〕陈寿撰，〔南朝·宋〕裴松之注：《三国志·蜀书·马良传附马谡传》卷三十九，中华书局，1959年，第983页。
⑤ 〔晋〕陈寿撰，〔南朝·宋〕裴松之注：《三国志·蜀书·马良传》卷三十九注引《襄阳记》，中华书局，1959年，第983页。

违背众人的意见提拔了马谡。

从诸葛亮不听刘备告诫与马谡彻夜摆谈，从他南征前专门征求马谡的建议，到违众议提拔马谡为北伐先锋，可知他对朋友还是有所眷顾的。这说明诸葛亮对襄阳时期的朋友的友情，虽然经历时间的冲刷和地位的变化，始终都保存在他心中。

（四）坚持原则，法大于情

诸葛亮虽然注重友情，但与朋友相处是有原则、有底线的。从他"挥泪斩马谡"一事可得知。

首次北伐，先锋"（马）谡舍水上山，举措烦扰，（王）平连规谏谡，谡不能用，大败于街亭"[1]。诸葛亮挥泪依法斩马谡后，蒋琬来汉中对诸葛亮说："天下未定而戮智计之士，岂不惜乎！"诸葛亮又流着泪说："四海分裂，兵交方始，若复废法，何用讨贼邪！"[2]若因马谡而废法，用什么去讨伐贼人、一统天下呢？

马谡违法该斩，诸葛亮为什么要流泪呢？历代论者列出诸多原因，其中有一条就是他为友情所困，为友情而挥泪。

的确，诸葛亮与马良、马谡关系如兄弟、父子，他又十分欣赏马谡的才干。南征时马谡关于"攻心为上"的建策，对南征获胜很有帮助，他得到赏识合情合理。所以，首次北伐诸葛亮违众用马谡任先锋，让马谡展现才干，这也是事出有因，并非完全是在照顾友人。

然而，马谡第一次领兵出战败北并逃亡，造成的后果非常严重，其表现令诸葛亮大失所望。诸葛亮不得不亲自下令依法将他斩首。马谡与诸葛亮情同父子，马谡遗书说"明公视谡犹子，谡视明公犹父"。于是"挥泪斩马谡"后，"亮自临祭，待其遗孤若平生"。《资治通鉴》胡三省评论曰："杀之者，王法也，恩之者，故人之情不忘也。"[3]

诸葛亮重友情是有原则、有底线的，他能够做的就是在王法大于友情的原则下善待马谡的家人。"斩马谡"体现了友情不能大于法度，而这"挥泪"、善待马氏家人，则是他不忘"故人之情"，体现的是他对友情的看重。

---

① 〔晋〕陈寿撰，〔南朝·宋〕裴松之注：《三国志·蜀书·王平传》卷四十三，中华书局，1959年，第1049页。

② 〔晋〕陈寿撰，〔南朝·宋〕裴松之注：《三国志·蜀书·马良传》卷三十九注引《襄阳记》，中华书局，1959年，第984页。

③ 〔宋〕司马光编著，〔元〕胡三省音注：《资治通鉴·魏纪》卷七十一，中华书局，1956年，第2242页。

四、追求"石交"之谊

关于诸葛亮交友的原则、观念，留下的资料很少，《诸葛亮集》载有《论交》一文曰：

> 势利之交，难以经远。士之相交，温不增华，寒不改叶，能四时而不衰，历夷险而益固。[①]

势利者的交往，很难经得起长时间的考验。有知识有品德的人结交朋友就像花木，温暖时不随便开花，寒冷时不改换叶子的绿色；这种友谊能够经历冷暖四季而不衰败，经历顺境和险阻后更加牢固。

可以说这就是诸葛亮的交友观。交友，有势利之交，有道义之交，有平淡之交；朋友，有酒肉朋友，有知心朋友，有患难朋友。他认为朋友在一起，不因势利而结交，不因势利而离散，不因争权夺利而反目。朋友显达富贵时不去献媚，朋友贫贱危难时不改变相交初衷。这种经历了顺境和逆境的友谊才会更加牢固。这样的朋友不低俗、不平庸，是益友、诤友。

此外，诸葛亮在几则《兵要》中，谈到对将领的要求，谈到将领为人处事的原则，也反映出他的交友相处观念。军队的将士因为同生共死的战斗，更需要友情，而且情义比其他人的更深厚、牢固，所以对交朋结友有着更严格的要求。一则《兵要》曰：

> 人之忠也，犹鱼之有渊，鱼失水则死，人失忠则凶。故良将守之，志立而名扬。

诸葛亮指出，忠诚是一个人最重要的品德，必须守持忠贞诚信，才能志立而获得成功。又一则曰：

> 言行不同，竖私枉公，外相连诬，内相谤讪，有此不去，是谓败乱。

他指出，言行不一，结私背公，对外勾结诬陷他人，对内相互诽谤讥笑，这是败乱现象，这些人必须清除。又一则曰：

> 枝叶强大，比居同势，各结朋党，竞进憸人，有此不去，是谓败征。[②]

他指出，交朋结党，争相推荐，使用阴险奸佞小人，下属势力强大，与主帅权势并列，这种歪风邪气必须除去。

诸葛亮唾弃"势利之交"，追求"石交"之谊；强调交友对人要忠诚、真挚，这是做人的基本品质；交友相处应该言行一致，不是相互攻击；交朋结友要出于公

---

① 〔三国〕诸葛亮著，段熙仲、闻旭初编校：《诸葛亮集·文集》卷二，中华书局，2012年，第45页。

② 〔三国〕诸葛亮著，段熙仲、闻旭初编校：《诸葛亮集·文集》卷二，中华书局，2012年，第41、42页。

心，不能结党营私，不是结党坐大。这些都是他交朋结友的观念和原则。

纵观诸葛亮的一生，从青年到从政为相，都喜欢交朋结友。交朋结友是为私利还是出于公心，是相互吹捧提携还是相互学习激励；是因势利而结交，还是"夷险而益固"，在贫贱危难中见真情，这是一个人交友观好坏的分水岭。诸葛亮追求的是"石交"之谊，唾弃"势利之交"，他期待真挚而坚固的友谊，渴望朋友间的信任和理解。所以他特别珍惜在隆中时的一批挚友，珍惜与他们结下的难能可贵的情谊。

诸葛亮的交友反映出他的人品和精神境界。他对隆中挚友的追忆、感念、牵挂，他从政后对"石交"之谊的期许、渴望，都传递出中华民族传统文化中交友的积极向上、向善的正能量。

（原发表于《湖北文理学院学报》2017年第12期，与谢辉合作，收入时有修改。）

诸葛亮的感恩情怀

感恩情怀在诸葛亮的一生中体现突出，贯穿始终。他对年轻时朋友的帮助一直铭记在心，从政后多次深情提及，还寻机关注他们的情况。他对于刘备三顾茅庐给予的敬重和机遇，"许以驱驰"；对托孤时的真诚和赋予的权力更是感激涕零，以"鞠躬尽瘁，死而后已"来报答。正是这种怀德感恩的情怀，铸就了他完美的人品、高尚的情操；正是这种知恩报恩的品德，将躬耕陇亩的"卧龙"诸葛亮，造就成为"名垂宇宙"的一代贤相。

——题记

诸葛亮一生廉洁奉公，淡泊名利；他治家严谨，家风纯正；他谦虚谨慎，从善如流；他严于律己，勇于自责；他忠贞不贰，慎始全终；他为实现"兴复汉室"的目标尽其心力，死而后已。关于他的感恩情怀，却很少被人谈起。本文就此论述如下。

一、对友人的帮助终身不忘

诸葛亮年轻时在襄阳隆中结交流寓荆州的青年才俊有：颍川人徐庶（字元直）、石韬（字广元），博陵人崔钧（字州平），汝南人孟建（字公威）等。他们一起读书、一起游学，一起交流学习心得，相互激励、帮助，坦诚相处，成为挚友、诤友。朋友们的真诚帮助，让他终身铭记，感念不忘。这从他为相后几次借有关教令倾诉对他们的怀念、感谢，北伐中曾寻找机会打听他们景况的史料中，得到证实。

隆中时朋友们真诚、坦率，诸葛亮常常感念他们给予的帮助、教益。任丞相后，他曾在两次教令中提到崔钧（字州平）和徐庶（字元直）。他在《与群下教》中说：

夫参署者，集众思广忠益也。若远小嫌，难相违覆，旷阙损矣。违覆而得中，犹弃弊蹻而获珠玉。然人心苦不能尽，惟徐元直处兹不惑，又董幼宰参署七年，事有不至，至于十反，来相启告。苟能慕元直之十一，幼宰之殷勤，有忠于国，则亮可少过矣。[1]

---

[1] 〔晋〕陈寿撰，〔南朝·宋〕裴松之注：《三国志·蜀书·董和传》卷三十九，中华书局，1959年，第979页。

他指出："人们在处理政务时往往为避免嫌疑而不愿发表不同意见，很难尽心而直言。只有徐元直在这种情况下不迟疑，大胆直言；还有董幼宰能反反复复提出意见进行争辩。如果能够追慕学习徐元直精神的十分之一，能够像董幼宰那样勤勤恳恳，为国尽忠，那我就可以少犯过错了。"他在《又与群下教》中又说：

昔初交州平，屡闻得失，后交元直，勤见启诲；前参事于幼宰，每言则尽，后从事于伟度，数有谏止；虽姿性鄙暗，不能悉纳，然与此四子终始好合，亦足以明其不疑于直言也。[①]

诸葛亮回忆说，当年和崔州平成为朋友，他常常指出我做事的得失，后来又结交了徐元直，他给了我很多启发和教诲。之前与董幼宰共事，每次他都是畅所欲言；之后又与胡伟度共事，他也多次直言规劝阻止。而自己都能和他们友好相处，表明自己对于不同意见和直言规劝的欢迎态度。

从政后，诸葛亮一有机会就打听隆中朋友的消息，这说明他的牵挂，重情重义。史书记载：孟建北上后，在曹魏任凉州刺史，官至征东将军。诸葛亮不忘友情，北伐时，曾在前线回答司马懿的信中，请他手下将领杜袭（字子绪）转告对孟建（字公威）的问候怀念之情。史书还记载：在曹魏太和年中（227—233），当诸葛亮在北伐前线打听到石韬为典农校尉、徐庶任御史中丞时，曾叹息说："魏国人才众多啊！为什么二人不被重用呢？"替他们职位仅如此，未能充分发挥才能而遗憾、抱屈[②]。

诸葛亮年轻时与朋友们情投意合，相互间真诚相处，信任理解，坦诚直言，相互激励。这样的朋友让诸葛亮受益终身。在两次教令中，他怀着感激之情回忆这种情谊和得到的教益，对得到的帮助的铭记，就是他的感恩情怀。

二、对刘备的三顾"许以驱驰"

一般说来，一个人的成功需要三个必备条件，即天赋、勤奋、机遇与平台。单单强调勤奋，没有天赋、潜质，是难以获得成功的；虽有天赋而且也勤奋，但是没有机遇和平台，也是无法成功的。诸葛

---

① 〔晋〕陈寿撰，〔南朝·宋〕裴松之注：《三国志·蜀书·董和传》卷三十九，中华书局，1959年，第980页。

② 〔晋〕陈寿撰，〔南朝·宋〕裴松之注：《三国志·蜀书·诸葛亮传》卷三十五注引《魏略》，中华书局，1959年，第914页。

亮能成为一代忠臣贤相扬名天下，是他的"逸群之才"和勤奋苦读，加上刘备的三顾和托孤给予的机遇和平台。

"三顾草庐"，是刘备在寓居荆州七年中，苦苦反思自己屡遭失败的原因，发现身边没有高瞻远瞩的谋士而寻贤访士的结果。在访求贤士的过程中，他先在新野从谋士徐庶口中得知号称"卧龙"的孔明。然后又从荆州名士司马徽（字德操）那里听到诸葛亮的大名。史籍载：

刘备访世事于司马德操。德操曰："儒生俗士，岂识时务？识时务者在乎俊杰。此间自有伏龙、凤雏。"备问为谁，曰："诸葛孔明、庞士元也。"①

于是，建安十二年（207），他依从徐庶的劝告，亲自去隆中登门拜访。一次、两次，第三次刘备去隆中才见到诸葛亮。他开诚布公，请求诸葛亮出谋划策，以兴复汉室。诸葛亮则坦诚谈出自己对天下形势的看法，呈上著名的策划方案《隆中对》。这是刘备第一次明确地知道了自己的优势、发展的方向和实现目标的可能性，诸葛亮的话如醍醐灌顶，令刘备豁然开朗，他连连称"善"！

47岁的刘备，有左将军、豫州牧、宜城亭侯的官爵，有"天下英雄"的美誉，他没有计较社会地位的高低，放下长者的身份，先后三次去拜访一个27岁的布衣青年，求教安邦定国之计。如此礼贤下士，是对诸葛亮的极大尊重，这让诸葛亮感动不已。在屡遭挫败、寄人篱下之时，刘备仍表现出安邦兴国的志向，仍表现出要挽狂澜于既倒的顽强，这让诸葛亮十分感佩。诸葛亮出山首先是因为感动，感动于刘备对他的尊重，感动于刘备的真诚相邀，感动于刘备"复汉"大志的执着。

"三顾草庐"一事经《三国演义》的演绎，生动感人，广为流传，成为中国古代社会礼贤下士的经典故事，也成为士大夫报答知遇之恩的经典事例。

刘备的三顾对于诸葛亮一生的意义，后人纷纷加以肯定。唐人胡曾《咏史诗》说："蜀王不自垂三顾，争得先生出草庐。"元代萨都剌在《回风波吊孔明先生》中指出："若非蜀主三顾贤，终只如龙卧南亩。"明人朱之埚《谒武侯祠》诗以"二表已深为国计，一心诚切报君恩"②强调诸葛亮"誓将雄略酬三顾"。

① 〔晋〕陈寿撰，〔南朝·宋〕裴松之注：《三国志·蜀书·诸葛亮传》卷三十五注引《襄阳记》，中华书局，1959年，第913页。

② 王瑞功主编：《诸葛亮研究集成·诗词曲赋卷》，齐鲁书社，1997年，第917、996、1037页。

余鹏飞先生指出："诸葛亮如果不是刘备前来拜访，那他一辈子就会老死在隆中，永远没有出山的机会。他要回报刘备的三顾，出山辅佐。"[1]也就是说，三顾给予诸葛亮施展才华的机遇和平台，否则他只是隆中山下的一条卧龙，而出山辅佐则是对三顾的感恩回报。

的确，刘备的三顾让诸葛亮华丽登上汉末的政治舞台，对其一生意义重大。诸葛亮深深知道这一点，始终对刘备的三顾怀着感激之情。出山二十年后，他在《出师表》中深情回忆说：

臣本布衣，躬耕于南阳，苟全性命于乱世，不求闻达于诸侯。先帝不以臣卑鄙，猥自枉屈，三顾臣于草庐之中，咨臣以当世之事，由是感激，遂许先帝以驱驰。[2]

他强调自己当时只是一介草民，而刘备没有嫌弃他的身份卑微，多次屈尊到草庐拜访，因此深受感动，决意报恩，"许以驱驰"，立志终身为之效力来报答。诸葛亮因深深的感动而感恩，把感激之情上升为一种高尚品质——怀德感恩，知恩图报。

① 余鹏飞著：《诸葛亮在襄阳隆中》，湖北科学技术出版社，2014年，第126页。
② 〔晋〕陈寿撰，〔南朝·宋〕裴松之注：《三国志·蜀书·诸葛亮传》卷三十五，中华书局，1959年，第920页。

三、对真诚托孤报以"鞠躬尽瘁"

史书记载，刘备的托孤包括两方面：首先是要他担负起"安国"的大事，然后要他全权辅佐刘禅治理蜀国。诸葛亮以"竭股肱之力，效忠贞之节，继之以死"的回答，应承了刘备的托付。托孤后，诸葛亮"开府治事，顷之，又领益州牧。政事无巨细，咸决于亮"。至此，开启了他大展才华、全面治蜀的时期。

诸葛亮从政的经历以刘备托孤作为界线，可以分两个阶段。从刘备三顾到托孤（207—223）为前期。在这一时期，他先是出使江东，联吴抗曹；然后管理荆州南部三郡，征税备粮，充实军资；入蜀后又代管刘备左将军府的事务，坐镇成都，保障前方军粮兵源的补充供应。这期间诸葛亮主要是身居后方，处于辅佐地位。从托孤至病逝（223—234），是诸葛亮从政的后期。刘备以安邦定国和幼子刘禅相托，同时给予诸葛亮全权处理国事的权力。因此，陈寿在《诸葛亮传》末评论中开宗明义地指出"诸葛亮之为相国也"，即他担任丞相之后，统军治国所采取一系列措施，才取得了一系列成效；结论是"可谓识治之良才，管、萧之亚匹"。也就是说，他受托孤执政后才得以显现出优秀的治国才华，达到几乎可以与管仲、萧何媲美的境界。史实的确如此。

正是刘备托孤时的信任，给予的权力，让诸葛亮有了广阔的平台，得以登上人臣的顶峰。所以，三顾和托孤，令诸葛亮感激涕零，他在《出师表》中把自己受恩感激的心迹表达出来。《出师表》七百余字，13次提及"先帝"刘备，7次提到"陛下"刘禅；"报先帝""忠陛下"的感恩思想贯穿全文。表文中一开始他就说：在蜀汉处于危急存亡之际，"侍卫之臣不懈于内，忠志之士忘身于外者，盖追先帝之殊遇，欲报之于陛下也"。指出是刘备特殊的恩遇，激发了将士的报答之心。然后说到自己："先帝知臣谨慎，故临崩寄臣以大事也。……今南方已定，兵甲已足，当奖率三军，北定中原，庶竭驽钝，攘除奸凶，兴复汉室，还于旧都。此臣所以报先帝，而忠陛下之职分也。"对刘备临终托孤的恩情，诸葛亮以"庶竭驽钝，攘除奸凶，兴复汉室，还于旧都"和对刘禅的尽忠尽职来报答。最后，他再次强调："深追先帝遗诏，臣不胜受恩感激。今当远离，临表涕零，不知所言。"[1]

表达对刘备临终托孤大恩的铭记和心中情感受到的冲击，以至于感激涕零，泪流满面，无法用言语来表达。

在《后出师表》中，诸葛亮也是一再提到刘备的临终托付，表达了效之以死的报恩心情。他一开始就陈述自己受到的托付："先帝虑汉、贼不两立，王业不偏安，故托臣以讨贼也。"然后说为报答托孤而做出的努力："臣受命之日，寝不安席，食不甘味。思惟北征，宜先入南，故五月渡泸，深入不毛，并日而食。臣非不自惜也，顾王业不得偏全于蜀都，故冒危难，以奉先帝之遗愿也。"接着，列举史实验斥了六种疑议责难，最后他以"鞠躬尽瘁，死而后已"的担当和执着，向后主刘禅、向全国上下发出自己受托尽忠的报恩心声。[2]

对刘备的报恩情怀，在诸葛亮的书信奏章中也有表现。如建兴五年（227），与诸葛亮在白帝城同受托孤重任的大臣李严写信力劝诸葛亮受"九锡"、晋爵称王，诸葛亮作书回答，明确指出：自己对于已经获得的名利地位非常满足，心中念念不忘的是"讨贼未效，知己未答"；他

① 〔晋〕陈寿撰，〔南朝·宋〕裴松之注：《三国志·蜀书·诸葛亮传》卷三十五，中华书局，1959年，第920页。

② 〔晋〕陈寿撰，〔南朝·宋〕裴松之注：《三国志·蜀书·诸葛亮传》卷三十五注引《汉晋春秋》，中华书局，1959年，第923页。

郑重表明，自己誓以"灭魏斩叡，帝还故居"来报答刘备的三顾和托孤的知遇之恩[①]。

建兴十二年（234），诸葛亮再次北伐出兵前，特地致书孙吴，希望共同出兵伐魏。《与孙权书》曰：

> 汉室不幸，王纲失纪，曹贼篡逆，蔓延及今，皆思剿灭，未遂同盟。亮受昭烈皇帝寄托之重，敢不竭力尽忠。今大兵已会于祁山，狂寇将亡于渭水。伏望执事以同盟之义，命将北征，共靖中原，同匡汉室。书不言尽，万希昭鉴。[②]

他心中始终铭记刘备的托付，誓以"竭力尽忠"，兴复汉室，以此作为对刘备真诚托孤的报答。

诸葛亮对年轻时朋友的真诚帮助，终生铭记感激；对刘备三顾和托孤给予的尊重和信任，给予的机遇和平台，他以"鞠躬尽瘁，死而后已"来报答。正是这种知恩报恩的品德，将躬耕陇亩的"卧龙"诸葛亮，造就成为"名垂宇宙"的一代贤相。

---

① 〔晋〕陈寿撰，〔南朝·宋〕裴松之注：《三国志·蜀书·李严传》卷四十注引《诸葛亮集》，中华书局，1959年，第999页。

② 〔三国〕诸葛亮著，段熙仲、闻旭初编校：《诸葛亮集·文集》卷二，中华书局，2012年，第24页。

诸葛亮的妻子、儿女

诸葛亮以才德择偶留下"正得阿承丑女"的故事。他的儿女有养子诸葛乔，儿子诸葛瞻、诸葛怀，女儿诸葛果。他留下有《诫子书》等关爱教育子侄的书信，传递出他的爱子之心。在优良家风家教熏陶下，他的儿女个个品行端正。

——题记

我国史籍除帝王后妃外，一般不为女性立传。所以史书没有关于诸葛亮妻妾的记载，他娶丑女为妻之事见于地方史志。《三国志》关于他的后代有继子诸葛乔、儿子诸葛瞻及孙子诸葛尚的记载，其他史籍提到有儿子诸葛怀、女儿诸葛果。他留下《诫子书》等书信，这些书信是他对儿子的要求、告诫、希望，流露出一个严父的殷殷爱子之心、拳拳关爱之情。在他"淡泊明志，宁静致远"的家风家教熏陶下，儿女个个品行端正，成为有用之才。

一、以才德择偶得贤内助

诸葛亮有无妻妾，史籍不载，《三国志》裴松之注引的史籍载录了他以才德为标准择偶娶妻一事。

（一）以才德择偶

《三国志·蜀书·诸葛亮传》注引《襄阳记》关于诸葛亮娶妻一事曰：

黄承彦者，高爽开列，为沔南名士；谓诸葛孔明曰："闻君择妇；身有丑女，黄头黑色，而才堪相配。"孔明许，即载送之。时人以为笑乐，乡里为之谚曰："莫作孔明择妇，正得阿承丑女。"[1]

黄承彦在当时是荆州的一位名士，他很欣赏诸葛亮的人品、学识和志向。当得知诸葛亮在选择配偶时，黄承彦就登门造访，开门见山地说："听闻亮君在挑选媳妇，我有个丑女儿，头发黄一点，皮肤黑一点，但才华可以说配得上您啊。"仅仅用四句话，就让诸葛亮点头应允。双方就这样爽快地缔结了这门婚事。

史籍用"择妇"一词，说明当年诸葛亮娶妻时在选择，在比较，但黄老先生却主动上门并大胆地给自家女儿说媒，还专

[1] 〔晋〕陈寿撰，〔南朝·宋〕裴松之注：《三国志·蜀书·诸葛亮传》卷三十五注引《襄阳记》，中华书局，1959年，第929页。

门说到女儿丑的细节，他料定孔明不会以外表作为选择妻子的条件，也对女儿的才华相当自信。的确，"才堪相配"四字打动了诸葛亮，让他当即定下自己的终身伴侣。婚事一成，乡间邻里大感不解，纷纷笑传"不要像孔明那样找了个丑媳妇"。

我国封建社会，郎才女貌被视为美满联姻的一个标准。如三国时的孙策、周瑜与大乔、小乔的婚姻就如此。诸葛亮的妻子不是美女，所以在当时被传为笑谈。人们觉得奇怪，不理解，的确是有原因的。

史书记载说："亮少有逸群之才，英霸之器；身长八尺，容貌甚伟。"如此青年才俊，仪表堂堂，身高相当于今天的1米92。而且他"自比于管仲、乐毅"，胸怀辅佐明君平定乱世的大志，因才学志向得"卧龙"之美名，堪称"高富帅"。为何他要娶一位丑妻？因为他胸怀经世济民之大志，不愿意自己沉湎于温柔之乡，需要的是一个志同道合、对自己有帮助的贤内助。而"才堪相配"这四个字打动了他，因此当即应允，不顾邻里的取笑。诸葛亮一反传统，婚姻的价值取向以"才堪相配"为标准，得到的虽不是美女，却是一位贤内助。

关于妻子黄氏的才干，唐代有文献资料记载说：

沔南人相传：诸葛公居隆中时，有客至，属妻黄氏具面，顷之面具。侯怪其速，后潜窥之，见数木人研麦，运磨如飞，遂拜其妻，求传其术。后变其制为木牛流马。[1]

这个故事说，诸葛亮之妻才能非凡，曾发明会磨面的木机械人，帮助做家务。诸葛亮在北伐中为解决军粮运送困难而制造的"木牛流马"，就是得到妻子制作的木人的启发。

诸葛亮出山后，一直南征北战，妻子黄氏在后方家中辛勤操持家务，之后又抚养孩子成长，管理桑园。史书没有关于他们家庭生活与情感的描述，只能从其他方面获得证明。如诸葛亮的儿女，在诸葛夫妇良好的家风、严格的家教影响下，他们个个品行端正，成为有用之才，这是家庭美满和睦的具体体现。

（二）没有诸葛亮纳妾的记录

封建时代帝王将相是可以娶妻纳妾的。仅以三国人主为例，如曹操妻妾成群，史书记载有姓氏者就达15人；他十分好色，留下与关羽争杜氏的故事。孙权的妻妾见于史书的有7位，他晚年宠信

---

[1] 〔三国〕诸葛亮著，段熙仲、闻旭初编校：《诸葛亮集》附录《故事》卷四《制作篇》，中华书局，2012年，第216页。

爱妃，贬杀亲生儿子，诛杀流徙忠臣良将，乱政败国。刘备的妻妾见于史书的也有6位。

而诸葛亮呢，史籍没有关于他三妻四妾的记载。是真没有还是记载缺失，笔者试做推论：黄氏在婚后较长一段时间没有生育，因此诸葛亮无子嗣。在古代，后代传承、不绝祖先之祀是一件天大的事，婚后没有子嗣被视为最大的不孝，所以说"不孝有三，无后为大"。这种情况下必须纳妾，甚至可以休妻。诸葛亮没有因为传宗接代而去再娶和纳妾，而是过继哥哥的儿子为子嗣。在无子嗣时要做到不纳妾是很不容易的。这充分说明诸葛亮对妻子的包容，夫妻情感之和谐。

不过，对于诸葛亮没有纳小妾的问题，有学者推论说他可能纳有小妾，举出的证据是诸葛亮曾说："今蓄财无余，妾无副服。"①这说明他有小妾②。不过，这句话中的"妾"也可能是他对妻子的谦称、贱称，而不是指小妾，当时的语境如此。如《魏书》曰：

（甄夫人）常劝帝（曹丕），言"昔黄帝子孙蕃育，盖由妾媵众多，乃获斯祚耳。所愿广求淑媛，以丰继嗣"。帝心嘉焉。其后帝欲遣任氏，后（甄夫人）请于帝曰："任既乡党名族，德、色，妾等不及也，如何遣之？"帝曰："任性狷急不婉顺，前后忿吾非一，是以遣之耳。"后流涕固请曰："妾受敬遇之恩，众人所知，必谓任之出，是妾之由。上惧有见私之讥，下受专宠之罪，愿重留意！"帝不听，遂出之。③

曹丕的妻子甄夫人在话语中，多次以"妾"自称和称他人之妻，所以不能说"妾"就是小妾，以"妾无副服"来证实诸葛亮有小妾则难以成立。诸葛亮不好色、没有纳妾，这是在史书和文献资料的记载中得到证实的。

诸葛亮毅然决然地以才德作为择偶标准，娶妻直接忽略长相如何，这可以看到他对夫妻生活品质的追求。这一决定不但使他得到贤内助，婚后夫妻感情和睦，一生无后顾之忧，而且在事业发展上也曾获得有力的支持。

① 〔三国〕诸葛亮著，段熙仲、闻旭初编校：《诸葛亮集·文集》卷一，中华书局，2012年，第20页。
② 李兆成著：《读"妾无副服"札记》，载《诸葛亮与三国（三）》，四川科学技术出版社，2009年，第278-284页。罗开玉著：《诸葛亮成都纳妾说》，载《诸葛亮与三国（五）》，四川科学技术出版社，2012年，第21-23页。
③ 〔晋〕陈寿撰，〔南朝·宋〕裴松之注：《三国志·魏书·甄皇后传》卷五注引《魏书》，中华书局，1959年，第160页。

二、家书传递出的关爱和期许

由于全身心投入施政治国，史籍中关于诸葛亮对子女的关爱、培养、管教的具体记载不多。《诸葛亮集》收录有他与胞兄诸葛瑾谈诸葛乔、诸葛瞻的两封家书，以及两封《诫子书》和一封《诫外甥书》，还有一封《与陆逊书》谈及对侄子诸葛恪任职的担忧①，这些书信的内容都是关于孩子的教育和成长的，把诸葛亮对子侄的关爱、教育保留了下来。从这些书信看到他对子、侄的要求十分严格，期望甚高，唯恐他们学无所成，难堪大用。这些书信流露出的是一个严父的殷殷爱子之心，一个长辈的拳拳关爱之情。

（一）《与兄瑾言子乔书》

这封信谈的是诸葛兄弟俩共同的儿子，表达的是诸葛亮对儿子的严格要求。诸葛亮说：

乔本当还成都，今诸将子弟皆得传运，思惟宜同荣辱。今使乔督五六百兵，与诸子弟传于谷中。②

① 〔三国〕诸葛亮著，段熙仲、闻旭初编校：《诸葛亮集·文集》卷一，中华书局，2012年，第26、27页。
② 〔晋〕陈寿撰，〔南朝·宋〕裴松之注：《三国志·魏书·诸葛亮传》卷三十五注，中华书局，1959年，第932页。

他说："乔儿本来应该返回成都。现在各位将领的子弟都在执行后勤运输，考虑到他应该与大家同甘共苦，现在我已派乔儿率领五六百名士兵，同各位将领的子弟在山谷中转运粮食。"

诸葛亮将兄长的次子过继后视为己出，严格要求。他知道，培养后代最好的办法就是不宠养、不享特权，通过苦难磨炼，成就人才。所以在北伐时，他令诸葛乔与其他将领的子弟一起督运军资。蜀道艰辛，一路风餐露宿，此事十分劳苦。为避免哥哥误解，诸葛亮特意写信去解释，求得理解而免生嫌怨。他明确表示，自己的儿子尤其不能养尊处优、搞特殊，应该与其他将领子弟同去跋山涉水，运送军粮。从中可以看出，诸葛亮不但对高级将领子弟一律从严要求，对自己的儿子也一视同仁。

（二）《诫子书》

这是诸葛亮给儿子的一封信，也体现了他的家训。《诫子书》曰：

夫君子之行，静以修身，俭以养德。非淡泊无以明志，非宁静无以致远。夫学须静也，才须学也，非学无以广才，非志无以成学。淫慢则不能励精，险躁则不能治性。年与时驰，意与日去，遂成枯落，多不接世，悲守穷庐，将复何及！

他告诫儿子说："一个有高尚道德情操的人，是以心灵的宁静来使自己尽善尽美，以生活的简朴来培养自己高尚的品德。心灵无欲恬淡，才能使志向明确坚定；心灵纯洁宁静，才能使思想境界远大宏伟。学习必须静心专一，才能的增加必须通过学习；不学习不能增长才干，无志向不能学有成就。放纵、傲慢就不能励志求精，偏激、浮躁就不能陶冶品性。年岁随着时间在飞驰，意志随着岁月在流逝，最后年老志衰，如枯枝败叶，被社会抛弃，只能悲伤地困守破屋，那时后悔莫及！"

全文从修身立德和治学成才两个方面告诫儿子，应以心灵的宁静来使自己尽善尽美，以生活的简朴来培养自己高尚的品德。心灵无欲恬淡，才能使志向明确坚定；心灵的纯洁宁静，才能使思想境界远大宏伟。他阐述了修身、勤学、立志、广才的关系，以"宁静淡泊"与"淫慢险躁"为对照，指出浮躁的危害，并以一个"诫"字为头，要求儿子学以广才，励精治性，克服浮躁，珍惜光阴，如此才能老无悔恨，成为一个有益于社会的人。

这封《诫子书》只有短短86字，却蕴含了诸葛亮对儿子的谆谆教诲与殷殷期望，彰显出一个严父、慈父的形象。全文通过智慧理性、简练谨严的文字，将普天下为人父者的爱子之情表达得非常深刻。

《诫子书》也可以说是诸葛亮的家训。古代的家训，大都浓缩了制定者毕生的经历感悟、人生体验和价值取向等内容。《诫子书》也不例外。其中的"淡泊明志，宁静致远"，既是诸葛亮的教子名言，也是他一生的感悟和恪守践行的原则。

《诫子书》与《隆中对》《出师表》一样，是流芳百世的经典文章。时至今日，"淡泊明志""宁静致远""静远"等已成为学子修身立志的格言警句。

（三）《又诫子书》

这是诸葛亮对儿子在宴请宾客、交际中提出的礼仪要求。书曰：

夫酒之设，合礼致情，适体归性，礼终而退，此和之至也。主意未殚，宾有余倦，可以至醉，无致迷乱。

他告诫儿子说："置酒待客，在于合乎礼节，表达情意，使身体舒畅，性情恢复；礼节尽到、兴致满足了就可以罢酒，这就是最合乎礼仪的饮酒行为。如果主人的盛情未尽，宾客也还不满足，可以再饮到酒酣，但也不能到醉迷而乱来。"

置酒待客，是接人待客的必要礼节，是中国传统文化中的一个特殊现象。饮酒可以助兴，可以壮胆，可以激发才气，可以排忧解愁，可以活跃气氛。但是如果贪杯沉湎，也会败事坏行，伤身害体，甚至堕落腐败，祸国殃民。饮酒有两面性，所以，待客饮酒就要求把握一个度。适度则为利，过度则有害。诸葛亮这篇短短的《又诫子书》把这个道理讲得明白透彻：接待宾客设酒欢饮，是礼节的需要，情义的表达，客主尽兴，切不可酒醉迷乱。

从这篇《又诫子书》可以看到，诸葛亮身为丞相，在日理万机之中对儿子的教育仍然周密全面，不仅在修身、立志、治学、成才这些大的方面给予指导，而且在待人接物、置酒设宴等小事上也加以谆谆教诲。他对下一代的关爱、教诲可谓竭尽心力。

（四）《诫外甥书》

这是写给姐姐儿子的信，诸葛亮在信中要求他们立志成才。书曰：

夫志当存高远，慕先贤，绝情欲，弃疑滞，使庶几之志，揭然有所存，恻然有所感；忍屈伸，去细碎，广咨问，除嫌吝，虽有淹留，何损于美趣，何患于不济。若志不强毅，意不慷慨，徒碌碌滞于俗，默默束于情，永窜伏于凡庸，不免于下流矣。

他对外甥提出要求说："一个人应当树立高尚远大的志向，仰慕学习古代的圣贤，杜绝私情利欲，摒弃疑惑的羁绊，使自己追慕圣贤的志向在身上明白显露，让内心受到感动而虔诚笃行。克制面对曲折的畏惧，抛弃琐碎事务，广泛询问请教，根除怨天尤人的情绪，虽然暂时停步不前，也不会损害自己的高尚情趣，何愁不会成功！如果志向不坚毅，意气不慷慨高昂，碌碌无为陷于凡俗之中，无声无息被私情邪念所束缚，永远混迹于凡庸中，不免地位低下流于平庸。"

诸葛亮教导他的外甥说：一个人要"志当存高远"，以古代圣贤为榜样，努力做到"绝情欲，弃疑滞""忍屈伸，去细碎，广咨问，除嫌吝"，志坚意强，不断前进，否则会被社会抛弃。

这封信充分体现诸葛亮的子侄从小得到关爱，受到培育。

三、儿女个个忠良贤德

诸葛亮的儿女从小得到父母的关爱管教，他们在"淡泊明志，宁静致远"的家风家教熏陶下，个个品行端正，有的为国尽忠，有的不贪图富贵，有的助人为乐，都成为有用之才。

（一）养子诸葛乔

诸葛乔是诸葛瑾的次子，他原字仲慎，按伯仲叔季的兄弟排行他属第二，所以字仲。过继后诸葛亮将他的字改为伯松，即排序为第一。这改动说明诸葛亮视他为自己的长子，体现了对养子的真情。诸葛乔与哥哥诸葛恪在当时都有名气，只是才能不及其兄，但品行修养则胜一筹。诸葛乔到蜀国后担任驸马都尉，北伐时随军到汉中，于建兴六年（228）病逝，年仅25岁。

（二）诸葛瞻及后代

诸葛瞻生于227年，当时诸葛亮47岁。史书记载说，诸葛瞻从小聪慧过人，记忆力超群，勤学苦读，博览群书。在17岁时，后主刘禅把公主许配给他，授予骑都尉一职，他继承了父亲的忠贞和廉洁品质，之后不断升迁，最后官至尚书仆射、军师将军。任职期间，百姓因为感恩、追思诸葛亮，对诸葛瞻也倍加推崇和爱戴。每当朝廷有好的政策颁布时，不管是不是诸葛瞻建议或倡导的，百姓们都会奔走相告："葛侯之所为也。"把德政、善事统统附会在他身上。

263年，魏国大将邓艾攻蜀，偷渡阴平，从景谷道直入蜀国腹地。诸葛瞻率军在涪城严阵以待，儿子诸葛尚也随行。史载：

瞻督诸军至涪停住，前锋破，退还，住绵竹。（邓）艾遣书诱瞻曰："若降者必表为琅邪王。"瞻怒，斩艾使。遂战，大败，临阵死，时年三十七。[1]

诸葛瞻怒斩曹魏劝降来使，然后同长子诸葛尚与魏军展开生死之战。据说，父子二人将双足埋于土内，表示自己绝不退让半步，以此激励众将士。但是，由于已经失去有利地形，蜀军大败，父子二人一同战死沙场。当时诸葛瞻37岁，而诸葛尚不到20岁。

后人称颂他父子尽忠尽孝，不愧为忠良之后。诸葛亮祖孙三代忠贞，名彪史册。

诸葛瞻的次子诸葛京，字行宗，因年幼未随父兄征战，留在成都。于蜀亡后的第二年(264)被迁到河东郡。据《晋泰始起居注》载：

诏曰："诸葛亮在蜀，尽其心力，其子瞻临难而死义，天下之善一也。"其孙京，随才署吏，后为郿令。

尚书仆射山涛启事曰："郿令诸葛京，祖父亮，遇汉乱分隔，父子在蜀，虽不达天命，要为尽心所事。京治郿自复有称，臣以为宜以补东宫舍人，以明

---

[1] 〔晋〕陈寿撰，〔南朝·宋〕裴松之注：《三国志·蜀书·诸葛亮传》卷三十五，中华书局，1959年，第932页。

事人之理，副梁、益之论。"京位至江州刺史。[1]

诸葛京由于有政绩，最后官至江州刺史。其后裔繁衍、迁徙至今浙江兰溪诸葛镇，其后人仍聚居于此。

（三）第三子诸葛怀

诸葛亮的第三子诸葛怀，见载于《诸葛氏谱》。氏谱曰：

晋泰始五年己丑，王览为太傅，诏录故汉名臣子孙萧、曹、邓、吴等后，皆赴阙受秩。孔明之后独不至。访知其第三子（诸葛）怀，公车促至，欲爵之。怀辞曰："臣家成都，有桑八百株，薄田十五顷，衣食自有余饶。材同樗栎，无补于国，请得归老牖下，实隆赐也。"晋主悦而从之。[2]

西晋朝廷要录用一批汉代名臣的后裔，唯独诸葛亮的后裔不来。朝廷察访到诸葛亮的第三子诸葛怀，于是派专车去催促、迎接，并打算为他封爵。但是，诸葛怀推辞说，有父亲留下的桑园、田产，生活自足且有富余，自己无才能，于国无

补，愿终老于家，谢绝了授职、封爵。晋武帝得知，高兴地同意了他的请求。

（四）女儿诸葛果

诸葛亮之女见载于宋代魏了翁的《朝真观记》。该书记载："出（成都）少城西北，为朝真观，观中左列有圣母仙师乘烟葛女之祠。故老相传，武侯有女，于宅中乘云轻举。"为何武侯之女名为诸葛果，《仙鉴》一书说，她好神仙之术，"以其奉事襀斗之法，后必证仙果，故名曰果也"[3]。其女的详情、真伪不明。

综上所述，诸葛亮的儿女无论是养子还是亲生，他们个个品行端正，有的在国难时尽忠赴义，有的知足而不贪图富贵，有的助人为乐，都是贤德有用之才，这都是诸葛亮夫妇管教培育的结果。

四、病中、死前的牵挂

蜀汉建兴十二年（234）春，诸葛亮率众据武功五丈原。他在病中和临死之前，除心系国事之外，也有着对子侄成长和家人的牵挂。从这期间的《与陆逊书》

① 〔晋〕陈寿撰，〔南朝·宋〕裴松之注：《三国志·蜀书·诸葛亮传》卷三十五注引《晋泰始起居注》，中华书局，1959年，第932页。
② 〔三国〕诸葛亮著，段熙仲、闻旭初编校：《诸葛亮集·故事》卷一，中华书局，2012年，第174页。

③ 〔三国〕诸葛亮著，段熙仲、闻旭初编校：《诸葛亮集·故事》卷一，中华书局，2012年，第174页。

和《与兄瑾言子瞻书》两信可以看到[1]。

（一）《与陆逊书》谈侄子

这封书信是他在五丈原时，得知侄子诸葛恪就任节度一职后给东吴大将军陆逊的。书曰：

> 家兄年老，而（诸葛）恪性疏，今使典主粮谷，粮谷军之要最，仆虽在远，窃用不安。足下特为至尊转之。[2]

诸葛亮说："家兄年老，而侄子恪儿生性粗疏，现让他掌管军粮调运。粮谷是关乎军队胜败最重要的物质。我虽远在蜀地，也因此心中不安。特此请您禀告贵国主上，调换他的职务。"

兄长诸葛瑾的长子诸葛恪，少小聪慧，其得孙权喜爱，成年后便被任以掌管军粮调运的节度官。诸葛亮得知后，认为诸葛恪生性粗疏，不适合承担如此重要的工作，便写信给陆逊，要他转告孙权。结果，诸葛恪被孙权调去任太守。

（二）《与兄瑾言子瞻书》忧儿子

这封书信是诸葛亮向兄长倾吐自己对儿子成长的忧虑。他说：

> （诸葛）瞻今已八岁，聪慧可爱，嫌其早成，恐不为重器耳。[3]

诸葛亮47岁时得子诸葛瞻。一个人晚年得子，会更加疼爱。所以在北伐前线，他对年仅8岁的儿子倍加牵挂，牵挂着儿子的学习和成长，操心他以后能否成为人才。从信中可以看出，对亲生儿子诸葛亮也不娇宠，即使在北伐前线也在牵挂着他的学习和成长。

在北伐前线最后的岁月里，诸葛亮得知侄子诸葛恪出仕任职，不是去庆贺，而是指出他性格粗疏傲慢，根本不能胜任此职，要求转告孙权将其调换，于是诸葛恪被撤换另外任职。亲生儿子聪明可爱，他在爱怜中却流露出忧虑，怕他将来难成大器。这两封信显示，诸葛亮对子侄的关注、牵挂，不是他们的权位，也不是利用职权去荫护，而是从利于他们成长、利于事业的发展去思考、去要求。他的牵挂和期许，显示出无私的胸怀、高洁的品德；也是他望子成才情感的表达。

---

[1] 此两文没有系年，不过《与兄瑾言子瞻书》从诸葛瞻八岁可证实写于建兴十二年（234）；而《与陆逊书》有学者从诸葛恪的任职考证亦为建兴十二年（234）。详见李伯勋著：《诸葛亮集笺论》，陕西人民出版社，1987年，第246页。

[2] 〔三国〕诸葛亮著，段熙仲、闻旭初编校：《诸葛亮集·文集》卷一，中华书局，2012年，第24页。

[3] 〔三国〕诸葛亮著，段熙仲、闻旭初编校：《诸葛亮集·文集》卷一，中华书局，2012年，第27页。

（三）关于子女生计的交代

对于自己死后子女的生计如何，诸葛亮在病中写了一份奏表给后主说："成都有桑八百株，薄田十五顷，子弟衣食，自有余饶。"[1]他表示，在成都有桑园田地，子女的衣食已有富余，不再需要任何照顾。临终前的这番表白，既让人看到他的清正廉洁，也让人体察到他对家人的亲情。

诸葛亮病中关心着子侄，牵挂他们的成长；特别上表说明自己家人衣食无忧。他的思虑，传递出一个忠臣的坦荡胸襟；他的牵挂，传递出一个父亲对儿女的情感。

诸葛亮对婚姻的价值取向以"才堪相配"为标准，最终得到一位贤内助。他在尽忠尽职、施政治国之余，注重对子女的教育，关注他们的成长，留下有与胞兄诸葛瑾谈儿子诸葛乔、诸葛瞻的两封家书，以及两封《诫子书》、一封《诫外甥书》和《与陆逊书》，把他对子侄的关爱、教育保留了下来。这些书信流露出的是一个父亲的殷殷爱子之心，是一个父辈对晚辈的拳拳关爱之情。

---

[1] 〔晋〕陈寿撰，〔南朝·宋〕裴松之注：《三国志·蜀书·诸葛亮传》卷三十五，中华书局，1959年，第927页。

附：诸葛亮后裔今何在

诸葛亮儿孙诸葛瞻、诸葛尚战死后，他的另一个孙子诸葛京年幼没有上战场。因为是忠烈之后，他在西晋时受到尊重，曾任郿县令、江州刺史，其子孙繁衍下来。他这一支系的后裔，现主要聚居在浙江兰溪市诸葛镇诸葛村。此外，山东沂南诸葛村、广西阳朔周寨村等地也有诸葛氏族的后裔。

我国古代注重门第，注重编修家谱。关于诸葛亮一族，有多部《诸葛氏宗谱》存世。其中以兰溪诸葛宗族编修的《诸葛氏宗谱》为最早，第一次编修在南宋初年，由诸葛希孟主持；经十六次编修后，此谱现有20卷，39册，详细记录了诸葛亮后裔千年繁衍迁居浙江的情况。

《诸葛氏宗谱》记载说：920年前后，诸葛亮的十四世孙诸葛泗，为浙江寿昌县令，在那里定居下来，成为浙江诸葛亮后裔始祖。其中诸葛泗的后裔诸葛大狮（诸葛亮二十七世孙），于元代中后期（1300年左右）居高隆，人丁昌盛。明代后期，高隆镇便改名为诸葛镇。如今，诸葛镇的诸葛村是全国诸葛亮后裔聚居最多的地方，有2500多人。

作为诸葛亮后裔聚居之地，诸葛村极具特色，又名诸葛八卦村，有丞相祠堂和诸葛大公堂。

诸葛大狮其人，善风水，选居高隆，糅合阴阳八卦和诸葛八阵的布局，将诸葛村建成九宫八卦形。该村坐落在八座小山环绕之中，村落的布局仿八阵图。村中池塘——钟池是核心，四周环绕大公堂、崇信堂、怀德堂、庆余堂、敦厚堂、兆基堂、尚志堂等数十座明清建筑；有八条小巷以钟池为起点向外辐射，小巷之间有窄弄横连，巷弄之间千门万户，星罗棋布。整个村庄的布局犹如一张蜘蛛网，又如一座迷宫，呈八卦形，所以又被称为诸葛八卦村。该村因独特的布局和精美明清建筑的留存，被列为全国重点文物保护单位。

丞相祠堂，始建于明万历年间。现在占地1400平方米，大门悬"丞相祠堂"匾，殿正中供诸葛亮坐像，两侧供奉诸葛亮后裔中历代受朝廷旌表人物的神位。

诸葛大公堂，是诸葛后裔祭祀先祖、宗亲议事、联络、活动的地方。建筑五重，面积700平方米。10米高的重楼式门厅门额上，书"敕旌尚义之门"，两侧粉墙楷书2米大的"忠""武"二字，突显诸葛亮的品德功绩。堂内悬挂有《诫子书》，供奉有诸葛亮画像。明嘉靖年间，以农历四月十四为诸葛亮的生辰，八月二十八为他的忌日，全村年年于此时举行隆重的祭祖活动，至今如此。后裔们通过祭祖，缅怀诸葛亮，继承先祖懿德。

浙江兰溪诸葛后裔，把《诫子书》置于《诸葛氏宗谱》卷首，刻在大公堂内，世代奉为家训。他们谨记先祖的教导，勤勉、踏实地生活着，创造着。①

（据《诸葛亮的后裔还在吗》一文修改，载于成都时代出版社2015年出版的《走进武侯祠100问》第242—244页。）

---

① 兰溪市诸葛大公堂理事会撰：《诸葛后裔在浙江兰溪》，载《诸葛亮与三国文化》，成都出版社，1993年，第47—51页。

孙权

千古江山，英雄无觅孙仲谋处。

——〔宋〕辛弃疾词曰。（《永遇乐·京口北固亭怀古》）

孙权（182—252）

字仲谋，吴郡富春（今浙江富阳）人，生于东汉光和五年（182），卒于孙吴神凤元年（252），享年71岁。葬蒋陵（位于今江苏南京）。

孙权年少即随兄长孙策征战，19岁时承继父兄基业。史籍记载，他因人因事哭泣13次；他迷信"异兆"、仙道，死亡迫近时求助神人以延年益寿；他的妻妾在史书中立传的有6人，另有可考姓氏者4人，夫妻感情淡薄；他有7个儿子，孙权早年曾因他们夭亡而痛哭，晚年则废黜、赐死争斗的儿子；他的性格、情感前后变化巨大，判若两人。

从他的眼泪中，我们可以看到一个励精图治、对臣僚情感深厚、有着骨肉之恩的孙权；他求神延寿的心态，对妻妾始乱终弃的态度，对儿子情感的巨大反差，以及晚年昏聩无情、滥杀忠臣的举动，又将一个性格不一、情感多变、亦"好"亦"坏"的孙权呈现在世人面前。

孙权的13次哭泣

孙权在与群雄争锋的53年里，因人因事哭泣13次。其中3次是因亲人，8次是因文武臣僚，从中可以看到他的仁义贤德，与臣僚既是君臣又如骨肉亲人的情感。如周瑜死后孙权哭泣并慨叹"孤何赖哉"，是他对亲人依赖的最好注脚；周泰为孙吴打江山遍体创伤，凌统冒死掩护孙权逃脱，孙权对他们感恩怀德而泪流。张昭冒死劝谏，张纮临死留书，孙权的心被老臣的忠贞所冲击，因而悲泣。向陆抗认错而哭，说明他有改过的勇气。这些哭泣，源自他的性情、性格；这些哭泣，是真情流露，表现出他重情重义的品德。

——题记

孙权的哭泣，检索《三国志》和裴松之注引，他承继父兄基业后，因人因事流泪哭泣13次。这些泪水，揭示出他怎样的品性和情感？本文试做解析。

一、哭泣的事由与原因

《三国志》及裴注载录孙权的13次哭泣，依时序解读其事由与原因于下。

（一）因孙策突然亡故而哭（事在建安五年，200年，孙权19岁）

《三国志·吴书·吴主传》载：

（孙）策薨，以事授（孙）权，权哭未及息。①

解读：孙策突然去世，孙权继承权位，他哀哭不止。他的哭泣，是因为丧亲的悲伤和失去依靠的惶感。

孙权10岁时，父亲中箭身亡；19岁时，其兄又遭仇家射伤身亡，父兄历尽艰辛创下的基业突然落在他的肩上。对这突如其来的巨大变故，孙权完全没有心理准备，年轻的他陷入巨大悲伤之中。

从小生活在父兄庇佑下的孙权，虽得到一些锻炼，但在"奸宄竞逐，豺狼满道"的局势下，继承父兄基业的重任突然落到自己的肩上，让他一时不知所措。巨大的悲伤、无助和惶感使他不能自持，痛哭不止。而天下纷争的形势又不容许他长时间沉浸在哀伤中。在张昭的劝导下，在

① 〔晋〕陈寿撰，〔南朝·宋〕裴松之注：《三国志·吴书·吴主传》卷四十七，中华书局，1959年，第1115页。

父兄老部下周瑜等人的衷心拥戴下，孙权很快稳定了自己的情绪，并采取一系列措施，逐渐确立了作为江东人主的地位。

孙策伤重而死，事发突然；孙权受命于猝然之间，他哭泣不止，这是痛失亲人的巨大哀伤，也是年轻而缺乏磨难的孙权面临巨变、失去依靠时惶惑、无措情绪的流露。

（二）因周瑜病卒而哭（事在建安十五年，210年，孙权29岁）

《三国志·吴书·周瑜传》载：

（周瑜）于巴丘病卒，时年三十六。权素服举哀，感动左右。

注引《江表传》曰：

（周瑜）卒，（孙）权流涕曰："公瑾有王佐之资，今忽短命，孤何赖哉！"[1]

解读：孙权隆重哭祭周瑜，因为他如丧家人，如失臂膀。

1. 丧失亲人的悲伤

周瑜字公瑾，"（孙）策与瑜同年，独相友善；瑜推道南大宅以舍策，升堂拜母，有无通共"。孙策称与周瑜有"骨肉之分"。孙权的母亲说，"我视之（周瑜）如子"，要孙权"兄事之"[2]。周瑜也说自己与孙权"外托君臣之义，内结骨肉之恩"。因此，孙权在朝堂以周瑜为要臣，私下视周瑜如兄长，与周瑜情如家人。

2. 丧失功臣的哀痛

周瑜有王佐之才，他力排众议，主张抗击曹操大军，后又挂帅出征，临阵对敌，大败曹操于赤壁，功勋卓著，为孙吴三分天下有其一的大业奠定了基础。赤壁之战后，他以开拓进取的精神提出软禁刘备、西进益州的建议，这对孙吴立国、疆土开拓影响很大。孙权曾评价周瑜说："公瑾雄烈，胆略兼人，遂破孟德，开拓荆州，邈焉难继。"他的才能、功绩是如此之高，以至于后人很难赶上他。所以在称帝建尊号时，孙权很感慨地对公卿大臣说："非周公瑾，不帝矣！"

3. 失去依靠的惶惑

孙权承继父兄之业为江东人主后，很长一段时间都处于倚重父兄老臣的状况下。周瑜就是孙权心中倚重的主心骨之一。在是否送儿子给曹魏作人质和对抗曹操大军问题上，孙权都倚重周瑜的决断。

[1] 〔晋〕陈寿撰，〔南朝·宋〕裴松之注：《三国志·吴书·周瑜传》卷五十四及注引《江表传》，中华书局，第1264、1265页。

[2] 〔晋〕陈寿撰，〔南朝·宋〕裴松之注：《三国志·吴书·周瑜传》卷五十四及注引《江表传》，1959年，第1259、1261页。

如今他36岁病逝，英年夭亡，孙权有如失去左臂右膀。因此他在深陷悲伤的同时，内心空荡，顿生无助之感。

孙权亲自到芜湖迎接周瑜的遗体，安排葬礼丧事。他穿上白色丧服祭悼周瑜，痛哭流涕，其悲伤哀哭之情景深深感动了在场的人。这泪水是重情重义，是怀德感恩，也有一种无所依靠的忧伤。

（三）读张纮留下的书信而哭（事在建安十六年，211年，孙权30岁）

《三国志·吴书·张纮传》载：

（张纮）临困，授子靖留笺曰：……时年六十卒。（孙）权省书流涕。①

解读：老臣张纮死后，孙权读着他留下的书信流泪不止。

1. 德才兼优的张纮深得孙策器重

陈寿评曰："张纮文理意正，为世令器；孙策待之，亚于张昭；诚有以也。"说他文章有条理，且立意正，是世间的优秀人才；受到孙策的厚待，仅次于张昭，确实有道理啊！

2. 张纮成为孙权倚重的大臣

孙权继位，倚重父兄留下的文臣武将，其中张纮是极为重要的一位。史称：

"（孙）权于群臣多呼其字，惟呼张昭曰张公，（张）纮曰东部，所以重二人也。"②张纮多有谏言，"权从之"。

3. 张纮留笺的忠贞与见识令孙权感动

张纮临终留给孙权的书信说，自古忠臣贤佐不缺，而"主不胜其情，弗能用"，是君主不能克制自己的性情，所以忠臣不被任用。"从善如登，从恶如崩"，听从好意见不易，忠言逆耳。君主要"抑情损欲，以义割恩"，克制性情，减少欲望，服从大义，割舍恩爱，做到"求贤如饥渴，受谏而不厌"。陛下要三思啊！

这封留给孙权的书信感情真挚，深入浅出阐述治国、用人、纳谏的道理，强调君主不能率性而为，很有针对性。一个老臣临死前的真情、耿耿忠心和治国的真知灼见令孙权感动，读着这留笺，他禁不住热泪长流。

这泪水是孙权对父兄老臣的倚重、留恋之情的流露，是他对父兄老臣感激之情的宣泄，是对忠贞大臣真情谏言的敬重。

（四）观周泰征战创伤而哭（事在建安十八年，213年，孙权32岁）

《三国志·吴书·周泰传》注引《江

---

① 〔晋〕陈寿撰，〔南朝·宋〕裴松之注：《三国志·吴书·张纮传》卷五十三注引《江表传》，中华书局，1959年，第1245页。

② 〔晋〕陈寿撰，〔南朝·宋〕裴松之注：《三国志·吴书·张纮传》卷五十三注引《江表传》，中华书局，1959年，1244页。

表传》曰：

（孙）权把其臂，因流涕交连，字之曰："幼平，卿为孤兄弟战如熊虎，不惜躯命，被创数十，肤如刻画，孤亦何心，不待卿以骨肉之恩，委卿以兵马之重乎！卿吴之功臣，孤当与卿同荣辱，等休戚……"[1]

解读：周泰为孙氏兄弟"战如熊虎，不惜躯命，被创数十，肤如刻画"，孙权目睹其伤痕，深为震撼、感佩，情不自禁，涕泪交流。

1. 周泰随孙氏兄弟屡建战功

周泰字幼平，早年追随孙策，数战有功，后成为孙权身边战将。一次孙权遇"山贼数千人卒至"，危在眉睫，众人慌乱，"惟泰奋激，投身卫权，胆气倍人"。当贼人逃散后，周泰"身被十二创，良久乃苏"，身受十二处创伤，昏迷了很久才苏醒过来。史称："是日无泰，权几危殆。"周泰救了孙权一命。后又随孙权攻黄祖，战赤壁，围曹仁，多有战功。

2. 孙权流泪历数他身上创伤

建安十八年（213）春，曹操攻濡须不得而退兵，孙权留周泰指挥濡须战区的军队，升其为平虏将军。当时朱然、徐盛诸将都在战区，不服从周泰的指挥。于是孙权特地来到濡须，召集众将宴饮。席间，他亲自依次斟酒，"到（周）泰前，命泰解衣，权手指其创痕，问以所起。泰辄记昔战斗处以对，毕，使复服"。第二天，孙权又把自己的御用伞盖赐给周泰。徐盛等将领这才服从周泰的指挥。

孙权原本是为了使众将心服周泰的指挥，叫周泰解衣展示身上历年征战所受创伤，以显示他的赫赫战功。然而面对周泰满身数十处伤痕，孙权深为惊异、震撼，不由得涕泪涟涟，并说出那番话来。这真情的泪水，是对周泰战功的肯定和血肉付出的由衷感激，因而也深深感动了在场的众将。

孙权的泪水和那番表白，说明他视周泰如家人、似兄弟的情感。

（五）为浩周举家担保而哭（事在黄武元年，222年，孙权41岁）

《三国志·吴书·吴主传》注引《魏略》载：

魏王（曹丕）受汉禅，遣使以（孙）权为吴王，诏使（浩）周与使者俱往。周既致诏命，时与权私宴，谓权曰："陛下未信王遣子入侍也，周以阖门百口明之。"权因字谓周曰："浩孔异，卿乃以

---

① 〔晋〕陈寿撰，〔南朝·宋〕裴松之注：《三国志·吴书·周泰传》卷五十五注引《江表传》，中华书局，1959年，第1288页。

举家百口保我，我当何言邪？"遂流涕沾襟。及与周别，又指天为誓。周还之后，权不遣子而设辞，帝乃久留其使。①

解读：浩周以全家百口担保孙权会送子为质，如此仗义令孙权感动而哭，然而他的泪水哄骗了浩周。

1. 示好浩周，以迷惑曹丕

浩周，字孔异，为曹魏大将于禁的护军。于禁在关羽攻打樊城投降时他也被俘。孙权袭杀关羽后，得到关羽所俘曹魏诸将。他对浩周"甚礼之"，特别表示友好，后又将浩周等人先释放回去。浩周回去后，曹丕问他孙权的态度，他认为"（孙）权必臣服"，定会送子为质。于是曹丕称帝后，封孙权为吴王，遣使前往时令浩周同行。公事完后，孙权又私自设宴款待浩周，因而有了他俩的这番对话，也有了孙权流涕沾襟，又指天为誓这番表演。

2. 送子为质承诺的欺骗性

孙权送子到曹魏为质，是他当时为了获得曹魏支持自己对抗蜀国和封王实施的一种策略。史载："权外托事魏，而诚心不款。"

浩周回去后，孙权却找借口迟迟不

遣子为质，于是曹丕"久留其使"，羁留了东吴的使臣。孙权再次上书表示会送子为质，并与浩周书信，反复进行表白、解释。曹丕便打算派使臣"往与盟誓，并征任子，（孙）权辞让不受"②。孙权拒绝曹魏使臣入境，他的欺骗行径至此暴露无遗。曹丕大怒，"自是之后，帝既彰权罪，周亦见疏远，终身不用"。浩周因禀报情况不实，受到冷落。

孙权送子为质，表示臣服曹魏纯属权宜之计，他的哭是因浩周"举家百口保"而感动，可是"流涕沾襟"则显得夸张，就是一种作秀；继而"又指天为誓"，这就纯属欺骗了。浩周的仕途被孙权的哄骗断送了。

孙权以"流涕沾襟"的恸哭欺骗浩周，出于政治利益的需要无可非议，而从道德层面上讲则不地道，是假意对真诚。

（六）为凌统之死而哭（事在黄武元年，222年，孙权41岁）

《三国志·吴书·凌统传》载：

（凌统）病卒，时年二十九③。（孙）

① 〔晋〕陈寿撰，〔南朝·宋〕裴松之注：《三国志·吴书·吴主传》卷四十七注引《魏略》，中华书局，1959年，第1128页。

② 〔晋〕陈寿撰，〔南朝·宋〕裴松之注：《三国志·吴书·吴主传》卷四十七，中华书局，1959年，第1125页。

③ 卢弼编：《三国志集解·凌统传》卷五十五，中华书局，1982年，第1032页。考证认为，凌统卒时年龄为二十九，原文四十九的"四"字当是"二字"之误。

权闻之，拊牀起坐，哀不能自止，数日减膳，言及流涕，使张承为作铭诔。①

解读：爱将凌统英年早逝，孙权哀伤泪流。

凌统之父凌操，在孙策刚起事时就随从征战，后随孙权，攻江夏时"中流矢死"。凌统15岁接手父亲的兵卒，听从孙权调遣，攻黄祖，战赤壁，随吕蒙夺荆州三郡，从孙权征合肥。他英勇善战，曾在逍遥津率三百亲近随从保护孙权撤退，在来回激战中，左右侍卫尽皆战死，他杀敌数十，身负重伤，孙权得以安全退走。凌统因此被称为"江表虎臣"，深得孙权厚爱。

凌统"以山中人尚多壮悍，可以威恩诱"，于是孙权派他到东部山区去招募新兵并讨伐叛乱。"事毕当出，会病卒，时年二十九"。孙权得知消息，手一拍床板猛然坐起来，悲哭不已。那几天，他减少了自己的膳食，一提到凌统的死就流泪；还亲自命令文士张承撰写祭奠凌统的铭文和诔文。

凌操、凌统父子在孙氏兄弟的麾下效力，史称："（凌统）虽在军旅，亲贤接士，轻财重义，有国士之风。"他年纪轻

---

① 〔晋〕陈寿撰，〔南朝·宋〕裴松之注：《三国志·吴书·凌统传》卷五十五，中华书局，1959年，第1297页。

轻就病逝，孙权痛哭爱将，还将这种怀德感恩之情施及其幼子。

（七）为冯熙的忠贞气节而哭（事在黄武二年，223年，孙权42岁）

《三国志·吴书·吴主传》注引《吴书》载：

（冯熙）使于魏，文帝……以陈群与熙同郡，使群诱之，啖以重利。熙不为迴。送至摩陂，欲困苦之。后又召还，未至，熙惧见迫不从，必危身辱命，乃引刀自刺。御者觉之，不得死。（孙）权闻之，垂泪曰："此与苏武何异？"竟死于魏。

解读：冯熙出使曹魏，宁死不屈于威胁利诱，其忠贞气节令孙权感动哭泣。

冯熙字子柔，刘备死时孙权曾派他入蜀吊丧。后来冯熙以中大夫身份出使曹魏，遭到魏文帝的诘难，他据理反驳，引起曹丕不满。

魏文帝问："吴王若欲修宿好，宜当厉兵江关，悬旌巴蜀，而闻复遣修好，必有变故。"冯熙回答："臣闻西使直报问，且以观衅，非有谋也。"孙权当时与蜀、魏俱有使臣往来，曹丕逼问为什么，冯熙巧妙地应付了过去。魏文帝又问："闻吴国比年灾旱，人物凋损，以大夫之明，观之何如？"冯熙对曰："吴王体量聪明，善于任使，赋政施役，每事必咨，

教养宾旅，亲贤爱士，赏不择怨仇，而罚必加有罪，臣下皆感恩怀德，惟忠与义。带甲百万，谷帛如山，稻田沃野，民无饥岁，所谓金城汤池，强富之国也。以臣观之，轻重之分，未可量也。"[1]对曹丕贬低、挑衅的问题，冯熙不卑不亢、有礼有节，陈述事实，捍卫了吴国的尊严，表现了凛然的气节。

曹丕在不能诘难、羞辱的情况下，先是派陈群去重利引诱冯熙归降，利诱不成竟恼羞成怒，实施拘押迫害。冯熙为不辱使命，"引刀自刺"，被发觉而没有死成。冯熙的凛然正气和一片赤诚，孙权得知后哭了，把他比作被匈奴拘留并利诱而持节不辱的汉代使臣苏武。

（八）为吕范之死而哭（事在黄武七年，228年，孙权47岁）

《三国志·吴书·吕范传》载：

（吕）范迁大司马，印绶未下，疾卒。权素服举哀，遣使者追赠印绶。及还都建业，权过范墓，呼曰："子衡！"言及流涕，祀以太宰。[2]

---

① 〔晋〕陈寿撰，〔南朝·宋〕裴松之注：《三国志·吴书·吴主传》卷四十七注引《吴书》，中华书局，1959年，第1130页。
② 〔晋〕陈寿撰，〔南朝·宋〕裴松之注：《三国志·吴书·吕范传》卷五十六，中华书局，1959年，第1311页。

解读：父兄时期的战将吕范中年病逝，令孙权哀伤泪流。

1. 吕范被孙策视为家人

吕范字子衡，出身士大夫；"将私客百人归（孙）策"，主动投靠。从此追随孙策，"跋涉辛苦，危难不避"。"（孙）策亦以亲戚待之，每与升堂，饮宴于太妃前。"孙策视他为家人，常常邀他到家中内堂，在母亲面前宴饮。后来吕范随孙策东征西讨，多有战功。

2. 吕范的忠贞深受孙权器重

吕范在孙策手下曾被任以财务主管。孙权当时年少，常常私下去要钱物，吕范都要向孙策禀报，不敢擅自允许。孙权为此曾心怀怨恨。

孙权主持政事后，才知道那是吕范的忠贞，值得信任和托以大事。他曾将鲁肃和吕范并列，比作东汉初年的著名将相邓禹和吴汉。有人不服，孙权特别解释说："吕子衡忠笃亮直，性虽好奢，然以忧公为先，不足为损。避袁术自归于兄，兄作大将，别领部曲，故忧兄事，乞为都督，办护休整，加之恪勤，与吴汉相类，故方之。皆有指趣，非孤私之也。"[3]史称

---

③ 〔晋〕陈寿撰，〔南朝·宋〕裴松之注：《三国志·吴书·吕范传》卷五十六注引《江表传》，中华书局，1959年，第1311页。

吕范住宅、服饰奢侈豪华，然而他勤于国事，奉公守法，所以孙权赞赏他的忠诚，不责怪他的奢侈。

3. 重用前猝死引发哀伤

孙权赏识吕范的忠贞，十分信任他，以大司马授任，使之位列三公，加以重用。而"印绶未下"吕范却突然病卒，孙权满心的期望顿时落空，悲哀、痛惜涌上心头，让他久久不能忘怀。于是他追赠印绶，并素服去他的坟墓，以最高的规格牛、羊、猪三牲祭祀，痛哭呼号吕范的字，表达对他忠诚的敬重和对他病逝的哀伤。

（九）因儿子孙虑夭亡而哭（事在嘉禾元年，232年，孙权51岁）

《三国志·吴书·孙登传》载：

（孙）虑卒，（孙）权为之降损，（孙）登昼夜兼行，到赖乡，自闻，即时召见。见权悲泣，因谏曰："虑寝疾不起，此乃命也。方今朔土未一，四海喁喁，天戴陛下，而以下流之念，减损大官殽馔，过于礼制，臣窃忧惶。"权纳其言，为之加膳。[1]

解读：孙权长久哀痛悲泣，难过得吃不下饭，是因为"秉性聪敏，才兼文武"的爱子孙虑早逝。

孙登之弟孙虑，"少敏惠有才艺，权器爱之"。他从小聪慧而多才多艺，深得孙权的喜爱和器重。孙虑16岁被封为建昌侯，18岁时丞相顾雍等人上奏"宜进爵称王"，孙权没有同意。后来尚书仆射与顾雍等商议，都认为孙虑"宜为镇军大将军，授任偏方，以光大业"。孙权这才同意，于是授予孙虑节杖，让他设立镇军大将军府，治所定在半州。身为皇子，年纪又轻，令不少人担心他的任职能力。没想到他上任履职，"遵奉法度，敬纳师友，过于众望"[2]。孙虑任职时的表现超出了人们的期望。

如此优秀的儿子20岁夭亡，孙权悲伤得吃不下饭，常常哭泣流泪。若干天后，孙登赶去劝慰，看到他仍然在悲泣中。

白发人送黑发人，慈父送爱子，悲痛让孙权久久无法从哀伤中走出来。

（十）对张昭以顾命身份死谏的哭（事在嘉禾二年，233年，孙权52岁）

《三国志·吴书·张昭传》载：

权以公孙渊称藩，遣张弥、许宴至辽

① 〔晋〕陈寿撰，〔南朝·宋〕裴松之注：《三国志·吴书·孙登传》卷五十九，中华书局，第1364页。

② 〔晋〕陈寿撰，〔南朝·宋〕裴松之注：《三国志·吴书·孙虑传》卷五十九，中华书局，1959年，第1367页。

东拜渊为燕王，昭谏曰："渊背魏惧讨，远来求援，非本志也。若渊改图，欲自明于魏，两使不返，不亦取笑于天下乎？"权与相反覆，昭意弥切。权不能堪，案刀而怒曰："吴国士人入宫则拜孤，出宫则拜君，孤之敬君，亦为至矣，而数于众中折孤，孤尝恐失计。"昭熟视权曰："臣虽知言不用，每竭愚忠者，诚以太后临崩，呼老臣于床下，遗诏顾命之言故在耳。"因涕泣横流。权掷刀致地，与昭对泣。①

解读：张昭的忠贞，母亲的遗命，令孙权悲从心生，热泪盈眶。

辽东公孙渊得不到曹魏信任，便"遣使南通孙权，往来赂遗"②。后又遣使"称藩于权，并献貂、马"。公孙渊的表文盛赞孙权，卑辞承命，愿意为臣。孙权对于公孙渊的称臣"大悦"，决定封公孙渊为燕王；然后派大臣、将军"将兵万人，金宝珍货，九锡备物，乘海授（公孙）渊"，并护送公孙渊的使臣还辽东。

这是孙权头脑发热、利令智昏的行

为，群臣纷纷反对。"举朝大臣，自丞相（顾）雍已下皆谏，以为渊未可信，而宠待太厚。"③张昭也力谏，指出公孙渊"远来求援，非本志"，孙权根本不听。而张昭自恃是资深老臣，曾受太后遗诏，曾扶持孙权接替其兄统领江东，所以反复争辩。孙权终于忍受不了，勃然大怒，解下佩刀，说了那番话。张昭没有想到孙权会这样说，心中顿生说不出的气愤和委屈，他凝视着孙权良久，然后一字一字地说，太后遗诏言犹在耳，他必须竭尽愚忠直言进谏。说完不禁老泪横流。

孙权事母至孝，吴夫人临终曾嘱托张昭以后事，所以张昭提到吴夫人的顾命之言，一下子触击到孙权心中的软肋。孙权想到母亲的遗诏，不禁悲从心来，也忍不住泪流满面。但是张昭的忠贞，太后的遗诏，没有改变孙权的固执。他仍然我行我素，结果公孙渊袭杀了孙吴派去的使臣和士兵，又投靠了曹魏。

孙权虽然哭了，但是此时他的性格、性情已发生了变化，刚愎自用的毛病在他身上渐渐显露，不断滋生的虚荣与骄慢让他变得一听到不同意见就心生厌恶。他的

① 〔晋〕陈寿撰，〔南朝·宋〕裴松之注：《三国志·吴书·张昭传》卷五十二，中华书局，1959年，第1223页。
② 〔晋〕陈寿撰，〔南朝·宋〕裴松之注：《三国志·魏书·公孙渊传》卷八，中华书局，1959年，第253页。
③ 〔晋〕陈寿撰，〔南朝·宋〕裴松之注：《三国志·吴书·吴主传》卷四十七，中华书局，1959年，第1138页。

哭泣只是此时此景的感情流露，过后仍我行我素，不听劝阻。

（十一）读儿子临终奏表的哭（事在赤乌四年，241年，孙权60岁）

《三国志·吴书·孙登传》载：

（孙登）年三十三卒。临终，上疏曰：“……”既绝而后书闻，（孙）权益以摧感，言则陨涕。[①]

解读：孙登死，孙权悲伤。当他看到孙登死前留下的奏疏时，悲痛再次袭来，一提及就涕泪横流。

1. 太子孙登贤德仁孝

孙登字子高，是孙权的长子，初为王太子，后被立为皇太子。孙权选择了一批德才兼优的文臣、武将、学士作为他的辅导老师、宾客。关于孙登的贤德，史书记载的几件小事说，他打猎“避良田，不践苗稼”，尽量不扰民；处事认真不冤枉人，待人宽厚。他有孝心，重孝悌之道，得知孙权因弟弟孙虑的死而悲伤过度，便“昼夜兼程”去京城求见，苦心劝谏；不忘徐夫人养育之恩，徐夫人被废黜，孙登对她的孝敬丝毫不减。其弟孙和，“有宠于权，登亲敬，待之如兄，常有欲让之

心”。想将太子之位让与弟弟，其看重兄弟情义与和睦竟至如此。

2. 临终奏表言辞恳切，语中时弊

孙登临终上疏的内容分为几部分：一是表明自己对死无所悲怨，希望父亲为国事、大业爱护身体；二是依据自己的了解对人事进行分析并建议；三是将自己得知的军政方面存在的问题提出来，同时推荐一批“忠于为国，通达治理”的文武大臣，希望父亲“令陈上便宜，蠲除苛烦，爱养士马，抚循百姓”，如此五到十年间就可以完成统一大业。最后，孙登表明这是自己临死前一定要说的话，“愿陛下留意听采，臣虽死之日，犹生之年也”。这临终奏疏，言辞恳切，语中时弊，忠心、孝心溢于言表，深深触动了孙权的丧子之痛，让他泣不成声。

陈寿评曰：“孙登居心所存，足以茂美之德。”说孙登的所思所虑，足以称得上品德茂美。

孙登为太子二十一年，33岁时英年早逝，孙权已不胜悲痛；后来读到他的遗书，了解到儿子有如此的见识、如此的品质，更加哀伤，一提到此事就老泪横流。如此优秀的儿子走了，一国的储君夭折了，年逾花甲的孙权痛定思痛，痛何如哉！

---

① 〔晋〕陈寿撰，〔南朝·宋〕裴松之注：《三国志·吴书·孙登传》卷五十九，中华书局，1959年，第1365-1366页。

（十二）与蜀使宗预分别的哭（事在赤乌十年，247年，孙权66岁）

《三国志·蜀书·宗预传》载：

（宗）预复东聘吴，孙权捉其手，涕泣而别曰："君每衔命结二国之好。今君年长，孤亦衰老，恐不复相见！"遗预大珠一斛，乃还。①

解读：年过半百的孙权渴望、看重友情，有感于生离死别而哭。

在蜀吴交往中，双方使臣往来不绝。蜀国使臣邓芝、费祎、宗预等"频烦至吴"，为史书载录，他们都受到孙权的看重和夸奖，或有礼物相赠。而宗预有两次使吴的记录，并得到馈赠。

宗预字德艳，"建安年中随张飞入蜀"，是蜀汉的老臣。第一次是诸葛亮死时，东吴增兵巴丘，蜀汉亦增兵永安，双方关系骤然紧张。于是宗预"将命使吴"。他坦直、巧妙地回答了孙权的诘难，"权大笑，嘉其抗直，甚爱待之，见敬亚于邓芝、费祎"。第二次使吴在蜀汉延熙十年（247），他年过60，而孙权已66岁了。史载：

预临别，谓孙权曰："蜀土僻小，虽云邻国，东西相赖，吴不可无蜀，蜀不可无吴，君臣凭恃，惟陛下重垂神虑。"又自说："年老多病，恐不复得奉圣颜。"②

宗预临别这番坦诚动情的肺腑之言，令年老体衰的孙权动容，他一时感慨良多，禁不住心潮起伏，说出"孤亦衰老，恐不复相见"的话，与宗预执手洒泪而别。

（十三）悔悟错对陆逊的哭（事在太元元年，251年，孙权70岁）

《三国志·吴书·陆抗传》载：

（陆抗）病差当还，（孙）权涕泣与别，谓曰："吾前听用谗言，与汝父大义不笃，以此负汝。前后所问，一焚灭之，莫令人见也。"③

解读：孙权向陆抗检讨对他父亲陆逊的过错，晚年的孙权因悔悟而哭泣。

1. 陆逊德才兼备

陆逊出身江东大族，21岁被孙权召入将军府，因德才兼备而受到器重。孙权将孙策的女儿许配给他为妻，以后"数访世务"，咨询时政军务问题，"权纳其策"，常常采纳他的献策。陆逊战功卓

---

① 〔晋〕陈寿撰，〔南朝·宋〕裴松之注：《三国志·蜀书·宗预传》卷四十五，中华书局，1959年，第1076页。

② 〔晋〕陈寿撰，〔南朝·宋〕裴松之注：《三国志·蜀书·宗预传》卷四十五注引《吴历》，中华书局，1959年，第1076页。

③ 〔晋〕陈寿撰，〔南朝·宋〕裴松之注：《三国志·吴书·陆抗传》卷五十八，中华书局，1959年，第1354页。

著，曾助吕蒙偷袭荆州，领兵打败蜀军于夷陵之猇亭，大破曹军于石亭。因而得拜大将军、大都护，镇守武昌。陆逊在治国安民上也颇有见地，他多次上疏孙权，指出当时的严法苛刑，建议轻刑便民；劝说孙权尽量少动干戈，认为"宜育养士民，宽其租赋，众克在和，义以劝勇，则河渭可平，九有统一矣"。赤乌七年（244），他入京代顾雍为相。

2. 忧国忘身却屡遭斥责

孙权晚年昏聩残暴，刑戮无常，设"校事"残害臣僚。陆逊忧心忡忡，一再上书规谏。在鲁王孙霸与太子孙和因立嗣而产生矛盾时，孙权欲废太子。太子仁德，陆逊多次上书力谏，以致"叩头流血"。然孙权执迷不悟，很多劝谏的文武大臣被贬、被徙、被诛。陆逊也不断遭到孙权派来的人的责难。他深忧国事，忠心耿耿，反遭指责，极为郁闷，气愤，赤乌八年（245）"愤恚致卒"，终年63岁。史书称赞说："（陆）逊忠诚恳至，忧国忘身，庶几社稷之臣矣。"陆逊极度忠诚，进言恳切，忧虑国事而献出生命，应该算得上安邦定国的大臣了。

3. 儿子陆抗仍被审查

陆逊死后，因长子夭折，次子陆抗承袭爵位，但并没有受到孙权信任。"孙权以杨竺所白逊二十事问抗，禁绝宾客，中使临诘，抗无所顾问，事事条答，权意渐解。"在禁止陆抗与外界往来的情况下（隔离审查），孙权派人去将别人告发陆逊的二十件事逐一查问，得到清楚的解答后怒气才逐渐消散。

4. 迟到的悔悟与流泪

几年后，孙权对陆逊忧愤而死感到悔恨、愧疚。太元元年（251），陆抗到京城建业治病。病好要回驻地时，孙权来告别，他流着眼泪对陆抗说，以前听信逸言，怀疑你的父亲，因此又对不起你；现在将这些举报你父子的材料"一焚灭之"，都烧毁了不让人再看到啊。

这迟来的悔悟和泪水，是孙权勇于认错、真心反省的体现。

二、哭泣的情感解析

孙权的13次哭泣就其情感原因，有的单一，有的则在主因之外，夹杂有其他的因素。现逐一分析解读如下。

（一）因亲人的死而哭3次

因亲情的3次哭泣，即兄长孙策之死，儿子孙虑、孙登之死。其中除了儿子孙虑死的哭是单纯的丧子悲痛外，其余两次都掺杂有其他因素。如哭孙策之死，是年轻的孙权失去兄长的哀伤，也是因突然失去依靠后的无助、无措而哭泣。而孙登之死，刚开始他虽悲伤却没有哭泣，因为此时孙权年届花甲，经历太多，已不轻易哭泣，但当他读到孙登的遗表时，一个优秀儿子的孝心和忠贞终于撞开了情感的闸门，让他哭泣流泪了。

（二）因父兄臣僚的死及事而6次哭泣

在孙权的13次哭泣中，因父兄臣僚的死及事而哭有6次，所占比例最大，其情感因素的主线明显，也有其他因素的叠加。周瑜、周泰、吕范、凌统、张纮、张昭等6位文臣武将曾追随孙坚、孙策，开创江东基业，与孙氏关系亲密，犹如自家亲人；孙权继承父兄之业，他们与之相处既君臣又兄弟。首先，在年轻的孙权无助时他们"委心而服事"，保证了孙权继位；其后在巩固和发展壮大孙吴基业中献计献策，率兵征战，功勋卓著。他们的才识、忠贞、勇猛、功绩，让作为人主的孙权感佩于心，于是"以为股肱""以为腹心"。如周瑜与孙策情同兄弟，周泰为孙吴打江山遍体创伤；凌操凌统父子在孙氏兄弟的麾下效力，凌统曾冒死掩护孙权逃脱；对于他们的去世，孙权如丧亲人，泪流不止。张昭、张纮系顾命大臣，张昭冒死劝谏，张纮临死留书劝谏，都深深触动

了孙权心扉，令他悲泣、反思。

（三）余下的4次哭泣，情感因素不一

这4次哭泣有2次是因为臣僚。冯熙出使曹魏，不辱使命而引刀自刎，表现出的忠义气节，令孙权感动泪流。孙权内心有敬重忠勇的情怀，哭冯熙与他崇敬忠贞的品质一脉相承。陆逊被气死后孙权感到自责，主动在陆抗面前流泪认错。这是孙权晚年昏聩中依然存在着的几分清醒。

另外两次哭泣，一次是对于浩周举家百口担保，孙权深受感动，不禁泪流；但他以虚假承诺骗取浩周的信任。这有一个从真情到假意的情感变化过程。而与宗预分别的哭，在孙权的13次哭泣中则显得特殊。孙权称王称帝后在东吴居万人之上，无法也难以与群臣平等交往，一种内心深处的孤独寂寞使他渴望友情，于是向外寻求友谊。他与蜀国使臣邓芝、费祎、宗预等人的关系良好。这种与自己集团外的人士交往而产生的情谊，相互间的赏识、馈赠不带功利色彩，说明他渴求坦诚相见的友情，珍视平等交往的情谊。因而与蜀国使臣宗预分别时，谈到因年迈可能这是最后的会面时，一段友情的终止使他潸然泪下。这体现了孙权对友情的珍视。

（四）后半生情感的变化

孙权19岁继位，71岁病逝，在政治舞

台上驰骋52年，他40岁受封吴王，48岁称帝。这13次哭泣若以48岁称帝前后为界，之前的30年里有9次，其后的23年仅有4次。哭泣的频率在后半生明显放缓，哭泣的烈度在后半生也明显减弱。后半生的4次除与宗预分别时的哭泣外，其余3次已经缺乏以前那种炽烈、深沉的情感。孙登死时他并没有哭，与张昭痛哭后并没有醒悟，气死陆逊后他产生的懊悔是在查实陆抗的忠诚之后。这些都说明孙权在晚年性情的变化，对臣僚的情感已经衰减，大大不如创业阶段了。他哭泣次数的减少和情感的衰减完全说明了这一点。

哭泣在前后时段的差异，是孙权性情、性格随着基业的巩固，地位的提高而发生变化造成的。这在与张昭相对哭泣的事件上表现得较为突出。孙权的哭泣当时虽然出于情感，但是对事情的改变没有产生任何作用，这哭泣就显得轻飘而缺乏诚意。哭归哭，做归做，孙权晚年一意孤行，刚愎自用的性格转变表现得非常突出。

在孙权的13次哭泣中，12次哭泣的情感是真诚的，余下的感动于浩周的那1次哭，先真后假。孙权的品质、性格的优劣在这13次哭泣中都表现出来了。孙策死他不知所措的哭泣，周瑜死他发自内心的"孤何赖哉"的慨叹，这是他依赖性的最

好的注脚。向陆抗检讨而哭，说明他有认错改过的勇气。儿子孙虑、孙登夭亡的哀哭，呼喊着吕范的名字和读着张纮的留笺等，这些哭泣把他重情重义、知恩感恩、与臣僚的骨肉之情都充分展现了出来。

三、亲情是哭泣情感的主线

孙权的13次哭泣中，有3次是因为亲人、8次是因为臣僚。因孙策、孙虑、孙登的死而悲伤哭泣，是亲情自不待言。8次因臣僚的死或事的哭也可以看出，他与臣僚间是以亲情作为情感纽带。

孙权对父兄的臣僚敬待如骨肉亲人的史实证实了这一点。如孙策与张昭，"升堂拜母，如比肩之旧"；而张纮"公府辟，皆不就，避难江东。孙策创业，遂委质焉"。二人成为顾命大臣，孙权从不直呼其名字，"呼张昭曰张公，（张）纮曰东部"，以示特别的敬重。与周瑜，"外托君臣之义，内结骨肉之恩"，如同兄弟；孙策对吕范"亦以亲戚待之，每与升堂，饮宴于太妃前"，孙权自然也待其如亲人；而周泰，孙权"待卿以骨肉之恩"，称"与卿同荣辱，等休戚"，情同手足；对凌统"妻以从兄辅女"，病卒后将他年幼的两个儿子接到身边，与自己的

儿子同等培养，还在宾客面前呼为"吾虎子"。对陆逊，召其辅佐太子，陆逊曾责备孙虑、孙松的不是。由此可知，孙权视这批臣僚如骨肉亲人，与他们有着骨肉之恩、骨肉之情，这种情感上升为一种亲情，成为既君臣又骨肉亲人的关系。孙权曾下诏令曰："今日诸君与孤从事，虽君臣义存，犹谓骨肉不复是过。荣福喜戚，相与共之。忠不匿情，智无遗计，事统是非，诸君岂得从容而已哉！同船济水，将谁与易？"①他说，诸君与我，名义上是君臣，我认为骨肉血亲也比不过，荣华富贵，喜怒哀愁，我们都共同分享，我们同舟共济，谁也不能中途而去。这番出自内心的话，既是孙权对臣僚情感的认可，也让臣僚听了深受感动。

正是倚重、信任这批臣僚，与他们同甘共苦，因此，他们的故亡、伤病或与之争执时，孙权的哭泣既是悲情伤感，也是一种亲情的表达。正是这种既君臣又骨肉亲人的情感，让亲情成为孙权哭泣、哀伤的情感主线。

史书中孙权对臣僚用情之深，视他们如骨肉亲人的事例，不胜枚举。《三国志·吴书》载，张昭死，孙权"素服临吊"；顾雍死，"素服临吊"；阚泽死，"痛惜感悼，食不进者数日"；周瑜死，"素服举哀，感动左右"；鲁肃死，"（孙）权为举哀，又临其葬"；吕蒙"卒于内殿。时权哀痛甚，为之降损"；太史慈死，"权甚悼惜之"；陈武死，"权哀之，自临其葬"；黄盖死，"权改服临殡，供给甚厚"；甘宁死，"权痛惜之"；朱然死，"权素服举哀，为之感恸"；吕范病卒，"权素服举哀"；蒋钦死，"权素服举哀"。很多学者都把"为举哀，又临其葬"注译为"哭吊死者"②。如此计算，孙权哭泣的事例远远不止13次；如此多的事例说明，孙权对臣僚的生老病死体现出的情感之深、恩义之重，不是亲人而胜似骨肉亲人。

孙权这一以情感用人御将的品德，是受父兄对手下有情有义做出表率的影响而形成的。

其父孙坚"颇能用人"，兄孙策因"善于用人"而著称。史载："策为人，美姿颜，好笑语，性阔达听受，善于用人，是以士民见者，莫不尽心，乐为致

---

① 〔晋〕陈寿撰，〔南朝·宋〕裴松之注：《三国志·吴书·吴主传》卷四十七，中华书局，1959年，第1143页。

② 缪钺主编：《三国志选注·鲁肃传》，中华书局，1984年，第912页。

死。"①正是父兄这种真情待人的品质、视贤才如家人骨肉的胸怀深深影响了孙权；正是父兄的这种真诚招揽人才的做法，为孙权留下了一批乐于为其用的文臣武将。

孙权从小耳濡目染，选贤任能的品德和资质在年轻时就显露了出来。史称："策起事江东，权常随从。性度弘朗，仁而多断，好侠养士，始有知名，侔于父兄矣。"②他在以诚待人、善交侠士方面很快就有了名气。所以，孙策在临终时特别强调说："举江东之众，决机于两阵之间，与天下争衡，卿不如我；举贤任能，各尽其心，以保江东，我不如卿。"孙盛也对他能倾心养士评论说："观孙权之养士也，倾心竭思，以求其死力。泣周泰之夷，殉陈武之妾，请吕蒙之命，育凌统之孤，卑曲苦志，如此之勤也！是故虽令德无闻，仁泽罔著，而能屈强荆吴，僭拟年岁者，抑有由也。"③孙权身上有着慈爱、悲悯、仁义的品格，虽常常任性，但能勇于认错，亦颇有真情。他取得三分天下有其一的业绩，不是没有原因的。

孙权的待士用人，与刘备有相似之处，都以情义作为维系的纽带。不过，刘备偏重情义，而孙氏兄弟则偏重情感，他们的待士用人都是以亲情、恩义相投合。从孙权的13次哭泣和史书记载的大量事例可以看出，孙权视臣僚如骨肉亲人，与他们有骨肉之恩、骨肉之情，并且上升成为骨肉之亲。这种与臣僚既是君臣又如骨肉亲人的关系，是刘备、曹操无法比拟的。

■ 附记

本文论述的孙权的哭泣，仅据《三国志》及裴松之注引。文中所谓的哭，指"流涕""泣涕""垂泪"等文字明确的流泪哭泣，而悲、哀、举哀、怆然等情感因难以界定。如鲁肃死，"（孙）权为举哀，又临其葬"，学者的注译都称"孙权为之哭泣哀悼"，本文则没有计算在内。谨此说明。

（原发表于《湖北文理学院学报》2020年第12期，与施霞合作，收入时有修改。）

---

① 〔晋〕陈寿撰，〔南朝·宋〕裴松之注：《三国志·吴书·孙破虏讨逆传》卷四十六，中华书局，1959年，第1104页。
② 〔晋〕陈寿撰，〔南朝·宋〕裴松之注：《三国志·吴书·吴主传》卷四十七注引《江表传》，中华书局，1959年，第1115页。
③ 〔晋〕陈寿撰，〔南朝·宋〕裴松之注：《三国志·吴书·凌统传》卷五十五注引，中华书局，1959年，第1297页。

死亡迫近时的求神崇仙

孙权在年老体衰、死亡来临时，为延年益寿而隆重迎请仙人来京，奉为神灵；他一直迷信各种"异兆"，也致崇信道士、仙人。晚年更甚，竟然遵照"兆异"、仙人的启示施政行事，如宣布大赦，改换年号，册立皇后，下诏检讨、求谏，甚至决定军事行动等。他迷信"异兆"、神灵的举动显示出他已经丧失自信，迷失自我，以至于为了延年益寿而求福信神。

——题记

作为三国人主，孙权活了71岁，曹操活了66岁，刘备活了63岁。然而面临死亡时，寿命最短的刘备最为淡定而泰然，曹操次之。而寿命最长的孙权却最怕死，在年老体弱之时祈求仙人赐福延寿，表现猥琐而毫无英雄气概，给人留下深刻印象。

一、为延年益寿求神崇仙

孙权晚年在死亡来临之际，没有遗诏，没有遗言，史书却记录了他为延年益寿而求神崇仙的突出行径。《三国志·吴书·吴主传》专章详细记载了他隆重延请神仙王表一事。史书载曰：

初，临海罗阳县有神，自称王表。周旋民间，语言饮食，与人无异，然不见其形。又有一婢，名纺绩。是月（五月），遣中书郎李崇赉辅国将军罗阳王印绶迎表。表随崇俱出，与崇及所在郡守令长谈论，崇等无以易。所历山川，辄遣婢与其神相闻。秋七月，崇与表至，（孙）权于苍龙门外为立第舍，数使近臣赍酒食往。表说水旱小事，往往有验。……（二年）二月……诸将吏数诣王表请福，表亡去。夏四月，权薨。[1]

史书记载说，扬州临海郡罗阳县有个神仙自称王表，出没于民间，饮食语言与常人无异，而看不到他的身影。他有个侍女叫纺绩，代他与其他神仙通话，传达他的意愿。孙权得知有此仙人后，大喜，以为长生不老有望，立即册封王表为辅国将军、罗阳王，并派中书郎李崇等人为特使

---

① 〔晋〕陈寿撰，〔南朝·宋〕裴松之注：《三国志·吴书·吴主传》卷四十七，中华书局，1959年，第1148-1149页。

前去迎接。一路上有官员迎送，接待规格很高。到京师后，孙权特地为他在皇宫的苍龙门外修建豪华府第。其后多次派宫中的使臣带着酒肉美食代表自己去看望，以示崇敬。王表预言水旱灾害和一些小事，往往灵验。然而在次年二月，孙权病重时，诸多将领官员数次到他那里去为孙权祈福安康，不料仙人王表却逃之夭夭了。孙权不久就病逝了。

关于孙权之死，也是因为"兆异"、祭拜天神加速的。《三国志·吴书·吴主传》记载说：

（太元元年）秋八月朔，大风；江海涌溢，平地深八尺，吴高陵松柏斯拔，郡城南门飞落。冬十一月，大赦。权祭南郊还，寝疾。①

孙权不仅崇神敬仙，而且十分迷信天地间的"兆异"，因当年（251）的一场风雨之灾，他感到恐惧，颁布大赦后，去南郊祭天，请求上天保佑，不想因此受了风寒，回宫后一病不起。在次年四月就撒手人寰了。

孙权将生老病死寄希望于神灵，死前求神崇仙，这并非偶然，是他长期迷信天

地的各种吉兆、灾异现象形成的观念，是他晚年性情、性格变化的结果。

二、对"异兆"的迷信

孙权一直迷信天象、灾异，迷信种种"异兆"。特别是到了晚年，他甚至常把国事寄托在莫名的天象和自然现象上，总想从种种"异兆"那里寻求慰藉。史书大量的记载说明了这一点。

由于"君权神授""天人感应"和"谶纬学说"的影响，古代君王把各种天象、自然灾害认为是上天显示的警告、惩罚，把出现的一些所谓的祯祥、吉兆视为某种嘉许。三国人主也不例外，都有敬天祈神的思想观念和行为。如曹操病逝前，"使工苏越徙美梨，掘之，根伤尽出血。越白状，王躬自视而恶之，以为不祥，还遂寝疾"②。刘备在曹丕称帝后，群臣列举出现的诸多符瑞，上疏要他"应天顺民"，即位称帝③。曹操、刘备对天象、怪异、神仙也是有所顾忌的，但是二人并

① 〔晋〕陈寿撰，〔南朝·宋〕裴松之注：《三国志·吴书·吴主传》卷四十七，中华书局，1959年，第1148页。

② 〔晋〕陈寿撰，〔南朝·宋〕裴松之注：《三国志·魏书·武帝纪》卷一注引《曹瞒传》，中华书局，1959年，第53页。

③ 〔晋〕陈寿撰，〔南朝·宋〕裴松之注：《三国志·蜀书·先主传》卷三十二，中华书局，1959年，第888页。

不迷信。曹操曾禁断淫祀，"奸邪鬼神之事"遂除①。刘备东征伐吴前，曾向仙人李意其"问以吉凶"；而仙人的暗示令"先主不大喜，而自出军征吴"，刘备没有相信仙人的示意②。这些关于种种"异兆"的提示，在曹操、刘备二人的生平中只是零星的记载。

孙权却不同，他十分在意、迷信上天和自然界显示的"异兆"。在《三国志·吴书·吴主传》中，"木连理""凤凰现""黄龙、凤凰现""野稻自生""野蚕成茧，大如卵""甘露降"等关于天地奇异现象的记载不绝于书。现仅摘录《三国志·吴书·吴主传》中，孙权晚年关于"异兆"和"祥瑞"的记载为例证。

赤乌五年（242），孙权61岁，"三月，海盐县言黄龙见"。

赤乌六年（243），"春正月，新都言白虎见"。

赤乌七年（244），"秋，宛陵言嘉禾生"。

赤乌八年（245），"夏，雷霆犯宫

门柱，又击南津大桥楹"。

赤乌九年（246），"夏四月，武昌言甘露降"。

赤乌十一年（248），"二月，地仍震。……夏四月，雨雹，云阳言黄龙见。五月，鄱阳言白虎仁"。

赤乌十二年（249），"四月，有两乌衔鹊，堕东馆。丙寅，骠骑将军朱据领丞相，燎鹊以祭"。

注引《吴录》曰："六月戊戌，宝鼎出临平湖。八月癸丑，白鸠见于章安。"

赤乌十三年（250），孙权69岁，"夏五月，日至，荧惑入南斗。秋七月，犯魁第二星而东。八月，丹杨、句容及故鄣、宁国诸山崩，洪水溢"。

史书如此密集的记录，可以看出东吴史官得到的旨意，可以看出晚年的孙权迷信各种吉兆、灾异现象到了何等程度。

三、信道好仙

孙权如此迷信天地"异兆"，自然十分崇信神仙、方士。史书于此亦有记载。

一次，"（孙）权与张昭论及神仙"，他俩兴高采烈地谈论着神仙，而虞翻当即就指出："彼皆死人，而语神仙，世岂有仙人邪！"虞翻认为世间没有神

① 〔晋〕陈寿撰，〔南朝·宋〕裴松之注：《三国志·魏书·武帝纪》卷一注引《魏略》，中华书局，1959年，第4页。
② 〔晋〕陈寿撰，〔南朝·宋〕裴松之注：《三国志·蜀书·先主传》卷三十二注引葛洪《神仙传》，中华书局，1959年，第891页。

仙，弄得孙权很尴尬，很不高兴，加上还有其他事情，他一怒之下把名臣虞翻流放了①。又如吕蒙生病，"后更增笃，（孙）权自临视，命道士于星辰下为之请命"②。孙权请道士祈求神灵延长吕蒙的生命。这些都说明他相信神人、仙人，相信神仙是可以让人延年益寿的。

葛洪《神仙传》还记载了孙权崇敬仙人介象一事，孙权迎接他到京师，为他起宅，赏赐千金，然后向他学隐形术：

仙人介象，字元则，会稽人，有诸方术。吴主闻之，征象到武昌，甚敬贵之，称为介君，为起宅，以御帐给之，赐遗前后累千金，从象学蔽形之术。试还后宫，及出殿门，莫有见者。③

孙权十分迷信"异兆"，因此也崇信神仙、方士。胡孚琛先生指出："孙权信仙好道的政策，使北方和巴蜀的道教传人陆续流入江南，左慈等著名方士也到东吴避难和组织道团，为六朝神仙的兴起打下

了基础。"④

四、晚年行事常依从"异兆"、神人

孙权迷信"异兆"，到了晚年甚至常常按照这些"异兆"的启示来施政行事。《三国志·吴书·吴主传》对此也有大量记载。如：

（黄龙三年十月）会稽南始平言嘉禾生。十二月丁卯，大赦，改明年元也。⑤

黄龙三年（231），会稽郡的南始平县有特别茁壮的禾穗长出，孙权认为是吉兆，于是宣布大赦，并在次年将年号改换为嘉禾。

《三国志·吴书·吴主传》又载：

（赤乌元年八月）武昌言麒麟见。有司奏言，麒麟者太平之应，宜改年号。诏曰："间者赤乌集于殿前，朕所亲见。若神灵以为嘉祥者，改年宜以赤乌为元。"群臣奏曰："昔武王伐纣，有赤乌之祥，群臣观之，遂有天下，圣人书策，载述最详者，以为近事既嘉，亲见又明也。"于是改年。

① 〔晋〕陈寿撰，〔南朝·宋〕裴松之注：《三国志·吴书·虞翻传》卷五十七，中华书局，1959年，第1321页。
② 〔晋〕陈寿撰，〔南朝·宋〕裴松之注：《三国志·吴书·吕蒙传》卷五十四，中华书局，1959年，第1280页。
③ 〔晋〕陈寿撰，〔南朝·宋〕裴松之注：《三国志·吴书·赵达传》卷六十三注引葛洪《神仙传》，中华书局，1959年，第1427页。
④ 胡孚琛著：《魏晋神仙道教》，人民出版社，1989年，第45页。
⑤ 〔晋〕陈寿撰，〔南朝·宋〕裴松之注：《三国志·吴书·吴主传》卷四十七，中华书局，1959年，第1136页。

孙权说，他亲眼看到红色乌鸦集聚在宫殿前，这如果是神灵降下的祥瑞，应该改年号为"赤乌"。群臣不仅纷纷附和，甚至说这是孙权要拥有天下的预兆。赤乌年号就是这样来的。

赤乌六年（243），曹魏司马懿发兵准备袭击诸葛恪，孙权欲派兵策应。"望气者以为不利"，于是他依从望气者的预测，令诸葛恪徙兵屯于柴桑不前[1]。

赤乌十一年（248）二月，连续发生地震。时年67岁的孙权以为这是上天对自己的警示告诫，立即下诏检讨、求谏。他说：

朕以寡德，过奉先祀，茕事不聪，获谴灵祇，夙夜祗戒，若不终日。群僚其各厉精，思朕过失，勿有所讳。[2]

同年五月，鄱阳郡报告有不伤害人畜的白虎出现。据《瑞应图》："白虎仁者，王者不暴虐，则仁虎不害也。"孙权因此认为，此瑞兆是上天肯定自己的英明，十分高兴，表示要戒骄戒躁。便下诏说：

古者圣王积行累善，修身行道，以有天下，故符瑞应之，所以表德也。朕以不

明，何以臻兹？《书》云"虽休勿休"，公卿百司，其勉修所职，以匡不逮。[3]

赤乌十三年（250），"荧惑入南斗"；不详的行星荧惑（火星）出现在南斗星座间，与之相应的州国（扬州）将遭祸殃；然后是京城附近的郡县"山崩，洪水溢"，预示对君王不利。于是，69岁的孙权深感恐慌，《三国志·吴书·吴主传》载：

诏原逋责，给贷种食。废太子和，处故鄣。鲁王霸赐死。

孙权一方面下诏免去百姓拖欠的租税，发给种子、口粮；另一方面宣布废黜太子孙和，将其流放到故鄣县，又赐鲁王死。对于自己亲生儿子的处理都是根据天象的启示来施行。《三国志·吴书·吴主传》又载曰：

是岁，神人授书，告以改年、立后。

孙权为王不立王后，称帝后也不立皇后，拖延二三十年，赤乌五年（242）"百官奏立皇后"，孙权以"天下未定"为由拒绝。如今，仙人才刚授意，他便立即改换年号，并下决心册立潘氏为皇

① 〔晋〕陈寿撰，〔南朝·宋〕裴松之注：《三国志·吴书·诸葛恪传》卷六十四，中华书局，1959年，第1432页。
② 〔晋〕陈寿撰，〔南朝·宋〕裴松之注：《三国志·吴书·吴主传》卷四十七注引《江表传》，中华书局，1959年，第1147页。
③ 〔晋〕陈寿撰，〔南朝·宋〕裴松之注：《三国志·吴书·吴主传》卷四十七，中华书局，1959年，第1147页。

后①。结果选人失当，带来祸患。

晚年的孙权，遵照"兆异"宣布大赦，改换年号，处置儿子，册立皇后，甚至决定军事行动，及下诏检讨、求谏，等等。他迷信"异兆"、仙人，按照各种启示来施政行事，已经到了没有自信、迷失自我的程度。

大量史实说明，孙权迷信天象、灾异，求神崇仙，特别是在晚年，甚至把国事都寄托在莫名的天象和自然现象上，总想从种种"异兆"、神人那里寻求慰藉、帮助。为了延年益寿，他让道士祈求上天保佑吕蒙，因此，在死亡迫近时，自己也去求助仙人，就是自然而然的了。

---

① 〔晋〕陈寿撰，〔南朝·宋〕裴松之注：《三国志·吴书·吴主传》卷四十七，中华书局，1959年，第1145页。

孙权与妻妾

孙权有姓氏的妻妾计10位，其中6位列于史传中。他以美色为取向，不断在始乱终弃中更换妻妾，可以看出他重色轻德的品性，与妻妾间缺乏情感维系。在册立王后、皇后一事上他不依从礼制，不分嫡庶，竟拖延二三十年不立后；最终为逸言、仙人所左右，立嗣立后失误，带来后患。

——题记

孙权的妻妾有6位列于《三国志·吴书·妃嫔传》中，即谢夫人、徐夫人、步夫人、王夫人（琅邪人）、王夫人（南阳人）、潘夫人，因为她们或系正室、皇后，或被追尊为皇后。其他史料提到的小妾有谢姬（孙霸之母）、仲姬（孙奋之母），及袁夫人、赵夫人等4位。除这10位外，孙登的母亲卑微，其余未生子的也不能入传载录，因此，他的妻妾具体有多少不详。

一、与8位妻妾的婚配

孙权在史书中立传和有姓氏的10位妻妾，除谢姬、仲姬二人因出身没有名分、封号，资料缺失外，其余8位与他成为夫妻、相处状况如何，史籍都有所记载。

袁夫人，袁术之女。袁术战败病死后，妻妾子女有的落入孙策手中，史称"术女入孙权宫"；袁术此女年龄、名字、相貌均不得而知，被年仅18岁的孙权相中而为小妾。这是孙权的第一个妻妾，由于是战俘，不能成为正室。她出身名门，"有节行而无子。权数以诸姬子与养之，辄不育"[1]。因为无子，她也未能载入正史纪传中。

谢夫人，官宦人家出身，是孙权母亲为他正式聘娶的妻子，婚后"爱幸有宠"。后来孙权娶了徐氏，徐氏受到宠爱，孙权想要谢夫人让出正妻之位，"谢不肯，由是失意，早卒"[2]。作为明媒正娶的谢夫人，当然不肯当小妾而居于徐氏之下，于是失宠，忧郁早逝。

---

[1] 〔晋〕陈寿撰，〔南朝·宋〕裴松之注：《三国志·吴书·妃嫔传》卷五十注引《吴录》，中华书局，1959年，第1200页。

[2] 〔晋〕陈寿撰，〔南朝·宋〕裴松之注：《三国志·吴书·妃嫔传》卷五十，中华书局，1959年，第1196页。

徐夫人，其祖父与孙坚关系亲密，于是孙坚把妹妹许配给他，生儿子徐琨。徐琨先后随孙坚、孙策父子征战，多有战功。他的女儿"初适同郡陆尚，尚卒，（孙）权为讨虏将军在吴，聘以为妃，使母养子（孙）登"。徐寡妇是孙权姑妈的孙女，从辈分上讲是孙权的侄女，孙权不顾其寡妇和晚辈的身份，将其纳为嫔妃，她应当是国色佳丽。于是宠爱很快转移到她身上，孙权甚至逼谢夫人让位，要将她升为正妻，并且让她做长子孙登的养母。只是好景不长，孙权的宠爱很快又转移到步夫人身上。徐夫人妒忌，被废之后安置于吴县，病死了。

步夫人，出生于世家大族，战乱中随母亲迁徙到庐江郡，孙策攻破庐江郡，步氏"以美丽得幸于（孙）权，宠冠后庭"。步氏因为姿容美丽被孙权相中，得到的宠爱一时在后宫无人可比。而且她"性不妒忌，多所推进，故久见爱待"。她生性宽厚，无妒忌之心，常常向孙权推荐引进美女，所以受到宠爱的时间最久。她生有两个女儿，名鲁班、鲁育，都许配给孙吴名将之后。孙权一心要立她为后，而此时徐夫人已经转为正室，群臣认为应该立正妻，所以她在死后被追封为后。

王夫人，琅邪人，"以选入宫，黄武（222—229）中得幸，生（孙）和，宠次步氏"。步氏薨后，和立为太子，权将立夫人为后，而全公主素憎夫人，稍稍谮毁"。在选妃时王夫人被相中得到宠爱，儿子孙和被立为太子后，孙权打算立她为皇后，由于鲁班公主的诬陷诋毁，"由是（孙）权深责怒，以忧死"。王氏被鲁班公主的谗言害死。

王夫人，南阳人，"以选入宫，嘉禾（232—238）中得幸，生（孙）休"。她也是在选妃时被选中得到宠爱的。孙和被立为太子，其母亲地位"贵重，诸姬有宠者，皆出居外。夫人出公安，卒"。孙和之母以子而显贵，其他受宠的嫔妃一律被孙权赶出皇宫。王夫人虽然生有儿子，也被逐出送到公安县，不久去世。

赵夫人，"善画，巧妙无双"，而孙权"思得善画者使图山川地势军阵之像，（赵）达乃进其妹"[1]。她系其兄东吴方士赵达进献，结局不详。

潘夫人，因父亲犯法被诛，和姐姐沦为奴隶，被送去皇宫纺织作坊做织女。"（孙）权见而异之，召充后宫。"她被宠幸后生下孙亮。潘夫人"性险妒容媚，自始至卒，谮害袁夫人等甚众"。她为人

---

① 〔晋〕王嘉撰，〔南朝·梁〕萧绮录：《拾遗记·吴》卷八，中华书局，1981年，第179页。

凶险嫉妒，善于取悦献媚，一到后宫就开始诋毁诬陷诸嫔妃，袁夫人等多人被陷害。在孙亮被立为太子的次年，她被立为皇后。她对宫人也十分狠毒，于是几个宫女在她生病昏睡时，"共缢杀之，托言中恶"[①]。宫女将她勒死后谎称她是遭到恶魔伤害。

史籍所载孙权的8位妻妾，有的是掠得，有的是聘娶，有的是选妃相中，有的是进献，有的是自纳。史书中，她们从受宠幸到被遗弃，甚至遭废黜、去世，都难见孙权有情感的流露。

二、以美色娶妻纳妾

孙权妻妾的身份，有大家闺秀，有再婚侄女，有战乱女俘，有选妃佳丽，有织室女奴，来源驳杂，身份悬殊，为什么能够被相中受宠？原因是孙权的兴趣爱好完全聚焦于美色。

（一）娶妻纳妾以美色为取向

史书中有传的6位妻妾，谢夫人是母亲做主为他聘娶的，徐氏是他自作主张纳娶的，步氏是他见其美貌掠来的，两位王

氏是在选妃时相中的，潘氏是他在巡视纺织作坊时见到召进宫的。从孙权与妻妾的初始结合看，他娶妻后所纳的9位小妾，除赵夫人外，谢姬、仲姬当是见色一时性起，袁氏、步氏是在战乱中见色起意，两位王氏是因为美貌被选中。而徐氏是他的侄女、寡妇；潘氏是官奴，身份低贱，二人先后受到宠幸，潘氏甚至被立为皇后，史书没有明言原因，从其他史料得到的信息可知，也是因为绝色容貌令孙权惊异而得到宠幸的。晋人王嘉在《拾遗记》中说，潘夫人"容态少俦，为江东绝色"，"纳于后宫，果以姿色见宠"[②]。潘氏被称为江东绝色，无人可比，入宫果然以姿色见宠。这8位妻妾被宠幸的过程充分证明，孙权娶妻纳妾的取向是以美色为主。

（二）与步夫人的情感

孙权与妻妾的情感，史书的描述为"以美丽得宠""见而异之""以姿色见宠"等，也就是说，美色是他们夫妻关系的纽带，这当然难有感情可言。不过，步夫人可能是个例外。

关于步夫人，史书以"宠冠后庭""久见爱待"来描述孙权对她的宠

---

① 〔晋〕陈寿撰，〔南朝·宋〕裴松之注：《三国志·吴书·妃嫔传》卷五十，中华书局，1959年，第1199页。

② 〔晋〕王嘉撰，〔南朝·梁〕萧绮录：《拾遗记·吴》卷八，中华书局，1981年，第181页。

爱；孙权为王称帝时，都要立她为后，遭到群臣反对之后就不立后，将此事拖延，甚至达十年之久；"然宫内皆称步夫人皇后，亲戚上疏称中宫"，她已经成为事实上的皇后。这种对步夫人长达十几年的宠爱，而且执意立她为后，当然不可能全凭美色，步夫人虽然美貌但会年老色衰，所以应该有品德良好的原因，还有感情作为维系。她死后立即被追封，就是明证。

赤乌元年（238），步夫人死，孙权专门下达诏策，追封其为皇后，盛赞她的品德，并表达了深深的哀伤。史载，皇帝曰：

呜呼皇后，惟后佐命，共承天地。虔恭夙夜，与朕均劳。内教修整，礼义不愆。宽容慈惠，有淑懿之德。民臣悬望，远近归心。朕以世难未夷，大统未一，缘后雅志，每怀谦损。是以于时未授名号，亦必谓后降年有永，永与朕躬对扬天休。不寤奄忽，大命近止。朕恨本意不早昭显，伤后殂逝，不终天禄。愍悼之至，痛于厥心。

孙权说："皇后啊！你与朕共同分担劳苦，宫内整肃，礼义施行；你宽仁贤淑的德行，受到臣民的敬仰、拥戴。由于世难未平息，天下未统一，而你又志向高雅，常怀谦让之心，所以当初没有授予皇后名号；原以为皇后你的寿命长，会永远

与朕同享上天的荫庇；不料忽然间你大命终止，朕既恨没有将本意及早表达，又哀伤你辞世而没能享受到上天的赐福。朕哀伤之极啊，心痛之极啊！"

这诏策极尽赞美之辞，表达的哀痛之情溢于言表；加之孙权对她长时间的宠爱，破例要封其为后，遭到反对则宁可不立后达十年。这一系列史实证明，在所有妻妾中，孙权对美丽贤德的步夫人是有真情实意的。只是在成群的嫔妃中，他的感情付出得实在太少了。

三、6位妻妾入传的原因

在《三国志》魏、蜀、吴君主的后妃传中，曹操仅1位入传，刘备2位，孙权却有6位。为什么孙权有这么多妻妾被立传，主要原因是孙权的宠爱在不断转移。

谢夫人是孙权的第一位妻子，正室，应该入传。孙权曾经对她"爱幸有宠"，娶徐氏后就喜新厌旧，谢夫人受冷落，早逝，徐夫人因此为正室，应该入传。孙权得到步氏后又宠爱有加，于是徐氏失宠被废。两个王氏先后入选进宫受宠，由于琅邪王氏的儿子孙和被立为太子，其母王氏因鲁班公主谗言而没有被立后，但是孙和之子孙皓为帝时，则追尊祖母王氏为大懿

皇后。南阳王氏当时虽然被赶出皇宫之后去世，但她的儿子孙休即帝时，追尊母亲为敬怀皇后。于是二王夫人也必须立传。最后是织室女奴潘氏，她得宠生的儿子孙亮被立为太子，母以子贵，得封皇后，她也名正言顺被立传。6位立传的妻妾，个个理由正当。

孙权宠幸一个就遗弃一个，甚至一批，在这种不断轮换中也就造成了多人入传的机会。只是在这种宠幸与遗弃的不断轮换中，没有看到他的任何情感表达。

四、册立皇后的偏执

孙权在曹魏黄初二年（221）为王，在孙吴黄龙元年（229）称帝，直到太元元年（251）70岁时才立宠妃潘氏为皇后。在立后问题上他不依从礼制，执意以妾为后，遭到反对后，东选西选，竟拖延达三十年不决，直到逝世前一年因听信谗言，迷信神人，方才立后。

古代社会，称王称帝后，按照礼制应当册立王后、皇后，册立的原则应当立嫡妻正室。孙权的正室谢夫人早卒，徐夫人继位。孙权为吴王，"（孙）登为太子，群臣请立夫人为后，权意在步氏，卒不许"。孙权中意于步氏，"而群臣议在徐

氏，权依违者十余年"。在徐夫人、步夫人去世，他又欲立袁夫人为后。"步夫人薨，权欲立之。（袁）夫人自以无子，固不受"①，袁氏坚持不接受。琅邪王氏因儿子孙和为太子，于是孙权"将立夫人为后，而全公主素憎夫人，稍稍谮毁"。孙权听信女儿谗言，王夫人受到责骂，忧郁而死。最后，"性险妒容媚"的潘氏被立为皇后。

纵观立后的整个过程，孙权立后的人选依次是步夫人、袁夫人、王夫人，最后才是潘夫人。她们都不是嫡室正妻。孙权先欲立后的步、袁二人不是嫡室，为后有违礼制，但在品德上比较优秀，情有可原；王、潘二人因儿子孙和、孙亮先后被立为太子，母以子贵，立为皇后也是顺理成章。只是潘氏虽凭子立后，而缺德无才。由此可见，孙权在宠幸嫔妃与选谁立后上，标准是有差异的。

虽然如此，他立后的取向依然无意于情感，而是以顺从自己心意为原则。他中意步氏，执意立她为后，因为步氏宽宏大量，积极支持他广纳美女，但她不是正妻，违背立嫡不立庶的原则。徐氏虽成为

---

① 〔晋〕陈寿撰，〔南朝·宋〕裴松之注：《三国志·吴书·妃嫔传》卷五十注引《吴录》，中华书局，1959年，第1200页。

正室，但她嫉妒、阻挠孙权广纳嫔妃，不被喜爱。孙权在自己意愿不能施行时，就采取拖延的办法。待徐氏、步氏死后，他就想让懂事明理的小妾袁氏为后，但袁氏知礼而以无子拒绝。此时，他便只好依礼制立王夫人，但是在王夫人遭到谗言时他缺乏判断，又搁置不立。赤乌五年（242），在为王二十年、称帝十年之时，"百官奏立皇后"，认为不能再拖延了，他以"天下未定"为借口，说"崇爵位以宠妃妾，孤甚不取"。又过了近十年，在太元元年（251），他才依照"神人授书，告以改年、立后"的指示，立潘氏为皇后①。潘氏得逞为后，既是神人启示的作用，也是孙权迷恋美色、唯我独尊，晚年昏聩迷茫、听信谗言的结果。原本就不和谐的妻妾关系被搞得更加混乱。

孙权与妻妾的关系以美色为宠幸取向，缺乏感情维系；在立后大事上他摈弃礼制，为谗言、仙人所左右，带来后患，被史学家诟病。孙盛说他"以妾为妻"，实属缺德之举②。陈寿评论说：

《易》称"正家而天下定"。《诗》云："刑于寡妻，至于兄弟，以御于家邦。"诚哉，是言也！远观齐桓，近察孙权，皆有识士之明，杰人之志，而嫡庶不分，闺庭错乱，遗笑古今，殃流后嗣。由是论之，惟以道义为心、平一为主者，然后克免斯累邪！。③

陈寿先引用经典，《周易》讲"治理好家庭而后天下安定"，《诗经》讲"给嫡妻做出示范，然后是兄弟，从而治理国家"。接着指出，孙权有识人之明，英杰之志，然而嫡庶不分，后宫关系错乱，在历史上留下笑柄，使灾祸落到后代的身上。由此论之，只有心存道义，处事以公平一致为原则，才能避免这方面的毛病。

嫡庶不分，后宫错乱，遗笑古今，祸及后代。他们的评论从"修身、齐家、治国、平天下"的原则入手，指出孙权不"以道义为心、平一为主"，不能"齐家"，因而遗祸误国。这确实有道理啊。

---

① 〔晋〕陈寿撰，〔南朝·宋〕裴松之注：《三国志·吴书·吴主传》卷四十七，中华书局，1959年，第1145页。

② 〔晋〕陈寿撰，〔南朝·宋〕裴松之注：《三国志·吴书·吴主传》卷四十七注引，中华书局，1959年，第1148页。

③ 〔晋〕陈寿撰，〔南朝·宋〕裴松之注：《三国志·吴书·妃嫔传》卷五十，中华书局，1959年，第1203页。

从宠爱、痛哭到废徙、赐死

——孙权对儿子的情感反差

孙权对儿子在前期时关爱、培养周详尽心，次子、长子先后病逝时他悲伤不已，痛哭流涕；晚年他昏聩糊涂，并宠太子、鲁王，不依尊卑长幼之礼秩，引发二子争斗，致使朝臣分裂；最后竟废黜、流徙太子，赐死鲁王，骨肉成仇敌。他对儿子从宠爱、培养到废徙、赐死，情感反差巨大。

——题记

孙权有7个儿子：长子孙登，字子高；次子孙虑，字子智；三子孙和，字子孝；四子孙霸，字子威；五子孙奋，字子扬；六子孙休，字子烈；七子孙亮，字子明。《三国志·吴书》卷四十八的《三嗣主传》、卷五十九的《吴主五子传》记载了他们的生平事迹①。

孙权对7个儿子的情感前后变化巨

大，现分述如下。

一、痛哭早逝的孙虑、孙登

长子孙登在黄初二年（221）被立为王太子，黄龙元年（229）被立为皇太子，赤乌四年（241）病逝，年仅33岁。次子孙虑在黄武七年（228）封建昌侯，嘉禾元年（232）仅20岁即病逝。孙权曾对他们关爱有加，悉心培养，哪知不到十年二子先后病逝，令孙权哀伤痛哭，悲情久久挥之不去。

（一）痛哭孙虑早逝，久久陷于悲伤

孙虑"少敏惠有才艺，权器爱之"，他从小聪慧而多才多艺，孙权十分器重和喜爱。孙虑16岁时被封为建昌侯，18岁时丞相顾雍等人上奏"宜进爵称王"，孙权不同意。当顾雍和尚书仆射等提议让孙虑为将军，授任一方，以增长才干时，他同意了，并特地下诏指出，天下混乱之时，是"建功立事竭命之秋"，应该"委以偏方之任"，得到磨炼。于是孙虑被授予节杖，任镇军大将军，上任履职后他"遵奉法度，敬纳师友，过于众望"。他在职位上的表现超过了人们的期望。孙权对儿子不优宠，培养他们"内修文德，外经武训"，以"为国佐定大业"。

---

① 文中引文出自二传的，不再注出。

然而，没有想到，如此优秀的一个儿子20岁就病逝了，孙权悲伤哭泣，寝食不安，长时间陷于哀痛之中。

（二）失去孙登，读遗表哭泣不已

孙登为王太子时，孙权选择了一批德才俱优的文臣、武将、学士去辅导他。《三国志·吴书·孙登传》载：

（孙权）立登为太子，选置师傅，铨简秀士，以为宾友。于是诸葛恪、张休、顾谭、陈表等以选入，侍讲诗书，出从骑射。权欲登读《汉书》，习知近代之事，以张昭有师法，重烦劳之，乃令（张）休从昭受读，还以授登。

立为皇太子时亦如此，史书称：

以（诸葛）恪为左辅，（张）休右弼，（顾）谭为辅正，（陈）表为翼正都尉，是为四友，而谢景、范慎、习玄、羊衜等皆为宾客，于是东宫号为多士。

孙登为王太子、皇太子时，孙权都精心遴选老师，使他身边集聚了孙吴的一批精英，时称东宫人才济济，同时还着意安排授课书目。可见孙权对儿子培养、教育的一片苦心。

孙登待人宽厚，仁慈孝顺，得知父亲因弟孙虑病逝而过度悲伤，便昼夜兼程去京城苦心劝谏。因为母亲出身微贱，他自幼由徐夫人抚养，徐夫人被废黜后，他孝敬之心丝毫不减，不忘养母之恩。"弟和有宠于权，（孙）登亲敬，待之如兄，常有欲让之心"①。他常想将太子之位让与弟弟，轻权利、重兄弟情义与和睦竟然如此。

孙登病逝，孙权很悲伤，当看到他死前留下的奏表时，悲伤再次袭来。"既绝而后书闻，（孙）权益以摧感，言则陨涕。"孙权在读到孙登的遗表时，对儿子的品质、政见有了进一步了解，更是哀伤不已，一提到此事就老泪横流。

一个优秀的儿子早逝，一国的储君半路就走了，丧子之痛，痛入心扉，孙权哀痛悲泣，久久不能从哀伤中走出来。这泪水，充溢着浓浓的父爱；这哀伤，饱含着深深的情感。

二、废徙、赐死争斗的二子

孙登死后，三子孙和被立为太子，四子孙霸被封为鲁王。既立太子，又给鲁王同样的宠爱和优遇，引发二子争斗，造成臣僚分为太子派、鲁王派，最终导致局面不堪收拾。孙权便恼羞成怒，先后将介入

① 〔晋〕陈寿撰，〔南朝·宋〕裴松之注：《三国志·吴书·孙登传》卷五十九注引《吴书》，中华书局，1959年，第1365页。

争斗的两派臣僚责罚、贬徙、诛杀，甚至族诛；然后废黜太子孙和，贬徙至故鄣；又将鲁王赐死。

（一）并宠太子和鲁王，引发争斗

孙和年少时聪明伶俐，深受孙权宠爱，常常被带在身边。赤乌五年（242），孙和19岁时被立为太子，孙权指派一批优秀大臣去指导、培养他。"阚泽为太傅，薛综为少傅，而蔡颖、张纯、封俌、严维等从容侍从。"同时还准备立他的母亲王夫人为皇后。由于长公主与王夫人有矛盾，多次进谗言，孙权听信女儿，怒骂王夫人，"夫人忧死，而和宠稍损，惧于废黜"。母亲死后，孙和被渐渐疏远，他担心自己会被废黜。

孙权无尊卑长幼之分，对鲁王"宠爱崇殊，与和无异"。孙霸得到与太子同等的宠爱和待遇，这就给人一种印象：谁最终成为皇位继承人，尚未确定。于是，孙霸开始觊觎皇位。孙和在母亲死后忧心忡忡，而"鲁王霸觊觎滋甚"，野心更加膨胀。一批正直的大臣维护孙和的太子地位，"数陈嫡庶之义"，理由正当且无法反驳；而支持鲁王的臣僚则"谮愬日兴"，对太子的诽谤日益加剧。二子争斗形成两派，拥立太子的以丞相陆逊为首，有太常顾谭、骠骑将军朱据、奋威将军顾

承等；支持鲁王的以骠骑将军步骘为首，先后有卫将军全琮及其子全寄、镇南将军吕岱、左将军吕据、中书令孙弘等加入。两派的各种谏言纷沓而至，孙权一时不知如何是好。

（二）恼怒之下的废黜与诛杀

对于二子的争斗，孙权的态度一度暧昧。"和、霸不穆之声闻于（孙）权耳，权禁断往来，假以精学。"他开始只是禁止二人与外界交往，各自在宫中好好读书。这种不偏不倚的处理，实则是对太子不利，反而加剧了二子及臣僚的结党、争斗。争斗日益激烈，孙权深感忧虑，史载：

（孙权）谓侍中孙峻曰："子弟不睦，臣下分部，将有袁氏之败，为天下笑。一人立者，安得不乱？"于是有改嗣之规矣。[1]

袁绍儿子争夺继承权带来的恶果，孙权是清楚的。面对二子相争、朝臣分裂，他产生了改立太子的念头。

孙权没有反思自己并宠二子的态度是否妥当，而是从维护自己权力的角度出发，先对势力强大的太子派臣僚下手。在打压太子派僚属之后，他也没有采取举措

---

[1]〔晋〕陈寿撰，〔南朝·宋〕裴松之注：《三国志·吴书·孙和传》卷五十九注引《通语》，中华书局，1959年，第1370页。

解决二子之争，而是犹豫不决，拖延了几年。对于废黜太子他找不到理由，下不了决心，于是把太子软禁起来。这种行为遭到太子派大臣更加激烈的反对，"尽言极谏"，以致"叩头流血"，这引起孙权的反感、厌恶。后来，在后宫谗言的包围下，他"欲废和立亮"，产生废黜孙和、册立孙亮的想法。众多大臣又纷纷强烈反对。到赤乌十三年（250）八月，孙权终于按捺不住怒火，不分青红皂白，"废太子和，处故璋。鲁王霸赐死"。同时，一批名臣爱将或遭责备惩罚，或被贬职流放，或被诛杀，有的甚至罪及全家，连谏言者都一一被治罪，"坐谏诛放者十数，众咸冤之"。然后又以结党"图危太子"，将鲁王派臣僚贬徙、诛杀。

孙权恼羞成怒，丧失理智，将介入争斗的两个儿子和众臣僚统统处治，或责罚，或诛杀，父子之情分、君臣之情义被一股脑抛弃。他对儿子残酷的处置，对臣僚无情的贬杀，令人震惊。

（三）立幼子为储的遗祸

孙和被废后，顺次有五子孙奋、六子孙休可选立为太子，而孙权听信谗言，迷恋潘夫人美色，立她8岁的儿子孙亮为太子。

孙亮为太子后，姐姐长公主的外孙女全氏被封为王妃；太元元年（251）夏，他

的母亲被立为皇后。孙权在病重时，"征大将军诸葛恪为太子太傅，会稽太守滕胤为太常，并受诏辅太子"[1]。次年四月，孙权病逝，以71岁的高龄，统领东吴集团五十三年的经历，最终退出历史舞台。

孙权立太子又宠鲁王，使儿子间没有尊卑长幼之别，引发二子争斗，他不躬身自责，反而问罪于二子、臣僚，对他们大加责罚，最后无端废黜太子，诛杀亲生儿子，这在历代皇帝中是罕见的。晚年的孙权昏聩，偏听偏信，性情变得冷漠、乖张。最后立幼童为嗣，导致吴国衰败。

三、与儿子的感情走向

孙权前期喜爱儿子，着意培养，晚年废黜、流徙、赐死儿子，然而在临死前又将余下诸子封王。他与儿子的关系跌宕起伏，感情走线曲折。

（一）关爱与培养

孙权对儿子的教育、培养是重视的，曾"诏立都讲祭酒，以教学诸子"[2]；

---

① 〔晋〕陈寿撰，〔南朝·宋〕裴松之注：《三国志·吴书·孙亮传》卷四十八，中华书局，1959年，第1151页。
② 〔晋〕陈寿撰，〔南朝·宋〕裴松之注：《三国志·吴书·吴主传》卷四十七，中华书局，1959年，第1136页。

对最早出生的四个儿子，个个他都十分喜爱。如孙虑"少敏惠有才艺，权器爱之"；孙和年少时聪明伶俐，孙权也非常宠爱，"常在左右，衣服、礼秩、雕玩珍异之赐，诸子莫得比焉"；对鲁王孙霸也"宠爱崇殊，与（孙）和无异"。孙登、孙和为太子时，孙权选拔了强大的精英团队去指导、培养。孙虑、孙登病逝，他悲伤痛哭。他与儿子的骨肉之情浓烈真诚。

（二）二子争斗期间的内心纠结

从立孙和为太子到废黜，历时八年（242—250），史书关于孙权的情感表达，仅只言片语，是从"患之""恶之"到"大怒"。他的举措是从"禁断往来""幽闭（孙）和"到"徙和、赐死霸"。从八年间这些言行举措显现的情感轨迹可以看出，孙权是一步一步走下去的；可以看出他深知二子争斗的恶果，长期犹豫不决表明在处理过程中内心的挣扎。因为要对自己的亲生骨肉下手他有着不忍，有着不舍。的确，一个曾经疼爱儿子的人，要走到废黜、赐死他们这一步需要多大的勇气，他内心经历了怎样的煎熬啊！

（三）临死前的悔悟

孙和、孙霸毕竟是自己的亲生儿子，废黜、赐死他们后，孙权生病期间，儿子聪明伶俐的模样时不时浮现在脑海中。于

是他有所醒悟、后悔，一度想把孙和叫回来重新立为太子。史称，

> （孙）权寝疾，意颇感寤，欲征（孙）和还立之，全公主（鲁班）及孙峻、孙弘等固争之，乃止。[1]

虽然征召孙和回来立为太子之事受到阻止，但孙权并没有放弃对儿子的关爱和补偿。太元二年（252）初，病重的孙权下诏，封孙和为南阳王，居长沙；孙奋为齐王，居武昌；孙休为琅邪王，居虎林。封王是对他们地位、身份的确认，是一种关心、爱护的表达。

临终前对诸子的封王，是孙权对儿子情感的最后流露。特别是将贬徙的孙和再次封王，应该算是他的悔悟、他的补过吧。

喜爱儿子，废徙、赐死儿子，去世前对诸子的封王，孙权的父子情感经历了爱、恨，及最后悔悟的过程。不过，情感的伤害，是难以弥补的。他的封王、补过，只是一种畸形的情感回归而已。

四、亲情冷漠的原因

虎毒不食子。孙权将一度宠爱的两个

---

[1] 〔晋〕陈寿撰，〔南朝·宋〕裴松之注：《三国志·吴书·孙和传》卷五十九注引《吴书》，中华书局，1959年，第1370页。

亲生儿子一个废黜、流放，一个赐死，这在历代帝王中实属罕见。曹操厌恶有的儿子，只是疏远他们而已；刘备曾将养子赐死，但内心不忍以致伤感流泪。孙权对儿子感情的这种巨大反差，其原因何在呢？这与孙权称帝进入后期的心态及性情变化密切相关，具体而言，是谗言和猜忌造成的恶果。

（一）年老昏聩，听信谗言

孙和被立为太子，其母亲王夫人因此应被立为皇后。确立嫡庶，建立尊卑，明确地位、权力，这是孙权家族的两件大事，在二三十年无主的后宫必然引起震动、骚乱。起来搅局的领头人是孙权的大女儿鲁班，她被许配给大臣全琮，史称全公主（长公主）。孙权因爱其母步夫人，也十分宠爱她，然而她没有继承母亲的贤淑仁德，却工于心计，长于造谣生事，搬弄是非。史称："孙和为太子时，全主谮害王夫人，欲废太子，立鲁王。"她曾谗言陷害王夫人，惧怕孙和继位后失去既得利益，所以欲废太子而立孙霸。她把母族步氏、夫族全氏的要人都拉入支持鲁王一派，以维护、增加自身的权力，同时加紧陷害太子。史载：

（孙）权尝寝疾，（孙）和祠祭于庙，和妃叔父张休居近庙，邀和过所居。

全公主使人觇视，因言太子不在庙中，专就妃家计议。[1]

一次，孙权生病卧床，孙和去神庙祭祀，求神保佑；孙和妃子的叔父张休在庙旁居住，就邀请孙和去家里坐坐。全公主一直派人在监视太子的行动，看到后向孙权报告，说太子不在神庙中祈祷，而是去妃子娘家密谋什么事。于是孙权对孙和很是不满。

全公主还去联络受到孙权宠幸的潘夫人。潘氏是一个阴险毒辣、有野心的女人，因生有一子孙亮，颇得孙权喜欢，孙权也因此对她言听计从。在后宫无主之际，潘夫人大肆谗害袁夫人等诸多嫔妃，意欲获得更多的权力。全公主在王夫人死后，就用非常低劣的手法拉潘夫人加入鲁王派。全公主有一外孙女，聪明可爱，她很喜欢，为了取得潘氏母子支持，她不惜用年幼的孙女去配幼弟。史称：

全夫人，全尚女也。从祖母公主（鲁班）爱之，每进见辄与俱。及潘夫人母子有宠，全主自以与孙和母有隙，乃劝（孙）权为潘氏男（孙）亮纳夫人，亮遂

① 〔晋〕陈寿撰，〔南朝·宋〕裴松之注：《三国志·吴书·孙和传》卷五十九，中华书局，1959年，第1369页。

为嗣，夫人立为皇后。①

孙权听从全公主的话，又宠爱潘氏，就为才几岁的儿子娶几岁的女孩；孙亮继位后，孙女辈的小女孩自然就成为皇后。潘夫人因此成为鲁王派的一员，与全公主结成废太子的联盟。她也时时吹枕边风，欲废黜太子，觊觎皇后之位

在后宫中，孙权被宠妃、女儿的各种谗言围绕，他的心理、情感受到困扰。年老昏聩的他，看不透这是因为权力分配带来的明争暗斗，感到迷茫，无所适从。

（二）年老猜忌，不辨忠奸

孙权生性猜忌，杀人果断，年纪一大，性格的猜忌偏执更加厉害。在二子争斗的过程中，他昏聩、迷茫。两派臣僚为立嗣长达八年的激烈争辩，他视为君臣权力之争，以为自己的最高权力受到威胁。马植杰先生分析认为，二子争斗不只是立谁为太子的问题，而是孙权集团内部矛盾复杂的反映，陆逊受到疑忌，被逼死，不只是因为他维护太子，主要症结是孙权认为陆逊功高震主，他一派对自己的统治构成了威胁②。方北辰先生也分析指出：孙

权把二子争斗，提高到君臣权力之争的高度来认识，并和过去的恩恩怨怨相联系，使事情变得严重，于是对势力强大的太子派大加杀伐③。

对于二子争斗，孙权开始不予重视，在臣僚分裂对立时才感到不安；在打击太子派后，他曾幽闭太子，产生另立的想法，但是遭到臣僚的激烈反对。晚年的孙权，由于日益加深的疑忌心理，已经没有了昔日的君臣情感，他对臣僚的以死进谏不是产生感动，而是反感、厌恶，视为在争权夺利；他看到的不是臣僚的赤胆忠心，而是认为他们在威逼、在挑战自己的权威。他进而恼羞成怒，丧失理智，抛弃情感，以权力来守护自己的权力，用权力来对待曾经流血厮杀为他赢得权力的臣僚。于是他视臣僚为仇敌，大开杀戒，上演了贬黜、诛杀大臣的凄凉而哀伤的一幕。

也正是孙权的猜忌心理，让孙权与儿子的骨肉关系扭曲。他自以为是，不听劝谏，不辨是非；为维护尊严体面而刚愎自用，对忠臣良将没有了信任，对儿子失去了亲情。最后他不辨曲直、忠奸，把屠刀挥向自己的儿子和忠直的臣僚。

立嗣是新的权力确立，会引起一场

---

① 〔晋〕陈寿撰，〔南朝·宋〕裴松之注：《三国志·吴书·妃嫔传》卷五十，中华书局，1959年，第1200页。
② 马植杰著：《三国史·第八章 孙权对吴国的统治》，人民出版社，1993年，第152、153页。

③ 方北辰著：《孙权——半生明主·二子争宠》，北京大学出版社，2013年，第158页。

围绕着权力重新分配的争斗，是正常的。但孙权在这一过程中，对亲人、对同甘共苦的臣僚无情无义，以致两个爱子或被贬黜，或被诛杀，一批忠臣良将遭诛杀、贬徙，这是极不正常的。在这一过程中孙权的情感反差，是他听信谗言后猜忌的性格在年老时被催化发酵的结果。一代英雄在暮年，对儿子、臣僚竟如此无情残忍，令人感叹唏嘘。

孙权前后情感的变化及原因
——兼与曹操、刘备比较

孙权继承父兄基业后的很长一段时间，与臣僚有着骨肉情分，他敬臣僚之母，关照孤儿寡妻，感人至深。晚年父子猜忌，君臣失信，于是他绝情寡义，残害忠良，伤害亲生骨肉。前后情感变化巨大，判若两人。究其原因，可以从父兄轻躁、气盛、自负性格对他的影响，从骨子里纨绔子弟秉性的催发，从至尊权力的腐蚀等方面去理解；与曹操、刘备比较后，认识更深刻。

——题记

每一个人的性格都具有多元性，性情也会因年龄、环境而有所变化。刘备如此，曹操更是如此。孙权也是一个有个性的人物，他前期英明，晚年昏聩，只是性格、性情的变化十分突出而已。

一、前期君臣关系感人至深

孙权继承父兄基业后，在很长一段时间里，礼贤下士，知人善任，察纳雅言，励精图治，知错能改，与臣僚有着骨肉情分，连曹操都发出"生子当如孙仲谋"的慨叹。

在创业时期，孙权将张纮、张昭、周瑜、周泰、吕范、凌统等一大批文臣武将"以为股肱""以为腹心"，待如家人。他们相互间的关系既君臣又兄弟，情感深厚。史书记载有很多感人至深的故事。

（一）待臣僚如骨肉之亲

孙权视臣僚为休戚与共的骨肉，连吕蒙的母亲都看到这一点，曾对他说："至尊待汝如骨肉，属汝以大事。"①《三国志·吴书·吕蒙传》记载吕蒙生病一事就是明证：

蒙疾发，（孙）权时在公安，迎置内殿，所以治护者万方，募封内有能愈蒙疾者，赐千金。时有针加，权为之惨戚，欲数见其颜色，又恐劳动，常穿壁瞻之，见小能下食则喜，顾左右言笑，不然则咄唶，夜不能寐。病中瘳，为下赦令，群臣

---

① 〔晋〕陈寿撰，〔南朝·宋〕裴松之注：《三国志·吴书·甘宁传》卷五十五，中华书局，1959年，第1295页。

毕贺。后更增笃，权自临视，命道士于星辰下为之请命。年四十二，遂卒于内殿。时权哀痛甚，为之降损。①

吕蒙生病，孙权把他迎到自己宫中内殿住下，想尽一切办法医治，还发出悬赏，能治愈吕蒙病者赏黄金千斤。他看到吕蒙针灸时的痛苦，感到忧伤。他想时时看到吕蒙的身体状况，为了不影响医治，就在宫壁上打个洞偷偷观察。吕蒙病情的好与坏，直接令孙权喜笑颜开或者长吁短叹、夜不能寐。当吕蒙病情有好转，他为此下达大赦令；后来吕蒙病情加重，他就请道士在星空下祈求神灵保佑吕蒙。吕蒙中年去世，他哀痛非常，为之食不甘味。

君臣如此休戚相关，这是何等感人的关系啊！

（二）对去世臣僚恩及后人

对于去世的臣僚，孙权在追谥他们的同时，特别注意恩及后人，让他们的后代承袭父亲的爵位和兵马。

如张昭死，"少子（张）休袭爵"。周瑜死，其女被孙权配为太子孙登之妃；长子周循授以骑都尉，还将女儿嫁与他；次子周胤授兴业都尉，"妻以宗女"，封

侯。吕蒙死，"子霸袭爵"。陈武死，"追录功臣后，封（陈）休都亭侯，为解烦督"。

另外，对先前病逝的程普、朱治、黄盖、韩当、周泰、徐盛等文臣武将，孙权在称帝后追论他们的功绩，一一封赐他们的儿子，让他们承袭父亲的爵位和兵马。如程普之子，"追论（程）普功，封子为亭侯"。朱治之子"嗣父爵，迁偏将军"。黄盖之子，"追论其功，赐子（黄）柄爵关内侯"。韩当之子"袭侯领兵"。周泰之子"领兵袭侯"。徐盛之子"袭爵领兵"。②

（三）尊重臣僚母亲，关照他们的妻室

孙权敬重臣僚的母亲，对他们的妻室儿女也多有关照。如对待顾雍的母亲，敬如自己的母亲。史载：

> 黄武四年（225），（顾雍）迎母于吴。既至，（孙）权临贺之，亲拜其母于庭。③

> （顾雍）初疾微时，权令医赵泉视之，拜其少子济为骑都尉。

顾雍把母亲从吴县接来，到达后，孙

---

① 〔晋〕陈寿撰，〔南朝·宋〕裴松之注：《三国志·吴书·吕蒙传》卷五十四，中华书局，1959年，第1279-1280页。

② 均见《三国志·吴书》，不一一注出。
③ 〔晋〕陈寿撰，〔南朝·宋〕裴松之注：《三国志·吴书·顾雍传》卷五十二，中华书局，1959年，第1225-1226页。

权登门去道贺，向他母亲行礼。当顾雍年迈生病时，孙权立即派医生赵泉去诊治，后来又任命他的小儿子顾济为骑都尉。

对臣僚的家人，他注重关照。吕岱为官清廉，到遥远的交州任刺史，一年多没机会给家里送粮食，妻儿常常陷于饥荒。孙权得知后叹息不止，为此责备群臣。史载：

（吕）岱清身奉公，所在可述。初在交州，历年不饷家，妻子饥乏。（孙）权闻之叹息，以让群臣曰："吕岱出身万里，为国勤事，家门内困，而孤不早知。股肱耳目，其责安在？"于是加赐钱米布绢，岁有常限。①

孙权说："我不能早点知道，而你们的职责又何在呢？"于是立即下令赐给吕岱家钱、米、布、绢等生活用品，而且每年都按量配给。

（四）关照孤儿寡母

对臣僚死后的孤儿寡母，孙权更是关照有加。这方面的记载，不绝于书。如对蒋钦的妻儿：

（蒋钦）病卒，（孙）权素服举哀，以芜湖民二百户、田二百顷，给钦妻子。

子壹封宣城侯。②

蒋钦病逝，孙权亲自着素服去哀悼，并以芜湖屯田民二百户、田地二百顷赏赐给他的妻儿。儿子蒋壹被封为宣城侯。

又如对潘璋的寡妻：

（潘璋）卒，子平，以无行徙会稽。璋妻居建业，赐田宅，复客五十家。③

潘璋去世，儿子潘平因品德差被流徙，其妻寡居，孤苦留在建业，于是孙权赐给她田地、房屋，还加上免于租税徭役的奴客五十户。

孙权甚至待臣僚的遗孤如同自己的儿子。如凌统死后，史载：

二子烈、封，年各数岁，（孙）权内养于宫，爱待与诸子同，宾客进见，呼示之曰："此吾虎子也。"及八九岁，令葛光教之读书，十日一令乘马，追录（凌）统功，封烈亭侯，还其故兵。④

凌统死时，他的两个儿子凌烈、凌封，都只有几岁。孙权把他们接到自己的

① 〔晋〕陈寿撰，〔南朝·宋〕裴松之注：《三国志·吴书·吕岱传》卷六十，中华书局，1959年，第1386页。

② 〔晋〕陈寿撰，〔南朝·宋〕裴松之注：《三国志·吴书·蒋钦传》卷五十五，中华书局，1959年，第1287页。

③ 〔晋〕陈寿撰，〔南朝·宋〕裴松之注：《三国志·吴书·潘璋传》卷五十五，中华书局，1959年，第1300页。

④ 〔晋〕陈寿撰，〔南朝·宋〕裴松之注：《三国志·吴书·凌统传》卷五十五，中华书局，1959年，第1297页。

宫中抚养，爱护、对待与自己的亲儿子一样。有宾客来时，他还叫两兄弟出来让大家看，说："这就是我的虎儿啊！"到了八九岁，令葛光教他们读书，十天骑一次马。后来追封凌统功绩时，封凌烈为亭侯，把他父亲的兵马还给他带领。

这一时期的孙权，对臣僚敬其母，关照其妻室，善待其遗孤，有时甚至把关爱做到极致，这种与臣僚如同骨肉般的情感，如同亲人般的互信、互敬，感人至深。而臣僚则衷心拥戴，以死报效。

二、晚年绝情，滥杀臣僚

孙权称帝后，特别是到了晚年，唯我独尊，拒绝谏言；听信奸佞，残害忠良；甚至恼羞成怒，伤害亲生骨肉。与群臣之间不仅没有了前期那种骨肉情分，而且常常显得绝情寡义。

（一）听信奸佞，君臣生隙

孙权拒绝谏言，被辽东公孙渊称臣欺骗，之后采取设置校事官的措施，监视臣僚。史载：

吕壹、秦博为中书，典校诸官府及州郡文书。壹等因此渐作威福，遂造作榷酤障管之利，举罪纠奸，纤介必闻，重以深案丑诬，毁短大臣，排陷无辜，雍等皆见

举白，用被遣让。①

孙权任命身边的中书官吕壹、秦博，负责审查官府和州郡的文书。他们逐渐借此作威作福，于是制定关于酒、盐、铁、钱币等制造专卖的规定，以垄断利润；又举报罪过，纠察奸邪，纤介小事都要上报；想方设法给人无罪定成有罪、小罪定为大罪，诋毁攻击大臣，排斥陷害无辜。顾雍等人都被举报，受到孙权的斥责。

孙权信任支持吕壹、秦博等小人恣意妄为，连丞相顾雍都被举报诬陷，一时间人人自危。于是太子孙登进谏劝阻，而孙权固执不听。史称：

（孙）权信任校事吕壹，壹性苛惨，用法深刻。太子（孙）登数谏，权不纳，大臣由是莫敢言。②

到赤乌元年（238），在群臣的纷纷反对下，吕壹的罪行败露，被诛杀。孙权"引咎责躬"，责备自己，还派人去向各位大臣表达歉意。但是，君臣间的信任被撕裂，嫌隙已生。

---

① 〔晋〕陈寿撰，〔南朝·宋〕裴松之注：《三国志·吴书·顾雍传》卷五十二，中华书局，1959年，第1226页。
② 〔晋〕陈寿撰，〔南朝·宋〕裴松之注：《三国志·吴书·吴主传》卷四十七，中华书局，1959年，第1142页。

（二）绝情寡义，残害臣僚

赤乌五年（242），孙和被立为太子，其弟孙霸为鲁王，但是孙权给鲁王与太子完全一样的宠爱和待遇。大臣们便上疏劝谏，孙权不听，最初还放任不管。史称：

（孙）权既立和为太子，而封霸为鲁王，初拜犹同宫室，礼秩未分。群公之议，以为太子、国王上下有序，礼秩宜异，于是分宫别僚，而隙端开矣。自侍御宾客造为二端，仇党疑贰，滋延大臣。丞相陆逊、大将军诸葛恪、太常顾谭、骠骑将军朱据、会稽太守滕胤、大都督施绩、尚书丁密等奉礼而行，宗事太子；骠骑将军步骘、镇南将军吕岱、大司马全琮、左将军吕据、中书令孙弘等附鲁王，中外官僚将军大臣举国中分。[①]

面对太子与鲁王的明争暗斗和朝臣的分裂，孙权没有反躬自省，不想办法解决，而是对"奉礼而行"的太子派臣僚大加指责、杀伐。史载：

太子有不安之议，（陆）逊上疏陈："太子正统，宜有磐石之固，鲁王藩臣，当使宠秩有差，彼此得所，上下获安。谨叩头流血以闻。"书三四上，及求诣都，

欲口论嫡庶之分，以匡得失。既不听许，而逊外生顾谭、顾承、姚信，并以亲附太子，枉见流徙。太子太傅吾粲坐数与逊交书，下狱死。（孙）权累遣中使责让逊，逊愤恚致卒，时年六十二，家无余财。[②]

对丞相陆逊的谏言不仅不听，反而对太子派臣僚进行打击。有的被流徙，有的下狱死，而陆逊则多次遭到指责，忧愤而死。

赤乌十三年（250）八月，孙权将太子孙和幽闭，太子派骠骑将军朱据等人又据理力谏，孙权依然不听，并大开杀戒。史载：

骠骑将军朱据、尚书仆射屈晃率诸将吏泥头自缚，连日诣阙请和。（孙）权登白爵观见，甚恶之，敕据、晃等无事忿忿。权欲废（孙）和立（孙）亮，无难督陈正、五营督陈象上书，称引晋献公杀申生，立奚齐，晋国扰乱，又据、晃固谏不止。权大怒，族诛正、象，据、晃牵入殿，杖一百，竟徙和于故鄣，群司坐谏诛放者，众咸冤之。[③]

忠直大臣有的"泥头自缚"，有的

---

① 〔晋〕陈寿撰，〔南朝·宋〕裴松之注：《三国志·吴书·孙和传》卷五十九注引《通语》，中华书局，1959年，第1369页。

② 〔晋〕陈寿撰，〔南朝·宋〕裴松之注：《三国志·吴书·陆逊传》卷五十八，中华书局，1959年，第1354页。

③ 〔晋〕陈寿撰，〔南朝·宋〕裴松之注：《三国志·吴书·孙和传》卷五十九，中华书局，1959年，第1369页。

"叩头流血"，有的"固谏不止"，他们冒死劝谏之状何等感人，而孙权对他们"族诛""坐谏""诛徙"，其暴虐滥杀之行径又是何等的绝情寡义。这哪里还是与臣僚有着骨肉之情的孙权呢？

（三）为身后计贬杀两派臣僚

有一种观点认为，孙权猜忌陆逊，因为以他为首的一派势力强大，为保身后政权稳固，所以将他们贬黜、诛杀。又，如果两派争斗留下一派，另一派必然会遭到打压。彻底清除两派势力，也是为避免身后朝政和谐而不陷入混乱。会不会是因为有这样的想法，孙权才大开杀戒呢？从政局安稳的角度来看，这想法也许有可能，但是不分忠奸，不分是非，一律惩处，这就有失执政的原则，不是明君为政之道。孙权是否如此想已不得而知，然而效果却适得其反。晚年的孙权，丧失理智，思维进入误区，陷入猜忌，已经不可能如此清醒、如此深谋远虑了。

（四）亲情全无，贬杀儿子

在大肆诛杀、罢黜、流徙太子派臣僚后，孙权又把屠刀挥向自己的儿子孙霸和鲁王派臣僚。

遂废太子和为庶人，徙故鄣，赐鲁王霸死。杀杨竺，流其尸于江，又诛全寄、吴安、孙奇，皆以其党霸谮和故也。①

这哪里还是与儿子有着骨肉之亲的孙权呢？

孙权的一生，前后心态、情感、言行都判若两人。作为父亲，他曾为儿子孙虑短命夭亡而悲伤得吃不好睡不好；曾为太子孙登英年早逝而悲伤不已，泪流满面。但是到了晚年，他竟然亲自赐死儿子孙霸，流放太子孙和，父子亲情已经变成冷冰冰的君臣关系了。

（五）亦"好"亦"坏"的孙仲谋

张大可先生指出："前期孙权，英雄盖世，任才尚计，是为人杰；后期孙权，性多忌疑，果于杀戮，老而昏聩，已播下亡国之因，判若两人。可以说历史上有两个孙权。"②

方北辰先生曾以《孙权：半生明主》为题撰写他的传记。在书中的序言指出，孙权是一个有"好"有"坏"、"好""坏"杂糅的历史人物。他年轻时英武决断，老年时昏聩糊涂③。

孙权前后行径判若两人，信任与猜

① 〔宋〕司马光编著，〔元〕胡三省音注：《资治通鉴·魏纪》卷七十五，中华书局，1956年，第2386页。
② 张大可著：《三国·三国归一统》，中国青年出版社，1995年，第396页。
③ 方北辰著：《孙权：半生明主·序》，北京大学出版社，2013年。

忌，英明与昏聩，多情与无义，构成了他复杂多面的性格。其内心世界和言行举措发生了巨大的变化，为什么会如此呢？

三、情感变化的缘由

孙权为什么前"好"后"坏"，其原因何在？

（一）史学家的评论

前代学者对此纷纷提出看法，并找寻原因。陈寿在《三国志·吴书·吴主传》末评论说：

孙权屈身忍辱，任才尚计，有勾践之奇英，人之杰矣。故能自擅江表，成鼎峙之业。然性多嫌忌，果于杀戮，暨臻末年，弥以滋甚。至于谗说殄行，胤嗣废毙，岂所谓贻厥孙谋以燕翼子者哉？其后叶陵迟，遂至覆国，未必不由此也。[①]

评论指出，孙权是英雄中的杰出人物，成就了三分天下有其一的业绩。然而他生性多猜忌，杀人不手软；到了暮年，更加厉害；最后弄得谗言四布，奸臣横行，亲生后代不是被废黜就是被处死，这哪里是《诗经》所说的"留下远大谋划以

---

① 〔晋〕陈寿撰，〔南朝·宋〕裴松之注：《三国志·吴书·吴主传》卷四十七，中华书局，1959年，第1149页。

安定保护子孙"？他的后代衰败，于是招致国家覆亡，未必不是由此造成的。

陈寿认为，孙权是一位英雄豪杰，但他"性多嫌忌，果于杀戮"，晚年的变化是他性格、德行发展所致。

晋代学者孙盛评论说：

盛闻国将兴，听于民；国将亡，听于神。（孙）权年老志衰，馋臣在侧，废嫡立庶，以妾为妻，可谓多凉德矣。而伪设符命，求福妖邪，将亡之兆，不亦显乎！[②]

孙盛认为，孙权听信于神，求福妖邪，是国家将亡的征兆。年老志衰，听信奸佞，嫡庶不分，绝情寡义，是导致他前后行径判若两人的原因。

（二）父兄性格遗传的影响

前代史学家的评论无疑很有见地，不过都只是指出了问题的某些方面。要寻求全面、准确的答案，应该进行更深入的分析。首先从遗传学的角度看父兄对他性格的影响。

陈寿指出，孙坚、孙策父子"皆轻佻果躁，陨身致败"[③]。孙坚"单马行岘

---

② 〔晋〕陈寿撰，〔南朝·宋〕裴松之注：《三国志·吴书·吴主传》卷四十七注引，中华书局，1959年，第1148页。
③ 〔晋〕陈寿撰，〔南朝·宋〕裴松之注：《三国志·吴书·孙破虏讨逆传》卷四十六，中华书局，1959年，第1113页。

山，为（黄）祖军士使射杀"。孙策也是常常身先士卒，抛统帅职责于一旁，置身险境；而且特别喜好狩猎，最后一次出猎，被潜伏在狩猎处的"（许）贡奴客"行刺，伤重而亡。他们轻率暴躁，结果导致丧命。父兄的这种性格特性在孙权身上也得到体现。

遗传因素是性格形成的自然基础，它为性格形成与发展提供了可能性。显然，孙权遗传了父兄轻躁、气盛、自负的性格和习性，这从他一生恃强逞勇，热衷于狩猎得以体现。史书对此不乏记载。

孙权常常不顾安危，亲临最前线，逞匹夫之勇。张纮为长史时，从孙权征合肥。"权率轻骑将往突敌"，张纮谏曰："今麾下恃盛壮之气，忽强暴之虏……此乃偏将之任，非主将之宜也。"制止了他的冒险行为①。时年孙权28岁，可以说是年少气盛。

赤乌十年（247），孙权已66岁，他为了引诱曹魏诸葛诞来降，依然亲临前线设伏，潜军待敌。太子孙和得知，深以为忧。"（孙）和以（孙）权暴露外次，又战者凶事，常忧劳潜恒，不复会同饮食，

数上谏，戒令持重，务在全胜。"②可见孙权恃强逞勇的习性，一生如此。

孙策好猎，孙权也热衷于狩猎，表现出逞勇好强的性格。《三国志·吴书》记录了许多生动的故事，形象刻画出他的这一个性。

《三国志·吴书·张昭传》载：

（孙）权每田猎，常乘马射虎，虎常突前攀持马鞍。（张）昭变色而前曰："将军何有当尔？夫为人君者，谓能驾御英雄，驱使群贤，岂谓驰逐于原野，校勇于猛兽者乎？如有一旦之患，奈天下笑何？"权谢昭曰："年少虑事不远，以此惭君。"然犹不能已，乃作射虎车，为方目，间不置盖，一人为御，自于中射之。时有逸群之兽，辄复犯车，而权每手击以为乐。昭虽谏争，常笑而不答。③

时年28岁的孙权常常去打猎，总爱骑马射虎。在遭到老虎攻击、受到张昭厉声劝谏后，他狩猎射虎的兴趣丝毫不减。为此他还令工匠制造了一辆箱形射虎车，专门驾着去射虎。对于张昭的多次劝谏，孙

---

① 〔晋〕陈寿撰，〔南朝·宋〕裴松之注：《三国志·吴书·张纮传》卷五十三，中华书局，1959年，1244页。

② 〔晋〕陈寿撰，〔南朝·宋〕裴松之注：《三国志·吴书·孙和传》卷五十九注引《吴书》，中华书局，1959年，第1368页。

③ 〔晋〕陈寿撰，〔南朝·宋〕裴松之注：《三国志·吴书·张昭传》卷五十二，中华书局，1959年，第1220页。

权笑而置之不理。

又有一次，"建安二十三年（218）十月，（孙）权将如吴，亲乘马射虎于庱亭。马为虎所伤，权投以双戟，虎却废，常从张世击以戈，获之"①。孙权时年37岁。

潘濬在孙权称帝后迁太常，他曾以过激的行动劝阻孙权不要沉迷于射猎野鸡。

（孙）权数射雉，（潘）濬谏权，权曰："相与别后，时时暂出耳；不复如往日之时也。"濬曰："天下未定，万机务多，射雉非急，弦绝括破，皆能为害，乞特为臣故息置之。"濬出，见雉翳故在，乃手自撕坏之。权由是自绝，不复射雉。②

当时孙权48岁，他说自己已经不如以前那样常常去射猎野鸡了，只是偶尔为之。潘濬对已称帝的孙权仍迷恋狩猎十分气愤，见劝谏无效，只好采取行动，撕毁他射猎野鸡的用具。

综上所述，随着岁月的流逝、基业的巩固、地位的提高、权力的增大，孙权身上隐藏、压抑的轻躁、气盛、自负的性格

① 〔晋〕陈寿撰，〔南朝·宋〕裴松之注：《三国志·吴书·吴主传》卷四十七，中华书局，1959年，第1120页。
② 〔晋〕陈寿撰，〔南朝·宋〕裴松之注：《三国志·吴书·潘濬传》卷六十一注引《江表传》，中华书局，1959年，第1398页。

逐渐暴露出来，在后期达到登峰造极的程度。这就是孙权的性情、性格前后发生变化的基础。

（三）成长环境的影响

孙权成长环境优越，是典型的"官二代"。他凭借父兄打拼创建的基业顺利步入政治舞台，他没有曹操、刘备那种历尽艰辛、一步一步创建基业的历练，这给孙权的成长和性格形成造成极大的缺陷。

1. 优越环境带来的缺陷

建安二年（197），15岁的孙权被任命为阳羡县长，次年"郡察孝廉，州举茂才"，并授"行奉义校尉"。小小年纪就在江东政坛崭露头角。

曹操虽然也是典型的"官二代"，但是宦官的家庭背景使他在仕途上的发展不及孙权顺利。熹平三年（174），20岁的曹操被举孝廉为郎，不久被推举任洛阳北部尉；熹平六年（177），曹操23岁时，调任顿丘县令，一年后因堂妹夫被免官。光和三年（180）又被征召为议郎，参与朝政；中平元年（184），曹操30岁时才任骑都尉，后镇压黄巾军有功，升任济南相。

虽说刘备有皇室血统，但悠远莫名，没有成为他的社会资本。他出身于社会底层，中平元年（184）24岁时，靠商人的赞助聚众起兵，凭借军功得任安熹县县

尉。后刘备"力战有功，除为下密丞"；30岁时才在公孙瓒手下任别部司马，"数战有功，试守平原令"。刘备到而立之年，历尽艰辛才得到一个代理县令之职。

而孙权19岁承继父兄之业，即为讨虏将军、会稽太守，成为一方诸侯；建安十四年（209），28岁的孙权迁车骑将军，兼领徐州牧。同时，他有宗族母舅的辅助和父兄留下的一个得力的政治和军事团队，文有张纮、张昭、顾雍，武有周瑜、程普、周泰、黄盖、吕范、朱治、朱然、凌统、韩当、太史慈等，都尽心竭力辅助他打天下。

相比之下，曹操、刘备却没有父兄留给的团队所依靠，从一开始就只有靠自己，一切都要自己独立打拼，在血与火、生与死的群雄混战中去闯荡出一片天地。特别是刘备，他年幼丧父，"与母贩履织席为业"；孤苦贫穷的社会底层生活给予他的心志、性情极大的磨炼。他屡败屡战，顽强地追求着自己的梦想，"折而不挠"成了他最显著的特点；刘备三十多年后才终致成功，登基称帝。

横向比较家庭对曹、刘、孙三人的影响，比较他们登上政治舞台及成长的经历，可以看到孙权没有曹操、刘备那种历尽艰辛创建基业的历练，这给孙权的成长

和性格形成造成极大缺陷。

例如，当其兄孙策遭横祸夭亡，父兄创下的基业突然落在孙权的肩上时，他的表现是不知所措，"哭未及息"。悲伤、无助、惶惑使他不能自持，痛哭不息。这就是从小生活在父兄庇佑下的孙权遇上大事最初的状态。

2. 纨绔子弟的习性

孙权是典型的"富二代"，成长环境比较优越。这使他具有纨绔子弟的习性，热衷于狩猎是一种表现，不过最突出的是他喜好饮酒纵乐，爱作长夜饮。其中最为典型的是张昭罢酒、虞翻佯醉事件。史载：

（孙）权于武昌，临钓台，饮酒大醉。权使人以水洒群臣曰："今日酣饮，惟醉堕台中，乃当止耳。"（张）昭正色不言，出外车中坐。权遣人呼昭还，谓曰："为共作乐耳，公何为怒乎？"昭对曰："昔纣为糟丘酒池长夜之饮，当时亦以为乐，不以为恶也。"权默然，有愧色，遂罢酒。①

时年39岁的孙权与群臣饮酒，不少人都有醉意，他仍不罢休，便派人用冷水喷洒，让他们清醒过来。他说："今天畅

① 〔晋〕陈寿撰，〔南朝·宋〕裴松之注：《三国志·吴书·张昭传》卷五十二，中华书局，1959年，第1221页。

饮，不醉不休！"他要群臣喝个酩酊大醉以为乐。张昭很不高兴，离席而去，孙权派人叫他回来，说："不过是一起取乐而已，张公为何发怒呀？"张昭说："以前商纣王为酒糟之丘，酒浆之池，作长夜之饮，当时他也以为只是取乐，不认为是作恶啊！"孙权闻言羞愧不语，于是宣布散席。史书又载曰：

（孙）权既为吴王，欢饮之末，自起行酒，（虞）翻伏地阳醉，不持。权去，翻起坐。权于是大怒，手剑欲击之，侍坐者莫不惶遽，惟大司农刘基起抱权谏曰："大王以三爵之后手杀善士，虽翻有罪，天下孰知之？且大王以能容贤畜众，故海内望风，今一朝弃之，可乎？"权曰："曹孟德尚杀孔文举，孤于虞翻何有哉？"基曰："孟德轻害士人，天下非之。大王躬行德义，欲与尧、舜比隆，何得自喻于彼乎？"翻由是得免。①

孙权时年40岁，当了吴王，为饮酒尽兴亲自给群臣斟酒，元老大臣虞翻不能再饮，只好装醉，孙权怒不可遏，竟然要拔剑击杀。群臣顿时惊慌失措，幸好有刘基起身抱住他，并以尖锐的语言进行劝谏，

才平息了事态。

孙权喜好饮酒纵乐，在三国人主中可以说是最为突出的，曹操、刘备一生没有如此过分、荒唐的事例。著名史学家王仲荦先生指出："孙权沉湎于酒""酗酒成为东吴亡国的原因之一。"②

台湾学者吴玉莲君认为，孙权"承父兄之遗荫——贵胄习性"表现在两个方面，一是"逸游乐戏的性格"：他一生恃强逞勇，喜佃猎搏虎兽取乐；并且嗜酒戏谑，爱作长夜饮，这是孙权纨绔性格的表现。二是"因循倚赖的性格"：因为是继承父兄之业，在众臣及宗族母舅的辅助之下而有江东王业，他的依赖性早已根深蒂固③。

祝秀侠先生曾说："我总觉得吴孙的人生，总是带有纨绔的气质，从孙坚到孙皓，都是偏激轻躁的作风，孙权算是最稳重的一个，但他的公子哥儿脾气也仍然浓厚，无端废黜太子，三番四次地立嗣，也属于轻躁的作风。"④

也就是说，父兄遗传的轻躁作风，优

① 〔晋〕陈寿撰，〔南朝·宋〕裴松之注：《三国志·吴书·虞翻传》卷五十七，中华书局，1959年，第1321页。

② 王仲荦著：《魏晋南北朝史·第一章·三国鼎立》，上海人民出版社，1979年，第110页。
③ 吴玉莲著：《史传所见三国人物曹操刘备孙权之研究·孙权的形相》，文史哲出版社，1989年，第261、262页。
④ 祝秀侠著：《三国人物新论·论孙吴》，国际文化服务社，1945年，第30页。

越的家庭环境带来的纨绔气质，成为孙权后期感情产生变化的一个原因。

（四）至高无上权力的腐蚀

权力腐蚀人，特别是绝对的权力和终身的权力。这种权力往往使掌权者狂妄自大，独断专横，自以为是。加之身边的谄媚取宠之徒，竭尽吹捧之能事，掌权者往往忘其所以。孙权晚年自以为是，猜忌并诛杀臣僚、儿子，情感发生变化，正是至高无上的强势权力侵蚀造成了这一结果。

方北辰先生在《孙权：半生明主》一书中曾分析孙权思想前后变化的轨迹，揭示其原因。他认为，孙权在取得至高无上的强势地位后，骄傲和松弛情绪自然萌生；骄傲就不能自省，松弛就不能自律，再难以听逆耳忠言；称帝后的至尊地位使他为维护威严体面而坚持自己的错误。再者，年纪一大，性格偏于固执，更加难以从善如流。于是，君臣生隙，互相信任逐渐丧失，导致他晚年的昏聩[①]。

的确，绝对的权力让孙权迷失，他年老体衰，为维护威严体面而刚愎自用，也常常心智迷乱。在太子鲁王二子争斗、臣僚分成两派斗争尖锐之时，老年人的猜忌心理，让孙权不听劝谏，不辨是非；让

他对忠臣良将没有了信任，对妻儿失去了亲情。最后他不分青红皂白，把屠刀挥向大批忠心的臣僚和自己的儿子。身边没有了可以信任的人，晚年的孙权陷于孤独寂寞，面对疾病、死亡，逐渐产生了强烈的恐惧，于是他只好去求助虚无缥缈的上天、神灵、仙人。

四、与曹操、刘备的晚年比较

曹操、刘备在晚年没有出现孙权那样典型的猜忌、昏聩、无情虐杀的状况，没有把国事寄托于毫无相关的天象和自然现象，没有为了延年益寿去求助虚无缥缈的神灵仙人。

刘在白帝城托孤于孔明之后，在给儿子刘禅的遗诏中他开宗明义地说："人五十不称夭，年已六十有余，何所复恨，不复自伤。"然后告诫儿子："勿以恶小而为之，勿以善小而不为。惟贤惟德，能服于人。"这份遗嘱，让人看到刘备能够淡定地面对死亡，还在遗嘱中抒发对死亡的感慨，并且留下自己的感悟，留下有深意的格言警句。

曹操也能泰然直面死亡来临。他因头风病较早留下遗令，临死前又留下遗令、遗言。从这些遗令、遗言可以看出，他面

① 方北辰著：《孙权：半生明主》，北京大学出版社，2013年，第126页。

临死亡时心态平静，思虑清晰，流露出儿女情长、悲悯情怀和对享受的留恋，以及一代枭雄回归常人的心态。曹操喜好养生之术，也期待长寿，但是他没有孜孜以求长生不老，去拜神求仙以延年益寿，而是从容安排后事，平静面对死亡。

为什么曹操、刘备的晚年没有孙权这种性情迥异、行为前后不一的状况呢？因为遗传、家庭出身、秉性天赋、性格习性、成长环境等的差异，造成他们人生中的种种差异，这差异又形成他们对亲人、臣僚，对"异兆"和仙人的不同态度，形成他们晚年的情感及面对死亡表现的不同。

除此之外，还有很重要的一点：因为曹操、刘备从始至终都是通过自己的打拼，一步一步迈向称王称帝的终极目标。所以在晚年，特别是在临死前回望自己的一生时有一种成就感、满足感，对死亡的到来显得泰然而淡定。特别是刘备，从一个"贩履织席"的"草根"，历尽艰辛，成为一方诸侯，登上皇帝宝座，他感到特别欣慰、满足，面对死亡特别淡定。

而孙权，年纪轻轻就坐拥江东，缺乏拼搏打天下的艰苦经历，可以说是坐享其成。虽然，在继位后的很长一段时间里，为了保住和光大父兄的基业，他兢兢业业，励精图治，依靠宗亲和父兄的老臣，

取得了三分天下有其一的伟业，但是在称帝之后，绝对的权力，养尊处优的生活，逐渐让他失去了青年、中年时的锐气和进取心，至高无上的权力又让他性格中的猜忌之性、纨绔气质、轻躁作风，和自以为是等不良德行逐渐暴露出来，而在晚年和年老体衰面临死亡时则暴露无遗。

祝秀侠先生曾指出："魏、蜀、吴三国领袖，都各有不同之处。吴的孙权是借父兄之荫，据有江东，物产丰裕，有如纨绔子弟，全是一副大少爷派头。蜀的刘备从市井出身，靠自己的拳头打出天下，结纳豪杰，收服人心，全是豪侠的英雄本色。魏的曹操文武兼资，具政治家的手腕和雄图，挟帝统以自重，是野心的政治家的风格。"[1]

创业经历的不同，对权力腐蚀形成的抗力不同，也是孙权在晚年和临死前与曹操、刘备情感不同的重要原因。

孙权承袭了父兄的轻躁、气盛、自负的性格；优越的成长环境，良好的教育，使诸多优秀品格和纨绔子弟的不良习性并存于一身。在优越环境中成长的孙权，骨子里有着纨绔子弟的秉性。当他年老体衰、面对死亡之时，在荣华富贵和至

① 祝秀侠著：《三国人物新论·论刘备与曹操》，国际文化服务社，1945年，第17页。

尊权力将不能再有时，他十分迷恋，十分焦虑。这种矛盾心理使他纠结，使他心态失衡，于是猜忌、暴戾逐渐占据了他的头脑，于是父子猜忌，君臣失信。他举目四望，找不到可信任、依赖之人。

　　孙权是在父兄的众臣及宗族母舅的辅助之下而据有江东成就王业的，骨子里有着一种依赖性。当他在人世间无所信任和失去依靠时，就转而迷信天地间的"异兆"，去崇信神仙，去祈求福祉，以延年益寿，继续享受荣华富贵和至尊权力。孙权晚年自以为是，猜忌无情，迷信妖邪，一度迷失，心理扭曲等，都可以从他的成长经历中得到合理解释。

司马懿

宣皇以天挺之姿，应期佐命，文以缵治，武以棱威。

——〔唐〕李世民评曰。（《晋书·宣帝纪》）

司马懿（179—251）

字仲达，生于东汉光和二年（179），卒于曹魏嘉平三年（251），河内温县（今河南温县）人，享年73岁，史称"宣帝"。葬首阳山（位于今河南洛阳）。

司马懿23岁踏上仕途，史籍记载他哭泣两次，病死前预作《终制》，要求薄葬，平静离世；妻子张春华史书有传，另3位小妾因生儿子留下姓氏，他对妻妾始乱终弃；他有儿子9人，长子司马师、次子司马昭相继独擅朝政大权，他们死后，长孙司马炎如法炮制，以禅让之名代魏称帝，建立晋朝。史籍关于他们父子情感方面的资料缺失。

他的两次哭泣一真一假，场景生动感人，让人看到他的才智、德行、人品，一个鲜活、复杂的政治家跃然纸上。他对结发妻子始爱且敬，功成名就后恩断义绝，辱骂她为"老物"，对其死活置之不理，可见其人品、德行之低下。

司马懿的一真一假的哭泣

——折射出的人品、德行

司马懿从政后有两次哭泣，均涉及他政治生涯中的重大事件。一次是在魏明帝曹叡病逝前急诏他受遗辅政，他因此深受感动而哭泣。另一次是他受到曹爽排斥后装病，为麻痹对手的试探而哭泣。这两次哭泣，一真一假，反映出他的双重人格，勾勒出他的不良德行。

——题记

史籍记载，司马懿从政后曾两次哭泣，一次在曹魏景初三年（239），明帝曹叡病逝前急召他受遗辅政时；另一次在正始九年（248），他佯装重病，于曹爽的心腹李胜来察看时。这两次哭泣，都涉及司马懿政治生涯中的重大事件；这两次哭泣，虽一真一假，却生动感人，让人看到他的才智、德行、人品。

一、一真一假哭泣的史籍记载

关于司马懿从政后的两次哭泣，《三国志》及裴松之注引分别都有记载。

（一）关于受遗时的哭泣

《三国志·魏书·明帝纪》曰：

三年春正月丁亥，太尉宣王还至河内，帝驿马召到，引入卧内，执其手谓曰："吾疾甚，以后事属君，君其与（曹）爽辅少子。吾得见君，无所恨！"宣王顿首流涕。

注引的《魏略》《魏氏春秋》二书，则十分详细地把司马懿入宫见明帝，接受遗诏时的场景生动呈现出来。《魏略》曰：

先是，燕王为帝画计，以为关中事重，宜便道遣宣王从河内西还，事以施行。宣王得前诏，斯须复得后手笔，疑京师有变，乃驰到，入见帝。劳问讫，乃召齐、秦二王以示宣王，别指齐王谓宣王曰："此是也，君谛视之，勿误也！"又教齐王令前抱宣王颈。

《魏氏春秋》曰：

时太子芳年八岁，秦王九岁，在于御侧。帝执宣王手，目太子曰："死乃复可忍，朕忍死待君，君其与（曹）爽辅此。"宣王曰："陛下不见先帝属臣以陛下乎？"①

景初三年（239），司马懿先得到去河内的诏令，后又突然得到入京的手诏，于是兼程前往，进入皇宫嘉福殿拜见明帝。明帝拉着他的手说："吾病已重，今以后事嘱托于君；现得见君，无所遗恨了！"听到明帝如此说，司马懿忍不住热泪盈眶。明帝又说："朕忍死等待君来，君与曹爽辅少子。"嘱咐他与曹爽共同辅政。当时齐王曹芳8岁，秦王曹询9岁，在御床旁，明帝指着曹芳说："此子是也，君审视之，不可误认。"说完，令曹芳上前，去抱住跪地的司马懿的脖子。这一番话语，这一个动作，表达出明帝深沉的托付幼子之情，令人悲伤感怀。司马懿感动得老泪横流，磕头说："陛下，不见先帝昔日嘱臣以辅佐陛下之事么？"他表态说，过去作为辅政大臣是尽心尽责的，以后也会如此，要明帝放心。

魏明帝托孤司马懿之事，生动感人，十多年后辛毗的女儿还对弟弟提及此事说："明皇帝临崩，把太傅臂，以后事付

之，此言犹在朝士之耳。"②可见其影响之深远。

（二）关于装病时的哭泣

《三国志·魏书·曹爽传》关于司马懿装病、曹爽派人去刺探一事的记载极为简略：

李胜出为荆州刺史，往诣宣王。宣王称疾困笃，示以羸形。胜不能觉，谓之信然。

可能是因为回护，陈寿没有记载司马懿哭泣的情节。而在注引的《魏末传》一书中，则把装病的司马懿如何假装悲伤流泪、哄骗前来探视的李胜也流泪的情景十分详细、生动地记录下来。《魏末传》曰：

（曹）爽等令（李）胜辞宣王，并伺察焉。宣王见胜，胜自陈无他功劳，横蒙特恩，当为本州，诣阁拜辞，不悟加恩，得蒙引见。宣王令两婢侍边，持衣，衣落；复上指口，言渴求饮，婢进粥，宣王持盂饮粥，粥皆流出沾胸。胜愍然，为之涕泣，谓宣王曰："今主上尚幼，天下恃赖明公。然众情谓明公方旧风疾发，何意尊体乃尔！"宣王徐更宽言，才令气息相属，说："年老沈疾，死在旦夕。君当屈并州，并州近胡，好善为之，恐不复相

① 〔晋〕陈寿撰，〔南朝·宋〕裴松之注：《三国志·魏书·明帝纪》卷三注引《魏氏春秋》，中华书局，1959年，第114页。

② 〔晋〕陈寿撰，〔南朝·宋〕裴松之注：《三国志·魏书·杨阜传》卷二十五注引《世语》，中华书局，1959年，第700页。

见，如何！"胜曰："当还忝本州，非并州也。"宣王乃复阳为昏谬，曰："君方到并州，努力自爱！"错乱其辞，状如荒语。胜复曰："当忝荆州，非并州也。"宣王乃若微悟者，谓胜曰："懿年老，意荒忽，不解君言。今还为本州刺史，盛德壮烈，好建功勋。今当与君别，自顾气力转微，后必不更会，因欲自力，设薄主人，生死共别。令师、昭兄弟结君为友，不可相舍去，副懿区区之心。"因流涕哽咽。胜亦长叹，答曰："辄当承教，须待敕命。"胜辞出，与爽等相见，说："太傅语言错误，口不摄杯，指南为北。又云吾当作并州，吾答言当还为荆州，非并州也，徐徐与语，有识人时，乃知当还为荆州耳。又欲设主人祖送。不可舍去，宜须待之。"更向爽等垂泪云："太傅患不可复济，令人怆然。"①

曹爽令任命为荆州刺史的李胜，以拜访为借口去查看司马懿生病的虚实。李胜见到卧榻上的司马懿，说了一番客气话后，见司马懿缓慢起身令榻旁的两婢女侍衣，但他因动作不便无法穿上衣服；司马懿又指着口，意思是口渴想喝点什么，一婢女去端来一杯粥，他接过想自己喝，结果没法喝进去，多半都流在胸前的衣服上。李胜在一旁看到如此情景，伤感不已，禁不住流泪说："想不到明公尊体病重竟然到如此地步。"司马懿休息了一阵才缓过气来，然后佯装昏聩。李胜是荆州南阳人，告诉他将任"本州"刺史，而司马懿故意在"本州""并州""荆州"这几个地名上混淆纠缠，弄得李胜几次大声纠正，才好像听明白。司马懿说自己年老神志恍惚，所以一直没有弄明白原来是李胜要回荆州任刺史。他告诉李胜："今日与君一别，恐怕以后难再相会，待病体稍好一点，便设宴为君送行，作生死之别。届时令儿子师、昭兄弟与君结为友，托付于君，请不可舍去他们，以满足懿区区之心。"司马懿边说边涕泪交流。李胜也伤感叹气回答说遵命，等候安排。拜访结束，李胜便去向曹爽等人详细禀告查看的情况，然后流着眼泪说："司马懿的病是不可能治愈了。他已成为只剩下一口气的活死人。"于是，曹爽等人信以为真，完全放松了对司马懿的戒备。

二、两次流泪的原因

司马懿的这两次流泪，原因是什么呢？

① 〔晋〕陈寿撰，〔南朝·宋〕裴松之注：《三国志·魏书·曹爽传》卷九注引《魏末传》，中华书局，1959年，第285页。

（一）受遗时的哭泣是因为感动

司马懿凭才能功绩一生两次受遗辅政。第一次是在曹魏黄初七年（226），文帝曹丕病重时，司马懿与曹真、曹休、陈群等"并受顾命辅政"。他初次位列辅臣，进入王朝最高权力核心，当时可能也很兴奋、激动，却没有动情而哭泣。

这一次他受遗辅政时为什么如此动情，又是磕头，又是涕泪交流？原因有二：一是从权力核心中被排挤出来后，突然被召回予以重用，巨大的反差令他百感交集；二是明帝曹叡托孤时的情感真诚感人，而时年60岁的司马懿面临此情此景，禁不住老泪横流。

明帝曹叡在景初二年（238）十二月上旬突然发病，于是以年仅8岁的齐王曹芳为继承人。对于辅政大臣的人选，病榻上的曹叡在当月二十四（他逝世前六天）才宣布，即以燕王曹宇为大将军，作为首辅大臣；领军将军夏侯献、武卫将军曹爽、屯骑校尉曹肇、骁骑将军秦朗等四位为协辅大臣。司马懿被排斥在外，没有被确定为辅政大臣。他在文帝曹丕临终时曾与曹真、曹休、陈群同为辅政大臣，辅佐明帝曹叡；在曹真等三人死后，他伐蜀获胜，今又新破辽东，功绩和威望已无人可及。按常理，司马懿当然应该又是辅政大

臣。然而这次曹叡不仅没有确定他为辅政大臣，当曹宇出任首辅大臣后，立即奏请明帝，反而令他在破辽东班师回朝时绕过洛阳，径直回原来的驻地长安。元老大臣司马懿被排斥在中央权力核心之外，他的失落感可想而知。

不料三天后，情况突变。中书监刘放和中书令孙资在曹丕、曹叡两朝都主管中书省事务，一直处于朝廷权力核心。作为明帝身边的要臣，被几位才智平平的人挤出辅臣之外，而其中的夏侯献、曹肇、秦朗又历来与之不和，受命后即放出话要收拾他俩。刘、孙二人惧怕，暗中议定要推翻公布的辅政大臣人选，举荐他们拥护的司马懿，于是就寻找机会在曹叡面前说几位辅臣的不是。宫廷内短短几天激烈的斗争，以刘、孙二人的胜利告终，曹宇、夏侯献、曹肇、秦朗四人被免职，逐出皇宫；曹爽被任命为大将军，都督中外诸军事并兼录尚书台事，成为首席辅政大臣，并且皇帝以手诏急征司马懿入京，受遗辅政。

司马懿率大军刚抵达河内郡，准备向西前去长安。突然特使持皇帝手诏到来，称皇帝急盼与之见面。正在郁闷的司马懿又惊又喜，凭着长期政治斗争的经验，他预感京城出了大事，且与魏国的前途和自己的命运密切相关。于是"乃乘追锋车昼

夜兼行，自白屋四百余里，一宿而至"。这种毫无预兆的剧烈变故，把没有任何思想准备、失落而又郁闷的司马懿拉回到权力中心，这让他处于兴奋、激动之中。

而病危的曹叡"强忍着不死"等待司马懿的到来，见面后拉着他的手，以幼子相托的话语，又令少子齐王上前抱其颈项的亲密动作，都重重冲击了司马懿情感的闸门，他禁不住热泪长流，叩头感恩，表示自己将不辱遗命，决心做一个称职的辅政大臣。

司马懿受遗辅政时的流泪，是发自内心、有情有义的，他的哭泣将一个忠心的曹魏重臣的形象呈现在世人面前。

（二）装病时的流泪是为了哄骗对手

司马懿一生两次装病。第一次在建安六年（201），他被河内郡举为上计掾，时年23岁。"魏武帝为司空，闻而辟之。帝（司马懿）知汉运方微，不欲屈节曹氏，辞以风痹。魏武使人夜往密刺之，帝坚卧不动。"[1]初登仕途的司马懿展露出才华，曹操听说后要召他来当属下。司马懿不愿投靠曹操，假说自己患有风痹，行动困难，拒绝了召辟。于是，曹操派使者去用针在司马懿的腿上一阵乱扎，司马懿

忍住刺痛，一动不动，骗过了曹操。七年之后，建安十三年（208），他才被逼出任丞相府文学掾，到曹丕身边为官。

第二次装病时他年已70，原因是首辅大臣曹爽多树亲党，专擅朝政，司马懿被排挤架空，失去权力，因而与之产生矛盾。史载：

曹爽用何晏、邓飏、丁谧之谋，迁太后于永宁宫，专擅朝政，兄弟并典禁兵，多树亲党，屡改制度。帝（司马懿）不能禁，于是与爽有隙。[2]

二人矛盾日益加深，司马懿感到危险逼近，于正始八年（247）五月称病，不预政事，至次年十二月才结束，时间整整有二十个月。装病期间，他与儿子司马师暗中养死士三千，等待机会，以夺回朝政大权。"爽之徒属亦颇疑帝"。曹爽一党对司马懿的生病也十分怀疑，便令李胜借赴任前去查看虚实。

既是装病，就必须以假乱真，才能迷惑对手。由于司马懿当时已是古稀之年，装病表演得心应手，其体态、动作、神情、言语等都十分逼真地将一个行将就木的老人表现出来。他自己入戏之深，把来刺探情况的李胜也带进戏中；他故作诀

[1]〔唐〕房玄龄等撰：《晋书·宣帝纪》卷一，中华书局，1974年，第2页。

[2]〔唐〕房玄龄等撰：《晋书·宣帝纪》卷一，中华书局，1974年，第16页。

别托付之状，老泪纵横，令李胜也为之感动，怆然泪下。曹爽等人完全被司马懿装病时的流泪假象所迷惑。

司马懿这一次装病的流泪欺骗了曹爽等人，解除了他们的猜疑和防备，把一个工于心计的阴谋家形象表演得十分到位。

三、流泪暴露出的人品

司马懿在曹魏历任三朝，两次受遗辅政，他的才能功过已有诸多论述，本文仅就他这两次流泪，从道德的层面来解析他的德行、人品。

司马懿的这两次流泪，一次是因为受感动而流泪，流露出的是真情实感，表现出的是一个忠诚大臣的形象；另一次则是装病表演的流泪，暴露出的是哄骗欺诈德行，表现出的是一个阴谋家的形象。方北辰先生曾说："他在后世人们心中，一直是阴险狡诈的老狐狸形象。但是，客观而论，他是一个文武兼备的非凡角色。"[1]的确，司马懿的才能功绩，可以说是一位文武兼备的政治家，而他的人品性格、处事为人，则是一个欺诈凶残的阴谋家。而他的这两次流泪，情感一真一假，形象一

正一反，把他的尽职尽责和阴险欺诈暴露出来，让人看到他人品、德行的两重性。

（一）受遗时流泪表现出的忠诚不完美

司马懿受遗时的流泪，不可否认其情感是真实的，然而他表达的忠诚度却不饱和，是打了折扣的。他受遗时的表态是："陛下不见先帝昔日嘱臣以辅佐陛下之事么？"突出的是辅政时的称职尽责。蜀汉辅政大臣诸葛亮在受遗时涕泣曰："臣敢竭股肱之力，效忠贞之节，继之以死！"[2]表达的是"鞠躬尽瘁，死而后已"的感恩之情、忠贞之意、尽责之心。二人在忠诚节操上的差距于此可见。所以唐太宗李世民认为司马懿不配被称为"贞臣"。

司马懿的忠诚在当时就一直受到质疑。魏明帝曹叡为什么开始没有以司马懿为辅政大臣，其中就有怀疑他忠心的原因。史载：

> 帝忧社稷，问（陈）矫："司马公忠正，可谓社稷之臣乎？"矫曰："朝廷之望；社稷，未知也。"[3]

魏明帝对司马懿的忠心不确定，询问

① 方北辰著：《三国名将——一个历史学家的排行榜》，北京大学出版社，2014年，第263页。

② 〔晋〕陈寿撰，〔南朝·宋〕裴松之注：《三国志·蜀书·诸葛亮传》卷三十五，中华书局，1959年，第918页。

③ 〔晋〕陈寿撰，〔南朝·宋〕裴松之注：《三国志·魏书·陈矫传》卷二十二注引《世语》，中华书局，1959年，第644页。

尚书令陈矫，陈矫认可司马懿的才干、能力，但不相信他的忠诚。光禄勋高堂隆临死曾上疏明帝说：

> 宜防鹰扬之臣于萧墙之内。可选诸王，使君国典兵，往往棋跱，镇抚皇畿，翼亮帝室。①

高堂隆要明帝提防的"鹰扬之臣"，就是指司马懿②。

东晋史学家干宝在《晋纪·总论》中盛赞司马懿才能功绩的同时，也指出他"性深阻有如城府"③。司马懿性格高深莫测，他的忠诚让人怀疑。

（二）装病流泪表现的欺诈为时人所鄙夷

司马懿在装病中流泪表现出的欺诈德行，史书多有记载。

首先，他先后两次装病的事实已证实其欺诈品德，无须赘述；其次，对于其他的阴险欺诈行径，史书也不乏记载。如他以装病时的流泪哄骗了曹爽等人后，抓住时机发动"高平陵事变"，以"免官不治罪"的承诺骗曹爽等人交出权力；夺得大权后他则以谋反之罪诬陷曹爽等一干人，将他们"三族"，无论老少，甚至连出嫁的女子，数百人都一律诛杀。对此，时人分析指出：

> 司马懿诛曹爽，（费）祎设甲乙论平其是非。甲以为曹爽兄弟凡品庸人，苟以宗子枝属，得蒙顾命之任，而骄奢僭逸，交非其人，私树朋党，谋以乱国。懿奋诛讨，一朝殄尽，此所以称其任，副士民之望也。乙以为懿感曹仲（曹叡）付己不一，岂爽与相干？事势不专，以此阴成疵瑕。初无忠告侃尔之训，一朝屠戮，挽其不意，岂大人经国笃本之事乎！若爽信有谋主之心，大逆已构，而发兵之日，更以（曹）芳委爽兄弟。懿父子从后闭门举兵，蹙而向芳，必无悉宁，忠臣为君深虑之谓乎？以此推之，爽无大恶明矣。若懿以爽奢僭，废之刑之可也，灭其尺口，被以不义，绝子丹血食，及何晏子魏之亲甥，亦与同戮，为僭滥不当矣。④

蜀汉的费祎，设甲乙二人来辩论"司马懿诛曹爽"事件的是非。他以乙方的评论为是，认为曹爽等人并无谋逆之心，司

---

① 〔晋〕陈寿撰，〔南朝·宋〕裴松之注：《三国志·魏书·高堂隆传》卷二十五，中华书局，1959年，第716页。

② 卢弼编：《三国志集解·高堂隆传》卷二十五，中华书局，1982年，第597页。引胡三省、李慈铭语，高堂隆之言即针对司马懿。

③ 〔南朝·梁〕萧统编，〔唐〕李善注：《文选》卷四十九，上海古籍出版社，1986年，第2176页。

④ 〔晋〕陈寿撰，〔南朝·宋〕裴松之注：《三国志·蜀书·费祎传》卷四十四注引殷基《通语》，中华书局，1959年，第1062页。

马懿阴谋举兵夺回权力，不是"大人经国笃本"之行事，不是"忠臣为君深虑"之举措，进而诛杀他们，并罪及"三族"，连小孩也不放过，指出这是滥杀，做得太过分、太缺德了。

《世说新语》记载了东晋明帝向大臣王导询问他祖先如何取得天下一事，王导客观地将司马懿父子以欺诈手段夺取天下的事实讲述了一遍。《晋书·宣帝纪》也将此事记录在案。《世说新语》载：

王导、温峤俱见明帝，帝问温前世所以得天下之由。温未答。顷，王曰："温峤年少未谙，臣为陛下陈之。"王乃具叙宣王创业之始，诛夷名族，宠树同己。及文王（司马昭）之末，高贵乡公事。明帝闻之，覆面著床曰："若如公言，祚安得长！"①

王导把司马懿装病骗人，阴养死士，伺机而起，先是废掉曹爽等人，随后将他们诛灭三族，夺得大权的事，以及司马师废黜齐王、司马昭杀死高贵乡公的整个过程讲述了一遍。明帝听了先辈的欺诈、凶残，深感羞耻，遮住脸说："如此说来，我们的国运怎么会长久啊。"

---

① 〔南朝·宋〕刘义庆编著，余嘉锡笺疏：《世说新语笺疏·尤悔》卷三十三，中华书局，1983年，第900页。

四、欺诈德行为后人所鄙夷

后世对于司马懿的欺诈德行多有评述，纷纷予以鄙弃。唐代房玄龄等编撰《晋书》，在《宣帝纪》中将《世说新语》记载的东晋明帝"覆面著床"一事摘录于纪传末之外，还记载了后赵皇帝石勒对司马懿人品的鄙夷，以及唐太宗李世民专门为司马懿写的一篇"史论"。

（一）两位封建帝王对他人品的差评

作为对司马懿的评判，后赵石勒认为司马懿以欺诈夺取天下十分可耻，李世民是对其才能功绩评价后认为他的德行差，用欺诈手段夺取江山不光彩。

《晋书·石勒传》记载，后赵皇帝石勒在一次招待客人酒酣后，问臣下自己是何等君王，有人称赞说："陛下神武筹略迈于高皇，雄艺卓荦超绝魏祖（曹操），自三王已来无可比也，其轩辕之亚乎！"石勒大笑说：

人岂不自知，卿言亦以太过。朕若逢高皇（刘邦），当北面而事之，与韩、彭竞鞭而争先耳。脱遇光武（刘秀），当并驱于中原，未知鹿死谁手。大丈夫行事当磊磊落落，如日月皎然，终不能如曹孟德、司马仲达父子，欺他孤儿寡妇，狐媚以取天下也。朕当在二刘之间耳，轩辕岂所拟乎！[1]

石勒有自知之明，他认为，大丈夫争天下应该光明正大，胸怀坦荡，不要手段，不背后害人，对曹操、司马懿父子夺取天下的欺诈行为极为鄙视，羞与之为伍。

《晋书·宣帝纪》所载李世民所写"史论"，全面评论司马懿，比较客观、中肯，言及司马懿的人品、德行时说：

情深阻而莫测，性宽绰而能容。……饰忠于己诈之心，延安于将危之命。……文帝之世，辅翼权重，许昌同萧何之委，崇华甚霍光之寄。当谓竭诚尽节，伊傅可齐。及明帝将终，栋梁是属，受遗二主，佐命三朝，既承忍死之托，曾无殉生之报。天子在外，内起甲兵，陵土未干，遽相诛戮，贞臣之体，宁若此乎！尽善之方，以斯为惑。夫征讨之策，岂东智而西愚？辅佐之心，何前忠而后乱？故晋明掩面，耻欺伪以成功；石勒肆言，笑奸回以定业。[2]

在"史论"中，李世民言及司马懿的人品、德行时指出："司马懿的性情深沉莫测，性格大度能忍能容。善于用忠诚

来掩饰已有的奸心，虽处险境而能安然度过。在魏文帝时，他作为辅政大臣，权高位重，犹如两汉的名臣萧何、霍光。如果竭尽忠诚节操，可以同古代的伊尹、傅说媲美。他受遗两代君主的临终托付，出任三朝辅政大臣；承受明帝忍死待见的嘱托，却没有以生命来报答。天子在京城外，他就在城内起兵，明帝墓土未干，就大肆诛杀，忠贞大臣难道就是如此？以尽善尽美的标准来看，就很值得怀疑了。用兵征讨的策略，为什么在东边有智慧，而在西边却显得愚蠢？辅佐两代君主，为什么在之前曹叡时忠诚，而在后面曹芳时就乱来？所以晋明帝司马绍听说祖先以欺诈、虚伪取得江山的往事时，因感到羞耻而把脸掩盖起来；后赵的石勒更放肆，耻笑他用奸诈手段欺负曹魏皇室的孤儿寡母来奠定基业。"

李世民表达了对于司马懿性格阴沉，善于掩饰，用欺诈手段夺取江山，让子孙蒙羞，遭后人耻笑的鄙视；表达了对司马懿受到的倚重和托付达人臣之极，可却没有竭尽忠诚，以生命去报答，不是一个忠贞大臣的认识。

两位封建君主对司马懿的欺诈品性都极为鄙弃。《晋书·宣帝纪》在评论他的德行人品时总结为："内忌而外宽，猜

---

① 〔唐〕房玄龄等撰：《晋书·石勒传》卷一〇五，中华书局，1974年，第2749页。
② 〔唐〕房玄龄等撰：《晋书·宣帝纪》卷一，中华书局，1974年，第21页。

忌多权变。"还对他的残忍暴虐加以指责说："平公孙文懿（公孙渊），大行杀戮。诛曹爽之际，支党皆夷及三族，男女无少长，姑姊妹女子之适人者皆杀之，既而竟迁魏鼎云。"[①]。对于这种斩草除根、绝人之后的杀戮行径，有学者认为，司马懿为人阴鸷险狠，对待政敌手段之毒辣，诛戮之残酷，远非曹操所及[②]。

（二）当今学者对他人品、德行的评说

对于司马懿的人品、德行，现在的学者、史家也有评论，兹选录一二于后。

学者祝秀侠先生曾在《论司马懿》一文中指出："他自然是一个很聪明的人，机智而又具有忍耐力。机智不难，具忍耐力最难，他的政治上的成功，第一是时势，第二也靠他的聪明和沉潜的忍耐性。"对司马懿用"过人的忍耐性，极力沉潜着"，消除曹操的疑虑，获得曹丕的重用，以致受曹叡诏命辅助幼主；对他在曹爽等人独揽大权、被架空之时，也一概容忍，最后则诈病装糊涂，使曹爽等人不提防，措手不及被除掉的一系列行为；对他的机智，对他具有不凡忍耐力的性格，

加以赞扬[③]。

学者戚宜君先生在《三国尽归司马懿》一文中说："司马懿诛戮重臣，一出手就比曹操凶险得多，可谓青出于蓝而更胜于蓝矣！曹操对待政敌，说杀就杀，说宥就宥，还不失英雄本色；司马懿则老奸巨猾，诡计多端，而且还出之以欺骗手段，简直是阴险至极。《世说新语》上谓其'天姿迈杰，有英雄之略'，从学识能力上看容或有之，但其内心理念及道德标准，实在是使人不敢恭维。"[④]以道德标准来评判司马懿的凶残、阴险、欺诈的德行，的确应该予以否定。

史学家何兹全先生在《司马懿》一文中一开始就说："旧史里常常把司马懿和曹操相提并论。在旧戏舞台上，司马懿也是和曹操一样，以白脸奸雄的形象出现。其实，司马懿是不能和曹操相比的。曹操是汉末一位杰出人物，在历史上有他的积极的贡献。司马懿则真是一个'内忌而外宽，猜忌多权变'的奸雄。"在论述了司马懿一生的活动和历史作用后，他最后说："至于司马懿个人特性上的猜忌

---

① 〔唐〕房玄龄等撰：《晋书·宣帝纪》卷一，中华书局，1974年，第20页。
② 樵梦庵著：《三国人物论集·司马懿父子》，台湾商务印书馆，1969年，第244页。
③ 祝秀侠著：《三国人物新论·论司马懿》，国际文化服务社，1945年，第52页。
④ 戚宜君著：《三国历史的玄机·三国尽归司马懿》，稻田出版有限公司，1993年，第300页。

残忍，那就更不用说了。就连他的玄孙东晋明帝听了王导关于司马懿'创业'历史的介绍后，也不能不惭愧痛苦地以面覆床说：'若如公言，晋祚复安得长远！'"①司马懿以奸诈夺取天下，连他的后人也为之深感羞耻。

史学家吕思勉先生在《从曹操到司马懿》一文中，最后的结论是："他很为暴虐，他的政敌被杀的，都是夷及三族，连已出嫁的女儿，亦不能得免。所以作《晋书》的人，也说他猜忌残忍。他一生用尽了深刻的心计，暴虐的手段，全是为一个人的地位起见，丝毫没有魏武帝那种匡扶汉室、平定天下的意思了。封建时代的道德，是公忠，是正直，是勇敢，是牺牲一己以利天下，司马懿却件件和他相反。他的儿子司马师、司马昭，也都是这一路人。这一种人成功，封建时代的道德就澌灭以尽了。"②司马懿为个人的利益，用尽深刻的心计，暴虐的手段，他的人品、德行，在道德的评判中被完全否定。

我国的传统文化属于伦理型文化，人们对历史人物的评判往往是超功利的，多从伦理道德角度来评判其好坏善恶，而把他们的才能、业绩、贡献放在第二位。这种伦理道德观的价值取向在三国人物的评判中体现得尤为突出，如对诸葛亮与曹操的认识就如此。诸葛亮论才干、功绩、贡献，都不如曹操，而他在后世得到的赞誉称颂却远远胜过曹操，其原因就在于他二人品德行的不同而产生了不同的道德行为，原因在于"凝结于中国人心中的传统价值观所做出的评判"③。曹操、司马懿都具有奸诈的性格、残忍的品性，而且司马懿的隐忍、阴险、欺诈、暴虐胜过了曹操，那么，后世将他称作阴险狡诈的老狐狸，就一点也不奇怪了，尽管这不是对司马懿才能功过全面的科学的评价。

（根据2019年9月6日在《武侯夜话》讲座的讲稿《司马懿的眼泪》和发表于《青年时代·文史论苑》2020年9期的文章整理修订，与王晓乔合作。）

① 何兹全著：《读史集·司马懿》，上海人民出版社，1982年，第215、224页。
② 吕思勉著：《吕著三国史话·从曹操到司马懿》，中华书局，2006年，第114页。
③ 谭良啸著：《诸葛孔明四论》，载《社会科学研究》（四川省）1995年第1期。

辱骂妻子张春华为"老物"

司马懿的妻子张春华，河内郡平皋县（今河南温县）人，出身于官宦人家，"有德行，智识过人"；史书记载了她两件事，反映出司马懿对她开始敬重到后来厌恶的情感变化。

一、被妻杀奴所感动

建安六年（201），司马懿初任河内郡的上计掾，开始了他的仕途生涯。曹操时任司空，听闻其名，也是为感谢他父亲司马防曾经的提携，特聘他为司空府的掾属。士人受到三公召辟在当时是颇为荣耀的事，然而司马懿却拒绝了。因为在汉室衰微之际他看不透曹操势力发展的前景，作为河内郡的名门望族又看不起阉宦出身的曹操。史称：

> 汉建安六年，郡举上计掾。魏武帝为司空，闻而辟之。帝（司马懿）知汉运方微，不欲屈节曹氏，辞以风疾，不能起居。魏武使人夜往密刺之，帝坚卧不动。[1]

司马懿假说自己患了风痹，行动起居困难，便回绝了征辟。曹操怀疑，派人夜里悄悄去用针刺司马懿的腿脚，司马懿忍

司马懿的妻妾，除正妻张春华外，史书只记载了生有儿子的伏夫人、张夫人、柏夫人3人。此外只生女儿或没有生子的则未载录，所以他的小妾有多少不得而知。妻子张春华为保护丈夫"手杀"奴婢，为照料丈夫"亲自执爨"，烧火煮饭，司马懿深受感动，夫妻一度恩爱。司马懿之后见异思迁，轮换宠幸年轻貌美的小妾，张春华去探病竟被他骂为"老物，可憎"！对她受辱绝食也不闻不问，可见司马懿对妻妾的无情无义。

——题记

三国时期的后妃一般史书上都只有姓而没有名字，如曹操的妻子丁夫人、卞夫人，刘备的甘夫人、孙夫人，诸葛亮的黄氏等。而《晋书》上后妃就有姓有名甚至有字了。司马懿的妻子姓张名春华；司马师的妻子姓夏侯名徽，字媛容；司马昭的妻子姓王名元姬。

---

① 〔唐〕房玄龄等撰：《晋书·宣帝纪》卷一，中华书局，1974年，第2页。

痛一动也不动，蒙混了过去。

曹操相信了他的借口，于是，司马懿放心大胆地在家休息。一个夏日，阳光灿烂，他闲来无事，就将书拿出来在院内翻晒，突然暴雨袭来，司马懿慌忙起身去收书，动作之敏捷，完全忘了自己是装病在家。一个奴婢刚巧路过，看到患风痹的主人收书的矫健身影，惊讶不已。张春华此时也赶来帮助收书，看到呆立在那里的奴婢，暗叫"不好！"若丈夫说谎装病之事传出去，曹操得知，将招来杀身之祸。为了夫君的安危和他的前程，她心一横，把奴婢叫到隐蔽处灭口。史书说：

宣帝（司马懿）初辞魏武之命，托以风痹，尝暴书，遇暴雨，不觉自起收之。家惟有一婢见之，后（张春华）乃恐事泄致祸，遂手杀之以灭口，而亲自执爨。帝由是重之。[1]

此后，张春华亲自煮饭，照料司马懿的饮食起居，外人一律不得过问，确保了司马懿装病几年秘密都没有外泄。

夫妻两人年龄相差10岁，因为张春华在正始八年（247）死时59岁，而此时司马懿69岁。他们结婚大约在司马懿23岁任上计掾时。张春华"杀奴"事件是在

婚后，司马懿托病在家时发生的。由此可知，她当时的年龄只有十几岁。一个年纪轻轻的弱女子为保护丈夫"手杀"奴婢，需要多大的勇气；一个官宦家的小姐为照料丈夫"亲自执爨"，亲自干烧火煮饭之类的粗活，又付出了怎样的辛劳。张春华做的这一切，让司马懿深切感受到妻子无私的爱。他感动，他感激，敬佩妻子的胆识，敬重妻子的贤德。

夫妻二人度过了一段恩爱美好的时光。建安十三年（208），张春华生下司马师，三年后生下司马昭，以后又生下司马榦和南阳公主。可惜，司马懿出仕后随着权势增长，变得花心，夫妻情感逐渐被他丢到九霄云外去了。

二、辱骂发妻为"老物"

建安十三年（208），曹操再次召辟，司马懿不得不就任。出仕后他凭才智官运亨通，39岁时迁太子中庶子，受到曹丕的信任器重，成为心腹。随着他的权势一步步增长，好色之性也一步步被激发，他开始纳妾。他一生纳有多名小妾，史书上只记载生有儿子的3位，即"伏夫人生汝南文成王亮、琅邪武王伷、清惠亭侯京、扶风武王骏，张夫人生梁王肜，柏夫

---

[1] 〔唐〕房玄龄等撰：《晋书·张皇后纪》卷三十一，中华书局，1974年，第948页。

人生赵王伦"①。此外，只生女儿或没有生子的则未载录，所以他的小妾到底有多少不得而知。

年轻貌美的小妾不断地来到司马懿身边，受到宠幸，妻子张春华日渐被冷落。史载："柏夫人有宠，后（张春华）罕得进见。"因此，张春华几乎见不到司马懿了。尽管如此，她理解男人的毛病，夫妻感情依旧。一次司马懿病了，卧床不起，她得知后着急心疼，立即赶去看望，想问一问有什么需要。没想到司马懿见到她竟然说："老物可憎，何烦出也！"意思是"老东西，看到你就恶心，何必来此！"满怀情意的张春华遭此厌恶、辱骂，如五雷轰顶。她想到自己曾为他杀人、煮饭，又为他生儿育女，操持家务，如今年老色衰，竟然遭到如此对待，作为结发正妻还有什么脸面活下去？便决定绝食，以死了结一生。母亲受辱，绝食待死；儿子们心痛，且不满父亲过分偏宠小妾，都加入了绝食的行列。看到儿子们如此懂事、体贴，张春华倍感欣慰。史书记载说：张春华被辱骂后，"惭恚不食，将自杀，诸子亦不食"。司马懿开始对妻子的绝食完全不予理会，当听到儿子都跟着绝食时，大

惊失色，才慌忙去向张春华赔礼道歉。看到丈夫认了错，又担心儿子身体受损，张春华便停止了绝食。没有想到司马懿转身就对人说："老物不足惜，虑困我好儿耳！"②他说："老东西死了不足惜，只是怕连累伤害了我的好儿子啊！"

相比之下，曹操因霸占张绣婶娘导致儿子曹昂战死，曾负疚去看望他的养母丁夫人，临死前又有自责的表白，传递出他与结发妻子挥之不去的情感。刘备虽然多次抛妻弃子，临死前却诏令迁葬并追谥甘夫人，体现出的也是不忘夫妻之情。而司马懿当面和在人前两次辱骂结发妻子为老家伙、老物件，对其死活置之不理，表现之绝情寡义，其人品、德行之低下，与曹操、刘备不在一个档次。

张春华作为一个有德行、有智识的女性，得到儿子、孙子的尊敬。儿子司马昭掌权后追封她为"宣穆妃"，孙子司马炎称帝后追尊她为"宣穆张皇后"。《晋书》专门为她立传。

---

① 〔唐〕房玄龄等撰：《晋书·宣五王传》卷三十八，中华书局，1974年，第1119页。

② 〔唐〕房玄龄等撰：《晋书·张皇后纪》卷三十一，中华书局，1974年，第949页。

后　记

这本书是我退休后撰写、发表的部分文章的汇集。

1963年秋，我考入四川大学历史系，1974年秋，调入成都武侯祠博物馆，于2004年春退休。由于长期的职业惯性，退休后我依旧关注三国，也不时撰写相关文章，应邀出席相关学术会议。由于得到至诚好友帮助，退休后我没有烦扰，心态平和；2013年又得以忝列于武侯祠博物馆学术委员会，成为"师承制"导师，获得发挥余热的广阔平台，有如鱼得水之感。

关于《三国英雄的情感世界》这一课题的思考，最初始于2008年我撰写《刘备在白帝城论析》一文。刘备伐吴兵败不回成都，却在白帝城驻10个月之久，直至病逝。他复杂的内心活动和丰富的情感给予我启示：原来古人也如今人，情感丰富复杂，只是缺少记录、无人去揭示罢了。继而在住家外的文化墙上，看到"勿以恶小

而为之，勿以善小而不为"这句话，甚为诧异，原来草莽英雄刘备竟然能在遗诏中说出如此经典的警句格言。于是，我从刘备、诸葛亮、曹操，到孙权、曹丕、司马懿……尽可能收录他们的哭泣、逝世前的言行举止，以及与父母、子女、妻妾、兄弟的情感等方面的资料，一个一个进行梳理。日积月累，在梳理过程中颇有收获。我发现这些三国英雄的内心世界丰富，其性情、人品因时势变迁而发生着变化，而且很有故事。与此同时，我尽可能拜读前辈、同行相关的论著，领悟他们对三国英雄性情、德行的评说，获益良多。在搜罗梳理的过程中，我的三国文化认知获得了一次提升。搜罗梳理的结果，只有6个人物情感方面的史料较丰富，其余人的资料太少，无法形成一篇完整体现他们情感的文章。十分遗憾，对其他三国英雄，我只好忍痛割爱了。

在部分文章写就之初，我曾发送给有关学报，感谢他们不惜占用大幅版面，欣然刊出。这给了我信心。我也曾经把《曹操的遗令、遗言折射出的死前心境》一文给当时在读大学的外孙女看，她很感兴趣，说与她认识的曹操大有不同。这给予我极大的鼓励。我的发妻几十年来是我文章的第一个读者，因为以前我的字迹潦

草，文章写好后都由她誊正寄出。如今在键盘上打字，虽然她不再誊写，然而对我文章的关注习惯仍旧。她常常问我正在撰写的文章内容，听说是关于三国某某人的哭泣、关于某某与妻妾的关系等，她很有兴趣，认为一定会受到喜欢。我的信心更是十足。

十几年下来，根据收集到的这几位三国英雄的哭泣、遗诏、遗言，与妻妾、父子、兄弟的关系等方面的资料，我一篇一篇写下去，在基本形成体系后，打算结集成书。很幸运，本书得到西南交通大学出版社易伯伦副社长的看重，被列为该社的重点书目，纳入2020年出版计划。由于书中的二十几篇文章完成有先后，且各自独立，仅有的资料又常被重复引用，所以必须统一体例，删繁就简。于是，我用了半年多的时间对所有的文章进行修改整理，在自己认为过得去了之后，才交付给出版社。

几十年来，我因为工作关系陆续编写了不少书，不过有的只是小册子，有分量的少。2007年秋，湖北文理学院三国历史文化研究所所长余鹏飞教授诚邀我加盟"三国历史文化研究丛书"，负责撰写其中的《三国时期的科技》一书。一年多完稿后，又蒙王奎教授推荐上报，评审为优秀成果，列入"国家社科基金后期资助项目"。看到自己的付出得到认可，我稍感几分宽慰。这一次，拙作的付梓，我又略有几分欣慰，因为是把自认为有新意的三国文化研究成果奉献给同行，奉献给广大的三国文化爱好者。

作为一个研究三国文化的退休人员，能有文章写是一件愉快的事，也是一件辛苦的事，写作在愉快并辛苦中进行着。然而迈入77周岁的我，常有精力不足之感，常看到自己的观点没能准确地表达出来，须几经修改方觉得较为妥帖。我不由得感叹岁月不饶人啊！书稿至此即将出版面世，总算是对这几十年的研究意犹未尽的补充，算是对退休多年研究心得能汇集出版愿望的一种了却吧。

一个人的才能和努力只是成功的基础，若没有平台和机会则无法达到成功的彼岸。饮水思源，怀德感恩。这本书能够完成并面世，要感谢几十年来武侯祠博物馆对我的滋养，感谢诸多朋友的相助，特别要感谢那位至诚好友，没有他们的帮助我无法回归三国文化这一领域，也就没有深入研究三国文化的平台和机遇。谨借拙作出版之际，拜谢他们。

谭良啸

于成都武侯祠博物馆 职工宿舍楼

2020年8月

主要参考书目

《诸葛亮集》，〔三国〕诸葛亮著，段熙仲、闻旭初编校，北京：中华书局，2012。

《曹操集》，〔三国〕曹操著，中华书局编辑部编，北京：中华书局，2012。

《魏文帝集全译》，〔三国〕曹丕著，易健贤译注，贵阳：贵州人民出版社，2009。

《曹植集校注》，〔三国〕曹植著，赵幼文校注，北京：人民文学出版社，1984。

《三国志》，〔晋〕陈寿撰，〔南朝·宋〕裴松之注，北京：中华书局，1959。

《华阳国志校注》，〔晋〕常璩著，刘琳校注，成都：巴蜀书社，1984。

《后汉书三国志补表三十种》，〔宋〕熊方等撰，刘祐仁点校，北京：中华书局，1984。

《三国志集解》，卢弼编，北京：中华书局，1982。

《三国志人名索引》，高秀芳、杨济安编，北京：中华书局，1980。

《三国志全本今译注》，方北辰译注，西安：陕西人民出版社，2011。

《史记》，〔汉〕司马迁撰，北京：中华书局，1959。

《后汉书》，〔南朝·宋〕范晔撰，〔唐〕李贤等注，北京：中华书局，1965。

《晋书》，〔唐〕房玄龄等撰，北京：中华书局，1974。

《资治通鉴》，〔宋〕司马光编著，〔元〕胡三省音注，北京：中华书局，1956。

《水经注校》，〔北魏〕郦道元注，王国维校，上海：上海人民出版社，1984。

《世说新语笺疏》，〔南朝·宋〕刘义庆编著，余嘉锡笺疏，北京：中华书局，1983。

《文选》，〔南朝·梁〕萧统编，〔唐〕李善注，上海：上海古籍出版社，1986。

《汉魏六朝百三家集题辞注》，〔明〕张溥著，殷孟伦注，北京：人民文学出版社，1960。

《拾遗记》，〔晋〕王嘉撰，〔南朝·梁〕萧绮录、齐治平校注，北京：中华书局，1981。

《汉魏六朝笔记小说大观》，上海古籍出版社编，上海：上海古籍出版社，1999。

《三国演义》，〔明〕罗贯中著，〔清〕毛宗岗评改，上海：上海古籍出版社，1989。

《〈三国演义〉会评本》，陈曦钟等辑校，北京：北京大学出版社，1986。

《三国演义资料汇编》，朱一玄、刘毓忱编，天津：百花文艺出版社，1983。

《魏晋南北朝史》，王仲荦著，上海：上海人民出版社，1979。

《魏晋文学史》，徐公持编著，北京：人民文学出版社，1999。

《三国史》，马植杰著，北京：人民出版社，1993。

《三国史》，何兹全著，北京：北京师范大学出版社，1994。

《三国》，张大可著，北京：中国青年出版社，1995。

《吕著三国史话》，吕思勉著，北京：中华书局，2006。

《三国人物新论》，祝秀侠著，上海：国际文化服务社，1945。

《读史集》，何兹全著，上海：上海人民出版社，1982。

《三国人物论集》，禚梦庵著，台北：台湾商务印书馆，1969。

《史传所见三国人物曹操刘备孙权之研究》，吴玉莲著，台北：文史哲出版社，1989。

《细说三国》，黎东方著，上海：上海人民出版社，2000。

《中国战争史（四）》，武国卿著，北京：金城出版社，1992。

《中国史稿（第三册）》，郭沫若主编，北京：人民出版社，1979

《三曹年谱》，张可礼编著，济南：齐鲁书社，1983。

《三曹诗选》，余冠英选注，北京：中华书局，2012。

《曹操全传》，张济生著，成都：四川大学出版社，1998。

《曹操今论》，邱复兴著，北京：北京大学出版社，2003。

《曹丕：文豪天子》，方北辰著，北京：北京大学出版社，2013。

《曹操评传》（修订本），张作耀著，上海：上海人民出版社，2018。

《刘备传》，张作耀著，北京：人民

出版社，2004。

《刘备——"常败"的英雄》，方北辰著，北京：北京大学出版社，2013。

《诸葛亮大传》，陈文德著，北京：九州出版社，1994。

《诸葛亮评传》，余明侠著，南京：南京大学出版社，1996。

《诸葛亮研究集成》，王瑞功主编，济南：齐鲁书社，1997。

《诸葛亮集笺论》，李伯勋撰，西安：陕西人民出版社，1997。

《武侯春秋》，朱大渭、梁满仓著，北京：团结出版社，1998。

《诸葛亮研究》，成都市诸葛亮研究会编，成都：巴蜀书社，1985年。

《孙权传》，张作耀著，北京：人民出版社，2007。

《孙权——半生明主》，方北辰著，北京：北京大学出版社，2013。

《司马懿——谁结束了三国？》，方北辰著，北京：北京大学出版社，2013。

■ 附录

作者编著书目

（一）独著书目

1.《诸葛亮治蜀》，成都：四川人民出版社，1986。

2.《访古话孔明》，北京：文物出版社，1987。

（已译成日文，由日本潮出版社在《汤姆》月刊上于1988—1989年连载刊出）

3.《历代咏赞诸葛亮诗选注》，成都：四川人民出版社，1988。

4.《卧龙辅霸——诸葛亮成功之谜》，成都：四川人民出版社，1994。

（有汉字繁体字版在中国台湾地区由多家出版社出版）

5.《三国演义》（简写本），北京：语文出版社，1995。

6.《八阵图与木牛流马——诸葛亮与三国研究文集》，成都：巴蜀书社，1996。

7.《天下英雄刘备》，成都：四川人民出版社，1998。

8.《三国文化古今谈》，成都：成都科技大学出版社，1998。

9.《三国科技成就探秘》，武汉：湖北人民出版社，2011。

（二）合著书目

1.《成都武侯祠》（合著），成都：四川人民出版社，1981。

2.《诸葛亮与武侯祠》（修订版）（合著），北京：文物出版社，1982。

3.《武侯祠揽胜》（合著），成都：四川人民出版社，1985。

4.《三国演义词典》（与沈伯俊合著），成都：巴蜀书社，1989。

（已译成日文、韩文在日本、韩国出版）

5.《武侯祠》（合著），成都：成都出版社，1993。

6.《三国演义大词典》（与沈伯俊合著），北京：中华书局，2007。

7.《三国时期的科学技术》（与王奎合著），北京：社会科学文献出版社，2011。

（三）主编并参与撰写书目

1.《三国人物评传》（与张大可合编），西安：三秦出版社，1987。

（有汉字繁体字版在中国台湾地区出版）

2.《武侯祠大观》（主编），成都：四川人民出版社，1988。

3.《开国之君与亡国之主》（合编），兰州：甘肃人民出版社，1990。

4.《历代宦官》（合编），兰州：甘肃人民出版社，1992。

5.《诸葛亮与三国文化》（主编），成都：成都出版社，1993。

6.《武侯祠历史文化丛书》（主编），成都：四川人民出版社，1998。

7.《文物为成都作证》（与吴刚合编），成都：成都时代出版社，2015。

8.《楹联上的成都记忆》（与吴刚合编），成都：成都时代出版社，2015。

9.《走进成都武侯祠100问》（与方北辰合编），成都：成都时代出版社，2015。

（已译成日文、韩文在日本、韩国出版，有汉字繁体字版在中国台湾地区出版）

10.《三国故事真与假100例》（与方北辰合编），成都：成都时代出版社，2015。

（已译成日文、韩文在日本、韩国出版，有汉字繁体字版在中国台湾地区出版）

11.《楹联上的成都》（与吴刚合编），成都：成都时代出版社，2019。